한림신서 일본현대문학대표작선 36

쪽발이

HIZUME NO WARETA MONO, KAKYO,
MUMEI NO KISHU TACHI, MENASHI ATAMA,
WATASHI NO CHOSEN by KOBAYASHI Masaru
Copyright © 1970, 1970, 1970, 1970, 1970 by KOBAYASHI Hisako
Originally published in Japan

한림신서 일본현대문학대표작선 36

고바야시 마사루 작품집

쪽발이

고바야시 마사루 지음
이원희 옮김

小花

한림신서 일본현대문학대표작선 36
쪽발이

초판인쇄 · 2007년 6월 5일
초판발행 · 2007년 6월 12일

지 은 이 · 고바야시 마사루
옮 긴 이 · 이원희
발 행 인 · 고화숙
발 행 처 · 도서출판 소화
등   록 · 제13-412호
주   소 · 서울시 영등포구 영등포동 7가 94-97
전   화 · 2677-5890(代)
팩   스 · 2636-6393
홈페이지 · www.sowha.com

ISBN 978-89-8410-320-7 04830
ISBN 978-89-8410-108-1 (세트)

값 7,500원

잘못된 책은 언제나 바꾸어 드립니다.

쪽발이	7
가교	67
이름 없는 기수들	106
눈 없는 머리	164
지은이의 글	301
옮긴이의 글	313
지은이 연보	315

쪽발이

도쿄·1968년

나는 직원식당에 있었다. 아마도 창백한 얼굴을 하고 있었을 것이다. 계산대의 아가씨가 나에게 정식(定食) 식권을 건네면서 별 뜻 없이 나를 쳐다보았을 때, 언제나 사람을 놀리는 듯이 보이는 그녀의 미소가, 일순간이지만 부드러운 피부 속으로 빨려 들어가 버린 것을 나는 놓치지 않았다. 전혀 식욕이 없었다. 뿐만 아니라, 나의 어두운 배 속에서 미끈미끈한 창자가 또다시 크게 꿈틀거리는 것을 느꼈다. 당기는 듯한 불쾌한 통증이 일어났다. 그 때문에 나는 자신이 자각하고 있는 것보다 훨씬 강하게 화를 내고 있으며, 신경이 이상하리만치 긴장하고 있음을 알 수 있었다. 이럴 때일수록 뭐라도 먹지 않으면 안 된다고 생각했다. 무리를 해서라도 먹어야만 한다. 그렇지 않으면 마음도 몸도 머지않아 녹초가 되어 버릴 것임을 알고 있었다.

나는 정식 외에 양배추가 잔뜩 곁들여진 생선튀김과 돼지고기 찌개를 추가로 주문하고 돈을 치르고는, 손님이 거의 없는 넓은 식당을 가로질러 가장 구석자리로 가서 앉았다.

창밖에 펼쳐진 잔디밭 저쪽 끝은 소나무숲으로 가로막혀 있었다. 소나무숲을 배경으로 꽃밭이 보였다. 꽃밭은 여러 가지 물감을 방금 흩뿌려 놓은 듯이 화려하고 촉촉한 색감을 보여 주며, 그곳만 선명하게 돋보였다.

나시야마 교쿠레쓰(梨山玉烈)가 비록 어떤 이유를 들어 나를 설득했다손 치더라도, 라고 나는 아까부터 되씹고 있던 말을 또다시 마음속으로 반복했다. 나시야마의 주치의였던 나는 7월에 퇴원을 허가하지 말아야 했다. 그런 생각을 하자 입술이 저절로 떨리기 시작하여 한쪽으로 쏠림을 느꼈다. 나는 지금 틀림없이 추하고 비참한 표정을 짓고 있으리라는 생각이 들고, 목구멍이 칼칼하고 뜨거워졌다.

하늘도 소나무숲도 잔디밭 사이로 난 좁은 길도, 꽃밭 앞을 걷고 있는 젊은 남녀 환자들도, 모두 가을 햇살을 받으며 밝고 건조하고 투명하게 보였다.

나는 절대로 그런 이른 퇴원을 허가하지 말아야 했다고 생각했다. 하지만 나시야마는 그때….

갑자기 맑고 투명한 가을 햇살이 어디선가 눈부시게 반사되어 반짝거렸다. 내 머릿속에서 맴돌던 생각이 그 충격으로 중단되었다.

내 눈의 렌즈 속에서 그때까지 몽롱하게 녹아들어 움직이던 여러 가지 색채의 흐름이 조용하게 굳어져 버린 것인가 하고 생각하자, 느닷없이 어떤 형체가 되어 떠올랐고, 그 중심에 소녀가 있었다. 가을 햇살이 반사된 것이 아니었다. 신장결핵 수술 후 경과가 좋아 곧 퇴원할 예정인 매력적인 여고생이 꽃밭 앞에서 꽃보다 더 화사하게 웃었을 뿐이었다.

부탁드려요, 선생님, 7월에 퇴원하면 안 될까요, 절대로 안 되나요?, 라는 그때 나시야마의 낮은 음성이 내 머릿속에서 울렸다. 그것은 분명 목소리임이 틀림없었지만, 내게는 무언가 정체를 알 수 없는 끈적끈적한 안개처럼 숨 막히는 듯한 느낌이었다. 내가 무슨 말을 하려 할 때마다 나시야마는 뼈마디가 굵고 뭉툭한 손을 가볍게 움직이며 내 말을 가로막고 자기 말만 계속했다. 그리고 그는 내 눈을 계속 쳐다보았다. 그 눈초리는, 마치 내가 무리하게 그를 붙잡아 놓고 고통과 불안을 지속적으로 안겨 주고 있다고 힐문하고 있는 듯한 원망이 담긴 눈빛이었다.

나는 말이에요, 라고 나시야마는 말을 이었다. 하루라도 빨리 집으로 돌아가야 해요, 내가 말이죠, 내가 귀가해 가정을 바로잡지 않으면, 우리 집은 머지않아 파멸할 겁니다. 그건 확실해요. 우리 집은 공중분해 일보 직전까지 와 있어요.

가정 파멸이라는가, 공중분해라는, 요양소의 분위기와는 동떨어진 단어를 듣고, 나는 조금씩, 아주 조금씩 나른해져 침울한 기분으로 빠져 들어갔다. 그것은 나시야마라는 일본식 성을 아직도 쓰고 있는 이 조선인 탓이 아니라 퇴원을 애타게 기다리는 어느 환자나 마찬가지였다. 이는 흉부외과 의사가 느끼는 어쩔 수 없는 무력감이라는 것이었다. 우리는 환자들의 결핵과 전력을 다해 싸워야 하고, 또 싸워 왔다. 그러나 그 다음은….

나시야마의 뢴트겐 사진을 앞에 두고, 폐를 절제할 것인가 흉곽 성형 수술을 할 것인가에 대해 우리는 며칠 밤이나 토론을 거듭했다. 그가 원래의 직장으로 복귀했을 때, 중년인 그의 육체 활동에 어느 수술이 보다 나은 결과를 가져올까에 대해 토론하는 데 몇 시간이나 귀중한 시간이 소비되었다. 그러나 나시야마의 저음을 듣고 있으면, 그 치열했던 토론이나 그 결과 폐 절제 수술과 수혈 때문인 혈청간염의 위험, 그것을 방지하기 위한 세심한 조사와 관찰 등 생생한 사실의 편린들이, 차츰 존재감을 상실한 허망한 그림자가 되어 멀어져 감을 나는 느끼기 시작했다.

원망스러운 듯이 계속 지껄이는 나시야마의 두툼한 입술이, 타액에 젖어 기분 나쁘게 반짝이는 것을 나는 뚫어지게 바라보았다. 수술을 부탁하러 내 앞에 처음 나타났을 때, 한눈에 심장 질환이 있는 게 아닐까 하고 의심했을 때와 마찬가지로 그 입술은 거무스름했고, 보라색을 띠며 반짝였다. 그것은 열렸다가 닫히기도 하고 옆으로 늘어났다가 수축되기도 하면서, 그 깊숙한 어두운 구멍 속에서부터 마치 멈추는 것을 망각한 듯이 말이 언제까지나 줄줄 쏟아져 나왔다.

저처럼 오랫동안 집을 떠나 있으면 말이죠, 라고 말은 또다시 나의 머릿속에서 또렷한 형체와 의미를 가지기 시작했다. 가정이라는 것이 궁극에는 어떤 것으로 변하는지 아십니까, 선생님? … 정말로 아실는지 모르겠네요. 보통의 상태로는 상상조차 못하는 일들이 조금씩 일어나고, 그것이 차츰 집안에 달라붙어서 정신을 차려보면 이미 이전과는 완전히 달라져 있는 거예요. 기타노(北野)라는 여자 환자가 있었지요. 수술은 성공적이어서 반년 뒤면 퇴원할 수 있을 정도가 되었건만, 지난 겨울에 자살해 버린 그 사람 말이에요. 그건 우리에게는 남의 일이 아니에요….

나는 바빴다. 주 2회 수술 사이에 기관지경 검사에서 혈액 검사에 이르는 잡다한 검사에 계속 쫓기고 있었고, 내가 담당하는 수술 전후 하루에 한 번은 회진해야 했다. 게다가 수술을 눈앞에 둔 환자들의 긴장을 풀고 쓸데없는 불안을 없애고 용기를 불어넣기 위해, 수술에 관한 오리엔테이션도 해야 했다. 나시야마의 두서없고 끈질긴 이야기를 언제까지나 상대해 줄 수만은 없었던 것이다. 언제나 그렇듯이 단정적인 이야기를 할 수 없는 것은, 우리 외과의사가 어떻게 해 주고 싶어도 할 수 없는 무력감에 빠져 드는 가정 불안이라든가, 곤란한 직장 복귀라든가, 빈곤이라든가, 애정 파탄과 같은 이야기를 나시야마가 했다는 이유만일까?, 라고 나는 나시야마의 보라색을 띤 입술이 늘어났다가 수축하는 것을 쳐다보면서 어렴풋이 생각하고 있었다. 그게 아니면 나시야마라는 일본성을 가진 남자의 국적이 조선이기 때문에, 그래서 나는…. 나는 강하게 고개를 가로젓고, 이어서 튀어나오려는 말들, 그 말들과 함께 일어나려는 빛, 색깔, 모양, 냄새 그리고 촉각들을 내 자신의 가슴에 있는 어두운 늪 속으로 집어넣었다.

기타노 씨는 진짜 우리를 괴롭혔지요, 라고 나시야마가 간호사 쪽을 흘긋 쳐다보고 나서 속삭이듯 말했다. 그 사람이 자살했을 때는 모두 굉장한 충격을 받았어요. 그 사람은 내과 병동에 4년이나 있으면서 수술 받기를 주저해서 내과의 선생님들과 몇 번이나 싸웠다고 해요. 수술을 하지 않겠다면, 더는 내과에서 할 일이 없으니 퇴원을 하든지 다른 요양소에 옮겨 가는 게 어떻겠냐는 말까지 들었다고 해요. 그런데도 기타노 씨는 수술을 주저했어요. 선생님, 이유를 아세요? 그 사람에게는 말이죠, 입원하기 전에 결혼을 약속한 연인이 있었어요. 수술을 하게 되면 흉곽성형을 받으리라는 말을 듣고, 비록 수술이 잘되더라도 그 이후 결혼 생활이나 자기 몸에 대한 자신감이 없어진 탓일 거예요. 그래서 내과에서 할 수만 있다면 어떻게든지 내과에서 해결하고 싶다고 생각하고 있었던 것 같아요. 그 여자는 엄청난 미인은 아니었지만, 뭐라고 말할 수 없는 부드러운 여성적인 어깨에다 피부가 뽀얗고 매끈해서, 중년의 나 같은 사람에게는 표현하기 힘들 정도로 매력이 있었지요. 그녀는 약혼자를 절대적으로 신뢰하고 있어서, 같은 병실의 여자 환자들을 꽤 괴롭혔다고 해요. 선생님은 잘 모르시겠지만요…. 그때 나시야마의 기름진 콧부리와 윗입술이 약간 경직되었고, 그것이 너무나 음란한 웃음으로 변했기 때문에 내가 무의식적으로 제지하려 하자, 그보다 조금 빨리 나시야마는 손을 내저으며, 마, 마, 라며 내 말을 끊어 버리고 계속 말했다. 일요일에는 말이죠, 반드시 약혼자가 와서 밖으로 나갔어요. 두 사람은 세이메이(淸明)여관의 단골손님이었어요.

나시야마의 가늘고 작은 눈은 기름의 표면처럼 끈적끈적하게 빛나고, 얼굴 전체가 매우 추하게 보였다.

소녀 같은 기타노 씨가 울고 난 뒤처럼 눈이 촉촉해져서, 게다가

하얀 목덜미에서 귓불까지 빨개져 돌아와 식당 의자에 앉아 한없이 멍하니 있는 것을 보면, 우리 남자 환자들은 놀라서 숨을 삼키곤 했지요. 그때부터 모두 될 대로 되라는 심정이 되어 꽤 거칠어졌지요.

나시야마가 나에 대해서는 아무것도 모른다고 나는 생각했다. 모르기는 하지만 짐승이 어둠 속에서 먹이 냄새를 감지하는 것처럼, 분명히 내 마음속의 어둠에서 무엇인가 냄새를 맡고 있음이 틀림없다. 그것은 나시야마와 같은 남녀들이 오랜 생활 속에서 몸에 지니게 되고, 지금은 거의 본능적인 감각이 되어 버린 것이 틀림없다.

나시야마는 내 눈 속을 들여다보는 듯한 매우 힘이 실린 시선으로 말했다. 일요일에 소변 검사를 위해 소변을 받은 적이 있었지요. 그 뒤로 간호사 한 사람이 기타노 씨를 매우 싫어하게 되었지요. 무엇을 싫어했다는 말입니까? 그때까지 잠자코 있던 내가 무심결에 물었다. 허허, 라며 나시야마는 기묘하게 쉰 목소리로 웃었다. 검사 결과 그녀의 소변에서 발견됐지요. 무엇이 발견되었단 말인가요? 정액이요. 간호사가 그렇게 말했나요?, 라고 내가 물었다. 누구예요, 그 간호사가?

내 목소리는 거의 성난 목소리에 가까웠음이 틀림없었다. 치료실 구석에서 끓는 물에 기구를 소독하고 있던 어린 간호사가, 몸이 경직되고 입을 벌린 채 놀란 얼굴로 내 쪽을 쳐다보았다.

에이, 누구건 무슨 상관이에요, 소문이에요, 소문이라며 나시야마는 당황한 듯 손을 내저었지만, 그 목소리는 아주 냉정했고 조금도 변화가 없었다. 기타노 씨는 애인을 위해 시간을 끄는 것이 좋지 않다고 생각해서 수술받기로 결심한 거예요…. 그런데 그 남자는 그 사람이 수술받고 채 한 달도 되지 않아 갑자기 다른 여자와 결혼해 버렸대요….

기타노라는 여자 환자는 지난 2월에 자살했다. 불안해 하며 망설이는 그녀를 격려해 수술을 행하고, 경과가 지극히 좋은 것을 기뻐하던 내 동료가 그녀의 갑작스런 자살 때문에 얼마나 실망하고 허탈 상태에 빠졌던가를 나는 참담한 심정으로 떠올렸다.

나시야마의 낮은 음성은 거침없이 계속되고 있었다. 이런 종류의 이야기를, 게다가 나중에는 결국 자기 자신의 이야기가 되는 것을, 이렇게 거침없이 냉정하게 마치 산문시라도 읽고 있는 것처럼 보통 인간이 계속 지껄일 수 있을까, 하고 나는 잠시도 쉬지 않고 열렸다가 닫혔다 하는 두 마리 벌레 같은 젖은 입술과, 둥글게 되었다가 일그러졌다가 커지기도 작아지기도 하는 어두운 구멍을 바라보며 생각하고 있었다. 그리고 불현듯, 이 남자가 이렇게 냉정하게 지껄일 수 있는 것은 그 말이 아무리 유창하다고 해도 그에게는 어차피 외국어이기 때문이라는 생각이 떠오른 것이었다.

3년간 자신의 가정과 떨어져 있으며, 나날이 집구석이 변해 가건만 그것을 속절없이 바라보고만 있는 것은 견딜 수 없어요, 선생님, 이라며 나시야마는 말했다. 기타노 씨의 경우와 전혀 다르지만, 제 아내는 일본인으로 저보다 열두 살이나 젊은데, 바깥에서 일을 하고 있는 사이에 점점 변해 가고 있어요. 어떻게 변했는가는 남편만이 알 수 있는 미묘한 것으로, 말로는 잘 표현을 할 수 없지만요, 나를 쳐다보는 눈초리라든가, 우연히 내 손이 그녀의 몸에게 닿았을 적에 반사적으로 움찔하며 몸을 빼는 감각이라든지, 좌우지간 저는 두려워하고 있던 무언가가 차츰 모습을 나타내려 하고 있다는 생각이 들어 견딜 수가 없어요. 선생님, 지금 내가 가정으로 돌아가지 않으면 틀림없이 무슨 일이 일어날 것이라는 예감을 지울 수 없어요.

하지만 그래도 나는 그때, 그의 주치의로서 7월의 퇴원을 허락하지 않아야 했다. 그 이유는 누구보다도 내가 잘 알고 있었다.

나시야마의 오른쪽 폐 상엽 적출 수술은 3월이었다. 나는 그에게 2,000cc의 예비 혈액을 준비시켜 두었지만, 수술은 간단했고 수혈은 1,400cc로 끝났다. 경과는 순조로웠다. 폐는 잘 늘어나 있었고, 무엇보다 마흔다섯 살이라고는 믿기지 않을 정도로 식욕이 왕성했기 때문에 체력 회복이 빨랐다. 10대나 20대와 달리 나시야마 정도의 연령이 되면 수술의 타격으로 식욕이 뚝 떨어지는 게 보통이다. 내가 볼일이 있어서 저녁 식사 시간에 식당에 들른 적이 있었는데, 그는 요양소에서 나오는 반찬 외에 자신이 구입해 온 돼지고기를 직접 구워서 접시에 수북하게 쌓아 놓고 먹고 있었다. 그 옆에 놓인 플라스틱 그릇에는 상추가 수북이 담겨 있었다. 수술 후 환자 식사의 3인분은 족히 되어 보였다. 그는 돼지고기를 한 입 가득 넣고 씹으면서 상추에 소금을 살짝 치고 거기에다 밥을 얹은 다음 능숙하게 손으로 둘둘 말아 입으로 쑤셔 넣었다. 그리고 너무나 행복한 듯이 입을 움직이며 게걸스럽게 먹어 치웠다.

그런 그에 대해서 염려스런 점이 딱 하나 있었다. 혈청간염이었다. 다량의 수혈 때문에 열 명의 수술 환자 중 반드시 두세 명꼴로 그 증상이 나타난다. 발병 시기도 수술 후 2주일 뒤, 4주일 뒤, 두 달 뒤, 넉 달 뒤라는 식으로 각양각색이다. 7월 중순에 퇴원하면 엄밀하게 말해 만 4개월에서 며칠 부족한 셈이 된다. 더군다나 6개월이 지나서 증상이 나타나는 경우도 드물지 않은 것이다. 그리고 나시야마가 가장 최근에 받은 간 기능 검사에서는, 혈청간염을 나타내는 지수는 통상적으로 정상치의 상한이라고 인정되는 수치보다 훨씬 낮아서 거의 문제가 없을 것으로 보였지만, 수술 직후부터 지금까지 그래프 수치가 조금씩 올라가는 경향을 보이고 있는 점이 염려스러웠던 것이다. 아무리 수치가 낮더라도 그래프가 상승하는 경향이라면 경계가 필요했다.

내가 매일 어떤 심정으로 변해 가는 가정이랑 아내를 바라보고 있는지 선생님은 아십니까?, 라며 나시야마는 거의 억양이 없는 낮은 목소리로 말했다. 내가 일본인이 아니고 아내가 일본인이라는 사실이 어떤 것인지, 아내가 3년이나 나와 떨어져 있으면서 밖에 나가 일을 한다는 것이 어떤 것인지 선생님은 이해하지 못하실 겁니다.

그리고 그때 약 때문에 거무스름하게 변한 그의 얼굴에 거의 냉소라고 할 수 있는 희미한 웃음이 떠올랐다.

실례지만, 선생님은 나보다 훨씬 젊어요, 라고 나시야마는 말했다. 선생님처럼 혜택 받은 환경에서 아무 고생 없이 살아온 사람은 우리 같은 부부가 얼마나 괴로운 처지에 놓여 있는지 상상도 못하겠지요. 그래서 남이 이렇게 고통 받고 있는데도 선생님은 태연한 얼굴을 하고 있는 거예요.

그때, 무슨 말을 하는 거야, 라는 날카로운 외침이 내 몸을 관통하고 있었다. 나에 대해 아무것도 알지 못하는 주제에 도대체 너는 무슨 말을 하는 거야.

나시야마의 마지막 그 말이 우유부단한 내 마음을 산산조각으로 찢어 버렸다. 그가 한 그 말 때문에 나는 의사로서의 의무감을 버렸다. 나는 여태껏 누구에게도, 심지어 내 아내에게조차 열어 보인 적이 없는 내 내면에 존재하는 어둠의 힘에 떠밀려, 갑자기 아주 쉽게 나시야마에게 퇴원을 허가해 주었다. 나시야마보다 더 차가운 목소리로.

매달 있는 정기 검진일이 아닌데도 이번 달 나시야마가 진찰실에 모습을 나타냈을 때, 나는 그의 얼굴을 보는 순간 내 안색이 변한 것을 느꼈다. 나도 모르게 몸서리쳤다.

내 앞에 있는 나시야마의 얼굴. 한 번 완전히 탈색된 뒤 안쪽에서부터 순수한 황색으로 물든 투명한 얼굴. 두 개의 움푹 파인 곳 안에 적황색 고름이 고여 생겨난 작은 연못 같은 눈. 보이지 않는 분동(分銅)을 매달고 질질 끄는 것처럼 움직이는 다리. 한 걸음 내디딜 때마다 짧고 약하게 내쉬는 가련한 숨소리. 입에 댄 손수건을 심하게 흔드는 구역질. 이마에 빼곡하게 늘어선 투명한 혹 같은 땀방울. 의심의 여지가 없었다. 급성 혈청간염이었다.

나시야마가 느릿느릿 내 앞에 앉았을 때, 나는 다짜고짜 말했다. 나시야마 씨 지금 당장 재입원하세요. 나는 너무나 큰 충격을 받았기 때문에 단지 그 말만 했을 뿐인데도 창자가 뒤틀리는 것이 느껴지며 급격한 복통이 엄습해 왔다. 나는 두 손을 양 옆구리에 갖다 대고, 꿈틀거리는 창자의 중심을 겨냥하여 힘껏 누르면서 몸을 조금 구부려 아픔을 참았다.

나시야마는 재입원입니까, 라고 얘기하고 있는 듯이, 하지만 전혀 힘이 없는 목소리로 냉담하게 말했다 선생님 그건 안 돼요, 그렇게는 할 수 없어요. 무슨 소리를 하는 겁니까?, 하고 나는 그의 말을 되받았다. 당신도 스스로 잘 알고 있지 않습니까? 혈청간염이란 말입니다. 절대안정을 취하며 링거 주사를 맞아야 해요. 바로 재입원하세요. 그건 안 돼요, 도저히 불가능합니다, 라고 나시야마는 힘없이, 그러나 집요하게 말했다. 내 얼굴이 뜨거워지고 부풀어지는 느낌이 들었다. 선생님 재입원이라니 그건 안 돼요, 라며 나시야마는 계속 말했다. 재입원하면 이번에야말로 모든 게 끝장이에요. 직장도, 가정도, 아내도, 모든 것이 사라져 버릴 겁니다. 현재도 저는 그런 위기에 놓여 있고, 온 힘을 다해 막아 내고 있어요. 직장이라고?, 나는 아연실색하면서 큰 소리로 말했다. 나시야마 씨, 당신 도대체 어쩔 셈이에요. 당신은 혈청간염의 무서움을 몰라서 그래요. 무리하면 간경변증으로 죽어요, 애써 겨우 결핵에서 빠져나와서는. 그러니까 선생님께 약을 받으러 왔잖아요, 라고 나시야마는 고름이 고인 듯한 눈으로 내 얼굴을 보면서 말했다. 약을 처방해 주세요, 선생님. 주사는 회사 근처 진료소에 가서 맞으면 돼요. 하지만 선생님이 혈청간염 환자들에게 항상 주는 초콜릿 알갱이 같은 약과 노란 가루약을 주시면 좋겠어요. 실제로 간장에 잘 듣는 약 따위는 없어요, 라고 나는 성을 내며 거친 어투로 말했다. 현재로서는 간장에 잘 듣는 약이란 없어요, 이건 의사의 상식이에요. 노란 가루약을 무슨 특효약처럼 생각하는 모양인데 그것은 비타민 C에 불과해요. 간장을 고치는 방법은 절대안정을 취하고 잘 먹는 것밖에 없어요. 먹는다는 말을 했을 때, 나시야마의 이마에 혐오의 주름살이 생긴 것을 나는 확실히 보았다. 그래서 쐐기를 박는 듯이 나는 일부러 말했다. 쇠고기와 계란과 우유와 치즈, 소의 간과 …. 갑자기 나시야마는 손수건을 입에 대고 온몸이 부서질 정도로 격렬한 구토를 일으켰다.

주문한 식사가 나왔다. 여전히 식욕이 없었지만, 나는 무언가에 도전하는 기세로 먹기 시작했다. 나시야마 교쿠레쓰가 7월에 퇴원했을 때, 라고 나는 기계적으로 생선튀김을 씹으며 생각했다. 그때 인사하러 온 나시야마의 얼굴을 보면서 이제 겨우 성가신 사람이 내 앞에서 사라지는구나, 라고 생각했다. 이것으로 모든 게 끝났다고 생각했다. 얼마나 단순하고 어리석은 생각이었던 것일까.

나는 나시야마 그 사람 자체를 각별히 싫어했던 것은 아니다. 하지만 나에게 나시야마는 단순하게 나시야마 한 개인이 아니었다. 그것은 나시야마로 대표하는 그들이었던 것이다. 그것은 과거 조선인들 속에서, 내가 고노(河野)라는 한 명의 중학생이 아니라 항상 어디서나 고노라는 중학생으로 대표하는 일본인이라는 존재일 수밖에 없었던 것과 마찬가지다. 나시야마로 대표되는 것은, 내게 하나의 거울 같은 존재가 되어 내 가슴속 깊숙이 숨어 있는 과거를 비추어 낼 것이라는 불안감을 준다. 그것은 생각하기도 기억해 내기도 싫은 일이다. 그래서 20년간 나는 '조선'이라는 이름이 붙은 어떤 것과도 마주치거나 아무리 사소할지라도 관계라는 이름이 붙는 관계 맺기를 피해 온 것이다. 따라서 나는 나시야마가 내 마음속으로 차츰 파고들어 오려는 기색을 보였을 때, 내 자신을 내면에서 항상 비추고 있다고 믿던, 의사로서 의무의 빛을 끝내는 버리고 집요하게 요구해 오는 나시야마에게 약간 위험하고 너무 이르다는 것을 알고 있으면서도 7월에 퇴원을 허가해 버려, 그가 내 앞에서 사라지는 것을 방치했다. 하지만 마음속으로 예감이라고 할 만큼 확실한 것은 아니었지만 무언가 불길한 느낌을 지울 수 없었다. 그리고 드디어 오늘, 나시야마는 예상보다 훨씬 좋지 않은 모습으로 내 앞에 나타난 것이다.

왜 이다지도 공기가 불쾌하게 흔들리는 것일까? 왜 이렇게 공기가 끽끽 소리를 내며 흔들리는 걸까, 라는 의문은 생각하면 생각할수록 내 머릿속에서 떠올랐다가 사라지고, 사라졌는가 하면 다시 떠올랐다. 얼굴을 들고 주위를 돌아보자, 놀랍게도 넓은 직원 식당은 간호사들로 만원이었다. 간호사들은 계속 식당으로 들어와 진찰실에 있을 때의 긴장하고 기민한 존재에서, 같은 백의를 걸치고 있음에도 야간제 고등학교에 다니는 소녀, 비밀스런 웃음을 주고받는 젊은 아가씨, 평범한 중년 여성으로 돌변하고 있었다. 그리고 전후 관계를 알 수 없는 대화의 조각들이 내 귓속으로 날아들었다. 중간고사 성적이 너무 엉망이었다고 탄식하는 어린 목소리를 대신하여, 다른 쪽에서는 지난달 사표를 내고 결혼한 동료의 전통 의상은 요란스러워 너무 품위가 없었고, 그래도 본인은 자신이 행복함을 뽐냈다고 여길 것이라는 가시 돋친 말이 흘러왔다. 한편 그 음성을 차단하듯 다른 테이블에서는, 탁아소가 생긴 것은 고맙지만 교통량이 증가해서 아이를 등에 업고 자전거로 출근하는 것이 불안해서 견딜 수가 없다는, 약간은 지친 듯한 목소리가 끼어들었다. 결코 그들의 목소리 전부가 끊기는 일이 없었다. 식당 안에서 서로 울려 공기 자체가 안쪽에서 소리를 내면서 흔들리고 있는 것 같았다. 그리고 그 같은 공기와 소음 속에서 한 개의 작은 광석처럼 이질적인 자신을 느꼈다. 이 공기 안에서 나는 완전히 이질적인 불안과 혐오스런 과거를 가지고 있는 한 개의 돌이라고 생각했다. 게다가 그 과거는 아직 과거로서 묻혀지지 않았다. 그것은 내가 가장 잘 알고 있는 사실이다.

엄청난 식욕이군, 이라는 퉁명스런 말과 함께 테이블 반대편에 선배 의사인 사나다(眞田)가 앉았다. 아니, 그렇지 않아요, 라고 나는 찌개 국물을 다 마시고 나서 말했다. 식욕을 상실했어요. 하지만 사나다 의사는 내 말의 의미를 이해하지 못한 것 같았다.

오전에 대단한 자가 왔다면서, 자네가 엄청 화를 냈다고 하대, 라며 사나다 의사가 말했다.

아아, 나시야마를 말하는 모양이구나, 라고 생각했다. 그렇다면 의국(醫局)이랑 진료실에서 화젯거리가 된 것 같군, 정말 싫다. 그 사람은 언제 폐를 잘랐지? 3월 20일경입니다. 그리고 퇴원은? 7월 10일입니다. 자, 그러면 4개월도 채 안 되잖아?, 라며 사나다는 손가락을 꼽아 보며 따지는 듯한 말투로 말했다. 예, 본인이 막무가내로 퇴원을 시켜 달라고 고집을 피우고 제멋대로 병원을 뛰쳐나갈 기세였기 때문에. 사나다는 고개를 끄덕이고는 얼굴을 가까이 하며 약간 목소리를 낮추었다. 아까 자네가 재입원하라고 했지만, 그 환자는 절대로 안 된다고 고집을 부렸다며? 예. 괜찮아, 그런 놈은, 이라고 사나다는 말했다. 그런 인간들에는 삐딱한 놈들이 많아. 그런 인간들이라는 말에 사나다가 특별히 억양을 주었기에 나는, 그가 나시야마를 어떤 자로 알고 있는지를 알 수 있었다.

그놈들은, 사나다는 이번에는 분명히 경멸이 넘쳐나는 말투로 그

놈들이라고 말했다. 삐딱할 뿐만이 아니야, 자기들에게 좋지 않은 일들은 전부 일본인과 일본의 정치 탓으로 돌려. 그리고 당치도 않은 요구를 들고 나와서 그것이 관철되지 않으면 떼거지로 몰려 난리를 피우는 거야. 나는 전에 있던 요양소에서 실로 불쾌한 일을 당했기 때문에 잘 알고 있어. 괜찮아, 고노 군. 화를 내는 것은 어리석은 짓이야. 재입원하라고 했지만, 그것이 싫다면 그건 본인 마음이야. 스스로 제 목을 조르는 짓이야. 자네가 어설프게 신사적으로 인간 대접을 해 주니까 기어오르는 거야. 그러고 나서 사나다는 방금 자기가 무슨 말을 했는지 잊어버렸다는 얼굴을 하고 생선회 두 점을 입에 넣고, 이어서 소스를 뿌린 돼지고기에 겨자를 듬뿍 바르고 채 썬 양배추를 익숙한 솜씨로 그 위에 얹어서 입에 넣었다. 나는 사나다 의사와도 아주 이질적인 장소에 있는 것처럼 느껴졌다. 이런 인간들에게는 내 과거와 현재의 불안은 결코 이해되지 않으리라고 생각했다. 먼저 실례할게요, 라고 말하고 나는 자리에서 일어났다.

나는 긴 복도를 걸어갔다. 수술실 앞을 지나칠 때 '무단 출입 금지'라는 팻말을 보고 불현듯 놀랄 만큼 선명하게 나시야마 교쿠레쓰의 얼굴을 떠올렸다. 그것은 수술실 안에서 예비 마취 주사를 맞고 눈 위에 거즈를 올려놓은 나시야마의 얼굴이었다. 거즈가 미끄러져 내려와 예비 마취 때문에 어린애처럼 상기되고 천진난만한 표정을 짓고 있던 나시야마는, 그때 마스크를 한 나를 분명히 알아보고 희미하게 미소를 보내왔다. 내가 천천히 고개를 끄덕이자, 나시야마는 그제야 안심이 되는 듯 스르르 눈을 감았다. 눈꺼풀도 어린아이처럼 무거워 보였고 복숭앗빛으로 물들어 있었다. 그 나시야마의 얼굴에,

오늘 오전 내가 고단백 음식의 이름을 열거했을 때 몸을 찢는 듯이 격렬하게 엄습해 온 구토를 필사적으로 참고 있던 누런 그의 얼굴이 겹쳐졌다. 심한 구토와 그것을 참으려고 육체가 내는 신음 소리가 귓전에 되살아났다. 그리고 끝내 그 경련과 소리는 내 몸 안의 어둠 속에서 형형하게 빛나는 젊은 여자의 눈을 끄집어내려고 내 몸속 깊숙한 곳을 찌르기 시작했다.

오후 0시 30분

내가 진찰실로 들어가자, 가끔 남자 같은 말투를 쓰는 베테랑 주임 간호사가 내 얼굴을 보고는 미간을 찌푸리며, 선생님 아직도 마음에 걸리시나 보죠, 라고 했다. 선생님이 그토록 만류했건만 고집을 부리며 퇴원하고, 이번에는 그렇게 재입원을 권유했는데 무조건 싫다지 않아요. 이쪽에서는 어쩔 도리가 없어요. 너무 신경 쓰시면 몸에 해로워요. 주사라도 한 대 놓아 드릴까요? 아직도 얼굴이 창백한 것 같아요. 나시야마 씨가 막무가내로 집에 있고 싶어하는 것은 조금 이해가 되기도 해, 라고 나는 말했다. 그건 간단해요, 라고 주임 간호사는 내뱉듯이 말했다. 그 남자 응석받이예요, 틀림없어요. 이 병동에 있을 때는 거들먹거리고 허풍을 떨었지만, 열 살이나 젊은 아내가 문병을 오면 헤벌쭉거려서 보는 사람의 목구멍이 간지러울 정도로 느끼한 목소리를 내요. 그리다가 아내가 돌아가면 나는 저 여자가 조금도 마음에 들지 않는다거나 갑자기 힘껏 한 대 때려 주고 싶은 생각이 든다고 말하는 거예요. 그건 거짓말이에요, 그토록 좋아서 헤벌쭉해 놓고서는, 이라고 말하면 매우 음침한 웃음을 지으며, 얼굴은 분명히 웃고 있지만 눈은 웃지 않아요. 소름이 끼칠 정도로 차가운 눈매를 하고는, 아니야 나는 언제나 그 여자를 때렸어. 어이, 때릴 때 내가 뭐라고 하며 때리는지 알아?, 라고 묻는 거예요. 남의 사랑싸움 따위 관심 없어요, 라고 말하면요, 부부는 부부라도 우리는 보통 부부가 아니야. 나는 마누라를 쪽발이!, 라고 저주하며 때려. 어때, 쪽발이, 좋은 말이지?, 라며 히죽히죽 웃는 거예요. 정말 기분 나쁜 남자예요!

그리고 그녀는 문득 생각난 듯이 말했다. 선생님, 선생님은 조선에서 살다 귀환하신 분이죠. 나시야마 씨가 말한 그 쪽발이라는 말은 어떤 의미인가요? 쪽발이, 어쩐지 매우 추잡한 느낌이 들어요. 선생님, 입에 담기 거북한 말인가요?

그러자 요양소 내의 문화 동아리 활동에서 말하기를 좋아하는 간호사가 옆에서 끼어들었다. 주임님, 일본에서 태어나서 교육을 받은 조선인 중에서 조선말을 쓸 줄도 모르고, 자기 조국도 모르고, 자신을 조선인으로도 일본인으로도 생각할 수 없는 그런 사람을 반쪽발이라고 한대요. 왜 있잖아요, 몇 년 전에 고마쓰가와(小松川)고등학교 여학생을 죽이고 사형을 당한 이진우(李珍宇) 소년 같은 인간 말이에요. 반일본인이라는 의미예요. 그러므로 반을 떼 버리면 쪽발이란 일본인이 되는 것이에요. 그렇죠, 선생님?

뭐야, 그런 거야?, 라며 주임 간호사는 낙담한 듯이 말했다. 쪽발이라고 하니까 들을 때는 매우 음탕한 소리라고 생각했는데…, 나시야마가 일본인 아내를 쪽발이라고 소리치며 때렸다는 건, 일본인이라고 하며 때렸다는 거잖아? 그건 당연한 이야기가 아닌가? 일본인에게 일본인이라고 외치는 건… 그 말을 했을 때 나시야마의 분위기는 왠지 평소와는 달랐어, 사람을 깔보는 듯한 소름끼칠 정도로 음흉한 웃음을 지었단 말이야. 고노 선생님, 쪽발이란 결국 그 정도 의미인가요?

왜 오늘은 전부가 조선과 관계되는 일뿐이지, 라고 나는 생각하고 마음이 더욱 울적해졌다. 즉 이 모든 것은 나시야마 교쿠레쓰에서 비롯된 것이다.

그런가요, 선생님? 포기할 수 없다는 듯이 주임 간호사가 물었다.

그런 모든 것을 피해 가며 살아왔던 내가 잘못이란 말인가?, 하고 나는 생각했다. 아니, 내게 잘못된 일인지 아닌지는 아무래도 좋았다. 이 나라에 살면서, 비록 직접적이지 않더라도 조선이라고 이름 붙는 모든 것을 피해 갈 수 있을까 하는 것 자체가 어리석은 질문이라고 해야겠지. 나는 아무리 작은 활자라도 '조선'이라는 두 글자를 보면, 생각하기에 앞서 논리보다 앞서 그것들을 감싸고 있는 몸, 부드러운 육체, 존재 전부의 감각의 심이 부끄러움과 저주하는 불꽃으로 태워지는 기분이 드는 것이다.

쪽발이, 나는 그것을 내가 알고 있는 범위 안에서 간호사들에게 가르쳐 줄 수 있었다. 쪽발이가 최종적으로 일본인을 지칭한다고 해도 일본인이라는 문자로 대신할 수는 없다. 쪽발이의 직접적인 의미는 발굽이 갈라진 지, 라는 뜻으로, 인간의 모습을 하고 있지만 개만도 못한 짐승을 가리키는 말이리라. 나는 중학교 하급생 시절, 아버지에게 조선인들은 왜 일본인을 발굽이 갈라진 자라고 부르는지 물어본 적이 있었다. 조선으로 건너온 일본인들은 조선인들의 눈에는 신기한 버선과 신발을 신었기 때문에 그렇게 말하지 싶다고 아버지는 대답했지만, 물론 그것은 일반적으로 그렇게들 말하는 이야기였을 뿐이다. 쪽이라는 발음에서 추정할 수 있는 한자는 족(足)이다, 발이로 추정할 수 있는 한자는 할(割)이다, 따라서 쪽발이는 어쩌면 족할(足割)이 아닐까 생각한다고 아버지는 덧붙였다.

하지만 이 또한 돌아가신 아버지의 추론에 불과했던 것이다. 어찌 됐든 개만도 못하다는 말은, 실로 오랜 역사를 통해 언제나 선진문화를 일본에 전해 주었다는 자존심 강한 조선인들의 처지에서 보면, 원통하기 짝이 없는 증오와 저주에서 생겨난 뼈에 사무치는 경멸의 불꽃이었다. 예를 들어 동성 간에 혹은 남녀가 싸울 때, 분명하게 '이 짐승!'이라는 말을 던진 경우를 생각해 보면 될 것이다. 하물며 이것은 단순한 저주의 말이 아니라 역사 자체의 무게를 짊어진 말인 것이다. 이런 것들을 나는 간호사들에게 가르쳐 줘도 무방하다. 하지만 나는 그렇게 할 수 없었다. 그렇지 않아도 나시야마를 싫어하는 간호사들이, 가끔 병원에 들르는 뽀얀 피부의 얌전한 나시야마의 아내가 나시야마로부터 '이 발굽이 갈라진 짐승아!', '이 일본 짐승아!'라는 욕을 먹으며 구타를 당하는 장면을 왕성한 상상력을 동원해서 즉시 떠올리고는 격분할 것이 뻔했기 때문이다. 그리고 나시야마라는 인간은, 나도 수술에 참가한 사람이고, 머지않아 참담한 모습으로 다시 내 앞에 나타나리라는 예감이 내 가슴속에 있었다. 하지만 그 때문에 내가 쪽발이의 설명을 굳이 하지 않은 게 아니다. 이 말을 결코 입에 담고 싶지 않은, 기억하기조차 싫은 나만의 이유가 있었기 때문이다.

그때 안내계에서 전화가 걸려 왔다. 손님이 와 있다는 것이었다. 누구냐고 물었다. 학생인 것 같다고 수납의 여직원이 대답했다. 아뇨, 진찰은 아닌 모양입니다. 오우치(大內)라는 분의 명함을 소개장 대신 가지고 오셨는데요. 예, 명함에 고노 군이라고…, 실례했습니다, 선생님. 명함에 그렇게 적혀 있습니다. 용건 말씀입니까? 그게, 개인적인 일이고, 한마디로는 도저히 말할 수 없는 것이라서 직접 뵙고 말씀을 드리겠다고만 말해서….

오늘은 도대체 아침부터 웬일이야, 라고 나는 점점 기분이 나빠졌다. 오전 중에는 나시야마 교쿠레쓰를 만나고, 식당에서 사나다 의사의 모든 걸 다 알고 있다는 식의 천박한 이야기를 듣고 그리고 진찰실에서는 간호사들의 수다가 이어지고, 이번에는 무슨 용건인지 짐작조차 안 가는 정체불명의 남자가 등장했다. 첫째 나를 향해 고노 군이라고 적었다는 오우치라는 자에 대해서는 전혀 짚이는 바가 없었다. 나는, 면회인 식당에서 기다리게 하라고 말했다가 곧 그것을 취소하고 다방 위치를 가르쳐 주고, 거기에서 기다리게 하라고 말하고는 전화를 끊었다.

내과 병동의 끝에서 튀어나온 지붕 달린 콘크리트길을 조금 걸어가면, 솔밭 속에 요양소 분위기와는 조금 다른 방갈로풍 다방이 있다. 버터를 듬뿍 넣은 롤빵과 커피가 다방 주인의 자랑이었다.

다방에는 내가 먼저 도착했다. 조금 있으면 오후 안성 시간이 시작되기 때문에 환자의 모습은 거의 보이지 않았다. 나는 커피를 주문하고, 이야기를 좋아하는 주인에게 붙잡히지 않으려고 일부러 카운터에서 멀리 떨어진 자리로 가 앉았다. 그때 청년이 나타난 것이다.

나는 처음에 그 사람이 나를 만나러 왔으리라고는 생각지 못했다. 왜냐하면 안내계와의 전화 통화로 나는 상대가 한 사람이라고만 생각하고 있었기 때문이다. 그러나 나타난 것은 두 사람으로, 게다가 한 명은 와세다 대학 법학부 배지를 가슴에 단, 마치 소년 같은 인상을 주는 가냘픈 여학생이었다. 나는 흘긋 그들을 쳐다보고는 환자와 관계 있는 면회인일 것이라고 생각했다. 그래서 솔밭 너머에 있는 초등학교에서 흘러오는 운동회 예행연습인 듯한 음악과 호령을 들으며 눈을 감고 있었다. 그러자, 실례지만, 고노 선생님이십니까?, 라는 남자치고는 매우 부드러운, 하지만 두려워하거나 주눅 들지 않은 침착한 음성이었다. 나는 놀라서 눈을 뜨며 말했다. 나를 찾아왔다는 사람들이 자네들인가?

그렇습니다, 라며 두 사람은 선 채로 대답하고 명함을 내밀었다. 나는 그것을 받아들고 보았다. 오우치 기요시(大內潔)라는 성명과 근무처인 출판사 주소가 인쇄되어 있고, 날인이 되어 있었다. 오우치 기요시, 라고 읽고 나는 고개를 저었다. 아무것도 떠오르지 않았다. 그 옆에는 작은 글씨로 이렇게 적혀 있었다.

"오랫동안 소식을 전하지 못했습니다. 외과 의사로서의 명성은 가끔 옛 친구들을 통해서 듣고 기뻐하고 있습니다. 그건 그렇고, 와세다 대학생 호리 이치로(堀市郎) 군과 가토 기쿠코(加藤菊子) 양을 소개합니다. 귀형에게 여러 가지로 배우고 싶다고 하니 부디 잘 부탁드립니다."

나는 잠자코 명함을 보고 있었다. 그러고 나서 뒤늦게나마 두 사람에게 앉으라고 말하고 커피 두 잔을 더 시켰다. 그리고 다시 명함을 보았다.

오우치 기요시, 오우치 기요시… 갑자기 나는 무언가에 한 대 얻어맞은 듯한 충격을 받았다. 이 사람이 바로 그 오우치 기요시라면 같은 도쿄에 살면서도 어떻게 이토록 전혀 모르고 지낼 수 있었단 말인가, 하고 생각했다. 이 사람이 그 오우치라면, 왜 그 자식이 도쿄에 있단 말인가, 그 자식은 패전 후 규슈의 고향으로 돌아갔다는 소문을 들은 적이 있었는데….

이 오우치라는 분은 …, 이라며 말을 꺼내다가 그 오우치라는 발음이 무수히 많은 가시로 나의 부드러운 구강 전체를 찔러 아프게 하는 것을 느꼈다.

조선의 중학교에서 선생님과 함께 지내셨다고 말씀하셨어요, 라고 가토 기쿠코라고 소개받은 가슴이 빈약한 여학생이 말했다.

그런가, 그렇다면 역시 그 자식이었군, 그 자식이 도쿄에 살고 있다니! 몸속에서 무엇인가 역류하기 시작한 느낌이 들었다. 이 오우치가 정말로 그 자식이라고 치고, 그 자식이 23년이나 지난 지금 무슨 짓을 하려는 걸까? 겨우 떨쳐 냈다고 생각한 나시야마가 지금이 되어서야 혈청간염에 걸려 당장에라도 쓰러질 것 같은 모습으로 나타났다. 오늘은 돌아갔지만, 아직 모든 게 끝난 것이 아니다. 그리고 같은 날 조선의 그날, 부엌문 뒤에 숨어서 나의 행위를 훔쳐보고 있었던 오우치 자식이 이렇게 내 앞에 추악한 모습을 드러낸 것이다.

흰 가운은 편리했다. 이 광대한 숲으로 둘러싸인 요양소라는 특수 사회 안에서 내가 입고 있는 이 흰 가운은 내 육체 속에서 지금 끓어오르는 어두운 공포나 불안을 완전히 가려 주는 기능을 갖고 있었다. 나는 아주 자연스런 표정을 지으며 새삼스럽게 두 학생의 얼굴을 바라보았다.

호리 청년은 피부가 희고, 남자치고는 지나칠 정도로 섬세한 이목구비였다. 하지만 눈은 내 시선을 받고도 조금도 주눅 드는 기미가 없어 시선을 옆으로 돌린다든지 내리깔지도 않았다. 그 눈은 나의 강한 시선을 청년 특유의 기백으로 되받아치거나 거꾸로 거칠게 도전하지는 않았다. 내 시선은, 그의 약간 갈색 빛이 감도는 검은 눈동자와 마주치자 그대로 조용히 그 부드러운 눈동자 속으로 흡수되어 가는 듯한 느낌이었다. 청년은 심지가 강한, 그리고 끈기가 있는 강한 성격임이 틀림없다고 나는 생각했다. 나는 시선을 가토 기쿠코라는 여학생의 얼굴로 옮겼다. 그러자 그녀는 한동안 내 시선에 저항하기라도 하듯이 길게 째지고 쌍꺼풀이 없는 눈에 힘을 주고 있었지만, 이윽고 희미한 부끄러움을 드러내 보이고 살며시 눈을 감았다. 눈꺼풀이 아주 엷게 핏빛으로 물든 것이 신선하게 느껴졌다. 이 둘은 모두 시간 낭비를 하지 않고 열심히 공부하는 학생이라는 느낌이 들었다. 그래서 조금 마음이 편해졌다.

오우치 군과는 어떤 관계지요?, 라고 나는 물었다. 그러자 가토 기쿠코가 대답했다. 저희 집 근처에 살고 계시는데 조그만 연구회를 조직하신 적이 있어요. 거기에 제가 들어가고 나서 알게 되었어요. 그런데 오우치 군이 나한테 가서 무엇을 물어보라고 했나요?

그렇다, 무엇을 물어보라고 한 걸까?, 라고 나는 생각하고 있었다.

오우치는 나를 어떤 인간으로 이야기한 것일까? 어떤 인간이라고….

호리 청년은 뭔가 말하고 싶은 것을 많이 갖고 있는 듯했다. 그것들을 어떻게 간결하고 요령 있게 말하면 좋을지, 그 실마리를 찾기 위해 닫힌 입술 안에서 몇 번이고 몇 번이고 음미하고 있다는 느낌을 주었다. 그리고 겨우 실마리를 찾아냈다는 투로 허공의 한곳을 응시하고 있던 굳은 시선이 갑자기 부드러워졌다.

오늘 저희는 와세다 대학 1학년으로서 선생님을 찾아온 것은 아닙니다. 그는 약간 딱딱한 투로 말했고, 동감이라는 투로 가토 기쿠코가 고개를 끄덕였다. 나는 그게 무슨 말이냐고 물었다. 사실 학생이 학생 신분으로 찾아온 것이 아니라고 구태여 밝히는 것은 무슨 연유인가, 나는 전혀 짐작이 가지 않았다.

호리가 말했다. 꽤 오래전에 저희 학생과 일반 시민들이 재일조선인 문제를 생각하는 학생과 시민의 회를 조직했습니다. 재일조선인 문제를 생각하는 학생과 시민의 회, 나는 입속에서 반복하고, 꽤 긴 이름이네요, 라고 말했다. 나는 태연한 얼굴을 하고 있었지만, 마음속으로 갑자기 펄펄 끓는 기름 덩어리가 튀어 들어온 느낌이 들었다.

호리 청년은 일단 이야기를 시작하자, 근무 중인 나에게서 오랜 시간을 뺏는 것은 실례라고 생각한 듯, 간결하게 찾아온 목적을 말하기 시작했다. 그래서 나는 그들이 어떤 자격으로 무엇 때문에 이곳에 찾아온 것인가 대략적인 내용을 파악했다. 즉 이런 이야기였다. 그 모임은 잡다한 연구 활동을 목적으로 만들어진 것이 아니라 몇 가지 사회적 사건을 계기로 결성된 것이었다. 따라서 연구 활동을 하게 된다면, 애초에 어떤 형태로든 사회적 실천을 내포하고 있었다.

한국 군대를 탈영하여 일본으로 밀입국하다가 체포된 청년을 강제 송환으로부터 구해 내려는 운동에서 촉발되어, 거기에 약간의 관계를 가진 것도 하나의 실천이었다. 혹은 재일조선인 자제들 사이에서 일어나는 범죄의 실태를 분석하여 진짜 원인을 찾아내고, 그것을 일본인 자신들의 인식 문제로서 사회적으로 호소하려고 하는 것도 한 예다. 하지만 작년 도쿄의 대학에 재학 중이던 조선인 학생 두 명이 돌연 출입국 관리국에 불려 가 그대로 구금되어 버리고 수년 전에 밀입국했다는 혐의로 강제송환 결정이 내려져, 사고무친한 한국으로 송환될 지경에 빠지는 사건이 일어났다. 그 두 사람은 지금도 오무라(大村) 수용소에 수용되어 있다고 하는데, 구원운동단체의 하나로서 호리 청년들의 조직도 현재 활동 중이라는 것이었다.

호리 청년은 겸연쩍어하면서 말했다. 이런 식으로 말하면, 저희가 뭐 대단한 일이라도 하는 것처럼 들릴지도 모르겠습니다만, 실제는 회원도 적고, 회원이 모두 가난한 데다가 이런 실제 운동에는 익숙하지 않은 사람들뿐이라서 거의 변변한 일을 하지 못하고 있는 실정이어서 그게 유감입니다.

그래요, 라고 가토 기쿠코가 말했다. 하지만 모두 하려고 하는 열의와 행동력만큼은 남들에게 지지 않지요. 8월 31일 밤에도 연구회가 있었습니다만, 아홉시쯤 되어서 가쓰라카와(桂川) 씨가, 그 사람은 리더 중의 한 명이죠, 갑자기 허둥대면서, 내일은 관동대지진 기념일이잖아. 그런데도 우리가 가만히 있어서 되겠냐고 말을 꺼냈고, 그래서 우리는 모두 대지진 당시 조선인 학살 사건을 떠올린 것입니다. 무슨 일을 하려 해도 이미 밤 아홉시가 지났어, 지금 무슨 일을 한단 말이야?, 라는 사람들도 있었지만, 여기 있는 호리 씨가, 나는 밤샘을 해서라도 등사를 해서 삐라를 만들고 플래카드를 만들 거야. 나는 내일 아침 혼자서 역전에서 삐라를 나누어 줄 건데, 도와줄 수 있는 사람은 오늘 밤 우리 집으로 와, 라고 말했어요. 그래서 여섯 사람이 밤을 새워 준비하여 1일 아침 삐라를 돌렸죠. 정말 황당한 짓만 하는 거죠.

호리가 이어서 말했다. 지금은 오무라에 수용되어 있는 조선인 학생에게 봉함엽서를 차입하고 우리도 편지를 보내, 그곳의 일상생활이나 사소한 사건들을 전부 적어서 보내 달라고 하여 그 내용을 편집하고 자료들을 약간 첨가해 팸플릿으로 만들어 판매하는 정도가 저희가 할 수 있는 일이겠지요. 이 방법으로는 곤란하니까 몇 명씩 나뉘어서 여러 단체나 조직들을 방문하여 협조를 부탁한다든지, 취지를 이해해 주시는 분들을 후원회원으로 모시고 모금을 부탁드리고 있습니다.

대충 알겠네요, 그런데 나를 찾아온 이유는?

선생님께서 꼭 후원회원이 되어 주십사는 것입니다, 라고 호리는 말했다.

오우치 군은 출판사에 근무하는 모양인데, 라고 나는 언어의 선택에 신중을 기하면서 말했다. 자네들의 조직에서 오우치 군은 어떤 역할을 하고 있나요?

오우치 씨는 리더 중의 한 명이에요, 라고 가토 기쿠코가 말했다.

오우치 군이 나를 찾아가 후원회원이 되어 달라고 부탁하라고 했나요?

그렇다는 듯이 두 사람은 고개를 끄덕였다.

선생님을 정말 만나 뵙고 싶어하십니다, 하고 가토는 당연히 나도 같은 심정일 것이라는 눈빛으로 말했다. 후원회원이 되시면 저희 모임에 여러 분과위원회가 있어서 때때로 심포지엄을 합니다만, 그때 선생님을 만날 기회가 생길 거라면서… 게다가 조선에서 태어난 자신은 본적지도 고향으로는 느껴지지 않고, 조선은 이미 고향이 아니게 되어 버렸고, 동창생들은 제각각 흩어져서 연락도 별로 없어서 도쿄에 있는 선생님을 만나고 싶다고 말씀하셨어요….

학생은 법학부라고 했죠? 그런 조직 활동 안에서 학생이 법률적으로 지금 가장 관심이 있는 것은 무엇입니까?, 라고 나는 가토 기쿠코에게 물었다.

가토는 즉각적으로 망명권이라고 대답했다. 나는 같은 질문을 호리 청년에게도 던졌다. 호리는, 자신은 문학부라고 전제한 뒤 민족적 편견과 차별 문제라고 대답했다. 두 사람의 입에서 나오는 말은 명쾌함 자체였고, 이 솔밭 위로 펼쳐진 가을 하늘과 햇살처럼 투명하고 시원하여 구김살이 없었다. 그게 나와는 얼마나 다른가? 내가 시종일관 '조선'이라는 두 글자를 피하려고 노력해 왔더라도 그건 소위 통속적인 의미에서 조선을 싫어하기 때문은 아니다. 나로서도 순수 논리에서 보면, 내 앞에 앉아 있는 투명한 가을 같은 두 젊은 남녀의 논리를 긍정할 수밖에 없다. 하지만 이 두 사람과 나는 얼마나 다른가? 호리 청년이 편견과 차별이라고 명쾌하게 말했을 때, 그 말의 의미는 그와 나에게는 전혀 이질적일 것이라고 느꼈다. 그것은 결코 소위 세대 차 따위만은 아니다. 그런 종류의 것이 아니다. 나는 호리처럼 명쾌하고 시원하게 차별과 편견이라고 말할 수가 없다. 내가 입에 담으려고 하면 순식간에 그 단어들은 마치 육화(肉化)된 것처럼 내 입 안에 꽉 차 버린다. 만약 말할 수만 있다면 나는 예를 들어 이런 식으로 호리 청년과 가토 기쿠코에게 말하고 싶었다. 자네들은 조선인 앞에서 대학생 호리 개인이 아니라 가토 기쿠코 개인이 아니라, 호리 혹은 가토에 의해 대표되는 일본인이라는 자신의 존재를 실감한 적이 있습니까? 조선인들에게 일본인이란 16세기 말 도요토미 히데요시(豊臣秀吉)에 의한 분로쿠·게이초의 전쟁(임진왜란과 정유재란의 일본식 명칭 — 옮긴이주) 이래, 정한론(征韓論) 이래, 강화도사건 이래, 청일전쟁 이래, 한일합방 이래, 토지 수탈 이래, 소위 3·1만세사건 이래, 헌병·경찰·감옥망 이래, 조선어 금지 이래, 황국 신민의 서사 이래, 창씨개명 이래, 강제연행 이래, 강제노동 이래 그리고 한국전쟁과 특수 경기에 의한 일본 산업의 부흥 이래, 기타 여러 가지 이래, 그 종합적 통일체로서의 일본인인 것이에요. 이런 사실과 관계없는 일본인이란 하나의 추상으로, 즉 자네들이 언제 어디서 어떤 조선인을 마주하더라도 자네들은 자네들로 대표되는 '일본인'이라는 존재 그 자체라는 식으로 자신을 실감해 본 적이 있습니까?

하지만 나는 끝내 아무 말도 하지 못했다.

좀 생각해 볼게요. 개인적인 사정이 있어서 지금 여기서 확답을 드릴 수가 없네요, 라고 말하자 두 사람은 조금은 섭섭한 표정을 짓고는 팸플릿 두 부를 내밀었다. 나는 커피 값을 치르고 두 시람과 헤어졌다.

그들이 가고 난 뒤 나는 커피 한 잔을 더 주문했다. 타이프로 쳐

쪽발이 35

서 만든 얇은 팸플릿을 들고 가만히 있자, 그 가벼움이 이상한 힘이 되어 내 손 안으로 스며들어 내 손을 안에서부터 경직시키기 시작했다.

기분이 묘했다. 아침에 집을 나올 때, 나는 매우 산뜻하고 밝은 기분이었다. 오늘은 토요일로 비교적 한가했다. 화요일에 수술을 받은 환자의 가슴에 꽂아 피를 뽑아내던 드레인관은 어제 뺐고 경과는 좋은 편이었다. 내일은 일요일로 모처럼 온종일 나만의 시간이다. 학회에 제출할 예정인 혈청간염에 관한 논문을 손질하는 데 하루를 전부 쓸 수 있는 것이다. 그래서 나는 아침에 평소보다 큰 보폭으로 다른 사람들을 연이어 가볍게 추월하며 걸었다. 하지만 지금 나는 때 아니게 솔밭 안의 다방에 앉아서 얇은 팸플릿을 손에 들고, 그 가벼움이 파고들어 와 이상하게 점점 숨이 답답해지는 것을 느꼈다.

그것은 나에게 무언가를 말하려고 한다. 아니, 무언가가 아닐 것이다. 이미 나는 숨이 답답한 것이 무엇인지 알고 있다. 그리고 지금 내가 어느 한 점을 향해서 걷기 시작한 것도 확실히 알고 있다.

매장되지 않는 시간 · 1943년

툇마루 밑에서 또다시 가냘픈 울음소리가 들려왔다. 울음소리는 오래전부터 계속되었고, 그것은 이따금씩 딱 끊어져 이젠 체념했나 보다고 생각하면 또다시 같은 톤으로 시작하는 것이었다. 그것은 공포에 질린 듯했고, 철저한 고독감에 이미 스스로 자신을 지킬 힘도 없으며, 자신을 도와줄 만한 것은 어디에도 존재하지 않음을 확실하게 깨달은 절망적인 울음소리였다.

시끄러워!, 라고 나는 소리를 질렀다. 그러자 울음소리는 딱 멈추었다. 그리고 어렴풋이 목구멍 깊은 곳에서 으르렁거리는, 적의를 그대로 드러낸 신음 소리가 들려왔다. 그만큼 울었음에도 저 녀석은 아직도 나를 적으로 간주하여 위협하려고 자신을 독려하고 있구나, 하고 나는 생각했다. 그리고 조금 있자, 또다시 흐느껴 우는 듯한 암울한 울음소리가 다시 시작되었다. 나는 툇마루 밑에 숨어 있는 사나운 검둥개를 이 집으로 이사 온 1주일 전에 처음 보았다.

내가 막 중학교 4학년이 되었을 때였다. 아버지는 병원을 개업했다. 조그만 마을의 중심부 가까이에 위치한 이 큰 집 — 정면은 병원의 모습을 하고 있다 — 을, 같은 고향 출신의 늙은 의사가 아버지에게 양도하고 재산을 정리해서 현해탄을 건너 일본의 고향으로 돌아간 것이다. 그때 늙은 의사는 두 가지를 두고 갔는데 그 하나가 검둥개였다.

이사한 그날, 나는 집 뒤 정원의 대나무숲 앞에서 무뚝뚝한 표정의 젊은 여자가 장작을 패고 있는 모습을 곁에서 보고 있었다. 굵은 소나무 가지 장작은 창고 옆에 지붕 높이까지 쌓여 있었다. 전에 살던 집에는 매달 노인이 소달구지에 장작을 싣고 와서 온종일 작업하여 쓰기에 편한 크기로 잘라서 반듯하게 쌓아 놓고 장작 값과 품삯을 받아 돌아가는 길에 매번 길거리 식당에서 듬뿍 담은 김치와 곱창구이를 먹으며, 큰 놋그릇 잔으로 막걸리를 마시고는 먼 길을 유유히 돌아갔다. 새로 이사 온 집에서는 조선옷을 입은 젊은 여자가 도끼로 장작을 패고 있었다. 젊은 여자가, 늙은 의사가 남겨 두고 간 가정부라는 것은 한눈에 알 수 있었다. 여자는 내가 새로운 주인의 외동아들인 것을 알아차린 것일까, 나에게 한 번도 눈길을 주지 않았다. 그건 관찰하기에는 더없이 형편이 좋았다.

머리카락을 뒤로 넘겨 둥글게 말아 비녀를 찌른 여자의 얼굴은 작았다. 그 때문에 더욱 드러나 보이는 얼굴은 계란형이고 피부는 반질반질했다. 눈은 가늘고 길게 찢어졌고 약간 치켜 올라가 억세게 보였다. 보면 볼수록 얼굴이 내가 잘 아는 누군가를 닮았다는 생각을 지울 수 없었다. 입술연지를 바르지 않았는데 선명한 붉은 입술은 양끝이 위를 향해 굳게 다물어져 있었다. 누구를 닮았는지 생각나지 않아서 나는 안달이 났다.

작은 얼굴 아래에는 크고 풍만한 몸이 있었다. 드러낸 팔뚝은 놀랄 만큼 굵고 튼튼하고 힘이 넘치고 있었다. 그리고 젖가슴 때문에 짧은 저고리가 한껏 치켜 올라가 몸통이 매우 가늘어 보였다. 여자는 큰 도끼 자루를 두 손으로 꽉 쥐고서 침목에 비스듬히 세워 둔 소나무 가지를 향해 내리쳤다. 그러자 소나무는 두 갈래로 짜개졌다. 도끼를 내리치려는 순간 번쩍하고 빛나는 눈은 무서울 정도였다. 그 눈을 바라보던 나는 갑자기 아! 하고 생각이 났다. 여자의 얼굴은 사진으로 자주 보았던 젊은 여자의 노멘(能面 : 일본의 전통 가면 악극인 노에서 쓰는 탈— 옮긴이주)과 너무 닮았다.

그녀가 도끼를 내리칠 때 내는 윽 이라는, 기합 소리인지 장단을 맞추는 소리인지 알 수 없는 응축된 일순간의 소리는, 예리하기도 하고 요염하기도 하여 마치 들어서는 안 되는 은밀한 소리인 듯한 매력이 있어서, 나는 그녀가 장작을 패는 모습을 오랫동안 바라보고 있었다.

그러던 중에 젊은 여자는 옆도 쳐다보지 않고 열심히 일하고 있는데 중학교 4학년이나 된 내가 아무것도 하지 않고 옆에서 멍하니 서 있는 게 얼마나 멍청한 짓인가, 라는 생각이 문득 들었다. 그래서 창고 안이 어떻게 생겼나 알아보기 위해 대숲 앞에 있는 창고로 가서 문을 열려고 했다. 그 순간 나는 엄청난 기세의 무겁고 큰 무엇에 등을 부딪쳐 쓰러졌다. 나는 땅바닥에 심하게 부딪히면서 검은 물체가 몸을 휙 하고 돌리며 뛰어오르는 것을 보았다. 개였구나!, 라고 깨달은 순간적으로 눈앞에 널려 있는 장작 하나를 집어 들고는, 다음 도약의 준비를 끝내고 몸을 바짝 낮추고 있는 검둥개를 향해 던졌다. 명중했다고 생각했지만 개는 그보다 빨리 옆으로 뛰어올라 그대로 쏜살같이 대숲 속으로 모습을 감추어 버렸기 때문에, 내가 던진 장작은 맥 빠진 포물선을 그리며 지면으로 떨어질 수밖에 없었다.

그때 등 뒤에서 까르르 하는 웃음소리가 났다. 흙을 털면서 일어나 그쪽을 쳐다보자, 그녀는 몸을 배배 꼬면서 웃고 있었다. 나는 불시에 덮친 개에게 화가 났고, 꼴사나운 내 모습을 보고 방약무인하게 큰 소리로 웃고 있는 젊은 여자에게서 모욕을 당한 듯한 기분이 들었다. 그러자 마치 그런 내 마음의 동요를 알아차린 것처럼 그녀는 갑자기 웃음을 그쳤다. 그건 진짜 대단한 변화였다. 그녀 얼굴 전체에 솟아나던 웃음은 일순간에 그녀 피부 속으로 사라져 버린 것이었다. 그녀는 도끼를 내려놓고 내 쪽으로 똑바로 걸어왔다.

노련님, 어디 다친 데는 없어?, 라고 여자는 부드럽고 윤기 있는 목소리로 물었다. 응, 이라고 나는 대답했다. 저건 누구네 개지? 이 집 개, 라고 그녀는 대답했다. 이 집? 그래, 선생님(일본으로 돌아간 늙은 의사를 말하는 것 같았다)은 페치카(아까 본 무시무시한 개의 이름인 모양이었다)를 새로운 선생님에게 주고 갔어, 나도 새로운 선생님에게 주고 갔어. 나는 그런가, 라고 말했다. 하지만 그 검둥개는 안 되겠어. 왜? 새로운 선생님은 개를 무척 싫어하시거든. 그러자 왜인지는 모르지만 그녀는 정말 기쁘다는 표정으로 웃었다. 이름이 뭐지?, 라고 나는 그녀에게 물었다. 그러자 그녀는 잠시 망설이다가 작은 소리로 에이코, 라고 대답했다. 나는 그만 웃음이 터졌다. 에이코라니 농담하지 마, 내가 알고 싶은 건 너의 진짜 이름이야.

그러자 그녀의 부드럽게 이완되어 있던 얼굴이 굳어졌다. 다시 눈초리가 치켜 올라갔다. 에이코야!, 라고 그녀는 조용하게 되풀이했다. 그 외에 다른 어떤 이름도 없다는 사실을 절대로 잊어서는 안 된다고 관리가 말했어. 그러니까 나는 에이코라는 이름밖에 없어.

검둥개가 무서운 속력으로 뒷마당을 가로질러 달려갔다. 나는 화제를 바꾸었다.

걱정이네, 에이코, 우리 아버지는 개를 무지 싫어해. 걱정할 것 없어, 라며 에이코는 굳은 표정을 약간 풀며 말했다. 페치카는 새 선생님의 것이지만, 선생님이 싫다면 내가 데려갈게. 괜찮을까? 개가 얌전히 따라갈까? 괜찮아, 라며 에이코는 살며시 웃었다. 페치카는 사나운 개지만, 저 녀석은 나를 제일 무서워하니까. 정말이야? 정말이야, 두고 보면 알게 될 거야.

그게 이사한 날의 일이었다. 나는 자락이 긴 조선옷을 입은 젊은 여자에게 에이코라는 일본식 이름이 너무나 어울리지 않는다는 생각이 들었다. 창씨개명 때문에 모든 조선인이 일본식 성명으로 바꾸어야 한다고 하지만 조선옷을 입고 머리를 빗어 넘긴 그녀를 에이코라고 부를 때, 나는 실재하지 않는 인간을 향해 부르는 듯한 허전함을 느낄 수밖에 없었다. 진짜 이름을 가르쳐 줘, 본명으로 불러 줄 테니까, 라고 아무리 말해도 그녀는 어찌 된 까닭인지 절대로 본명을 밝히려고 하지 않았다. 그래서 어쩔 수 없이 나는 그녀를 약간 부끄러운 기분을 느끼면서 에이코라고 부를 수밖에 없었다.

에이코가 자신 있게 말했던 것처럼 검둥개는 어찌 된 일인지 에이코에게만은 꼼짝도 못하고 벌벌 떨었다. 나는 어떻게 해서든 페치카를 길들이려고 모든 수단과 방법을 동원해 보았지만, 페치카는 단호하게 그것을 거부하든가 무시했다. 그리고 정말로 얄미운 것은, 내가 매일 기차로 중학교가 있는 도시에서 온통 사과밭으로 뒤덮여 있는 이 작은 마을로 돌아와 집에 들어서면 페치카는 항상 큰 벚나무 아래에 웅크린 채 이빨을 드러내고 위협하듯이 으르렁거렸다. 그리고 내 손안에 있는 돌을 비웃기라도 하듯 재빨리 숲 속으로 모습을 감추어 버렸다. 그 위협적인 으르렁거림을 들을 때마다 나는 언제나 열을 받았다. 여기는 너희 집이 아니야, 라고 페치카는 완고하게 믿고 있기에 나에게 으르렁거리는 것이다. 여기는 주인님의 집이다, 너의 집이 아니야.

하지만 에이코가 페치카! 하고 부르면 어디에 있든 즉각 달려와 에이코 앞에 얌전히 앉는 것이다.

에이코는 아버지에게 정식으로 허락을 받아 페치카가 자신의 소

유임을 확인하고는, 개목걸이에 밧줄을 매어 밤에 자기 집으로 돌아갈 때 끌고 갔다. 페치카는 털이 수북한 꼬리를 뒷다리 속으로 말아 넣고서 힘없이 끌려갔다. 바로 그저께의 일이었다. 그러나 어제 아침에 일어나 보니 페치카는 벌써 우리 집 대숲 속을 뛰어 돌아다니고 있었다. 그것을 본 에이코는 무지 화를 내고 굵은 장작으로 두세 번 두들겨 패고는 밤에 돌아갈 때 다시 끌고 갔다. 어젯밤에 끌려간 페치카가 무슨 일을 당했는지 나는 알 수 없었다. 하지만 다음 날 아침 페치카는 또다시 돌아와 있었다. 왼쪽 앞발이 구부러든 채로 뛰는 듯이 걷고 있었다. 에이코가 올 시간이 되자, 마치 그것을 알기라도 하는 것처럼 도망 가는 대신 툇마루 밑으로 들어가 약한 신음 소리를 내며 자신의 운명을 슬퍼하는 것이었다.

일요일이었다. 만약 페치카가 외로움과 절망에 지쳐 나에 대한 오만한 태도를 버리고 위협적으로 으르렁거리지 않았더라면, 주인에게 버림받고 너무나 비통하게 울고 있는 페치카를 내가 얼마나 불쌍하게 여겼을까? 아니, 사실은 페치카가 여전히 으르렁거렸지만 나는 왠지 페치카가 불쌍해지기 시작했다.

하지만 그때 숨을 헐떡이며 에이코가 마당에 들어섰다. 나는 툇마루로 나갔다. 페치카의 신음 소리는 딱 멎었다.

안녕, 에이코, 뭐가 그리 급한 거지?, 라고 내가 말했다.

급한 게 아니야, 급한 게 아니라 화가 난 거야. 정말 화가 나. 페치카가 또 도망갔어!

나도 모르게 싱긋 웃은 모양이었다. 에이코의 흰 얼굴이 붉어졌다.

도련님은 알고 있지? 에이코는 내 얼굴을 빤히 쳐다보았다. 페치카가 어디 있는지 알고 있지? 아니. 그런 표정을 지어도 소용없어, 가르쳐 주지 않아도 상관없어. 페치카는 틀림없이 이 집 안 어딘가에 있을 거야.

그리고 에이코는 전혀 엉뚱한 방향을 향해 천천히 말했다.

페치카, 어디에 숨어 있는지 다 아니까 나와라. 페치카 내가 어떻게 할지 너는 잘 알고 있겠지. 도망치다니 각오는 단단히 하고 있겠지.

그러자 흐느껴 우는 듯한 가냘픈 울음소리가 툇마루 밑에서 들려오기 시작했다. 그것은 자신을 지켜 줄 사람이 이젠 그 어디에도 없음을, 나가지 않을 수 없음을 알고 있는 울음소리였다. 에이코는 툇마루 밑을 들여다보지 않았다. 그녀의 눈은 촉촉하게 젖어 번쩍였고 볼은 붉게 상기되었다. 마치 술에 취한 듯했다. 나는 에이코의 얼굴에 빨려 들어갈 것 같았고, 나도 감염되어 기묘하게 초초한 두근거림, 무언가를 쥐어짜든가 어딘가에 몸을 부딪치고 싶은 흥분이 쏟아올라왔다.

페치카! 에이코는 강한 음성으로 불렀다. 이리 와!

그러자 울음소리는 그치고 잠시 정적이 감돈 뒤 페치카의 큰 모습이 툇마루 밑에서 나타났다. 페치카는 꼬리를 다리 사이로 말아 넣고 머리를 숙인 채로 살랑살랑 허리를 흔들며 에이코에게 다가가서는 에이코의 옷자락에 코를 문지르며 발라당 누워 부드러운 복부를 드러냈다.

갑자기 에이코가 발로 그 배를 걷어찼다. 페치카는 비명을 지르며 온몸에 경련을 일으켰지만, 그래도 또다시 에이코에게 다가와서 드러누웠다.

에이코는 따라와, 라고 짧게 말하고는 뒤도 돌아보지 않고 뒷마당의 창고 쪽으로 걸어갔다. 그 뒤를 페치카가 절뚝거리며 따라갔다. 여태껏 단 한 번도 맛보지 못한 오한과 같은 떨림이 나를 엄습해 왔다. 몸속이 뜨거워졌다. 에이코와 페치카의 뒷모습에는 무언가 특별한 분위기가 있었다. 나는 꼼짝도 하지 않고 툇마루에 선 채로 있었지만, 허겁지겁 나막신을 꿰신고 그 뒤를 쫓았다.

 창고 쪽으로 가 보니 에이코가 쭈그리고 앉아 무언가를 하고 있고, 그녀의 옷자락 사이로 위를 향해 누운 페치카의 다리가 보였다. 다가가기 어려운 분위기가 감돌았다. 나는 멈추어 섰다.

 이윽고 에이코가 천천히 일어났다. 그녀가 손에 들고 있던 것은 밧줄이었다. 밧줄은 페치카의 목걸이에 꽉 매어져 있었다. 에이코는 내가 숨을 죽이고 서 있는 것을 알고 있는 듯했다. 내 쪽을 바라보면서 그녀는 웃어 보였다. 하지만 웬일인지 에이코의 얼굴은 새빨갛게 상기되어 있었고 얼굴은 이상하게 일그러져 매우 흉해 보였다. 나도 웃었지만 입술이 굳어져 볼이 실룩실룩 경련을 일으켰을 따름이다. 나는 에이코가 그저 명령을 어긴 개에게 벌을 주고 있는 것이라고 생각하고 싶었다. 그래, 그것뿐이야, 라고 나는 내 자신에게 말했다. 하지만 아니야 그런 게 아니야, 라는 소리가 내 안에서 들려왔다. 에이코가 좀 이상한 게 아닌가 하고 나는 생각했다. 그렇지 않다면 저렇게 있는 힘을 다해 페치카의 부드러운 배 한복판을 발로 찰 수는 없다, 왜 에이코는 저렇게 흉한 얼굴을 하고 웃는 것일까? 왜 내 얼굴이 일그러지는 것일까?

 에이코는 갈라진 목소리로 말했다. 페치카! 너는 나쁜 놈이야!

그리고 그녀는 갑자기 마치 포환던지기라도 하듯 페치카를 가볍게 들고는 빙빙 돌리기 시작했다.

깨갱 하고 날카로운 비명이 한 번 페치카의 입에서 새어나왔을 뿐이었다. 다섯 번, 여섯 번, 일곱 번, 하고 나는 회전수를 세었다. 에이코 몸의 회전과 마찬가지로 에이코를 축으로 하여 허공을 돌고 있는 페치카를 보고, 눈을 부릅뜨고 얼굴이 더 빨개진 에이코를 보고 있었다. 에이코의 몸이 정지되고 털썩하며 페치카의 큰 덩치가 땅바닥으로 내팽개쳐졌다. 페치카의 눈이 치켜 올라가고 윗입술이 말려 올라가고 이빨이 드러났다.

나는 에이코, 하고 불렀다. 또다시 몸이 덜덜 떨리기 시작했다. 페치카가….

페치카는 안 죽어, 라며 에이코는 가슴을 심하게 헐떡이면서 갈라진 음성으로 말했다. 그리고 그녀는 섬뜩할 정도의 관능적인 눈빛으로 눈부신 듯 나를 위에서부터 아래까지 천천히 바라보았다.

괜찮아, 도련님, 자 봐….

페치카가 비틀비틀 일어나 반쯤 감긴 듯한 기묘한 눈을 한 채로 에이코 쪽으로 다가갔다.

또 도망갈 거야?, 라고 에이코가 말했다. 페치카는 머리를 숙이고 에이코의 신발을 핥았다.

이런 식으로 얼버무릴래!

그 뒤 나는 믿기지 않는 것을 보았다.

에이코가 다시 밧줄을 손에 감기 시작한 것이었다.

나는 그만두라고 큰 소리로 외쳤다. 그만두란 말이야 에이코!

도련님은 마음이 여리구나. 에이코는 촉촉이 젖은 눈빛으로 나를 물끄러미 바라보며 말했다. 도련님은 품위가 있으시니까.

그만해, 라고 나는 말했다.

에이코가 페치카를 돌리기 시작했다. 페치카의 몸이 휙휙 허공을 돌았다.

에이코의 새빨간 얼굴이 금방이라도 터질까 봐 걱정되었다. 에이코의 눈썹이 치켜 올라가고 눈이 더욱더 째져 거친 숨소리가 공기를 가르고, 에이코의 덧니가 그대로 드러났다. 무섭다는 생각이 들었다. 에이코의 얼굴이 무섭다. 휙휙 하는 소리를 내며 페치카가 공중회전을 했다. 자, 이래도 도망칠래?, 라며 에이코가 드문드문 말했다. 자, 도망쳐 봐, 자 죽어라, 죽어 버려! 에이코는 빙글빙글 돌고, 에이코의 시뻘건 얼굴이 돌고, 검은 페치카가 휙휙 허공을 돌았다. 자, 죽어라, 죽어 버려!

에이코의 몸이 겨우 멈추고, 조금 더 허공을 돌던 페치카의 몸이 땅바닥으로 떨어졌다.

나는 꼼짝 못하고, 에이코라는 이름 말고는 다른 이름이 없다는 여자의 얼굴을 가만히 쳐다보고 있었다. 그리고 내 시야의 끝에 움직이지 않는 검은 물체가 있었다.

죽어 버렸다. 나는 떨리는 목소리로 말했다. 너는 나쁜 사람이야, 에이코, 정말로 너는 나쁜 사람이야….

나쁜 건 페치카야, 라고 말하며 에이코는 나에게 다가왔다. 그 눈은 여전히 기묘한 빛을 발하고 있었다. 그 눈빛은 내 몸에 끈적끈적 달라붙었다. 그녀는 더 가까이 다가왔다. 다가오지 마, 내 곁에 오지

마, 라고 말하고 싶었지만, 어찌 된 셈인지 그 말은 목에서 나오지 않았다. 너는 나쁜 인간이야, 정말로 나쁜 인간이다. 너는 잔학하다, 조선인들은 어느 놈이고 간에 모두 잔학하다…. 그리고 그 말들은 입 밖으로 나오지 않았고, 에이코가 다가옴에 따라 몸의 떨림이 더욱 강해졌다.

에이코는 체구가 작은 나보다 몸집이 컸다. 그녀는 내 옆에 와 섰다. 그녀의 왼손이 내 몸의 떨림을 잠재우려는 듯 내 옷 위를 천천히 가볍게 쓰다듬었다. 그러자 땀을 흘린 에이코에게서 내 생활과는 전혀 이질적인, 확실히 일본인이 아닌 강하고 진한 냄새가 내 몸을 감쌌다. 부추와 파와 마늘 냄새, 참외와 대추와 사과 냄새, 장판과 마른 짚 냄새. 쇠갈비와 해초와 곶감 냄새, 대구와 명란과 갈치와 방어 냄새, 진달래와 개나리와 도라지 냄새, 은어와 피라미와 낙동강의 물 냄새, 마른 쇠똥과 흑돼지 냄새, 그 모든 것이 녹아든 진하고 강렬한 에이코의 냄새.

여자인 주제에 어딜 만져, 조선인 여자 따위가 나를 만지다니, 라고 나는 마음속으로 말하고 있었다. 그러면서도 나는 에이코의 냄새에 밀봉되기라도 한 것처럼 꼼짝도 못했다. 그녀의 손가락은 내 옷 위에서 닭살이 돋을 정도의 쾌감을 불러일으켰다. 그리고 내 귀에다 더욱 강한 냄새를 불어넣으면서 속삭였다.

도련님은 정말 마음이 여리네, 아직 어린애군. 왜 그렇게 마음이 여린 거지? 그리고 그녀는 큭큭큭 하고 웃었다. 그녀의 손가락은 천천히 내 몸 위를 쓰다듬고 있었다. 싫다, 싫어, 라며 나는 지힝하면시 생각했다. 싫다, 내 몸이 오염되어 버린다, 에이코의 냄새가 스며들어 버린다, 이 냄새는 싫다. 하지만 나는 꼼짝할 수 없었다. 내 눈은 움직이지 않는 검둥개만을 바라보고 있었다. 속삭임은 계속되었다. 내 남편도 마음이 여려, 언제나 벌벌 떨고 있어. 내 남편은 도련님과 비슷한 나이야. 그리고 또 큭큭큭 하고 웃었다. 이건 도련님 배지, 이건 배야. 도련님은 일본인이면서 정말로 마음이 여려. 페치카는 죽지 않아. 이건 마음이 여린 도련님의 배다, 이건 배다, 그렇지….

오염된 여름

나는 거의 비틀거리다시피 하면서 제방 위를 걸어서 돌아왔다.

여름방학은 이제 열흘밖에 남지 않았다. 여름방학의 대부분은 멀리 낙동강 강변의 촌으로 끌려가 소학교 교실에 멍석을 깔고, 거기에서 숙식을 하며 보낸 것이다. 아침 여섯시에 일어나 온종일 낙동강이 내려다보이는 언덕 위에서 언덕을 깎아 내고 흙을 광차로 운반하여 다른 곳에다 제방 같은 것을 만들었다. 우리는 자신들이 만들고 있는 제방 같은 것이 도대체 무언지 알 수 없었다. 선생들도 전혀 모르는지, 아니면 입 밖에 내는 것이 금지되어 있었는지, 무엇 하나 설명하지 않았다. 단지 그 부근 일대에는 우리 일본인 중학교 4, 5학년들뿐만 아니라 엄청난 사람들이 떼를 지어 언덕을 깎아 내고 지게를 지거나 광차를 밀기도 하며 운반되어 온 흙을 제방처럼 쌓아올리고 있었다. 작업의 목적을 전혀 알 수 없는 일만큼 인간을 피로하게 만드는 것은 없다. 우리의 기대와는 달리 연일 대륙과 이어진 반도의 하늘에는 태양이 빛나고 있었다. 공기도 뜨거웠고, 수통도 타는 듯이 뜨거웠고, 운반하는 토사 또한 뜨거웠다. 언덕 아래를 유유히 흐르는 낙동강의 푸른 물이 저주스러웠다. 포플러숲에서는 엄청난 수의 매미들이 의식이 몽롱해질 정도로 울어댔다. 바람도 불지 않고 땀은 뚝뚝 떨어지고, 우리는 모두 신경이 곤두섰고, 피곤에 지쳐 금방이라도 폭발할 것 같았다. 게다가 극도의 공복이 계속되었다. 세 끼 밥은 떡졌고 게다가 양이 너무나 적었다. 반찬은 물기 많은 오이뿐이었다. 이따금 물을 얻으러 넓은 밭 안에 있는 농가에 갔는데, 거기서 나는 조선인 농부들이 점심을 먹고 있는 장면을 자주 보았다. 평소라면 그런 가난한 조선인들의 식사 따위는 불결하다는 생각이 앞서 들여다볼 생각조차 나지 않았을 것이다. 하지만 위장이 꼬이는 듯한 공복에 시달리고 있었기에, 시원한 나무 그늘에 멍석을 깔고 둘러앉아 조선인들이 밥을 먹고 있는 광경을 나는 멍하니 서서 정신없이 쳐다보고 있었다. 남녀 네 명의 중앙에 사각 나무통이 놓여 있고, 거기에는 금방 지어서 김이 나는 조밥이 담겨 있었다. 세숫대야같이 둥글고 큰 그릇에는 둥글게 썬 무가 대부분인 김치가, 그득한 황적색 김치 국물 안에 고봉으로 담겨 있었다. 그들은 사방에서 숟가락을 내밀어 밥을 떠 먹고 국물을 떠 먹기도 하며 속까지 빨간 무를 입을 크게 벌려 베어 먹기도 했다.

지금 나는 저것을 먹을 수 있을까?, 라고 생각했다. 이토록 배가 고픈 지금이라면. 하지만 곧 나는 예리한 혐오감에 휩싸였다. 저들은 침이 묻은 숟가락을 같은 국물 속에 집어넣는다, 같은 밥에 숟가락을 넣는다, 저들은 타액이 섞인 국물을 마신다! 에이코가 가끔 우리 엄마에게, 사모님 저희 음식을 드셔 보시겠습니까?, 라며 조선 음식을 작은 그릇에 담아서 가져오곤 했다. 엄마는 신기해 하며 반드시 먹어 보았다. 그건 갈치이기도 했고, 대구를 기름과 고추와 마늘로 볶은 것이기도 했고, 내용물이 무언지 알 수 없는 튀김 같은 것이기도 했다. 도련님도 먹어 봐요, 맛있어요, 라고 에이코는 나에게 말했지만, 나는 어쩐지 기분 나쁘고 더럽게 느껴져 도저히 먹을 수가 없었다. 그 이유를 나는 잘 알고 있었다. 그건 에이코라는 이름의 가난한 조선인 여자가 만든 것이었기 때문이다. 나는 철들면서부터 조선인은 불결하다, 조선인은 더럽다고 느끼고 있었다. 전에 살았던 산골 마을 집 근처에는 조선인들의 작은 초가가 빼곡하게 밀집되어 있었다. 여름이 되면 아이들은 상의만 입고 엉덩이를 다 드러낸 채 땅바닥에서 놀고 있었다. 밤이 되면 그대로 집으로 돌아갔다. 흙으로 너무 더러워졌으면 엄마가 엉덩이를 때리고 수건인지 걸레인지 구별이 안 가는 천으로 엉덩이를 닦아 주는 것이다. 나는 조선인은 더럽다고 생각했다. 아이들도 더럽다, 어른도 더럽다, 손으로 코를 풀고는 그 손을 씻지도 않고 밥을 먹는다. 아아 더럽다, 여자들은 그다지 깨끗하지 않은 개천의 웅덩이에 모여서 빨래를 한다. 1주일씩이나 같은 일이 반복되면 붕어나 송사리들이 고통스럽게 수면으로 떠오른다. 그러면 아이들이 모여 서로 앞 다투어 물고기를 잡아 소중하게 집으로 가져간다. 에이코가 만든 음식 따위 먹을 수가 있겠는가?

어린 시절부터 중학교 4학년인 지금까지 나는 그런 장면들을 수없이 목격하면서 자라왔다. 「황국 신민의 서사」라는 것을 일본인도 조선인도 모두 외우게 되어서 군대의 위령제 등에서 조선인 중학교 학생들 옆에 서서 그것을 제창하는 경우가 많았다.

"우리는 황국 신민이다. 충성으로 천황과 국가에 보답하자."

나는 조선인 중학생이 암송하는 것을 듣고 학교에서 가르치는 것과는 달리 뭔가 잘못되었다고 생각했다. 너희는 황국 신민이 아니야, 너희는 우리 황국 신민과 달라, 너희는 우리와 다르다. 모든 생활이 다르듯이 말이야, 너희는 다른 종류의 생물이다.

나는 흐느적거리며 사과밭 사이의 작은 길을 걸어 붕어가 잘 잡히는 깊은 시냇물 옆을 지나 수박밭을 가로질렀다. 그러자 앞쪽에 울창한 대나무 숲이 나타났다. 그러자 갑자기 내 몸속에서 쿵 하고 울리는 느낌이 들었다. 약 30일간 계속된 작업이 너무나 힘들었기 때문에 나는 완전히 잊고 있었다. 에이코는 무엇을 하고 있을까?, 라고 나는 생각했다. 그건 어둡고 격렬한 설렘이었다. 이상한 체험을 한 것은 단 한 번뿐이었지만 에이코는 아무 일도 없었다는 것처럼 하고 있었다. 그런 일이 있었던 것은 현실이 아닌 것처럼 생각되었다. 그럼에도 나는 한동안 에이코의 얼굴을 똑바로 쳐다볼 수 없었다. 실제로 나는 내 자신에게 무슨 일이 일어났는지, 에이코가 내게 무슨 짓을 했는지, 지금도 명료하게 기억해 낼 수 없다. 내 눈은 눈 주위가 활활 불타는 듯하여, 그저 누워 있던 검은 개의 모습 이외는 아무것도 보이지 않았던 것이다. 그리고 끊임없이 계속 속삭이던 그녀의 말들은 어쩌면 환청이었을지도 모른다. 그리고 에이코는 죽은 것 같은 페치카 앞에서 멍하니 서 있는 나를 진정시키려고 내 몸을 쓰다듬어 주었을 뿐인지도 모른다. 내가 멋대로 흥분하여 뭐가 뭔지 알 수 없게 되고, 그러던 중에 갑자기 검은 개의 모습이 부풀어 올라와 그 윤곽이 순식간에 흐려져 버렸는지도 모른다. 그 모든 것이 내 환각이었다면, 그건 그때 에이코의 흉하게 일그러진 붉은 얼굴과 동요의 빛을 담고 있는 촉촉한 눈과, 그리고 여자로서 상식에서 벗어난 행동 탓이었는지도 모르겠다. 겁을 먹고 움츠러들어 불쌍하게 용서를 비는 개를, 죽지는 않았으니까 다행이지만, 포환던지기를 하듯이 돌려서 기절시킨다고 하는 행동을, 나는 어릴 때부터 일본인 여자들에게서 단 한 번도 본 적이 없었다. 그건 역시 에이코가 조선인이기 때문임이 틀림없다. 조선인 여자가 내 몸을 쓰다듬고 짜릿한 감각으로 끌려들어 갔다는 사실을 학교 친구들이 알게 된다면, 모두 나를 진정으로 경멸하고 냉소하고 깔보며 더러운 놈이라고 말하겠지…. 그런 것들을 나는 너무나 진지하게 생각하고, 그후 강하고 이질적인 체취를 발산하는 에이코를 증오했지만, 다른 한편으로 아니 에이코는 뭔가 있었다는 듯한 얼굴을 하고 태연자약하게 내 눈을 바라보고 있지만, 그건 분명히 있었던 사실이다. 그건 다름 아닌 에이코 자신에 의해 행해진 것이라는 생각이 머리를 쳐들고, 더러워도 좋다, 한 번 더 그것을 체험할 수 있다면 하는 강한 바람이 은밀히 내면에서 솟아나는 것을 제지할 수가 없었던 것이다.

네시 무렵이었다. 태양 빛은 전혀 약해지지 않았다. 나는 대나무 숲 속을 지나 창고 옆을 거쳐 현관으로 둘러 가는 게 너무 귀찮아 부엌문에서 다녀왔습니다, 라고 말하고는 그대로 우물로 직행했다. 그리고 배낭을 콘크리트 바닥에 팽개치고 각반을 푼 다음 하의와 셔츠를 벗고 알몸인 채 두레박으로 물을 퍼서, 머리부터 몇 번이나 냉수를 뒤집어썼다. 그리고 배낭에서 타월을 꺼내어 몸을 닦고 나서 속옷 차림으로 짐을 들고 부엌문 쪽으로 돌아왔다. 집 안에는 아무도 없는 듯했다. 생각해 보니 아버지는 휴진일이고 어머니는 애국부인회 정례 모임이 있는 날이다. 아버지는 휴진일이면 반드시 낙동강 지류로 낚시를 가고 어머니는 모임이 있는 날에는 대개 어두워져야 돌아온다. 하지만 내가 오늘 돌아온다는 것은 알고 있을 텐데 아무도 없어서 나는 화가 났다. 아들이 배를 곯아 가며 중노동인 근로 봉사에서 녹초가 되어 돌아왔는데 말이야, 라며 씩씩거리며 시원한 거실로 먹을 것을 찾으러 갔다. 그리고 숨이 막혀 멈추어 섰다. 여름인데도 문을 다 닫은 거실 미닫이문 쪽에 엄마가 몇 벌 준 면 원피스를 입은 에이코가 누워, 오른손은 눈 위에 얹고 왼손은 쭉 뻗은 채 잠을 자고 있었다. 언제나 긴 조선옷으로 몸을 감싸고 있는 에이코가 눈에 익었기에 다 드러난 손과 발을 보자 나는 숨이 턱 막혔다. 에이코, 라고 나는 조그맣게 불러 보았다. 에이코는 꿈쩍도 하지 않았다. 젖가슴만이 조용히 올라갔다 내려갔다 했다. 에이코, 라고 나는 더욱 낮은 소리로 다시 한 번 불러 보았다. 그리고 멈칫멈칫하며 그녀 곁에 앉아 가만히 있었다. 아무 생각도 나지 않았다. 그저 몸을 떨며 가만히 있었다. 그리고 천천히 손을 뻗어 그녀의 배 위에 살며시 올려놓았다. 그녀가 깨어나더라도 지금이라면 아직 뭔가 변명의 여지가 있다고 생각했다. 에이코가 진짜로 자고 있는 건지 아닌지 전혀 알 수 없었다. 나는 그대로 몸을 숙여 얼굴을 그녀의 부드러운 배에 갖다 댔다. 그러자 나는 얼굴만이 살아 있는 듯한 느낌이 들었다. 에이코는 여전히 꼼짝도 하지 않았다. 잠자고 있어, 피곤해서 자고 있는 거야, 라고 나는 자신에게 말했다. 내 몸의 떨림은 더욱 심해졌고, 내 얼굴은 그에 따라 흔들렸다. 하지만 에이코는 움직이지 않았고 아무 소리도 내지 않았다. 나는 몸이 너무나 심하게 떨리기에 두려워져서 몸을 일으켰다. 에이코는 자고 있다고 생각했다. 에이코의 귓불이 새빨갛고 투명해지기 시작한 것은 더위 탓이라고 속으로 생각했다. 그리고 과감히 손을 뻗었다. 그래도 에이코는 꼼짝도 하지 않았다….

나는 거실에서 도망치듯이 한 단 낮은 부엌으로 내려갔다. 소리를 내며 물을 마셨다. 그리고 하마터면 소리를 지를 뻔했다. 활짝 열린 문 옆으로 몸을 숨기듯이 하며 근처 과수원집의 오우치 기요시가 보자기 꾸러미를 들고 서 있는 게 아닌가. 오우치는 아버지로부터 폐문 임파선염이라는 진단을 받아 근로 봉사를 면제받았다. 나는 우뚝 선 채로 오우치를 째려보았다. 아무 생각도 할 수 없었다. 뜨거운 것이 머릿속에서 맴돌았다. 오우치는 겁먹은 표정을 지었다. 아마 나는 틀림없이 험악한 얼굴을 하고 있었을 게다.

네가 세시 오십분 기차로 돌아올 거라고 생각해서, 라며 오우치는 횡설수설했다. 네가 피곤하리라 생각되어, …저, 엄마가 사과를 갖다 주라고 해서….

그리고 얼굴은 나를 향한 채로 천천히 허리만 굽혀 툇마루 위에 보자기 꾸러미를 살며시 내려놓자, 폴짝 뛰어오르듯이 몸을 펴고는 또 놀러 올게, 라고 말하자마자 쏜살같이 뛰어나갔다.

나는 물을 마셨다. 저 녀석은 대관절 언제 온 걸까, 라는 의문이 떠오르고, 말이 종소리처럼 머릿속에서 울려 현기증이 났다. 저 녀석이 무엇을 보았을까, 보았을까, 보았을까, 보았을까…. 만약 보이지 않았더라도 녀석은 뭔가 눈치 챈 게 아닐까, 눈치 챈 게 아닐까, 눈치 챈 게 아닐까…. 녀석은 왜 겁먹은 표정을 지었지? 왜, 왜, 왜….

나는 갑자기 자신의 허리 부근에서부터 뭔가 전혀 다른 것으로 물들어져 가는 듯한 두려움과 더러움을 느끼고 공포에 휩싸였다. 나와 거의 비슷한 나이라는 에이코 남편의 그림자가 내 허리 부근에 찰싹 달라붙어 있는 듯한 느낌에 사로잡혔다. 싫다! 싫다! 나는 미친 듯이 목욕탕으로 뛰어들어 가 거칠게 펌프질을 하고 벌벌 떨면서 몇 번이나 물을 뒤집어쓰고 비누칠을 했다. 너는 바보다, 너는 미친놈이다, 너는 더러워, 라고 나는 자신을 향해 마음속으로 외쳤다. 꼴좋다, 이제부터 너에게는 무서운 날들이 시작되는 거야, 끝난 게 아니라 시작되는 거야. 중학교 4학년인 주제에 그것도 조선인 여자와, …너는 모든 일본인의 웃음거리가 될 거야, 너는 상대 여자와 마찬가지로 더럽다는 비난을 받을 거야….

나는 천천히 속옷을 입고 피곤도 배고픔도 잊은 채 내 방으로 들어갔다. 책상 앞에 앉아 머리를 감쌌다.

오우치는 보았을까? 또다시 의심이 들었다. 아니야, 보였을 리가 없어. 부엌 안으로 들어와서 문을 열고 들여다보지 않은 한 보일 리가 없어. 그렇다면 뭔가 눈치라도 챈 걸까? 아니야, 거실에서 멀리 있었기 때문에 눈치 챘을 리가 없어. 그러면 왜 숨어 있었지? 왜 그렇게 겁먹은 표정이지? 내 표정이 무서웠던 걸*까*?

그 순간 나는 등 뒤에서 소름 끼칠 정도의 음흉한 웃음소리가 난 것을 들었다. 에이코다! 나는 뒤돌아보았다.

도련님, 언제 돌아온 거야? 전혀 몰랐네, 라고 에이코는 상기된 얼굴로 웃음을 참으면서 태연하게 말했다. 왜 잠자코 있는 거야, 왜 그런 식으로 내 얼굴을 쳐다보는 거야? 도련님, 많이 야위었네.

에이코, 진짜로. 나는 잠긴 목소리로 말했다. 진짜로 자고 있었어? 나는 자고 있었지. 저 방 시원하기 때문에. 정말이지? 정말로 자고 있었던 거지? 자고 있었지, 지금까지 아무것도 몰랐어.

나는 헤프게 무릎을 다 드러내고 앉아 있는 에이코를 지그시 쳐다보았다. 다리는 굵었고, 허벅지는 그보다 더 굵고 통통 부은 듯했고, 옷깃 언저리가 단정치 못했다. 날카로운 혐오감이 내 몸을 관통했다. 나가!, 라고 나는 강한 어조로 말했다. 뭘 하고 있는 거야, 빨리 나가! 그리고 나는 깜짝 놀랐다. 에이코는 지금까지와 달리 완전히 변해 버린 듯이 보였다. 나가기는커녕 그녀는 큭큭큭 하며 입속 웃음을 계속하면서 치켜 올라간 가는 눈으로 지그시 나를 바라보면서 꼼짝도 하지 않는 것이었다. 내 마음속이 새파랗게 질렸다. 이 여자는 자지 않고 처음부터 모든 것을 알고 있었던 거야! 그러자 목구멍에서 나오는 웃음을 지으면서 지그시 나를 바라보고 있는 에이코의 얼굴이 점점 무서워지기 시작했다. 도대체 마음속으로 무슨 생각을 하고 있는지 알 수가 없다. 마치 다른 생물체를 마주하는 듯한 공포였다.

나는 에이코의 표정이 무서워서 겁을 먹고, 내 방에서 나가! 라고 소리쳤다. 그러자 에이코는 겨우 일어나서 방을 나가려고 하다가 돌아서서는, 들릴까 말까 한 목소리로 천천히 말했다. 도련님, 정말로 나쁜 아이가 되었구나. 하지만 모두 다 똑같아. 그리고 다시 입속으로 웃으면서 너무나 부드럽게 속삭였다. 정말로 나는 푹 자고 있었어, 아무것도 몰라, 이 쪽발이야 ···.

도쿄 · 1968년

나는 사흘 동안 거의 잠을 자지 못했다. 지난 금요일에 수술한 환자는 쉰이 넘은 회사원이었는데, 오른쪽 폐의 병소는 꽤 오래되었고 늑막의 유착도 심했다. 수술은 여섯 시간 만에 끝났지만 출혈이 심해서 마취가 깰 시간이 되어도 혼수 상태에서 깨어나지 못했다. 피는 드레인관 속에서 굳어져 버렸고 가슴속은 출혈이 계속되어 피가 솟아 나오고 있었다. 자칫하면 핏덩어리가 목을 막아 질식할 위험이 있었기 때문에 그날 밤 한시가 지나 재차 수술실에서 가슴을 열고 피를 씻어 냈다. 심장도 많이 쇠약해져 있었다.

나는 신의 존재를 믿지 않는다. 하지만 지난 사흘 동안 나는 마음속으로 끊임없이 환자를 향하여 기도하고 있었던 것처럼 생각된다. 오누마(大沼) 씨, 살아나 주세요. 힘내세요, 오누마 씨 제발 살아나 줘요···.

선생님, 식사 시간이에요, 라는 간호사의 말을 듣고, 나는 긴 복도를 걸어서 밥을 먹으러 갔다. 나는 반드시 먹어야만 했다. 오누마 씨가 한 달 전에 외과 병동으로 오기 전까지 내게는 전혀 미지의 타인이었다. 하지만 내 환자가 된 그 순간부터 나는 그의 생명을 위해 나의 모든 기술을 다해 싸우지 않을 수 없다. 나는 이 요양소에서 과거에 많은 환자의 죽음을 공허하게 바라볼 수밖에 없었던 체험을 한 선배들의 지도를 받았다. 선배들은 또 그들의 은사나 선배들로부터 전 생애를 바쳐 배우고 익힌 학문과 기술을 물려받은 것이다. 즉 오누마 씨를 마주하고 있는 나는 미숙하지만, 말하자면 그런 과거로부터의 학문의 총 결집력의 하나인 셈이다. 나는 모든 힘을 다해 오누마 씨를 위해 싸우지 않으면 안 된다. 그렇기 때문에 나는 식욕이 없다는 따위의 호강에 바친 소리를 할 처지가 아닌 것이다. 나의 힘을 유지하기 위해서라도 식사를 거를 수가 없었다.

다행히도 오누마 씨는 간신히 위기를 벗어났다. 동료 한 명이 자기가 대신 붙어 있을 테니 조금 쉬라고 말했다. 자신이 수술한 기타노라는 여자 환자가 자살해 버린 동료였다. 그에게 뒷일을 부탁하고 나는 의국으로 돌아와 소파 위에 누웠다. 온몸이 아파 왔다. 잠시 누웠다가 일어나 내 책상으로 가서 며칠 동안 쌓인 우편물을 훑어보았다. 지금 당장 읽어야 하는 것은 하나도 없었다. 단지 모임을 알리는 통지서가 한 통 섞여 있었다. 그걸 들고 소파로 돌아와 드러누워서 읽었다. '재일조선인 문제를 생각하는 학생과 시민의 모임'이라고 두 줄로 새겨진 고무인이 찍혀 있었다. 금세 이런 식이야. 이러니까, 자신의 내부 처리가 아무런 해결을 보지 못하는 동안은 이런 종류의 조직과는 절대로 접촉하고 싶지 않았던 거라는 생각이 들었다. 이런 조직의 인간들은 집요하다. 학생 시절 나는 신물이 날 정도로 그것을 체험했다. 어떤 학생의 경우는 내가 두세 번 연구회에 출석했다는 사실만으로 나를 쉽게 여기고, 그리고 정당에 입당하지 않겠느냐고 권유했다. 그 학생은 결국 학교를 포기했기 때문에 의사가 되지 못하고 정치 운동에서도 쫓겨나, 지금은 약품 브로커가 되어 이데올로기고 뭐고 다 잊어 먹은 얼굴로 옛날 친구들을 찾아다니며 비참하게 살아가고 있다. 조직의 인간은 상대방을 잘 알지도 못하면서 지나치게 신용한다. 하지만 그건 그만큼 조직의 힘이 아직은 약하다는 말로서, 한 사람이라도 많은 협력자를 필요로 하기 때문이겠지만….

나는 엽서의 뒷면을 보았다. 모임의 주제는 두 가지인데, 하나는 오무라 수용소에 수용되어 있는 두 학생의 구원대책이었다. 또 하나는 '8·15해방 이후 한국 경제의 분석'이라고 적혀 있었다. 내 시선은 '8·15해방'이라는 글자에 빨려 들어가 뗄 수가 없었다. 오누마 씨의 수술로 말미암아 중단되었지만, 그 무렵 나를 사로잡고 놓아주지 않던 한 무리의 이미지가 재차 불붙은 느낌이 들었다.

밤이었다. 앞으로 어떻게 되는 걸까?, 라고 나는 말했다. 그러자, 앞으로 어떻게 되는 걸까?, 라고 친구가 똑같이 반복했다. 그리고 둘은 침묵했다. 나와 친구는 그해 봄 중학교를 졸업하고 같은 도시에 있는 관립 의학전문학교의 1학년이었다. 나는 불편하기도 했고 시간 낭비도 되었기 때문에 중학생 때부터 하던 기차 통학을 그만두고 하숙을 했다. 잠시 후, 친구가 어떻게 될까? 라고 불쑥 말했다. 그날 낮에 라디오가 종전을 고했다. 학교 사무국에 가 보니 학교에 관해서는 총독부로부터 아직 아무런 지시가 없는 이상, 당장에 무슨 일은 없을 것이라는 지극히 미덥지 않은 대답만 할 따름이었다. 길거리는 아직 특별히 이렇다 할 큰 변화는 보이지 않았다. 단지, 보란 듯이 큰 소리로 떠드는 조신말이 조금 들려왔고, 아스펄드를 밟으며 보병 소대가 행진하고 있을 정도였다. 군인의 모습이 그날만큼 믿음

직하게 보인 적은 없었다. 어쨌든 조선인은 압도적 다수였으니까.

내가 나가서 거리 모습을 좀 보고 올까?, 라고 더 못 참겠다는 듯이 친구가 말했다. 그때 같은 하숙생인 중학생이 새하얀 얼굴로 방 안으로 뛰어들어 왔다.

고노 선배님, 이라며 중학생이 겁먹은 목소리로 말했다. 이상해요. 뭐가 이상해? 방금 여학교 옆을 지나왔는데, 그 모퉁이에 있는 파출소의 분위기가 뭔가 이상한 것 같아요. 그러니까 어떻게 이상하다는 거야?, 라며 친구가 혀를 차며 물었다. 파출소에 말이죠, 중학생이 말했다. 항상 순사가 있었잖아요. 응. 그 순사가 말이에요, 오늘 밤은 한 명도 없어요. 텅 비어 있더냐? 텅 빈 게 아니라 많이 있어요. 너 지금 무슨 소리를 하는 거야! 친구가 견디다 못해 소리를 질렀다. 순사는 없는 거지? 그리고 다른 놈들이 많이 있다는 말이냐? 그렇습니다. 누구냐? 그게 말이죠, 중학생도 망설이듯이 말했다. 중학생들이에요. 아니 우리 학교가 아니고 태백(太白)중학교 녀석들이에요. 뭐라고? 나는 무의식적으로 외쳤다. 태백중학교는 이 지방 조선인 중학교 중에서 명문교였다. 조선인 중학생이, 라며 친구는 신음하듯 말했다. 파출소를 점령하고 있다는 말인가? 제기랄, 어제까지 온순한 얼굴을 하고 있는 놈들이, 조선놈의 새끼들, 좋아, 내가 쫓아내 버리겠어. 자, 다 함께 가자. 친구는 책상 옆에 있는 떡갈나무로 만든 목검을 집어 들고 일어섰다. 잠깐만요, 잠깐, 이라며 중학생은 그 앞을 가로막고 섰다. 그 다음 이야기를 마저 들으세요. 시끄러워, 나는 참을 수 없어. 잠깐 기다리세요, 라며 중학생은 필사적으로 말했다. 태백중학교 놈들은 총에다 착검하고 무장을 했어요. 게다가 사벨(군인이나 경찰이 허리에 찬 서양풍의 도검 — 옮긴이주)을 차고 있는 놈들도 분명히 있었어요. 뭐, 뭐라고? 친구는 겁먹은 얼굴로 말했다. 하지만 곧 그의 얼굴에는 피가 솟아올라 왔다. 무장이라니 과장해서 말하지 마. 학교 병기고에서 훈련용 총이라도 들고 나온 것이겠지. 탄약은 없을 거야. 일본군이 거리에 있어, 일본군이, 게다가 사벨이라고? 그 휘청거리는 지휘도(指揮刀)가 어쨌단 말이야, 무엇을 들고 있든 조선인 따위는 오합지졸에 불과해! 친구는 검도 3단이었다.

우리는 제각기 목검을 들고 어두운 길을 가급적 소리를 내지 않으려고 애쓰면서 나아갔다. 그러자 여학교의 빨간 벽돌 담장 모퉁이가 대낮같이 밝았고, 큰 웃음소리로 떠들면서 이야기하는 조선말이 들려왔다. 그리고 조선말로 호령이 떨어지자 웃음소리와 이야기가 딱 하니 멎고 신속하게 정렬하는 검은 그림자가 보이고 착검이 빛나는 게 보였다. 그건 이미 온순한 태백중학교 학생들이 아니었다. 통제된 젊은 무장 부대였다. 그 모습은 우리의 마지막 허세를 산산조각으로 만들었다. 이젠 우리가 오합지졸이었다. 너무 접근해 있으니까 절대 소리 내지 마, 라고 친구가 속삭였다. 조용히 돌아가는 거야, 알았지. 절대로 소리를 내서는 안 돼. 하지만 그때 발이 걸려 넘어진 것은 다름 아닌 그였다. 떡갈나무 목검이 손에서 떨어져 무언가 단단한 것과 부딪쳐 큰 소리를 내었다. 도망쳐!, 라고 나는 순간적으로 말했다. 일본 사람이다, 칼을 가지고 있다, 붙잡아라, 라는 고함을 들으면서 두려움으로 쓰러질 듯하며 우리는 달렸다. 하숙집에 당도했을 때 우리의 모습은 비참했다. 나는 패전이 닥쳐왔음을 그때 처음으로 실감했다.

아마도 이와 유사한 크고 작은 일들이 그날 밤 거리 도처에서 일어났을 것이다. 그 결과 거리의 어른들도 어린이들도 — 어린이들은 어릴 때부터 자주 들어온 이야기 때문에 — 3·1독립운동 당시 일본인들의 행동이나 그 밖의 무수한 행위가 사실은 무엇을 의미하고 있었는지 겨우 깨달았음이 틀림없다. 그 밤이, 단 하룻밤이 야기한 것은 형태는 각각 달랐지만 결과는 하나, 즉 공포였다. 나는 학교에 나가서 많은 친구들을 만나고 사무국에 들러 아마도 폐쇄될 것이라는, 어제와는 완전히 다른 대답을 들었다. 그래서 만일을 위해서 재학증명서와 성적증명서를 발급받았는데, 그 일만은 아마도 내가 처음인 모양으로, 내가 발급을 부탁한 사무직원은 그 때문에 불안이 더욱 커진 것 같았다. 나는 하숙으로 돌아오자 책을 정리하고 하숙집 아주머니에게 미리 말하고 외출했다. 역으로 가는 길은 도처에 낯선 깃발이 서 있었다. 조선인들이 자신의 손으로 만든 자기 나라 국기였다. 그것만으로도 거리는 완전히 변했다. 그건 이미 우리의 거리가 아니었다. 거리의 건물도, 포장도로도, 전신주도, 담장도, 가로수인 플라타너스도, 그리고 멀리 보이는 추억 어린 앞산도, 높은 산맥도, 푸른 하늘과 소나기구름도, 포플러 녹음도, 매미 소리마저 모든 게 서먹서먹하고, 모든 게 적대적이고, 그리고 8월의 태양은 어제 아침과 마찬가지로 이글이글 작열했지만 내 주위는 썰렁하기만 하여 으스스한 추위마저 느낄 정도였다.

나는 경편철도를 탔고 사과밭과 강이 보이자, 거칠어지고 불안에 휩싸였던 마음이 조금 편해지는 것을 느꼈다. 하지만 내 주위의 승객들이 큰 소리로 말하는 조선말이 지속적으로 나를 초조하게 만들었고, 그들의 시선이 차가운 바늘처럼 느껴졌다. 나는 기차에서 내려 천천히 강둑을 걸어갔지만, 다리가 얼어붙어 멈추어서야만 했다. 그곳에서 보이는 간이 재판소 위에도, 경찰서 위에도, 척식은행 지점 위에도 그리고 내가 6년간 다닌 정든 일본인 소학교 위에까지 조선의 국기가 펄럭이고 있었다. 나는 거기 서서 소학교 위의 깃발을 보고 있었다. 한참을 서서 바라보았고, 그리고 눈물을 조금 흘렸다. 그리고 다시 걷기 시작했다. 50미터도 채 못가서 다시 멈추어 섰다. 앞쪽에서 손에 손에 깃발을 든 남녀노소 한 무리가 노래를 부르고 소리를 지르고 웃으면서 걸어오고 있었는데, 나는 그 속에서 에이코의 얼굴을 찾아낸 것이다. 에이코는 벌써부터 나를 알아본 듯했다. 그 무리와 마주 지나쳤을 때 갑자기 에이코는 굳은 표정으로 나를 향해서 다가왔다. 마치 노의 가면 같다는 생각이 들었다. 처음 만났을 때의 그 노멘이라고 나는 생각했다. 에이코!, 라고 나도 모르게 불렀다. 그러자 에이코는 강하게 고개를 가로저었다.

그랬다. 에이코는 원래 가공의 이름이었고, 일본인들만이 어리석게도 그 실재를 믿고 있었던 허상에 불과했던 것이다. 에이코라는 이름의 여자는 애당초 그 어디에도 없었던 것이다.

나는 옥순이!, 라고 그녀는 천천히 말했다. 갑자기 몇 번 들은 적이 있는 목구멍 깊은 곳에서 내는 소리 없는 웃음이 나를 떨리게 만들었다. 그녀는 반짝이는 눈초리로 내 얼굴을 빤히 들여다보았다. 그때 나는 순간적으로 그녀의 눈이 말하는 바를 읽을 수 있었다. 나는 옥순이 그리고 너는 쪽발이!, 라고 하는 것을. 그리고 그녀는 내게서 멀어져 갔다. 내가 바라보고 있자, 옥순이가 나를 손가락으로 가리켰고, 여자들의 웃음소리가 들려왔다.

나는 가슴이 답답해졌다. 저 불가사의한 여자가 내 마음에 새겨놓은 것은 정말 한없이 상냥한 속삭임으로 감싼, 쪽발이!, 라는 무서운 말과 고개를 세차게 가로저으며 차가운 음성으로 말한, 나는 옥순이!, 두 가지였다. 그것은 내 마음속에 깊이 박혀 있는 두 개의 살점으로 된 가시였던 것이다….

나는 소파에 앉아 그렇다고 생각했다. 그 두 개의 살점 가시는 박혀진 채로 내 마음과 똑같이 살아왔다. 그리고 그걸 뽑아내려고 하면 내 마음도 갈가리 찢어져 피를 흘리는 것이다. 나는 그 두 가지 말속에 충만한 그녀의 강하고 진한 냄새, 그녀의 모든 것이 응축되어 있는 그 냄새가, 싫다, 그 냄새에 물들고 싶지 않다, 그 냄새에 동화되고 싶지 않다고 쭉 생각해 왔던 것이다. 그렇기 때문에 그때 내가 받은 모멸감은 그 자체로 육체를 가져 버린 것이다. 그런 예상치 못한 일로 열려 버린 내게 '여성'이란 기억하기조차 괴로운 것이었다. 그것은 정신의 개입이 애초부터 거부된 세계였다. 그건 에이코라는 허명으로 가려진 여자가 발산하는 모든 냄새에 혐오감과 경멸감밖에 느끼지 못함에도 그저 덧없는 접촉만을 추구한 살풍경한 세계였다. 그 때문에 나는 일본으로 귀환하여 전쟁을 견뎌 내고 살아남아 작가가 된 청년들의 책 속에서 어두운 시대에 그들은 자신을 구원해 줄 '육체의 베아트리체'를 추구하고 있었다는 문장을 보았을 때, 나는 '육체의 베아트리체'라는 아름다운 말이 내 머리 위를 지나 사라져 가는 것을 알 수 있었다. 나는 '육체의 베아트리체' 대신 마음 한복판에 쪽발이라는 말이 박혀 있었던 것이었다. 쪽발이는 바로 나였다.

노크 소리가 조심스럽게 난 뒤 간호사가 살며시 얼굴을 내비쳤다. 고노 선생님, 주무세요? 아니, 일어났어!, 라고 나는 누운 채 대답했다. 선생님을 뵙고 싶다는 손님이 와 계신데요. 누군가?, 라고 나는 물었다. 피곤하시면 사이조(西條) 선생님께 부탁드려 보죠, 라며 간호사는 나의 질문에는 대답하지 않고 말했다. 으응, 피곤쯤이야 아무것도 아니야, 나를 만나고 싶다는 게 누구지? 그러자 간호사는 주저하며 말했다. 나시야마 씨의 부인입니다만…. 나시야마 씨? 아뇨, 나시야마 씨의 부인입니다만.

나는 반듯이 누운 채 가만히 눈을 뜨고 있었다. 나시야마의 아내가 왜 온 거지?, 라고 나는 생각했다. 나시야마가 올 거라고 예상은 했지만, 그의 아내가 찾아왔다는 건 무슨 일이지? 나시야마는 이젠 몸을 움직일 수조차 없다는 말인가? 밖에 나가서 일하고 있는 일본인 아내가 점점 변해 간다고 탄식했을 정도니까, 그 아내는 이젠 완전히 정나미가 떨어져 나시야마 교쿠레쓰를 어떻게든 여기서 떠맡아 달라고 부탁하러 온 걸까? 아니면 나시야마의 상태가 더 나빠져 입원은 싫다고 고집을 부리는 나시야마를 대신하여 그를 구하기 위해서 온 것일까? 쪽발이, 이 짐승 같은 일본 년!, 이라고 욕을 먹고 두들겨 맞고 있다는 그 아내가? 나는 더 지탱할 수 없는 무거운 것을 억지로 지탱하고 있는 기분이 들었다. 선생님, 어떻게 하시겠습니까?, 하고 간호사가 머뭇머뭇 물었다. 아직은 오우치 기요시 따위를 만날 상태는 아니라고 나는 생각했다. 도저히 그럴 계제가 아니다. 기억을 떠올리기만 해도 마음이 피를 토한다, 하지만 나시야마 교쿠레쓰는 내 환자다, 그와 그 아내에 연관되는 것이 내게 아무리 고통스럽더라도 피할 수 없는 일이다. 좋아, 라고 나는 간호사에게 말했다. 나시야마 씨의 부인을 만나 볼게, 내가 주치의였으니까. 무슨 일이 새로이 시작될지 짐작조차 할 수 없었다. 그건 진짜로 괴로운 일이었다. 나는 일어나서 벽에 걸려 있는 거울을 들여다보았다. 머리카락은 엉망으로 흐트러져 있고 눈은 퉁퉁 붓고 수염은 자라 길었다. 엉망이라는 생각이 들었다. 나란 놈은 뒤죽박죽이구나. 참담한 모습이군, 쪽발이. 그리고 문을 열고 진찰실 쪽으로 비실비실 걸어갔다.

가교

 안개처럼 가는 보슬비가 계속해서 내리고 있다. 아사오(朝雄) 소년과 조선인 청년이 비를 피하고 있는 제방 아래는 어두웠고, 오랜 비와 그날 오후의 높은 기온 탓에 익은 풀내음이 묵직하게 움직이며 두 사람의 몸을 감싸고 있다. 두 사람 모두 우산을 갖고 있지만, 우산은 접은 채였다.
 보슬비는 소리도 없이 아사오의 머리에 내려 창백하고 신경질적으로 보이는 얼굴을 적시고, 이따금씩 반짝이는 작은 물방울이 되어 뺨 위를 흘러내린다. 그럴 때마다 아사오는 손을 들어 손바닥으로 얼굴을 닦았지만, 비에 젖은 검은 레인코트는 마치 녹아 버리기 시작한 것처럼 끈적끈적하여 와이셔츠의 소매를 걷어 올린 팔에 미지근하게 달라붙었다.

몸이 젖었는데도 아사오는 목이 말라 기분 나쁠 정도로 칼칼했다. 침은 나오지 않았다.

멀리 전철역과 역 앞 번화가 부근의 상공이 탁하고 불결한 붉은 색으로 물들어, 무지근한 보슬비의 두꺼운 층을 희미한 웅성거림이 흔들었다. 제방의 풀들은 젖어서 반짝거렸다.

아사오는 레인코트의 주머니를 뒤졌다. 담배는 2년 전, 그가 열일곱 살 때 배웠다. 2년 전이라면 한국전쟁이 발발한 해다. 월급을 분할해서 주는 일이 일상 다반사였던 공장이 갑자기 바빠져 매일 잔업이 계속되었고, 아사오는 때때로 야학에 가는 시간조차 빼앗겼다. 그리고 그는 담배를 피우기 시작했다.

손으로 더듬으며 담배를 찾자, 어둠 속에서 레인코트가 비밀스런 속삭임 같은 소리를 냈다.

"뭐야?"

꼼짝 않던 조선인 청년이 낮은 목소리로 물었다. 그 목소리는 쉬어서 거의 알아들을 수 없을 정도였지만, 가시 돋친 말투가 아사오에게 강렬하게 다가왔다.

꼴 보기 싫은 놈이군, 이라고 아사오는 생각했다. 왠지 준 것 없이 미운 놈이다. 처음부터 그랬다.

"담배라면 피우지 마!"

쐐기를 박듯이 조선인 청년이 말했다. 아사오의 오른손이 움찔하다가 멈추었다. 그는 조선인의 얼굴을 쳐다보았다. 표정은 흐릿해서 확실하게 읽을 수 없었지만, 청년의 얼굴은 위에서 덮치듯이 똑바로 아사오를 향해 있었고 반은 초조하고 반은 겁에 질린 아사오의 시선을 튕겨 내기라도 하듯 눈이 빛났다. 아사오는 그 시선을 외면하고 입술을 삐죽거렸다. 보슬비에 젖어 싸늘하게 굳은 표정 아래 부드럽고 따뜻한 근육이 실룩실룩 경련을 일으키는 것 같았다. 아사오의 얼굴이 약간 붉어졌다. 청년에게 화가 났기 때문이지만 그것만은 아니었다. 담배를 피운다. 경우에 따라 오늘 밤 앞으로의 계획을 망가트릴지도 모르는 부주의한 행동이었다. 그 점을 알아차리지 못한 자신의 멍청함에 화가 난 것이었다.

꼴 보기 싫은 놈, 이라고 아사오는 생각했다. 지나칠 정도로 완벽한 놈. 아사오는 그 완벽이라는 것에 자신이 얼마만큼 의미를 부여하는지 명확하게 생각했던 것은 아니다. 그저 청년을 만나고 처음부터 막연히 그런 단어가 떠올랐던 것이지만, 그것이 더욱 강해짐을 느꼈다.

아사오가 그 청년을 만난 것은 이번이 두 번째에 불과하다. 아사오는 청년의 경력도 본명도 모른다. 아마 청년 쪽도 마찬가지일 것이라고 아사오는 생각했다. 일본공산당의 군사 조직에서 꽤 중요한 부서에 있다고 생각되는 니나카와(蜷川)는 그 청년을 기무라(木村)라고 불렀지만, 청년의 성이 기무라가 아니라는 것을 아사오는 알고 있었다. 청년이 기무라라는 성(姓) 대신 월요일이라고 불리든 보슬비라고 불리든 혹은 3호라고 불리든 전혀 상관이 없다. 니나카와가 당원이 아닌 아사오를 신뢰하는 것과 마찬가지로 신뢰하여 이번 작전에서 중요한 부서에 청년을 배치시켰다는 사실이야말로, 이런 비합법적 활동에서는 중요하다고 아사오는 생각했다.

니나카와는 아사오를 신뢰했기 때문에 이 작전에 당원이 아닌 아사오를 끌어들였다. 자신은 그 신뢰에 보답해 보일 각오가 되어 있다고 아사오는 생각했다. 그러나 도대체 신뢰란 무엇일까? 니나카와는 나란 인간을 완전히 이해하고 완전히 장악하고 있다고 생각하지만, 니나카와가 완전히 장악하고 있다고 생각하는 나는 도대체 어떤 인물인가? 니나카와가 장악하고 있다고 믿는 조선인 청년상은 어떤 것일까?

청년을 아사오에게 소개한 뒤부터 니나카와는 두 사람을 앞에 두고 계획의 일부를 털어놓으며 정치적 의의를 분석해 보이고 또 상세하게 지령을 내렸지만, 그때 아사오는 알지도 못하는 조선인 청년을 앞에 두고 그런 것들을 두서없이 생각했다.

니나카와는 한국전쟁이 발발하기 전까지 아사오가 근무하는 공장을 포함한 작은 공장 지대의 지구위원을 하는 자였다. 그는 정력적으로 활동하고 낯을 가리지 않는 사근사근한 성격으로, 어떤 종류의 회합이든 열심히 얼굴을 내밀고 팸플릿이나 신문을 팔았다. 전신주에 삐라를 붙이거나 좁은 골목길에서 메가폰으로 정치 슬로건을 외치며 돌아다니던 모습에 아사오는 차츰 친근감을 느꼈고, 그런 느낌은 니나카와에게도 전해진 것 같아 두 사람은 어느새 얼굴을 아는 사이가 되었다. 아사오는 그 지역에 사는 대학생들이 중심이 되어 결성된 사회과학 연구회에 참가했었는데, 니나카와도 그 모임에 출입하고 있었다. 한국전쟁이 일어나자마자 니나카와의 모습은 일시적으로 사라졌다. 나중에 아사오는 연구회에 참가하던 한 학생으로부터 니나카와는 특별히 발탁되어 비합법적 활동에 들어갔지만, 여전히 이 지구에 머무르고 있다는 이야기를 들었다. 그 학생은 후일 아사오에게 일본공산당의 비합법 출판물을 전해 주었고, 자신도 당원임을 밝히고 군사 행동대에는 당원이 아니라도 참가할 수 있음을 알려 주었다. 그리고 아사오가 그 조직에 참가하기를 니나카와가 매우 강하게 희망한다고 덧붙였다. 아사오처럼 당원이 아닌 사람이 한 명이라도 더 많이 당의 무장 투쟁에 참가하여 반전·반파시즘 전선을 확대했을 때, 비로소 진정한 대중적인 실력 행동이라고 말할 수 있게 된다, 아사오 같은 사람들이 이 지구에서 돌파구를 뚫어 주길 기대한다고 학생은 열변을 토했다. 아사오는 1주일 동안 혼자서 생각한 끝에 자신이 생각한 내용은 언급하지 않고 참가하겠다는 대답만 했다.

아사오에게는 그 결론에 도달하기까지의 내용이야말로 제2차 세계대전이 끝난 후 줄곧 그를 괴롭혀 온 문제였지만, 그 대학생에게 말하고 싶은 기분은 들지 않았다. 그것은 너무나 특수하고 너무나 개인적인 문제인 것처럼 여겨졌고, 그 고통 또한 그런 체험을 해 보지 못한 사람은 결코 이해할 수 없는 성질의 것이었다. 지금의 경우는, 참가하겠다는 결의와 그에 따르는 행동이 문제시되는 것이 아닐까 하고 아사오는 생각한 것이었다. 그리고 아마도 니나카와 쪽은 참가하겠다는 결론만이 중요했던 것 같다. 그것은 니나카와의 처지에서는 당연한 일이었을 것이다. 그는 한 명이라도 더 많은 인원이 필요했다. 충분히 생각해 보았지만 이런 저런 고뇌 때문에 참가를 그만두겠다는 식의 말은, 니나카와의 처지에서 보면 그저 단순히 참가하지 않겠다, 라는 말인 것이나. 참가하겠다는 결론을 내린 자신을 니나카와는 진심으로 신뢰해 주었다고 아사오는 믿었다. 니나카와 역시 신뢰하는 길 외에 다른 방법이 없었을 것이다. 아마 이름조차 모르는 조선인 청년의 경우도 마찬가지일 거라고 아사오는 생각했다. 결론을 내리기까지 사람들은 각자의 개성과 생활의 차이 때문에 제각기 상이한 사고 과정을 거친다. 결론을 내렸을 때 비로소 동일한 지령과 행동을 행할 수 있는 공통의 지반이 형성된다. 니나카와는 그 지점에서 각각의 멤버를 장악하면 그것으로 역할을 완수하는 것이다. 이전의 일은 그에게 그다지 중요하지 않음이 틀림없다고 아사오는 생각했다.

니나카와는 확실하게 나를 장악하고 있다. 그러나 그는 내 마음속까지 날카롭게 파고들어 오지는 않는다. 그의 지령을 실행하려고 하는, 내 행동의 근원이 되는 내재된 것의 정체를 모른다. 마찬가지로 그는 이 조선인 청년의 마음속 깊은 곳까지 파고들지 못했음이 틀림없다고 아사오는 생각했다. 니나카와뿐만이 아니다. 나 역시 이 조선인 속으로 파고들어 갈 수 없다. 비합법적 활동의 경우, 이런 사실은 당연한 일이 아닐까?

니나카와의 말을 들으면서 아사오는 한편으로 그런 일들을 생각하며 청년을 자세하게 관찰했다. 하나의 지령 아래 조직된, 상대방을 전혀 모르는 열아홉 살의 소년과 조선인 청년, 그것은 무수한 인간관계 가운데의 하나에 불과하지만 얼마나 기묘한 것일까, 라고 아사오는 생각하고, 그러나 하나의 지령 아래 같은 위험을 무릅쓰려고 하는 공통된 상황에서 인간적이고 친근감 있는 시선을 보냈다. 그것은 이쪽에서 친근감을 표현함과 동시에, 상대로부터 확실한 반응을 유도해 내어 하나의 실로 서로 묶기를 바라는 시선이었다. 하지만 아사오를 보는 청년의 시선은 의외로 냉담했다.

그 냉담함에 아사오는 놀랐다. 화가 났다. 불과 조금 전까지는 서로 전혀 모르는 사이였지만, 지금은 하나의 지령 아래 위험한 행동을 함께하려고 하는 사이가 아닌가? 냉정한 눈, 무표정한 얼굴은 무슨 이유일까?

청년의 눈은 가늘고 날카로운 느낌을 주었다. 눈동자는 갈색이고, 마치 갈색의 투명하고 차가운 돌을 박아 넣은 듯이 보였다. 청년의 손가락은 유달리 가늘고 길었다. 그는 담배가 짧아지자, 뜨거움을 참을 수 있는 한계까지 알뜰하게 피우고 즉각 새 담배를 끄집어내 불을 댕기고는, 다 피운 담배꽁초를 재떨이에 꼼꼼하게 비벼 껐다. 그는 그런 식으로 줄담배를 피웠다. 그의 얇은 입술에는 불에 덴 물집이 나 있었고, 오른손의 엄지와 검지 끝은 갈색이라기보다는 거의 불에 거슬린 것 같은 검은색을 띠고 있었다. 그는 과묵한 성격인 듯 거의 말을 하지 않았다.

아사오는 처음 얼굴을 마주했을 때부터 니나카와가 청년을 기무라(木村)라고 부르는데도 그가 조선인임을 알아차렸다. 그것은 조선에서 태어나고 자란 아사오의, 말하자면 육감 같은 것이었다. 어떤 표정이든 어떤 복장이든 하나의 민족에는 그 민족의 오랜 역사가 만들어 낸 역사의 얼굴이라고 할 만한 것이 있다고 아사오는 생각했다. 지금부터 두 사람이 취하려고 하는 행동을 생각하며 아사오도 담배를 연달아 피워댔다. 왠지 외골수 같은 눈매의 조선인 청년과 설사 아무리 사소한 것일시라도 인간적으로 친해지지 않으면 안 된다고 생각했다.

그래서 아사오는 갑자기 미소를 띠며 말했다.

"나, 조선에 있었어요."

당신은 조선 분이시군요, 라는 따위의 말을 생략한 조심성 없는 말투였다. 청년의 눈에서 한순간 빛이 번쩍였다. 그의 몸속을 강한 무언가가 관통했음을 아사오는 느꼈다. 청년의 눈에서 빛이 사라지자, 갈색 눈동자는 전보다 더 딱딱해진 것처럼 보였다. 그는 아무 말도 하지 않고 아사오의 얼굴에서 시선을 떼고 천천히 고개를 돌려 니나카와가 내놓은 도면을 들여다보았다.

아사오는 귓속에서 무엇인가가 우는 느낌을 받았다. 거부되었다, 거부되었다고 그는 마음속으로 되풀이해서 되뇌었다. 이 자식은 내 미소도, 친근감을 표시한 내 마음도 거부했다. 도대체 이게 무슨 일인가. 아사오는 마음을 진정시키려고 담배를 끄집어냈다. 성냥을 찾았지만 주머니에는 없었다. 조선인 청년의 발밑에 성냥이 있었지만, 청년은 그것을 주워 주지 않았다. 니나카와가 성냥을 집어 아사오에게 건네주었다. 니나카와는 모든 것을 보고 있었지만, 아무것도 보지 못했던 것이다. 그는 아무것도 눈치 채지 못했다. 그러한 미묘한 심리의 움직임을 알아차리는 것은 니나카와에게는 필요한 일이 아닐지도 모르고, 또 그는 그것을 눈치 챌 만큼 민감한 신경을 지니지도 못했다.

약간 굴욕적인 기분에 집착하면서 아사오는 청년을 바라보았다. 갸름한 얼굴에다 약간 창백한 뺨, 신경질적으로 모인 미간에서 풍기는 느낌은 지적이라고도 할 수 있다. 도면에 대해 필요한 것만을 물어보는 일본어는 실로 유창했고, 사용하는 어휘도 그가 높은 수준의 교양을 지니고 있음을 말해 주고 있다.

아사오는 실수했다고 생각했다. 말투를 달리해야만 했다. 이런 종류의 조선인에게는 대뜸 본론부터 들어가야 했다. 이런 남자는, 자기가 조선에 있었다고 득의양양하게 말하는 일본인이 견딜 수 없는 것이다. 나는 그런 바보 같은 말을 하지 말아야 했다. 단도직입적으로 말해야 했다. 내 아버지는 조선에서 살해되었다고 말이다. 그리고 덧붙인다. 내 아버지는 종전 직전에 조선에서 소련군 병사에 의해 총살되었다. 어머니와 둘이 살아서 돌아왔다고.

그러나 아사오는 자신을 완전히 무시하고 도면을 쳐다보는 신경질적인 청년의 옆 얼굴을 보고 있는 동안에 재차 입을 열 마음이 사라져 버렸다.

"20분 남았다."

청년이 꼼짝하지 않은 채로 위압적으로 말했다.

"자네, 너무 움직이지 마."

이번에는 시간에 너무 신경을 쓰다 보니 청년의 말이 아무렇지도 않았다. 목이 뻣뻣해져 왔다. 침을 삼키려고 했지만 잘되지 않았다. 혀를 내밀어 젖은 입술을 빨았다. 뜨거운 혀와 놀랄 만큼 차가운 입술을 동시에 느꼈다.

청년이 말한 20분은 일순간도 소홀할 수 없는 시간이었다. 그것은 10분 뒤에 경찰 순찰차가 제방 위를 통과한다는 것을 의미한다. 순찰차가 통과한 뒤 10분이 지나면 아사오와 조선인 청년은 비에 젖어 있는 제방을 일직선으로 올라갈 것이다. 제방 위의 길을 따라 철조망을 둘러친 튼튼한 담장이 있다. 그리고 철조망 안에는 거대한 산처럼 쌓인 드럼통이 있고, 수리를 마치고 다시 조선의 전선으로 보낼 준비가 다 된 지프, 트럭, 전차의 무리가 있을 터였다. 아사오는 그것을 본 적은 없다. 그러나 보지 않더라도 알고 있다.

다른 조가 몇 주에 걸쳐 조사하여 상세한 도면과 시간표를 작성했다. 도면을 완전히 외우고 나서 니나카와 앞에서 두 사람은 다른 종이에 도면을 그린 다음, 원 도면과 완전히 일치함을 니나카와에게 확인받고서 세 장의 도면을 모두 소각했다. 어떠한 증거도 남겨서는 안 된다. 도면에는 전차나 드럼통뿐만 아니라 캘빈 소총으로 무장한 일본인이 보초를 서는 지점과 조명등과 외등의 위치도 명시되어 있었으며, 심지어 경찰 순찰차가 철조망을 따라 제방 위의 길을 통과하는 상세한 시간까지 적혀 있었다.

순찰차가 지나가고 10분 뒤에, 라고 아사오는 입술을 깨물면서 생각했다. 우리는 제방을 일직선으로 올라간다. 그리고 산처럼 쌓인 드럼통이나 전차를 향해 화염병을 던지는 것이다. 같은 시각에 도쿄 도내의 몇 군데에서 같은 행동이 취해질 것이다.

이 지정된 대기 지점으로 올 때까지 지도는 정확성을 입증했다. 공장 전용의 철도 인입선을 따라 제방의 어둠 속을 둘이 걸었을 때도, 내일 조간신문에 크게 보도될 것임이 틀림없는 사태를 일으키려는 두 사람을 본 사람은 없었다. 엄중한 경비와 조명등과 끊임없는 순찰 사이를 한 가닥 검은 실이 교묘하게 빠져나가 대기 지점에 도달한 것이다. 실(糸)은 며칠 동안의 조사 결과 겨우 발견해 낸 귀중한 한 가닥이었다. 어느 일정한 시간에서만 존재하는 실이었다. 니나카와와 그와 연결된 기관이 한 명의 조선인과 한 명의 일본인 소년을 신뢰한 것처럼, 아사오와 청년은 검은 실을 신뢰하지 않을 수 없었던 것이다.

모든 것이 계획대로 될 거라고 아사오는 생각했다. 그렇게 생각하면서도 가슴을 답답하게 만드는 무언가가 마음속에서 고개를 내밀었다.

아니, 아무것도 아니야, 라고 아사오는 생각했다. 이런 행동에 처음으로 참가한 사람은 모두 이런 기묘한 기분에 사로잡힐 거야.

그것은 공포가 아니었다. 마음속 깊이 들러붙어 있는 곰팡이 같은 것이었다. 아사오는 안개비에 젖은 얼굴을 소리 내지 않으려고 조심스레 손수건으로 닦았다. 손수건도 흠뻑 젖어 있어서 얼굴을 더 축축하게 만들 뿐이었다. 비는 예정된 게 아니었다, 불길한 느낌이 든다. 레인코트가 몸에 친친 감기기도 해서.

갑자기 비행기의 폭음이 들리기 시작했다. 그것은 멀리서 차츰차츰 다가오는 것이 아니라 갑자기 머리 위에서 폭발한 듯한 느낌이었다. 몸속의 세포가 엉망진창으로 뒤섞여 버릴 만큼 강렬했다. 아사오는 하늘을 쳐다보았지만 캄캄한 하늘에 기체는 보이지 않았고, 단지 빨간 표시등이 두 눈처럼 감았다가 떴다가 하면서 날아가는 것이 보였다.

사람을 놀라게 만드는군, 이라고 아사오는 생각했다. 저것도 예정 밖이다.

문득 엄마의 얼굴을 떠올렸다. 생각보다 가슴이 설렜다.

안 돼, 라고 아사오는 움푹 파인 눈을 향해 말했다. 그만둘 수는 없어. 나는 나를 위해 이 일을 반드시 해야 하기 때문이야.

엄마의 어두운 눈에 용감한 빛이 지나갔다.

엄마만 괴로운 게 아니야, 라고 아사오는 엄마의 어둡게 빛나는 눈을 보면서 마음속으로 중얼거렸다. 나도 나름대로 고통 받고 있어. 내 자신을 위해 이 일을 해야만 해.

실제로 엄마에게 그렇게 말할 수 있다면 얼마나 좋을까, 하고 아사오는 생각했다. 하지만 2, 3년 전에 아사오가 부친의 비참한 종말의 정체를 밝히기 위해 부친의 생명을 앗아간 자들과 동일한 사상권(思想圈)에서 살고 있는 사람들에게 그 스스로 자진해서 접근한 후, 엄마와 대화의 길은 단절되었다. 이번 행동에 대해서도 엄마에게 단 한마디도 하지 않았다. 최근 몇 년간 화제가 사상 문제가 되면 이야기가 전개되기도 전에 엄마는 사람이 변해 버린다. 그러면 엄마는 생각하는 기능을 상실해 버린다. 우리 엄마라고는 믿기지 않을 정도의 더러운 말들이 끊임없이 엄마의 입에서 나온다.

"네가 무슨 말을 어떤 식으로 하든 소용없어. 너는 살인자와 한 패거리가 될 작정이냐? 아버지가 살해된 것이 당연한 일이라고 말하는 게냐?"

엄마의 눈초리는 치켜 올라가고 얼굴은 창백해진다.

"누가 너에게 공산주의를 불어넣은 거지? 아버지는 살해되었어. 아버지가 소련 군인들에게 끌려갔을 때, 너도 보고 있었잖아. 그 이후 둘이 얼마나 울면서 그들을 증오해 왔니? 제기랄. 공산당은 말을 너무 잘해. 하지만 하는 짓은 정반대라고 아버지가 말한 건 진짜였어. 너는 원수와 한편이 될 작정이냐? 아버지에게 미안하지도 않니? 아사오, 너는 인간도 아니야."

아니야, 나는 인간이야, 라고 아사오는 젖은 몸을 움츠리면서 생각했다. 아사오의 눈이 슬프게 빛났다. 엄마의 목소리가 실제로 귓가에서 울리는 듯했다.

"쪼그려 앉아도 괜찮겠나?"

아사오는 청년 쪽을 보지 않고 중얼거리는 듯이 말했다. 그는 지금, 청년의 표정이나 반응 따위를 생각하지 않았다. 그는 엄마의 음성과 겹쳐서 울리기 시작한 하나의 소리를 듣고 있었다.

아아, 또 들려온다, 라고 아사오는 마음속으로 말했다.

그것은 정신이 돌 만큼 엄청난 매미들의 울음소리였다.

매미 소리는 커졌다 작아졌다 하며 귓속에서 울려 퍼진다. 귀를 막아도 그 소리를 지울 수는 없다. 7년 전 매미 소리 속에서 아버지의 최후의 미소를 보았다.

매미 소리, 반짝반짝 빛나던 자동소총, 햇빛을 받아 금색으로 빛나던 소련 병사의 얼굴, 조선인 통역, 그리고 창백한 아버지가 억지로 지은 최후의 미소… 아사오는 눈을 감았다. 쪼그려 앉아서 등을 구부리고 고개를 숙이고 뜨거운 숨을 내뱉었다.

쇼와(昭和) 20년(1945)의 8월, 소련의 대일 선전포고 직후에 그 일은 일어났다. 도다 아사오(戶田朝雄)는 열두 살로 외동아들이었다. 아사오와 양친은, 북조선의 소만 국경에 가까운 산골 마을에서 살고 있었다. 군대는 주둔하지 않았지만, 국경에는 정예(라고 믿고 있었다) 육군이 경비를 담당했다. 마을의 경찰력은 완비되어 있다고 모두 믿었다. 이오지마(硫黄島)와 오키나와에서의 전투가 완전한 패배로 끝난 후에도 마을의 치안에는 전혀 변화가 없었다.

소련의 무장 스파이가 고무보트를 타고 두만강을 건너 잠입한 모양이라는 소문이 퍼진 적은 있지만, 사람들은 그다지 놀라지 않았다. 국경에 가까운 지역에서는 오래전부터 그런 소문이 자주 들려왔다. 또 조선인 항일 무장 빨치산이 장백산으로 들어가 이따금씩 출몰한다는 것도 사실인 듯했지만, 마을은 항상 안전했다. 마을의 일본인들에게 그 모든 것은 직접 관계가 없는 소문의 범주를 벗어나지 않는 것들이었다. 사람들은 마을에 지금까지 불온한 일들은 없었고 앞으로도 없을 것이라고 믿었다. 그런 생각에는 뭔가 확고한 근거가 있었기 때문은 아니다. 지금까지 아무 일도 없었기 때문이라는 안이한 생각일 따름이다. 지금까진 아무 일도 없었지만, 상상조차 할 수 없는 공습과 함포 사격으로 연일 박살이 나는 일본 본토의 사태에는 현실감을 갖지 못하고 있었다. 마을 사람들은 언제 갑자기 그런 사태를 당할지도 모른다는 식의 사고방식과는 무관했던 것이다.

한여름의 호우가 햇볕에 검붉게 탄 대지를 거칠게 후벼 파는 것도 예년과 마찬가지였다. 푸른 하늘과 장대한 소나기구름도 평소와 다름없었다. 어쩐지 침울한 기분이 사람들의 마음속에 자리 잡고 있다 해도 마을은 평온했다. 경찰의 힘은 컸다. 도다 아사오의 아버지는 그 마을의 경찰서에 봉직하는 경부(警部)였다.

아사오는 자신의 아버지가 서장은 아니지만 그에 가까운 지위에 있음을 알고 있었다. 하지만 어떤 일을 담당하는지는 모른다. 관사에는 손님들이 끊이지 않았다. 엄마와 조선인 가정부가 부엌에서 바쁘게 움직이고, 손님방에서는 술을 마셔 기분이 좋아진 아버지와 손님들의 웃음소리가 들려오는 밤이 자주 있었다. 그러면 집안 분위기는 떠들썩하고 가만히 있을 수 없었다. 아사오는 명랑하고 떠들썩한 분위기에 감염되어 신나게 떠들었다. 또 어떤 때는 사람들이 침통한 표정으로 분주하게 들락거리고, 무슨 이야기를 주고받는지 아버지의 방은 인기척이 없는 상태로 장시간 조용했다. 집 안 사람들은 숨을 죽이고 소리 내지 않으며 움직였다. 그럴 때면 아사오도 자신의 방에서 조용히 책을 읽었다.

어머니는 그런 생활에 매우 만족했다. 아버지는 외동아들인 아사오를 매우 귀하게 여겼다. 어릴 때부터 갖고 싶어하는 장난감은 아무리 비싸더라도 반드시 사 주었다. 어디에서 구해 오는지 모르지만 손님들이 가져다 주는 과자랑 사탕은 패전 직전까지 항상 풍족했다. 때로는 귀찮을 정도로 자신을 사랑해 준 아버지에게 그런 사건이 일어나리라고 아사오는 상상조차 할 수 없는 일이었다. 하지만 그건 아버지의 일에 대해 전혀 몰랐던 아사오와 어머니 둘만의 생각이었는지도 모른다.

마을에 공황 상태가 발생했다. 소련군이 대일 선전포고를 한 것이다. 이틀 후 아침 일찍, 일거에 국경을 돌파한 소련군이 마을로 들어왔다. 사람들의 예상을 훨씬 초월하는 빠른 속도였다.

지금도 아사오의 귓속에 달라붙어 있는 것은 엄청난 매미 소리다. 그날도 아침 일찍부터 매미가 울었다. 마을 곳곳에 군생(群生)하는 포플러의 무수한 이파리 전부가 매미로 변신한 것처럼 여겨질 정도로 엄청난 소리였다.

남쪽으로 피난하기 위해 싸 놓은 짐들 옆에서 이사오네 세 식구가 아침을 먹고 있을 때 현관문이 열렸다. 언제나 손님이 오면 규칙적으로 울리던 초인종은 무시당하고 침묵했다. 심상치 않은 사건의 돌발을 직감하게 만드는 거친 발소리가 들려왔다. 복도에 서 있던 지능이 약간 낮은 가정부의 얼굴이 어린아이처럼 공포로 얼어붙었다. 여태까지 들어 본 적이 없는, 혀를 심하게 진동시키는 듯한 기묘한 외국어가 두세 마디 들려왔다. 어머니가 밥공기를 떨어트렸다.

복도에 남자 셋이 턱 하니 버티고 서서 세 사람을 내려다보았을 때, 아사오는 목을 찢고 터져 나오려는 비명을 가까스로 억누르며 어머니 곁으로 다가갔다. 자동소총을 들고 있는 소련 병사 두 명과 날카로운 얼굴에 야수 같은 튼튼한 턱을 가진 키 작은 조선인 한 명이 한동안 말없이 세 사람을 바라보았다.

조선인의 얼굴은 검게 탔고 눈은 영리한 개처럼 힘차고 약간은 잔인하게 빛났다. 아버지는 조선인의 얼굴을 지그시 바라보았지만, 어렴풋이 안색을 바꾸고 무언가 중얼거리려다가 입을 다물고 말았다. 그런 아버지의 표정을 보고 있던 조선인의 눈이 약간 가늘어진 듯했다. 희미하게 웃은 것 같았다. 그때까지 아사오가 익히 보아 왔던 주뼛주뼛하는 태도의 조선인들과는 전혀 다른, 일본인과 대등한, 아니 대등 이상의 자신감으로 가득 찬 약간 오만한 느낌을 주는 조선인을 아사오는 난생처음 본 것이다. 무서웠다.

두 명의 젊은 소련 병사들의 몸에서는 지금까지 맡아 본 적이 없는 종류의 냄새, 한여름의 거친 들판을 뛰어다니는 동물 같은 촌스럽고 기름지고 고약한 냄새가 났다. 그들의 자동소총 총구는 아버지와 어머니의 가슴을 향했다. 손가락이 방아쇠에 걸쳐 있는 것으로 모든 것이 장난이 아님을 말해 주었다. 그들의 **뺨**에 난 까칠까칠한 수염이 아침 햇살을 받았다. 그때 병사들의 얼굴은 붉은 빛을 띤 금색으로 반짝였다. 공포가 아사오의 가슴을 조였다.

한 병사가 볼륨 있는 목소리로 뭔가 말했다.

"조사할 게 있으니까 우리와 함께 가자고 말했다."

조선인이 능숙하게 통역했다. 어머니의 몸이 비틀거렸다. 검게 빛나는 총구에서 아사오는 눈을 뗄 수가 없었다. 자신의 얼굴 피부가 메말라 버린 것처럼 굳어지고 공기의 판자에 붙여진 느낌이었다. 그 부분만을 남기고 아사오는 자신이 어떤 자세를 하고 있는지 알 수 없었다.

"함께 갑시다."

조선인이 차분하지만 강압적인 말투로 재촉했다.

"알겠습니다."

아버지의 목소리는 희미하게 떨고 있었지만, 평정을 되찾으려고 노력하고 있음을 확실히 알 수 있었다.

"복장을 갖추고 나올 테니 잠시 기다려 주시오."

"복장?"

조선인이 병사들과 말을 나누었다. 아사오는 넋이 나간 시선으로 아버지를 바라보았다. 아버지는 집에서만 입는 반바지에 흰색 속셔츠 차림이었다. 조선인이 천천히 고개를 가로저었다.

"지금은 전쟁 중이라 저 사람들은 매우 바쁘다고 말했다. 기다리고 있을 여유가 없다. 지금 이대로도 괜찮다."

한 병사가 고개를 끄덕이고 아버지를 재촉하듯이 겨누던 자동소총의 총구를 천천히 상하로 움직였다. 거기에 이끌린 듯이 아버지가 먼저 나섰다. 두 병사가 큰 체구와는 어울리지 않게 민첩하게 아버지 양옆으로 붙어 섰다. 현관에서 구두를 신을 때, 구둣주걱을 든 아버지의 손이 가늘게 떨렸다.

어머니와 아사오는 아무런 말도 못하고 현관에 서 있었다. 아버지는 현관을 나설 때 뒤를 돌아보았다. 그 얼굴은 창백했다. 입술은 핏기가 하나도 없었다. 아버지는 아사오의 얼굴을 보자 미소를 지었다. 그것은 울면서 웃는 듯한 표정이었다. 일행의 모습이 문에서 사라졌을 때 아사오는 현관에 털썩 주저앉고 말았다. 엄청난 매미 소리가 아사오를 감쌌다.

그 다음 날, 아사오는 아버지가 총살되었음을 알았다.

옆의 청년이 움직인 모양이지만, 아사오는 눈을 감고 7년 전의 매미 소리를 조용히 듣고 있었다.

일본으로 돌아온 뒤로는 두 번 다시 그런 엄청난 매미 소리를 들은 적이 없다고 아사오는 생각했다. 공기 자체가 우는 것 같은 그런 소리는 다시 들을 수 없었다. 그건 조선의 매미 소리였다.

소리는 커졌다 작아졌다 하며 아사오의 귓속에서 계속 울렸다.

아버지는 창백한 얼굴이었다, 그리고 내 얼굴을 보고 웃었다, 그건 울상이었다.

아사오의 내장이 경련을 일으킨 듯했다.

그때 나는 어린아이였다. 열두 살이었다. 엄마는 아버지가 하는 일의 내용을 모르는, 사람 좋은 평범한 아내였다. 지금도 엄마는 아버지가 고위 경찰관이라는 이유만으로 살해되었다고 믿고 있다. 그리고 소련과 조선인에 대한 증오와 저주만이 지난 7년간 엄마의 마음을 겨우 지탱해 왔다. 내가 아버지 사건을 이해하기 위해 공부를 시작한 이후, 엄마는 나를 용서할 수 없는 배신자라고 여기게끔 되었다.

지금으로서는 아사오도 아버지의 업무 내용을 알 수 없다. 어떤 자료에 근거하여 총살된 것인지 그 진상을 알 수 없는 것이다. 경찰관이었기 때문에, 지위가 높았기 때문에라는 이유만이 아닌 것은 분명하다고 아사오는 생각한다. 아버지보다 높은 지위에 있었던 사람들 다수가 귀국했기 때문이다.

아사오는 니나카와에게 접근하여 사회과학 연구회도 참가했다. 그는 식민지였던 조선과 식민 통치를 행한 일본에 대한 역사를 공부했다. 식민지 조선에 오랜 고통으로 가득 찬 저항운동이 있었고, 그 운동에 대해 가차 없는 탄압의 역사가 있었다는 사실을 공부하면서 처음 알았다. 그리고 아마도 아버지는 그 역사 속에서 상당한 역할을 담당했을 것이라는 사실도 어렴풋이나마 추측할 수 있었다. 그리고 그 사실은, 아버지의 무참한 최후에 대한 고통과 동시에, 엄마가 모르는 다른 종류의 고통을 아사오에게 부여했다. 그건 자신이 나름대로 사랑했고 지금도 사랑하고 있는 조선에 대해 씻을 수 없는 부채 같은 것이었다. 또 저항운동에 대한 이해의 정도가 깊어짐에 따라 아버지의 죽음 자체에 대한 고통은 줄어들기는커녕 더욱 강해졌다. 아버지의 최후는 어쩌면 역사가 남긴 어쩔 수 없는 상처 자국의 하나라고 생각하는 마음은 위안을 주기는커녕 슬픈 마음을 더욱 짓눌렀다. 그 모순에 그는 괴로워했다.

청년의 손이 아사오의 어깨를 붙잡고 두세 번 흔들었다.

"응?"

청년은 가죽 가방을 내밀었다.

"갖고 있어."

청년은 낮은 음성으로 말했다.

"순찰이 올 때까지 시간이 조금 있어. 위쪽 상황을 살펴보고 올게."

"하지만….."

"하지만 뭐야?"

"위험하지 않을까?"

청년은 소리 내지 않고 흰 이를 보이며 웃는 듯했다. 그게 조소하는 것처럼 보여서 아사오는 미간을 찌푸렸다.

"위험이라면, 언제나 모든 게 다 위험해."

청년은 말했다.

자신이 겁을 먹고 있다고 청년이 생각할지도 모른다고 생각하자, 아사오는 얼굴이 붉어졌다.

이 녀석과는 뭔가 잘 맞지 않는다, 아아, 진짜로 밉상스런 놈이다. 어쩐지 모든 게 잘 안 될 것 같은 예감이 든다.

청년은 발소리를 거의 내지 않고 몸을 숙여 제방 위로 올라갔다.

아사오는 비가 싫었다. 장화 밑바닥이 닳았기 때문에 조심하지 않으면 제방에서 미끄러질지도 모른다.

아사오의 몸은 꽁꽁 얼었다. 모든 걸 빨리 끝내 버리고 싶었다. 이런 어둠 속에서 비를 맞으며 가만히 있는 것은 정말 견딜 수 없는 일이었다.

제방의 풀이 움직이는 소리가 났다. 아사오는 반사적으로 몸이 굳어지고 주먹을 쥐었다. 그의 눈앞에 청년이 미끄러져 내려왔다. 청년은 잠자코 가방을 받아 들고 잠시 후 침을 뱉었다.

"어때?"

아사오가 물었다.

"어때고 나발이고 몰라."

아사오가 놀랄 정도로 아까와는 전혀 딴판인 거친 말투로 청년이 말했다.

"그 자식, 정확한 약도라고 해놓고선… 정말 엉터리야…. 음… 이러니까…."

조선인 청년은 말을 하려다가 아사오를 힐끗 쳐다보고는 입을 다물었다.

"엉터리?"

아사오는 초조해 하면서 물었다.

"지프랑 전차는 없었어?"

"있어."

청년은 또 침을 뱉었다.

"드럼통은?"

"목소리가 너무 커, 자네는."

청년은 단정적으로 말했다.

"드럼통은 산처럼 쌓여 있어."

아사오는 크게 한숨을 쉬었다.

"그렇다면 아무 문제 없잖아. 이젠 우리 일만 남았네."

그때 아사오는 웃음소리를 들은 것 같았다. 기분 탓이 아니었다.

잠시 후 청년이 또 짧게 웃었다.

"뭐가 우스운 거지?"

아사오를 거의 무시하고 모든 걸 자기만 알고 있는 듯한, 조선인 청년에 대한 불쾌감이 겨우 확실한 형체를 취하고 있음을 아사오는 느꼈다.

너 같은 놈은 싫어, 정말 꼴 보기 싫어. 내가 조선에 살았다는 게 그토록 마음에 들지 않느냐? 나도 식민지에서 내 하고 싶은 대로 행동한 일본인 중의 한 명이라고 말하고 싶은 건가? 너는 내가 무슨 생각하는지 전혀 몰라. 내 아버지는 소련 병사와 조선인에게 끌려가 살해되었어. 그걸 생각하면 괴로움과 분노로 미칠 것 같다. 나는 아버지의 최후를 어떻게든 이해하려고 해 왔어. 아버지는 아마도 총살당할 만한 일을 계속했을 거라고 이해했다고 해서 나의 고통과 증오가 사라지진 않아. 인간의 마음은, 인간의 피는, 사물을 논리적으로 이해하는 것만으로는 아무 소용이 없음을 나는 잘 알게 되었어. 하지만 나는 고통과 증오에 굴복하기 싫었어. 고통 속으로 자신을 빠트리고 싶진 않았지. 그래서 나의 내 논리적인 이해에 피와 살을 부여함으로써 고통을 극복하려고 생각했어. 그렇게 결심한 것이야. 나는 자신의 고통을 이겨야만 한다고 결심했어. 그게 내 길이라고 생각했어. 피와 살, 그건 행동이다. 몸으로써 논리에 충실하려는 행동이다. 이 일본인의 행동의 의미를 너는 이해할 수 있겠나? 너에게는 조선에 살았던 일본인은 모두 생리적으로 불쾌한 것이다. 그런 일본인에게 너는 마음속으로 불신을 갖고 있는 게다. 그 시대는 이미 끝났다고 입을 닦고 있는 일본인 전부가 불쾌한 것이다. 나는 잘 알고 있어. 지금은 너와 나 사이에 다리가 놓일 수가 없다는 것을 잘 알았어.

"순찰 시간이다."

시계를 들여다보고 있던 청년이 말했다. 갑자기 모든 것이 현실이 되었다. 그는 주의 깊게 귀를 기울였다. 도면과 시간표는 정확했다. 멀리서 천천히 흙 밟는 발소리가 들려왔다. 그건 훈련을 받은 자만이 갖는, 정확하고 긴장된 흐트러짐 없는 일정한 리듬을 지니고 있었다. 징을 박은 튼튼한 구두 바닥과 일정한 보폭을 생생하게 떠올리게 하는 발소리였다. 그것은 두 사람의 머리 위를 통과하여 얄미울 정도의 자신감과 안정감을 남기고 멀어져 가다 이윽고 사라졌다.

"이제 10분 남았나?"

아사오는 초조한 듯이 중얼거렸다.

"지프와 전차는 많이 있어."

청년이 웃음을 머금은 듯한 기묘한 목소리로 말했다.

"있기는 있는데, 전부 부서져 있어."

"뭐라고?"

"목소리가 크다고 몇 번이나 주의를 줬잖아. 냉정해져. 이건 놀이가 아니야. 모두 부서져 있어. 내가 확인했어."

"하지만 지령과 도면에는…."

"도면? 개똥 같은 소리하네."

청년은 말했다. 뭔가를 꾹 참고 있는 듯한 침울한 어조였다.

"수리를 다한 것은 전부 벌써 조선으로 반송된 거야."

"그렇다면…."
"파괴된 것이 또 수송되어 왔겠지. 불과 하루나 이틀 차이야…."
청년이 신음 소리를 낸 것 같았다.
"간발의 차이로, 또…."
청년은 낮은 음성으로 말했다.
"지금쯤 전차는…."
아사오는 청년의 그 말투가 과장되었다고 생각했다.

조선 전선에서 지프나 전차가 끊임없이 파괴된다고 아사오는 생각했다. 그건 일본으로 수송되어 수리된다. 최근 2년간 반복되어 온 일이다. 앞으로도 계속 반복될 것이다. 한 번 계획이 틀어졌다고 해서 그렇게 낙담할 필요는 없잖아.

"한 번쯤은 이런 경우도 있을 수 있어."
위로를 담은 아사오의 말을 청년은 격하게 되받았다.
"그건 너희 일본인들의 생각이야."
아사오는 뺨이라도 얻어맞은 듯한 기분이 들어 할 말을 잃었다.
"자네 자신에게 이 행동은 어떤 의미가 있는지 나는 몰라. 일본의 혁명을 위해서거나 일본 민족의 해방을 위해서겠지. 아마 그런 것이겠지. 하지만 내게는 그런 것이 아니야. 이건 전쟁이야."
청년은 잠깐 뜸을 들이고는 분명하게 말했다.
"이건, 우리 조선인들에게 미군과의 전투다. 그리고 싸움 속에서 조직 전부가 움직일 수 있는 기회는 그다지 많지 않아. 적은 기회 속에서 가능한 한 미군의 전투 능력을 분쇄해야 한다고 나는 생각해."
"드럼통은 있다고 했잖아?"

아사오가 기억해서 물었다.
"있어."
"자, 그걸로 하자."
"드럼통은 있어."
청년은 화가 난 듯이 반복했다.
"부서진 전차의 반대편으로 옮겼어."
"그럼…."
아사오는 숨을 삼켰다
"도면은…?"
"도면 이야기는 그만해."
내뱉는 듯한 말투였다.
"병을 던져도 그곳까지 날아가지 않겠지?"
"날아가지 않아."
청년은 단호하게 말했다.
"50미터, 아니 70미터 정도 거리가 있어."
"그렇다면 아무것도 할 수 없다는 말이잖아."
청년은 아사오의 얼굴에 자신의 얼굴을 가까이 들이대고 약간 인상을 찌푸렸다.
"자네는…."
청년이 드물게 말끝을 흐렸다.
"자네는 이대로 돌아갈 셈인가?"
"공격 목표가 없어져 버렸잖아."
청년은 고개를 끄덕였다.

"그래도 괜찮겠지, 상황이 완전히 돌변해 버렸으니까 말이야. 하지만…."

말을 끊고 입술을 핥았다.

"나는 해 볼 거야. 쓸데없는 짓일지도 모르겠지만. 파괴된 차들을 완전히 불태워서 수리도 할 수 없게 만들면 무의미하진 않을 거야."

"그래?"

아사오는 즉각 말했다.

"나도 할게."

청년은 가볍게 고개를 끄덕였다.

"나는 그다지 너를 붙잡을 마음은 없어. 하지만 권할 마음도 없어. 완전히 헛일이 될지도 모르니깐 말이야. 헛일이 되더라도 우리에게 닥쳐올 위험은 마찬가지야."

청년은 아사오의 행동을 내면에서 조종하고 있는 게 무엇인지 전혀 알려고 하지 않았다. 아사오가 어떤 행동을 취하더라도 청년은 그 점에 대해선 전혀 관심을 나타내지 않을 것처럼 보였다. 청년은 손목시계에 눈을 갖다 대고 어둠 속에서 희미하게 녹색으로 빛나는 문자판을 보고 나서 다시 움직이지 않았다.

"자네는 고등학생인가?"

청년은 아사오 쪽으로 고개를 돌리지 않은 채 물었다.

"야간부를 졸업했어."

"야간부? 낮엔 일을 하나?"

"응, 조그만 공장에서."

"무얼 만드는 거야?"

아사오는 대답하기가 곤란했다. 말하는 게 아니었는데, 라고 생각했지만 이미 때는 늦었다.

"뭘 만들고 있지?"

아사오의 입은 마비가 되어 말이 나오지 않았다. 아사오의 침묵에서, 청년은 이미 뭔가를 눈치 챈 듯했다.

"아, 알겠다."

청년은 의외로 조용한 말투로 말했다.

"특수(特需)지? 무기를 만들지? 자네 공장만 그런 게 아니야."

청년의 말투가 차츰 집요했다.

"그래, 자네 공장뿐만이 아니야. 그건 이미 상식이지. 새삼스럽게 떠드는 게 이상하지. 저 제방 위의 수리 공장만 해도 일본의 공장이잖아. 일본의 모든 공장이 미군의 일을 하고 있으니깐. 그건 그렇고 자네 공장에선 무얼 만들고 있지?"

"무얼 만드는지… 잘 몰라."

아사오는 말을 더듬으며 대답했다.

"모른다? 그럴 리가 있나."

"아니야, 진짜 잘 몰라. 우리 공장은 하청의 하청 공장이야. 뭔지 날개가 달린 조그만…."

아사오는 엄지와 검지로 원을 만들어 보였다.

"요만한 작은 철 조각이야."

"자넨 그게 뭔지 모를 정도로 바보는 아니겠지? 그건 미군의 포탄이나 폭탄 속에 빼곡하게 채워 넣는 거야. 그리고 조선인들의 머리 위에서 폭발하지. 자넨 낮에는 공장에서 그걸 만들고, 밤엔 태연하게 이런 곳에 와서 부서진 전차에 화염병을 던진다. 그리고 또 내일 아침은 공장에서 무기를 만든다. 그럴 듯하군…."

무척 떫고 거친 것이 아사오의 목구멍을 넘어왔다.

"매사를 좋게 생각하는 사람이 적은 건 아니야."

애써 냉정하려고 하면서 아사오는 말했다.

"그런 것을 만들고 싶지 않은 사람은 있다. 하지만 만들지 않으면 목이 잘릴 것이 뻔하다. 마누라와 자식을 거느리고 생활은 어떡하나? 많은 사람이 그런 모순에 괴로워하고 있어. 자네에게 일본인은 참을 수 없는 존재일지도 모르겠지만, 그 점은 어떻게 생각하나?"

청년은 싸늘한 목소리로 말했다.

"처지를 이해 못하는 건 아니야. 하지만 그건 어디까지나 일본인 자신들의 문제야."

아사오는 얼굴을 닦았다. 할 말을 잃은 듯했다.

"일본인은."

청년은 속삭이듯이 말을 계속했다.

"우리 조국을 식민지로 만들었다. 중국을 저런 지경으로 만들었다. 일본인의 모순은 새삼스러운 게 아니야. 먼 옛날부터 근본적으로 생각하지 않으면 안 돼. 일본인 자신의 문제로서 말이야. 중국인이나 우리 조선인들에게는 나름대로 생각이 있어. 일본인은 자기 스스로 생각해 볼 수밖에 없어."

청년은 얼굴을 돌렸다. 그리고 천천히 일어나서 시간이 다 됐다고 말했다.

아사오는 의지를 상실한 사람처럼 비틀거리며 일어났다. 하늘을 쳐다보았다. 안개비는 계속 내리고 있었다. 일본인 자신의 문제라고 하는 청년의 말이 그의 머릿속을 그림자처럼 스쳐 지나갔다. 그때 그는 또다시 귓속에서 매미 소리가 난 것 같았다. 그후 아사오의 행동은 당돌한 것이라고 할 만했다. 그는 이미 아무것도 생각하지 않았다. 그는 행동을, 오로지 행동만을 추구하는 듯이 보였다.

아사오는 경사진 제방의 풀 위에서 몇 번이나 미끄러졌다. 그때마다 용감하게 일어나서 제방을 올라갔다. 침착하라고 밑에서 말하는 청년의 목소리가 오히려 아사오를 점점 더 부추기는 듯했다.

제방 위로 다 올라가자 아사오는 숨이 찼다. 거친 숨을 내쉬면서 그는 가방의 지퍼를 열려고 했다. 지퍼는 어딘가에 걸린 듯 좀처럼 열리지 않았다. 아래쪽에서 청년이 다가왔다.

아사오가 겨우 지퍼를 열고, 500cc짜리 약병을 이용하여 만든 화염병을 끄집어낼 때였다. 그는 오른쪽 어둠 속에서 사람이 다가오고 있음을 알아차렸다.

갑자기 니나카와의 지령이 떠올랐다. 이 제방 위를 지나다니는 사람은 거의 없다고 했다. 이 또한 예상 밖의 일이었다. 화염병을 쥔 아사오는 한 그루의 나무처럼 선 채 꼼짝할 수가 없었다.

사람 그림자는 점점 가까이 다가와 어둠 속에서 어렴풋이 모습을 나타냈다. 아사오는 앗! 하고 놀랐다. 뜻밖의 흥분된 목소리였고, 그 소리에 더욱더 기분이 들떴다.

"경찰이다!"

아사오는 갈라진 목소리로 이제 겨우 제방 위로 기어 올라오는 청년에게 말했다. 그때 예기치 못한 일이 일어났다. 500cc짜리 병은 겨우 반 정도만 잡을 정도로 컸다. 게다가 비에 젖었고, 아사오의 손바닥도 비에 젖었다. 병은 아사오의 손에서 미끄러져 떨어졌다. 아사오는 퍽 하고 병이 깨진 것을 알았다. 그 순간 주위가 붉게 물들었다. 그리고 제방 위로 퍼진 불꽃은 놀랄 정도로 넓고 높게 어둠을 쫓아냈다. 아사오는 멍하니 서 있었다. 그는 청년이 바보 같은 놈이라고 소리치는 것을 들었다. 저만치 다가와 있는 사람이 놀라서 우뚝 서 있는 것이 불꽃을 통해서 어렴풋이 보였고, 청년이 무언가 신음소리를 내며 철조망 너머로 던져 넣은 화염병이 그의 젖은 손안에서 미끄러져 지프 위나 전차 위에 떨어지지 않고 전혀 엉뚱한 방향으로 날아가 부드러운 모래땅 위에 퍽 하는 둔탁한 소리를 내며 떨어져 발화도 되지 않는 것을 멍하니 보고 있었다. 모두 검정색과 붉은색으로 채색된 기괴한 악몽처럼 생각되었다.

불꽃 건너편에 서 있던 인간이 무언가 외치는 듯하더니 뒤돌아 뛰어가 버렸다.

아사오는 누군가가 뒤에서 자신의 어깨를 꽉 잡은 것을 느끼자, 예기치 못한 공포에 사로잡혀 정신없이 그 손을 뿌리치려고 했다. 이 바보야, 라는 고함은 낯익은 음성이었다. 뒤돌아보자 청년이 이를 드러냈다. 붉은 불꽃에 비추어져 그 얼굴이 피투성이처럼 보였다.

"아래로 내려가자."

청년은 소리쳤다. 그 소리와 동시에 아사오는 튕겨진 것처럼 미끄러져 내려갔다. 도중에 넘어졌지만 일어서지 않고 그대로 굴러서 내려갔다. 제방 아래에 이르자 방향도 정하지 않고 달리려고 했다. 공포로 목이 조여 와 호흡이 곤란했다.

또 팔을 붙잡혔다. 청년이 얼굴을 찌푸릴 정도로 세게 붙잡았기에 아사오는 이것 놔, 라고 갈라진 음성으로 말했다.

"그쪽이 아니야, 바보 같은 놈아."

청년은 소리쳤다.

"도면대로 행동해."

"도면 따위."

아사오는 헐떡였다.

"그런 도면 같은 건 난 몰라."

"바보 같은 소리 하지 마."

청년은 빠르게 걷기 시작했다. 아사오는 그 뒤를 따랐다.

"지금은 도면대로 움직이지 않으면 붙잡혀. 내게서 떨어지면 안 돼. 자네는 지나치게 흥분한 상태야. 무슨 짓을 할지 몰라. 곧 체포될지도 몰라."

"내가 어떻게 되든 상관하지 마."

아사오는 청년의 넓은 어깨를 증오의 눈빛으로 바라보며 말했다.

"자네를 걱정해서 하는 말이 아니야."

청년은 내뱉듯이 말했다.

"우리 조직을 걱정하는 거야. 우리는 거기서 사람들 눈에 띄었잖아."

아사오가 뒤를 돌아보자, 그들이 있었던 근처의 제방 위가 아직은 붉게 물들어 있었고, 사람과 차들이 도착하는 듯 소란스러웠다. 아사오는 떨리는 손으로 이마를 닦았다. 발에 쥐가 났다.

"뛰자, 응, 뛰자."

아사오는 채근하며 말했다.

"서둘지 마."

청년은 비웃듯이 말했다.

"자네는 아까 경찰이 왔다고 말했지만, 그건 경찰이 아니었어. 허둥대기는…."

청년은 걸으면서 레인코트를 벗어 가방 속에 넣었다. 그리고 등산모자를 꺼내 쓰고 우산을 폈다.

"저기서 우회전이야. 자네도 레인코트를 벗는 게 좋을 거야. 우산을 써."

아사오는 시키는 대로 했다.

"자네와 더는 함께 행동할 일은 없을 거야. 안전한 곳까지 가서 조금 이야기를 나눈 뒤 거기서 헤어지기로 하세. 아, 이야기보다 밥을 먹자. 배가 고프니깐."

청년은 천천히 걸으면서 아사오를 보지 않고 말했다. 아사오는 젖은 레인코트를 가방에 넣고 침착하게 말하는 청년의 목소리를 들으며 매우 비참한 기분이 들었다.

번화가 뒷골목 두 개의 파친코 가게 사이에 다 찌그러져 가는 낡은 2층 건물에 조선 음식점이 있었다. 1층은 만원이었고 2층은 80퍼센트 정도 손님이 차 있었다. 기름과 마늘 냄새가 진동했고, 담배 연기가 자욱했다. 손님들은 웃거나 이야기하면서 음식을 먹었다. 창문을 통해서는 시끄러운 음악 소리가 흘러들어 와 식당 안의 분위기를 뒤흔들었다.

청년의 식욕은 대단했다. 방금 전까지 그런 행동을 취했다고는 믿기지 않을 정도였다.

"왜 그래?"

그릇에 얼굴을 박듯이 하고 고기를 게걸스럽게 먹고 국을 마시던 청년이 입술에 묻은 기름을 손등으로 닦고 나서 물었다.

"아직도 얼굴이 창백하네. 이젠 괜찮아. 그런 일은 아무것도 아니야. 자네는 왜 안 먹는 거지? 이러면 앞으로 어떻게 해 나가겠나."

"자네가 너무 잘 먹기에 보고 있었던 거야."

아사오는 맥 빠진 음성으로 말했다.

청년은 모든 것을 간파했다는 투로 고개를 가로저으며 싱긋이 웃었다.

"이런 상황에서 먹으면 안 된다는 법은 없지."

청년은 김치를 입에 넣고 씹으며 말했다.

"조선 음식이 입에 안 맞는 건가?"

"아냐, 좋아해."

"그렇지? 자네는 조선에서 살았던 적이 있다니까."

"왠지 식욕이 없어."

아사오는 풀이 죽은 듯이 말했다.

"제일 중요한 시점에서 그런 실수를 저지르다니. 토할 것만 같은 기분이야."

청년의 눈에 웃음기가 떠올랐다. 오늘 밤에 처음으로 보인 호의적인 표징이었다. 그는 뭐가 말하려다 말고 다시 그릇에 얼굴을 묻고 채소와 고기를 한가득 입에 넣고 씹었다. 거기에 이끌린 듯 아사오도 젓가락을 들어 고기를 입에 넣고 천천히 먹었다.

"자네는 조선에 있었다며?"

"응."

지금은 전혀 그런 이야기를 하고 싶은 마음이 들지 않았다. 도리어 우울해진다. 아까까지 용감했던 기분을 다시 한 번 혼자서 조용히 정리해 보고 싶었다. 앞으로의 일에 대해서도 곰곰이 생각해 보고 싶었다.

화로 위에서 보라색 연기를 내며 지글지글 구워지고 있는 돼지 내장을 청년은 끊임없이 먹었다.

"자네는 입당했나?"

청년은 뜨거운 내장을 혓바닥 위에서 굴리면서 물었다.

"당원은 아니야. 하지만 군사 조직에는 들었어. 실제 행동한 것은 오늘이 처음이지만 말이야."

"좀 더 많이 먹어. 사상적으로는 당을 지지하는 거지?"

"그런 셈일 거야. 그렇게 단정적으로 물으니까 확신은 없지만."

아사오는 어정쩡하게 대답했다.

"그런가. 하긴 한마디로 군사 행동이라 해도 여러 가지 참가 방법이 있으니깐. 자네와 나처럼 말이야."

청년은 말하면서 한동안 입을 바쁘게 움직였다.

"당의 편에 서 있는 남자, 전에 조선에서 살았던 남자. 나는 그런 남자와 말할 기분이 도저히 나지 않았지. 자네, 이건 억지가 아니야. 오히려 일반적인 일본인처럼 조선인을 경멸하고, 이 전쟁에서도 열심히 미군의 탄환을 만들거나 전차를 수리하는 사람들이 오히려 상대하기가 쉬워. 우리나라를 지지해 주는 당원들이나, 특히 자네 같은 조선에서 산 적이 있는 남자와 함께 있으면 왠지 바늘방석에 앉아 있는 것 같아. 찜찜한 감정이 마음속에서 어른거려."

"내 아버지는."

아사오는 아무런 감정도 들어 있지 않은, 무책임할 정도로 성의 없는 목소리로 천천히 말했다.

"조선에서 경찰이었어."

"경찰?"

청년의 눈에서 호의적인 빛이 사라졌다. 그리고 순식간에 험악한 눈빛으로 채워졌다. 아마도 그건 무의식이었으리라. 아사오는 그 눈을 힘없는 눈초리로 바라보았다.

"그래, 경부로 특고(特高) 같은 일을 했을 거라고 생각해."

청년이 젓가락을 밥에다 꽂은 채 짓궂은 웃음을 지었다.

"아버지가 저지른 일을 속죄하려고, 자네가 화염병을 들었다는 말이구나. 그래? 그럴듯한 이야기군. 그래서 내게 조선인으로서 감사해 하라는 건가?"

아사오는 표정을 바꾸지 않았다. 여전히 무딘 빛이 감도는 눈으로 지그시 청년의 얼굴을 바라보며 천천히 말했다.

"내 아버지를 소련 병사와 조선인이 연행해 갔어."

"당연하겠지."

청년은 즉각적으로 대답했다. 아사오의 눈썹이 꿈틀하고 움직였지만 표정은 변하지 않았다.

"아버지는 총살당했어. 그때 나는 열두 살이었어. 엄마와 둘이서 귀환했지."

"그래서?"

청년이 도전적으로 말했다.

"그게 다야."

청년은 다 먹어 씻은 듯이 깨끗해진 접시랑 그릇들을 포개어 기름기로 끈적끈적한 식탁 구석으로 치웠다.

"그뿐이야?"

청년이 물었다.

"그래."

"흠…."

청년은 재떨이를 자기 앞으로 가져다 놓고 담배를 꺼내 오래 굶은 듯이 맛있게 피우고 또 한 개비를 꺼내 입에 물었다.

"자네 아버지는 총살되었다. 그것과 지금의 자네 행동이 어떻게 연결되는 걸까?"

"연결되지 않아도 상관없어. 자네는 같은 사상을 갖고 같은 행동을 하고 있는 인간일지라도 그게 일본인이라면, 특히 조선에서 산 적이 있는 일본인이라면, 마음속에서 납득할 수 없는 찜찜한 기분이 든다고 했지. 나는 아버지가 아니야. 아버지가 특고 같은 일을 했다고 생각하면 총살은 어쩔 수 없는 일이었는지도 몰라. 하지만 마음속으로 내 피는 납득하지 못한 채로 괴로워하고 있어. 그 소련 병사나 조선인에 대해서 말이야."

청년은 잠자코 입으로 담배 연기만 내뿜었다.

"나는 당원은 아니야. 나는 일본의 혁명이나 민족 해방 따위에 확고한 신념이 있는 것도 아니야. 나는 아버지의 죽음을 둘러싼 증오와 고통과, 그게 어쩔 수 없는 일이었을지도 모른다고 생각하게끔 되어 버린 내 사상을 어떻게든 결합시켜 내 나름대로 하나의 새로운 경지를 얻고 싶었어. 그게 오늘 밤의 내 행동이었어. 그런데 그게 꼴사납게 되어 버렸어. 자네 처지에서 보면 그런 내가 우습기 짝이 없겠지."

청년은 담배를 비벼 껐다.

"일본인에게 살해된 중국인과 조선인은 몇천만 명이나 있다는 사실도 생각해 주면 좋겠네. 일본인은 항상 자신들의 일만 생각하고, 그 사실을 망각해 버린 듯해."

청년은 말했다.

"몇천만 명의 사람들이 그런 슬픔으로 울고 있다는 사실을 생각해 주었으면 해. 그리고 그런 기억은 시간이 지났다고 해서 잊혀지는 게 아니야. 현재 그런 중국인이나 조선인이 헤아릴 수 없이 많이 있다는 점을 생각해 봐. 살해된 육친들은 자네 아버지 같은 직업이 아니었다는 점도."

"이런 증오나 고통은 사라지지 않는 걸까?"

중얼거리듯이 아사오가 말했다.

"같은 사상을 갖더라도 만약 사라지지 않는다면…."

"중국인은 중국인으로서의 길을 찾아내겠지."

청년은 말했다.

"우리 조선인들은 조선인으로서의 길을 찾아낼 거야. 일본인인 자네는 일본의 역사와 단절된 길을 찾아낼 수는 없겠지. 그게 민족의 역사라는 것이겠지. 오늘 밤 자네 행동의 계기에 대해서는 이해가 가지만, 그 점에 대해서 나는 아무 말도 할 수 없어. 일본인들 중에서는 그런 식으로 참가할 수도 있구나, 라고 생각할 따름이지. 나는 달라. 나는 조선인이기 때문에 말이야. 내 조국은 지금 전쟁을 치르고 있고, 나 또한 어디에 있든 그 전쟁에 참가하고 있기 때문이지. 그까짓 화염병 따위는 아이들 장난감 같은 무기라는 걸 너무나 잘 알고 있어. 하지만 일본인이 같은 일본인의 화염병을 놀리거나 비판하거나 조소하더라도 그건 나와는 관계없는 일이야. 나는 전쟁을 치르고 있는 민족의 일원이니까. 빈약한 무기라도 그것밖에 없다면 그걸 들고 싸울 수밖에 없잖아. 그 점이 자네와 다른 거야."

두 사람은 음식점에서 나왔다. 비는 그쳤다. 사람들의 왕래는 아직 많았다. 미군 병사가 여자의 허리를 껴안고 무언가 외치면서 지나갔지만, 조선인 청년의 표정은 조금도 변하지 않았다. 두 사람은 서로 마주 보고 섰다.

"두 번 다시 함께 행동할 일은 없겠지."

청년이 말했다.

"건강하게나."

"꼴사나운 짓을 저질러 미안해."

아사오는 낮은 음성으로 말했다.

청년은 고개를 가로저으며 소리 없이 웃었다. 오른손을 얼굴 가까이에서 흔들었다. 이별의 인사였다.

손을 내렸을 때, 뜻밖에도 청년의 눈에서 따뜻한 것이 흘러내렸다. 청년은 잠시 주저한 다음 분명하게 말했다.

"내 아버지도 일본인에게 살해되었어."

숨을 죽이고 있는 아사오에게 청년은 미소를 지어 보이고는 등을 돌렸다. 꼼짝 않고 서 있는 아사오의 눈에 청년의 넓은 어깨가 보였다. 이윽고 그 모습은 복잡한 인파 속으로 사라졌다.

이름 없는 기수들

무료한 산골 마을이었다.

나 자신은 농림학교의 평범한 교사에 지나지 않기 때문에 내 교제 범위도 같은 고향의 비교적 하급의 공무원이나 교사로 한정되어 있었다. 특이하다면 규슈 출신으로 검도 4단인 경찰관이 있었지만, 그는 옆집에 살고 있었기 때문이다. 친구들 대부분은 소탈하고 소심한, 야심을 상실해 버린 사내들이었다. 그들도 나와 마찬가지로 젊은 나이에 고향을 뛰쳐나온 자들이다. 그 무렵은 아마도 미지의 세계로 뛰어들어 가 자신의 능력을 시험해 보려는 용기와, 형체가 없는, 하지만 희망이라고 부를 수밖에 없는 것을 품고 있었음이 틀림없다. 그러나 도항하고 보니 그곳은 생전 처음 보는 조선 땅이며, 언어 풍속부터 풍경에 이르기까지 완전히 달라서 모든 것이 광대한 미지의 세계처럼 생각되긴 했으나 능력을 시험해 볼 만한 세계 따위는 이미 어디에도 남아 있지 않음을 알게 되었다. 정치·경제의 거대한 골격은 단단하게 짜여 있었다. 상인들도 도시의 대소를 따지지 않고 재빠르게 자리 잡고 흔들림 없는 기반을 닦고 있었다. 기껏해야 시골 마을의 교사가 되든가 지방 관청의 말단 공무원이 되든가, 그런 정도가 이렇다 할 학력도 재산도 없는 우리가 얻게 되는 취직 자리였다.

많은 사람은 몇 년 동안 몇 도시와 몇 가지 직업을 전전한 뒤에 잠든 듯한 이 마을로 지친 몸을 옮겨 왔다. 더는 움직이는 것이 고통스럽고, 또 움직여 보았자 무의미하다는 것을 잘 알고 있는 사람은 이 마을에 뿌리를 내렸다. 무료한 생활이 시작되는 것이다. 야망이고 뭐고 모든 것을 상실해 버린 현재 상태에 만족하고 있는 친구들의 무기력한 모습을 보면, 나 자신의 얼굴을 보는 듯한 기분이 들었다. 군청에 다니는, 같은 현 출신 소노베(園部)도 그런 남자 가운데 한 명이었다.

어느 여름날, 나는 학교의 용무로 군청에 간 적이 있었다.

군청이라고 하면 어쩐지 엄숙한 느낌이 들지만, 기와 지붕 위에 풀이 무성한 조선 가옥이었다. 건물 자체는 일반 서민들의 초가와는 달리 오랜 역사를 지닌 양반 저택의 일부였다. 지붕은 우아하고 아름다운 곡선을 그리고 기둥과 난간에는 독특한 점이 있어서 역사나 미술, 건축에 관심이 있는 사람의 눈으로 보면 매우 흥미진진한 것이었으리라. 아니, 나 자신도 조선으로 건너와 처음에는 일본과 다른 풍경이나 천하대장군, 향교, 오래된 양반 저택 등에 크게 흥미를 느껴 노트에 기록을 하거나 스케치를 했고, 그것이 쌓여 가는 것이 하나의 즐거움이었다.

그러나 그런 것들은 현실의 내 생활과는 아무런 관계도 없었다. 나는 언젠가 결혼하고, 아이가 태어나고, 그리고 자신의 장래도 거의 전망할 수 있게끔 되었다. 어느새 건물에 대한 흥미도 사그라졌다.

대단한 더위였다. 엄청난 매미 소리였다. 군청 옆에 있는 늙은 거목이 몸 전체로 울부짖기 시작한 듯했다. 나무 아래에는 조선인들이 땅바닥 여기저기에 드러누워 있었다. 젊은 남자의 모습은 없었지만 노인이나 중년 남자들이 하릴없이 빈둥거리는 것이다. 잠자는 자가 있는가 하면, 멍하니 하늘을 바라보는 자도 있었다. 군청에 들어가 용무를 마치자, 구석의 의자에 축 늘어져 앉아 있는 소노베의 모습이 보였다. 그는 단정치 못하게 셔츠의 단추를 풀고 한 손에 부채를 들고 얼굴에 부치며, 다른 한 손으로 작은 수박 조각을 들고 맛없게 먹고 있었다. 이따금 활짝 열어 놓은 창문으로 퉤퉤하며 수박씨를 밖으로 내뱉었다. 그는 멀리서 나를 알아보고 부채를 흔들며 나를 불렀다. 내가 다가가자 소노베와 책상을 마주하던 남자 두 명이 일어나서 공손히 머리를 숙이며 선생님, 안녕하세요?, 라고 인사를 했다. 홍(洪)과 김(金)이라는 나의 제자들이었다.

"못 견디겠어, 이렇게 더워서는."

소노베는 지긋지긋하다는 투로 말하고는 수박을 권했다. 녹초가 되어 잠들어 있는 듯한 건물의 내부를 둘러보고는, 항상 이런가?, 라고 수박을 사양하면서 나는 물었다.

"글쎄."

"한가하게 보이는군, 천하태평 오곡풍양."

나는 수박의 붉은 물을 입가에 흘리고 있는 소노베에게 빈정대며 말했다.

"학교야말로 견딜 수 없어. 아무리 덥거나 추워도 가르치는 일을 그만둘 순 없으니깐."

"무슨 소리야, 여기도 마찬가지야."

소노베는 갑자기 몸을 일으키며 눈을 부라렸다.

"바쁘다고 생각하면 1년이 500일 있어도 모자랄 정도로 바빠. 하지만 한가하다고 생각하면 지금보다 할 일이 없어져 버리는 거야."

그는 수박 껍질을 창문 밖으로 내뱉으면서, 여보게, 홍 군, 그렇지 않은가, 그렇지?, 라고 내 제자에게 물었다. 그는 철한 두꺼운 서류를 책상 위에 펼쳤다.

"예를 들면 이래. 이것은 ××면(面) ××동(洞)의 김 모의 밭이다. 밭의 축도와 경작 면적, 어디에 무엇이 재배되고 있는가 등이 자세하게 적혀 있어. 자세하면서도 정확하게 말이야. 그렇게 되어 있어. 그런데 만약 내가 김 모와 면사무소의 조선인 직원을 전혀 신용하지 않는다면 어떻게 될까? 아니 내가 조선인 모두를 신용하지 않는다면 어떻게 될까?"

그 말을 듣는 순간 나는 고개를 돌려 제자들의 얼굴을 쳐다보았다. 하지만 두 사람 모두 항상 이런 식이라는 표정으로 히죽히죽 웃었다. 나는 알고 있다. 이 웃음이 심상치 않은 것이다. 하지만 소노베는 아무것도 알아차리지 못하는 듯 계속했다.

"만약 김 모의 신고와 면사무소 직원을 애당초 신용하지 않았다면, 현지로 출장을 가서 줄자로 재고 작물을 일일이 재조사해야만 되는 거지. 홍수니 뭐니 해서 조금씩 면적도 틀릴 것이고, 밤이 자라야 할 곳에 옥수수가 자라고 있을지도 몰라. 그렇다면 서류를 새로 작성해야만 해. 한 곳이 그렇다면, 내가 담당하는 몇 개 면을 모두 재작성해야 하겠지? 이는 다른 부서의 일에도 큰 영향을 줄 거야. 자네, 그건 도저히 감당할 수 없는 일이야. 그런 일을 하기 시작하면 여기는 군청이 아니지. 여긴 전쟁터가 되어 버릴 거야."

그는 웃었다.

"그러나 그와는 별도로 말이야, 내가 김 모와 면사무소의 직원을 신용하고 있는 것으로 해 두면 말이야, 모든 것이 보다시피 무사태평으로 일이라고는 수박을 먹는 일 정도밖엔 없지."

"그래서 자네는 신용하고 있다는 말이네?"

나는 말했다.

"그런 방침으로 있지. 업무상으로는 말이야. 현실적인 문제가 되면 천차만별이지만."

파리가 책상 위에 떨어진 수박 국물 주위를 왱왱 날고 있었다. 나는 창밖으로 멀리 보이는 산봉우리에 걸려 있는 구름을 멍하니 바라보았다. 적어도 여기서는 내가 가르친 것들이 제자들에게는 전혀 도움이 되지 않았다. 내가 가르친 것들이 그들에게 무언가 도움이 될 때가 있을까 하고 나는 정신이 아찔해지는 기분으로 생각했다.

생활은, 적어도 표면은 느린 템포로 흐르고 있었다. 한 해 한 해가 똑같이 느껴졌다.

집에서 학교까지는 꽤 멀었지만 나는 걸어 다녔다. 내 상석(上席)

에 오카지마(岡島)라는 교사가 있는데, 이 남자는 출세욕이 강했고 본인도 그 점을 숨기지 않았다. 유명 대학을 졸업했다는 것이 자랑거리로, 그가 우리를 보는 시선에는 이 검정고시 출신의 지쳐 빠진 시골 학교 교사 주제에, 라는 식의 노골적인 기색이 담겨 있었다. 공장도 아무 것도 없는, 이따위 지저분한 시골 학교는 잠시 스쳐 지나가는 곳일 따름이라고 그는 큰소리치고 있었다. 학교 선배의 연줄로 도시의 학교로 전근되기를 바라고 있었고, 또 실제로 몇 년 지나지 않아 그는 전근을 갔다. 오카지마는 이 마을을 싫어했다. 나처럼 먼 길을 걸어서 다니는 짓 따위는 하지 않았다. 그런 짓을 하면 아마 우리처럼 차츰 이 한가로운 작은 마을의 때에 몸이 더러워지기라도 하는 것처럼 말이다. 그는 도시에 오토바이를 주문하여 구입했고, 그것을 타고 학교에 다녔다.

마을 최초의 오토바이였다. 오토바이는 놀랄 만한 음향과 함께 마을의 화제가 되었다. 오토바이는 오카지마가 핸들을 잡고 10미터나 20미터쯤 달려야만 시동이 걸렸다. 하지만 그 광경조차 마을의 일본인 아이들이나 조선인들에게는 진귀한 것이었다. 일단 시동이 걸리면 오토바이는 엄청난 폭음을 내고 연기를 뿜어내며 눈 깜짝할 사이에 마을을 빠져나가 버렸다. 그런 식으로 그는 하루라도 빨리 이 마을을 뒤로 떨쳐 버리고 싶다고 생각하고 있었음이 틀림없다.

나는 자전거를 갖고 있었지만 학교에 갈 때는 사용하지 않았다. 아무래도 나는 오카지마와는 반대로 이 마을을 사랑하고 있었던 모양이다.

아침 일찍 등교하다가 근처에 사는 농부와 마주쳤다. 그들은 아직 어두울 때에 인근 동네를 나와 이 마을로 온다. 밭에서 방금 딴 채소를 차에 실은 사람이랑 지게를 짊어진 사람이 느린 발걸음으로 찾아온다. 마을 광장에 와서 전을 펼치는 자가 있는가 하면, 큰 소리로 채소 이름을 외치면서 골목골목으로 돌아다니는 자도 있었다. 그들은 채소 이름에다 곡조를 붙여 조선말로 외쳤기 때문에 듣고 있으면 마치 노랫가락처럼 들린다.

물이 뚝뚝 떨어지는 광주리를 들고 강 쪽에서 오는 소년도 있었다. 그는 바지락을 잡아 마을에서 팔고 그 돈으로 식료품을 사서 돌아갔다. 맑고 깨끗한 강에서 잡히는 그 바지락은 모래가 섞여 있지 않고 큼지막하여 맛이 좋았다.

포플러숲을 빠져나오면, 끼익끼익 하는 나무 삐걱거리는 소리가 들려온다. 우리 집에 채소를 팔러 오는 낯익은 농부가 밭에 판 우물에서 물을 퍼 올려 밭에 뿌리고 있었다. 그의 밭은 홍수가 나면 제일 먼저 물에 잠기지만, 해가 쨍쨍 비치면 다른 어느 곳보다 빨리 말라 버린다. 그는 물을 퍼 올리는 손을 멈추지 않고, 여어, 라고 퉁명스럽게 나에게 아는 척했다. 온몸이 땀으로 젖었다.

시냇물에서는 엉덩이를 다 드러낸 어린아이들이 물고기 잡이에 열중했다. 아이들은 즐거워 보였다. 그러나 그들 입장에서 보면, 그것은 놀이인 동시에 잡은 물고기를 집으로 가져가면 소중한 먹을거리가 된다는 것을 나는 알고 있었다.

내 등 뒤에서 끼익끼익 하는 소리가 계속되었다. 나는 저 농부의 튼튼한 어깨와 크고 평평한 얼굴과 언제나 졸린 듯이 가느다란 눈을 떠올리면서 걷는다. 그와 동시에 내가 떠나온 고향 산속의 좁은 논밭과 농민들의 얼굴을 떠올렸다.

큰 홍수가 있고 나서 온통 진흙투성이가 된 밭에서 묵묵히 일하던 저 농부의 얼굴은 하염없이 우물에서 물을 퍼 올리고 있을 때의 얼굴과 같았다. 매우 슬퍼하거나 절망하거나 하는 얼굴은 아니었다. 그렇다고 해서 체념한 얼굴도 아니었다. 전혀 아무것도 느끼지 못하는 것이 아닌가 하는 생각조차 들 정도였다.

느끼지 않을 리는 없을 것이다. 그저 그것이 얼굴에 표정으로 떠오르지 않을 뿐이었다. 표정 따위가 이참에 무슨 의미가 있을 것이며, 그에게 아무것도 가져다 주지 않는다는 것을 아마도 그는 잘 알고 있었을 것이다.

어느 날 내가 다가가기를 기다렸다는 듯이 드물게 그 농부가 나에게 조선말로 말을 걸었다. 일본어는 단어 몇 개밖에 모르기 때문이다.

"선생님 집에는 식모가 있소?"

"없어요."

나도 조선말로 대답했다.

"마누라와 아이가 둘이나 있어요. 쥐꼬리만 한 월급으로는 어림도 없지요."

농부는 쥐꼬리만 한 월급이라는 말을 듣자 나를 지그시 바라보며 고개를 가로저었다.

"일본 사람 집에서는 모두 조선인 식모를 부리는 줄 알았는데."

나는 씁쓸한 기분이 들었다. 농부가 하는 말은 어느 정도 사실이었다. 월급 70, 80엔을 받는 사람이 1엔 50전이나 2엔, 많이 주면 3엔으로 식모를 쓰고 있었다. 입주식이 아니라 출퇴근하는 식모였다. 조선인 농민들에게는 이 2, 3엔이 큰 수입이었다.

그러나 내가 보기에 이 마을의 일본인 가정 중에서 꼭 식모가 필요하다고 보이는 집은 거의 없었다. 남편이 출근하고 나서 집 청소를 끝내고 나면 저녁때까지 주부들은 시간이 남아돈다. 마을에 극장은 있었지만, 반년에 한 번 정도밖에 영화는 들어오지 않는다. 이런 산중에도 어디서 오는지 1년에 한 번 정도 중국인과 조선인 극단의 경극과 곡예를 합쳐 놓은 듯한 것이 찾아오는데, 일본인 중에서 그것을 보러 가는 것은 아이들뿐이고, 여자들은 품위가 손상된다고 생각하는지 절대로 보러 가지 않았다. 그래서 오후가 되면 친한 사람 집에 모여서 차를 마시고 수다를 떠는 일밖에 없었다. 그런데도 식모를 고용해 가사 일체를 떠맡기는 집이 많았다.

그 이유는 얼마든지 값싸게 고용할 수 있기 때문이지만, 무엇보다도 조선인 식모를 부리는 쾌감과 주위에 대한 허세 때문이었다.

"우리 집에 옥희라는 딸이 있어."

농부는 여전히 무엇을 생각하는지 알 수 없는 표정으로 말했다.

"열네 살이지. 일본말은 못하지만 매우 부지런한 아이야."

그리고 나서 한참 있다가 불쑥 덧붙였다.

"정직한 아이다."

나는 농부가 구태여 나에게 정직한 아이라고 덧붙인 심정을 너무나 잘 알고 있었다. 조선인은 교활하다, 조선인은 거짓말쟁이다, 조선인은 남의 물건을 잘 훔친다고 일본인 모두 믿고 있다고 그는 생각했겠지. 실제로 그렇게 생각하는 일본인이 많았다. 이 마을에서 진심으로 조선인을 신용하는 일본인은 얼마 되지 않았다. 조선인도 일본인을 신용하지 않기는 마찬가지였을 것이다. 우리는 제멋대로 남의 나라에 들어와 있는 것이다. 그 점을 간과하고 서로 신용을 하느니 안하느니 하는 것은 정말 웃기는 일이다. 정직한 아이라는 말을 듣고 나는 조금 당황했다.

"어떻소, 선생, 시험 삼아 한번 써 보지 않겠소?"

그는 말했다.

"마음에 안 들면 금방 해고해도 좋아."

생각해 보겠다고 나는 대답했다. 그가 일을 시킬 곳이 없어서 말이야, 라고 내 뒤에서 작은 소리로 중얼거리는 것을 들었을 때, 나는 이 평화롭고 무료한 마을의, 한 껍질을 벗긴 내면의 소리를 들은 듯한 기분이 들었다.

옥희는 부지런한 소녀였다. 두 갈래로 땋은 머리에다 빨간 천으로 리본을 달았다. 입고 있는 조선옷은 군데군데 천 조각을 대어 기웠지만, 항상 청결했다. 소학생인 우리 집 아이들에게, 옥희는 마치 길을 잃고 우리 집으로 들어온 귀여운 동물인 듯 생각되는 모양이었다. 왜냐하면 첫째 말이 전혀 통하지 않는 것이다. 아이들은 처음에는 열심히 일본어 단어를 외우게 하고 옥희가 부끄러워하면서 발음하고 그것이 맞으면 즐거워했다. 하지만 나는 곧 우리 아이들을 내심 불안하게 여기게 되었다.

"야마시타(山下) 군의 아버지는 철도원이래."

동생의 말에 형이 흥 하고 대답하는 것을 듣는 순간 나는 깜짝 놀랐다. 동생의 목소리에도 형의 목소리에도 분명히 경멸의 어조가 담겨 있었기 때문이다. 나는 그때는 교사임이 틀림없었지만 원래 우리 집안은 대대로 농민이었고, 내 자신도 어릴 때부터 줄곧 논밭에서 일해 왔다. 고향을 뛰쳐나온 것은 논밭에서 노동하는 것이 싫어서가 아니었다. 검정 시험을 쳐서 교사가 된 이상 교육이라는 명목 아래 학생들에게 생물을 가르치고, 비료에 대해서 분석하고, 학생들과 함께 돼지를 키우고 과수를 재배하고 있는 것이다. 이 마을 일본인 아이들 대부분은 조선에서 태어났다. 그들은 자기 부모나 조상들이 부지런히 일했음을 몰랐다. 무리도 아니었다. 몸을 사용하지 않으면 안 되는 일은 모두, 아무리 임금이 싸더라도 현금이 필요한 조선인들이 하고 있었기 때문이다. 그러나 적어도 그때까지는 남의 집 일이었다. 지금은 옥희라고 하는 조선인 소녀가 우리 집으로 들어와 아이들 눈앞에서 일본인 엄마가 해야 할 노동을 대신하고 있는 것이다.

옥희를 보는 아이들 시선은 이미 내 시선과는 달랐다. 명실 공히 식민지 2세가 탄생한 것이다. 장래 이 아이들이 어떤 인간으로 자라날 것인지 나에게는 상상이 가지 않았다.

그로부터 반년쯤 지난 어느 저녁 무렵이었다. 집에 돌아와 보니까 집안의 공기가 어쩐지 묘했다. 아이들은 내 얼굴을 보자 안절부절 못하며 시선을 피하고 어디론가 모습을 감추어 버렸다. 온돌방으로 가 보자, 아내가 낮은 목소리로 무언가 말하고 있고, 옥희는 고개를 숙인 채 흐느껴 울고 있었다. 내 얼굴을 보자 겁먹은 듯한 표정이 옥희의 얼굴을 뒤덮었다.

아내는 약간 흥분한 듯한, 조금 당혹스런 어조로 반짇고리 안에 50전짜리 은화 두 닢을 넣어 두었는데, 그것이 없어졌다고 말했다.

"정직한 아이다."

농부의 음성이 일순 되살아났다. 옥희가 나를 보고 왜 겁먹은 표정이 된지 알 것 같았다. 화가 났다.

"옥희가 가져간 것 맞아?"

"확실하게 그렇다고도 아니라고도 말하지 않아서 지금 화를 내고 있던 참이었어요."

나는 고개를 숙이고 울고 있는 소녀를 보자, 농부의 얼굴과 그의 가난한 집이 떠올랐다.

"지금까지 이런 일이 있었나?"

"한 번도 없었어요."

아내는 대답했다.

"그렇다면 됐어. 옥희야 다시는 그러지 마. 너희 집에는 말하지 않을 테니 두 번 다시 그러면 안 돼. 다음에 또 그러면 그만두게 할 거야."

그만두게 할 거라는 말에 옥희의 어깨가 움찔 움직였다. 소리를 내며 울었다. 그 일이 있고 나서 곧 진상이 밝혀졌다. 우리 집에는 어린이용 도자기 저금통이 있었다. 아이들은 동전을 넣으며, 정월에 나오는 큰 부록이 딸려 있는 잡지의 증간호를 사는 것을 즐거움으로 삼고 있었다. 금방 탄로가 날 게 뻔한 일인데도 아이들 둘이 아내의 반짇고리에서 은화 두 닢을 빼내어 저금통에 넣어 버린 것이다.

저금통을 깨트렸을 때, 아내는 잔돈에 섞여 나온 은화 두 닢을 보고 수상하게 생각했다. 은화를 준 적이 없기 때문이었다. 대답을 못하고 우물쭈물하고 있는 아이들을 보고 있는 사이에 아내는 갑자기 짚이는 게 있었다. 그날 밤, 아내는 나에게 사건의 진상을 고했다.

이름 없는 기수들 117

"옥희에게 사과했나?"

나는 얼굴이 창백해지는 느낌으로 물었다.

"하지만 그건 이미 끝난 일이어서."

아내는 말끝을 흐렸다.

"지금 와서 새삼스레 사과라니요…. 게다가 아이들의 입장도 좀 생각해 줘야지요."

"어떤 입장 말이야!"

나는 소리쳤다. 아이들이 옆방에서 몸을 움츠리고 있음을 알 수 있었다.

"돈을 훔치고서 죄를 남에게 덮어씌웠어. 조선인은 거짓말쟁이에다 도둑놈이기 때문에 틀림없이 옥희가 범인으로 몰릴 것이라고 생각한 거겠지. 그게 아이들다운 생각이라고 할 수 있겠나. 옥희는 오로지 목이 잘리지 않을 셈으로 죄를 덮어쓴 거야. 너희 이리 와 봐!"

아내의 얼굴이 파랗게 질려, 여보!, 라며 나를 만류했지만 나는 듣지 않았다. 아이들은 이미 울상을 짓고 있었다. 나는 갑자기 두 아이의 뺨을 세게 때렸다. 아이들은 째지는 소리로 울기 시작했다. 몸을 서로 부비며 울고 있는 두 아이들을 보자, 내 마음은 차츰 어둡고 무거워져 갔다. 반짇고리에서 돈을 훔친 사실은 용서받을 수 없더라도 틀림없이 옥희가 범인으로 몰릴 것이라고 아이들이 생각한 것을 내가 나무랄 수 있을까?

나 역시 돈이 없어졌다는 아내의 말을 듣는 순간, 옥희라고 생각하지 않았던가? 이 마을의 일본인 누구라도 그런 식으로 생각하지 않을까? 특히 나와 아내는 둘째 치고, 아이들은 그런 사고의 틀을 가진 일본인 속에서 태어나고 자라 오지 않았던가.

"내일, 둘 다 옥희에게 사과해라."

나는 잠긴 목소리로 말했다. 그 밖에는 할 말이 없었다.

그때 손님이 왔다. 아내는 현관으로 나가고, 이윽고 밝은 웃음소리가 들려왔다. 손님은 소노베와 소노베의 학교 후배인 아키모토(秋元)였다. 아키모토는 소노베의 도움으로 군청 서기를 하고 있다. 아직 독신이다. 워낙 좁은 마을이라 얼굴 정도는 알았지만 대화를 나눈 적은 한 번도 없었다.

아내는 그때까지 답답했던 분위기에서 구원받은 듯한 표정이 되어 신이 났다. 아키모토는 새하얀 털실 스웨터를 입었다. 머리를 길게 길러 포마드를 발라 단정해 보였지만, 어딘가 퇴폐적이고 자포자기적인 분위기가 배어 나왔다. 내가 좋아하지 않는 타입이었다.

아내가 술을 데우고 술기가 오른 소노베와 아키모토의 목청이 차츰 커져 갔다.

"꼬마들아, 아깐 왜 울었지?"

아키야마는 다정한 척하는 말투로 물었다. 내가 막을 틈도 없이 아내는 벌써 말하고 있었다. 그녀는 우리 집에서 일어난 작은 사건의 전말을 이야기했다.

"흠, 그래서 아버지에게 두들겨 맞았구나."

아키모토가 웃으며 말했다.

"성질이 급한 아버지로구나. 그깟 일로 때리긴 왜 때려."

"좌우지간"이라며 아키모토가 게슴츠레한 시선을 나에게 향했다.

"조선인이 사이에 끼면 무슨 일이든 꼬여 버려. 정말 진절머리 난다니까. 소노베 씨가 편지에 좋은 곳이라고 적었기에 와 보니깐 이 지저분한 마을인 거예요. 꾀죄죄하고 무식한 조선인인 거예요. 게다가 직장이라는 곳은…."

"그렇게 말하지 마."

소노베는 웃었다.

"설마 내 편지를 액면 그대로 믿으리라고는 생각지 못했지 뭐. 하지만 다 마음먹기 나름이야. 내지에 있어 보았자 어차피 변변한 일도 없는걸. 그에 비하면, 박봉이지만 어쨌든 식모를 부려 가며 편안하게 살아갈 수 있잖아."

"이참에 군청 따위는 그만두고 미즈타니(水谷) 씨처럼 조선인들을 상대로 고리대금이라도 시작해 볼까나. 내가 고리대금업을 하고 있는지 고향에서는 아무도 알 턱이 없을 테니."

"조선인 상대라면 양심도 찔리지 않을 것이고."

"바로 그거예요, 선배님. 여러 가지로 생각해 봤지만, 남들 하는 대로 해서는 아무리 여기라 해도 일어설 수 없어요. 그렇지요? 그렇더라도 저는 선배처럼 시골 군청 직원으로 평생을 살고 싶지는 않아요. 조선인 상대로 고리대금업을 해서 돈을 모으면 과수원 주인으로 정착할 거예요."

"과수원 주인?"

"일전에 그만둔 T부(府)의 상업학교 교장 있잖아요. 그 사람은 고등관(高等官)이지만 칙임관(勅任官) 대우가 되었죠. 교장으로서는 최고의 영예지요. 그런데 은퇴해서 어떻게 된 줄 아세요? 전 재산을 때려 넣어 과수원 주인이 되었대요. 어쨌건 돈벌이가 잘된다고 해요."

"이제 그만 너희는 자기 방으로 가거라."

나도 모르게 그만 거친 목소리로 말했다.

"지금 미즈타니는 굉장해."

약간 조소하는 듯이 소노베는 말했다.

"그런가? 교제를 하지 않으니 전혀 몰라."

"교제가 없어? 여보게, 그는 우리와 같은 현 출신이 아닌가? 나는 가끔 정찰을 겸해 가 보지만, 현찰뿐만이 아니라 토지도 꽤 많이 가지고 있는 모양이야. 그 자식 원을 풀었어. 그의 고향은 우리 집에서 가까운 이웃 마을이어서 잘 아는데, 그 아버지가 농사만 지었으면 좋았을 것을, 생사(生絲) 시장에 손을 댔다가 파산해 버렸지. 미즈타니는 입은 옷 그대로 야반도주하여 이런 조선의 산골에까지 왔지만, 지금은 대단한 지주님이야. 얼마나 좋겠나. 하지만 고향 놈들에게 자랑하고 싶어도 토지를 들고 갈 수 없는 것이 애석하지."

그러자 아키모토가 끼어들었다.

"좌우지간 운도 따라 주었어요. 언제나 홍수니 가뭄이니 해서 조금이라도 돈을 빌렸다 하면 담보로 잡힌 땅은, 눈 깜짝할 새에 미즈타니의 품으로 들어가 버리니깐 말이야. 미즈타니 씨는 쥐꼬리만 한 돈을 빌려 주고는 땅을 차지하니 너무 좋을 거예요."

"그야 그렇지만, 그 정도가 되기까지 미즈타니는 이 근처의 일본인들과는 비교가 안 될 정도의 생활을 해 왔어. 말하자면 반찬으로 소금만 먹는 식이지…"

그날 밤은 소노베들의 방문도 포함하여 지극히 뒷맛이 나빴다. 이런 뒷맛의 씁쓸함은 평범하게 흘러가는 생활 속에서 자주 맛보는 것이었다. 눈에 보이지 않는 썩은 강물 속에 잠긴 듯한 기분이었다.

그러고 나서 반년도 더 지난 초여름 밤에 귀한 손님이 왔다. 그날 밤도 소노베가 놀러 와서는 끊임없이 불평을 늘어놓기도 하고 상사의 험담을 하기도 했는데, 매번 그런 식이었기 때문에 나는 신물이 났다. 그러던 참에 기시다 시즈오(岸田靜雄)로 창씨개명한 최(崔) 군의 새 양복을 입은 모습을 보았을 때, 나는 마치 구원을 받은 듯한 생각이 들었다.

"선생님, 오랜만입니다."

최 군은 유창한 일본어로 말했다.

"야아, 자네 근사해졌구나."

나는 크게 감동하면서 말했다. 실제로 최 군의 모습은 이 식민지 산골에서는 결코 볼 수 없을 정도로 세련되었다. 그때까지 의아한 표정으로 뭔가를 기억해 내려고 미간을 찌푸리던 소노베가 갑자기 손뼉을 치며 괴상한 소리를 질렀다.

"너, 사환으로 있던 최 군 아닌가?"

그러자 최 군의 눈에는 언뜻 분노인지 조소인지 분간할 수 없는 것이 번뜩였다. 그는 짐짓 공손하게 말했다.

"소노베 씨, 나는 이제 그 이름이 아니에요."

대등한 말투를 들은 소노베는 불끈 화가 치민 듯 얼굴이 붉어졌다.

"나는 현재 테스트 파일럿인 기시다 시즈오입니다."

"테스트 파일럿이라면, 너, 저, 비행기의…"

소노베는 기가 꺾인 듯했다. 이 마을에서 비행기를 본 사람은 그리 많지 않은 것이다. 최 군은 하얀 뺨에 냉소를 지을 뿐 아무 말도 하지 않았다. 내가 굳이 최 군이 버린 최라는 성으로 그를 표기하고, 그 스스로 자신에게 명명한 기시다 시즈오라는 이름을 쓰지 않는 것은, 이 청년의 태도 속에, 그리고 또한 자진해서 행한 그 일 속에서 무언가 석연찮은 것을 느꼈기 때문이다.

최 군은 내가 전에 근무했던 농림학교의 사환이었다. 부모는 그를 친척집에 맡겨 두고 일본으로 돈벌이하러 간 후로 소식이 끊어져 버렸다.

최 군은 사환의 근무가 끝나면, 모두 야간학교로 부르는 구식 서당에 열심히 다녔다. 친척집도 가난했기 때문에 소학교밖에 공부를 시킬 수가 없었던 것이다. 서당의 선생은 물론 조선인이었다. 이 마을에 있는 유서 깊은 서당으로, 옛날에는 이 지방 유학의 센터로서 유명했다고 한다.

그 서당도 지금은 쇠퇴하여 야심으로 가득 찬 최 군의 지식욕을 만족시켜 줄 수가 없었던 모양이다. 이윽고 그는 그 서당을 그만두고 방과 후의 텅 빈 교실에 들어가 통신교육에 의지해 독학을 시작했다. 이과 계통에 흥미가 있어서 그가 읽고 있는 책은 모두 그런 것들이었고, 책을 보고 광석 라디오를 조립하기도 했다. 그리고 어느 날 갑자기 심각한 표정으로 내 앞에 나타나 오사카(大阪)에 있는 친척집으로 가서 스스로 자신의 장래를 개척할 작정이라고 말했다. 일본에서 뛰쳐나온 나는, 지금 일본으로 뛰어들어 가 미래를 개척하려고 하는 조선인 청년을 앞에 두고 할 말이 없었다.

출발 전날, 최 군은 그가 귀여워했던 우리 집 아이들 둘을 데리고 마을을 돌며 마지막 이별을 하겠다고 했다. 나중에 같이 마을을 돌았던 우리 집 아이들의 이야기를 들어 보니, 그는 맨 먼저 마을이 내려다보이는 뒷산 위에 있는 신사에 올라갔다고 한다. 하지만 신사에 참배는 하지 않고 꽤 오랫동안 눈 아래 펼쳐진 마을이랑 언덕이랑 굽이굽이 흐르는 강을 바라보았다고 한다.

내가 조선으로 건너올 때, 조선은 미지의 나라였지만 선배나 같은 현 출신들이 각지에 있기에 설마 굶어 죽기는 하겠느냐 하며 마음 편히 먹을 수 있었다. 식민지에 간다는 오만함도 있었을 것이다. 하지만 최 군은 달랑 조선인 소학교 졸업이라는 경력만으로, 일개 조선인으로서 피붙이 하나 없는 일본으로 가려는 것이다. 일본에서 입신출세하겠다는 것이다. 그가 오랫동안 산 위에서 자신이 태어나고 자란, 하지만 그에게 결코 행복을 가져다 주지 않았고 앞으로도 가져다 주지 않을 것이 확실한 고향 마을을 가만히 바라보고 있었던 그 기분은 어떤 것이었을까? 그저 단순히 그 심정이 이해가 간다는 식으로는 말할 수 없었다.

산에서 내려오자 최 군은 우리 집 아이들과 함께 마을에 하나밖에 없는 대중목욕탕에 갔다고 한다. 일본인들은 집집마다 목욕탕이 있었기 때문에 조선인들이 이용하는 대중탕에는 절대로 가지 않는다. 조선인 대부분은 가난해서 집에 목욕탕이 있기는커녕 이 유일한 대중탕에도 좀처럼 가지 않고 강에서 몸을 씻었다.

대중탕에서 나오자 조그만 중화반점으로 가서 중국 만두를 최 군이 다섯 개, 아이들은 두 개씩 먹었다. 이것이 가난한 최 군이 고향에 작별을 고하면서 행한 향연이었다.

일본으로 간 뒤로 최 군에게서 이따금씩 편지가 왔다. 그러던 중

나는 그가 오사카의 꽤 큰 택시 회사의 운전수가 된 사실을 알게 되었다. 나는 그때 진심으로 대단하다고 생각했다. 그리고 한동안 편지가 없기에 나는 최 군이 이젠 어엿한 택시 운전수로 정착했으리라고 믿었는데, 우연히 날아든 편지가 나를 놀라게 했다. 그는 도쿄로 가 파일럿이 되었다는 것이다. 사진도 두 장 동봉해 있었는데, 한 장은 항공복을 입은 그가 격납고 앞에서 우뚝 서 있는 것이고, 또 한 장은 비행기 정비소의 사진이었다.

우리 집 아이들과 아내의 놀라움은 엄청났다. 아이들은, 과거에 자신의 머리를 쓰다듬어 주던 남자가 지금은 비행기 조종사가 되었다는 사실을 알고, 최 씨는 대단해, 최 씨는 대단해, 라며 되풀이하는 것이었다. 사환을 하던 그 최 군이 일본인도 되기 힘든 항공사의 파일럿이 되었구나 하고 생각하니 감개무량했다.

그러나 그 뒤 한참 지나고 나서 온 편지를 읽었을 때, 나는 눈에 보이지 않는 가시로 마음을 가볍게 긁힌 듯한 기분이 들었다. 거기에는 도쿄에 가 있는 농림학교 교장 딸과 팔짱을 끼고 긴자(銀座) 거리를 걸었고 식사를 같이 했다는 이야기랑, 예전의 조선 산골 마을이라면 생각하는 것조차 용납되지 않을 일이라고 생각하니 자신도 믿기지 않을 정도라느니, 교장 딸이 약간 기분 상하는 말을 했기 때문에 비행기에 태워 일부러 난폭한 조종을 해서 엄청 놀라게 만들었다느니, 이제 최라는 인간은 이 세상에 존재하지 않으며 앞으로는 기시다 시즈오가 있을 따름이라느니, 위험하다는 테스트 파일럿에 자원해서 되었다는 등의 이야기가 적혀 있었던 것이다. 아무리 올라가도 결코 만족할 수 없는 초조한 기분이 편지 내용에서 느껴졌다.

마을의 조선인들이 이 이야기를 알게 된다면 기절초풍하겠지. 그러나 최 군에게는 출세라는 일 그 자체가 조바심이 나는 일이었다. 그는 소위 출세하면 할수록 조선인들을 외면하고, 조선인들에게서 떠나갔다. 그러나 아무리 외면하더라도, 창씨개명을 하더라도 자기 자신을 외면하지는 못하는 것이다. 그것이 내 마음을 긁은 것이었다.

"어디에서 묵고 있는가? 아저씨네 집?"

나는 자연스럽게 물었다.

"여관 방을 잡았어요."

그는 아무렇지도 않은 듯이 담담하게 말했다. 이 마을에서 여관이라면 한 집밖에 없는 일본 여관을 뜻했다.

"야아, 부티 나는군."

소노베가 무심코 내뱉었다.

"부티? 아아, 이 마을에서는 그렇겠지만, 도쿄에 가 보세요. 저 따위를 여관이라고 말하면 비웃음을 살 거예요."

"응, 뭐 하긴 그렇지만…."

힘없는 목소리로 소노베가 말했다.

"비행기로 이 마을 상공을 날면 대소동이 일어날 텐데…."

"그것도 생각했었어요. 저도 이왕이면 비행기를 타고 하늘에서 고향을 내려다보고 싶었기 때문에 말이죠…."

최 군은 남자치고는 드물게 길고 짙은 속눈썹이 뒤로 젖혀진 눈을 가늘게 뜨고 멀리 바라보는 시늉을 했다.

"업무상 관계가 있는 경성(京城) 사람에게서 비행기를 빌려 주겠다는 제의가 있었어요. 그래서 저는 부산에서 곧장 경성으로 갔어요.

그러나 비행기를 보고는 제의를 거절했어요. 구식의 고물이었죠. 저는 웃음거리가 되고 싶지 않아요."

"그래, 이번에는 오래 있을 건가?"

내가 물었다.

"아뇨."

최 군은 즉시 내뱉듯이 대답했다.

"2, 3일 있다가 도쿄로 돌아갈 거예요. 좀 더 오래 머무를 셈이었습니다만, 볼일이 있으면 내가 갈 테니까 오지 말라고 말해 두었는데도 아저씨네 더러운 아이들이 동네 아이들을 거느리고 아침 일찍부터 줄줄이 여관으로 오질 않나, 낮에는 기다리기에 지쳤다는 듯이, 사방팔방에서 친척이라고 칭하는 놈들이 헤실헤실 웃으며 여관으로 몰려와서 뭔가 달라는 듯이 달라붙는 거예요. 그래서 대판 싸웠기 때문에 더는 오지 않겠지만 그 여관에는 더 머물기 싫어요. 게다가 내 머릿속에 있던 고향과 너무나 달라서 온통 먼지투성인 데다가 너무나 좁고, 이런 곳을 내가 일본에서 그리워했는가 생각하니 너무나 바보 같아서 웃음이 튀어나왔어요. 이런 지저분한 마을에 더 볼일은 없어요. 돌아온 게 잘못이었어요."

듣고 있는 동안 나는 점점 불쾌해졌다. 내 앞에 있는 것은 분명히 최 군이 아니었다. 기시다 시즈오라는 기묘한 남자였다. 하지만 소노베는 소리를 내며 웃으면서, 그 말이 맞아, 당연하지, 라며 맞장구를 치는 것이었다. 소노베가 돌아가고 나서 최 군은 내 아내에게 말했다.

"아주머니, 부탁이 하나 있습니다만."

"뭐죠?"

"목욕을 하고 싶은데요."

"어머, 오늘은 목욕물을 데우지 않았는데."

"아뇨, 오늘이 아니라도 괜찮아요, 내일 다시 오면 되니까요."

"여관의 목욕탕이 어떻게 된 건가?"

내가 물었다.

"아닙니다. 물론 여관에서 목욕은 할 수 있어요. 하지만 언젠가 한 번은 선생님 댁에서 목욕하고 일본인의 가족이라는 기분을 맛보고 싶었어요. 올 때 그것을 큰 즐거움의 하나로 기대하고 왔습니다."

"좋고말고. 내일 목욕물을 데워 놓을 테니 실컷 하게나."

최 군의 단정한 얼굴을 보고 있자 내 기분은 차츰 무겁고 우울해져 가는 듯했다. 다음 날 아침, 등교하던 도중에 나는 강가의 넓은 풀밭에서 한참을 서 있었다. 하얀 조선옷을 입은 노인 두 명이 조선의 활을 당기고 있었기 때문이다. 과녁은 건너편 멀리 제방 앞에 서 있었다. 노인들은 번갈아 비스듬하게 상공을 향해 화살을 쏘았다. 화살은 포물선을 그리면서 날아가 빨려 들어가듯이 과녁에 꽂혔다. 대단한 실력이었다. 나는 한참 동안 구경을 한 뒤 학교로 향했다.

밤이 되자 최 군이 집으로 왔다. 그는 나에게 인사하고는 욕실로 향했다. 조금 뒤 또 손님이 왔다. 내가 학교에서 가르치는 하차효(何次孝)라는 4학년 학생이었다.

하차효는 성적도 뛰어났지만, 대단한 장난꾸러기로 친구들 사이에서 인기가 있었다.

"선생님, 저도 데리고 가 주시면 안 될까요?"

내 얼굴을 보자마자 하차효가 말했다.

"무슨 이야기지?"

"딴소리하시면 안 되죠."

그는 웃었다.

"선생님, 오늘 교실에서 말씀하셨잖아요. 여름방학이 되면 식물채집 여행을 가신다고."

"아아, 그 이야기인가. 그건 말이야, 여행이라고 할 만한 게 아니야. 곤충채집이나 식물채집을 하고, 때로는 낚시도 하면서 마음내키는 대로 걸어 보자는 것뿐이야."

"노숙을 하나요?"

"어쩔 수 없으면 해야지. 인가가 있으면 거기서 하룻밤 신세를 지는 거고."

"저 말고도 꼭 데려가 달라는 아이가 둘 있어요. 선생님 부탁드려요. 절대로 방해가 되는 짓은 하지 않을 테니까요."

한참 입씨름을 한 뒤에 결국 나는 허락하고 말았다. 하차효는 중요한 용무를 달성하자 안심이 된 듯, 학교 생활의 이런 저런 이야기를 하기 시작했다.

"집이라는 것을 누가 생각해 냈을까요?"

"집?"

"예. 왜 있잖아요, 학교의…."

아아, 라고 나는 무슨 뜻인지 알아차렸다. 우리 학교에서는 1학년부터 5학년까지의 학급 외에, 1학년부터 5학년까지를 열 개의 집으로 나누어서 운동이나 작업은 모두 그 집이 단위가 되고 있었다. 그

이름 없는 기수들 129

러므로 어느 집에나 공평하게 1학년부터 5학년까지 있었다. 그 집들에는 태백가(太白家), 소백가(小白家), 낙동가(洛東家) 등의 이름이 붙어졌고 제각기 가훈이 있고 교사가 배속되었다.

"그건 나시모토(梨本) 교장의 제안이야."

"역시 그랬군요…."

"뭐가 역시야?"

"아뇨, 우리 교장 선생님이 생각해 내실 만한 일이기에."

"너, 우리 집이니까 그렇게 노골적으로 말해도 괜찮지만, 딴 데서 그런 말하면 큰일 난다."

"알고 있어요."

하차효는 말했다.

"교장의 험담을 한 것이 발각되면 즉각 정학이에요."

"그래, 그런데 왜 갑자기 집 이야기를 끄집어낸 거야?"

"결국 이런 이야기겠지요. 즉 일본이라는 뛰어난 나라의 정신과 도덕을 지탱하는 기반은, 일본의 이에 제도(家制度)라고 교장 선생님이 항상 훈화하시지만, 그것을 어떠한 형태로든 학교 안으로 도입해서 학교 교육의 기반으로 삼으려는 게지요."

"아마 그럴 거야."

하차효의 얼굴에 어른스러운 웃음이 떠올랐다.

"교장 선생님은 너무 높으셔서 단상에서 말씀만 하실 뿐, 조선인의 가문이 어떤 것인지 전혀 모르시는 것 같아요."

"그렇게 말하니깐 그런 것 같네…."

재산 상속 문제랑 종가와 분가(分家)의 갈등 등이 아버지 장례식

날 밤에 폭발하여 일대 소동이 일어나 참담한 심경이 되었던 옛날을 문득 떠올렸다. 그런 것들을 견디지 못해 고향을 뛰쳐나왔던 날의 기억이 아련히 떠올랐다.

"조선인들의 가문이라는 것은."

하차효는 말했다.

"그리고 그 제도에 의해 지탱되고 있는 도덕이나 관습이란 것은 일본인들은 상상도 못할 것입니다. 그것이 조선인들의 진정한 힘을 내면에서 짜내고 있는 거예요."

"하차효 군, 자네의 생각은 …."

하차효는 웃었다.

"아니, 이는 위험 사상도 아무것도 아니에요. 생각이 있는 젊은이라면 누구나가 느끼고 있는 겁니다. 조선의 가문에서 벗어나 학교에 가면, 친절하게도 또 이에(家)라니까요. 조선의 집 대신에 일본의 집…."

"모두 생각하고 있는 일이라고 해도 그런 것은 함부로 입에 담아서는 안 되는 것이야. 이에사상을 부정하는 것은, 궁극적으로는 일본의 도덕과 사상을 …."

자신의 말에 흠칫 놀란 나는 입을 다물었다. 지금까지 공부 잘하는 장난꾸러기 정도로 생각하고 있던 하차효의 얼굴이, 마치 다른 사람처럼 기분 나쁘게 보이는 것 같았다.

우리가 이야기하고 있는 사이에 한 시간 이상이 경과했다. 도대체 어디를 어떻게 씻는 섯인지 최 군은 좀처럼 욕실에서 나오지 않았다.

"목욕을 오래 하네요."

이름 없는 기수들 131

아내도 그렇게 느낀 듯 말했다.
"남자 목욕치고는 좀 별나네요."
"손님이 와 계시는 모양이군요."
하차효가 일어나면서 말했다.
"아니, 괜찮아. 자네 천천히 놀다 가."

한참 만에 완전히 상기된 얼굴로 욕실에서 나온 최 군은, 아주머니 화장대 좀 쓸게요, 라고 말했다. 격의 없는, 나쁘게 말하면 무례한 말투였다. 그는 자신이 갖고 온 화장 케이스를 열었다. 그 안에는 아내의 화장품 따위는 갖다 대지도 못할 정도로 여러 가지 화장품들이 들어 있었다.

하차효는 놀라서 얼이 빠진 듯한 얼굴로 입을 헤벌렸다. 남자가 그렇게 많은 화장품을 갖고 있는 것은 아마 난생처음 보았을 것이다.

최 군은 크림과 로션을 몇 가지씩 발라 문지르고 거즈에 찍어 닦기도 하고 얼굴을 두드리기도 했다. 머리 손질도 마찬가지로, 이윽고 포마드를 발라 모양을 낸 최신식 유행인 듯한 머리형이 출현했다.

"아아, 모처럼 목욕다운 목욕을 한 기분이 드는군요."

최 군은 자못 만족한 듯이 말하면서 화장 케이스를 닫았다.

"이 아이는 하차효라고, 우리 학생이야."

내가 소개했다.

"이 사람은…."

최 군이 즉시 내 소개를 가로막았다.

"기시다 시즈오입니다. 잘 부탁해요."

"아아, 당신이었군요."

하차효는 무언가 생각이 난 듯 흥미진진한 표정이 되었다. 작은 마을이다. 기시다 시즈오, 즉 최 군에 관한 소문은 온 마을에 퍼졌으리라.

"흠, 당신이 그 사람이란 말이죠? 이야, 대단하군요."

"뭐가 대단하단 말이야?"

최 군의 목소리에는 약간 가시가 있었다.

"아뇨, 그 크림이랑 포마드 말입니다."

그건 아무런 악의도 없는, 솔직한 놀람의 말이었다.

"아, 이것 말인가. 이건 별것 아니야. 아무튼 내 일이란 게, 항상 차림새에 신경을 써야만 하는 일이라서 그래."

"도쿄는 어때요?"

"뭐가 어떻다는 건가, 자네…."

최 군은 쓴웃음을 지었다.

"본 적도 없는 사람에게 말로 설명하기는 어려워."

"역시 고향이 그리웠죠?"

그러자 최 군의 표정이 굳어졌다.

"친척들이 반가워하죠?"

최 군의 표정이 더욱 굳어졌다.

"나는 이젠 두 번 다시 여기로 돌아오지 않을 작정이야."

최 군은 차가운 목소리로 말했다.

"내가 돌아왔다고 해 본들 일본인들이 환영해 주는 것도 아니다. 여관에 머무는 일조차, 너 뭔가 착각하고 있는 게 아니냐는 눈으로 쳐다본단 말이야. 나는 도쿄의 항공사에서 테스트 파일럿으로 중요한 일을 하고 있어. 그런 인간이, 고향의 일본인 여관에 머무는 것이 뭐가 잘못된 거야? 택시 운전수까지는 날 상대해 주었지만, 상상한 것 이상으로 내가 너무 튀어 버린 셈인가? 친척이 도대체 뭐야? 나를 부모 없는 천덕꾸러기 취급을 해 놓고는, 지금 와서는 너나없이 뭔가 달콤한 꿀물이라도 얻어먹으려는 얼굴로 모여든다. 내가 숙박하고 있으니까 자기도 그 권리가 있다는 얼굴을 하고 꾀죄죄한 아이들까지 줄줄이 여관 현관에서 들여다보는 거야. 나는 이제 이런 일체의 인연을 끊을 거야."

"하지만 그게 잘될까요?"

하차효가 말했다.

"당신의 가슴에서 이 마을의 산과 강을 지울 수 있을까요?"

"이곳은 어리석고 용렬해. 나는 오늘 아침에 산보하다가 풀밭에서 활을 쏘는 노인을 보았어. 절로 웃음이 터져 나왔지. 여전히 아무런 전진도, 아무런 진보도 없이 소처럼 자면서 똑같은 생활을 반복하고 있는 거야. 이제 여기에 나의 세계는 없어. 그런데…"

그는 화제를 바꿔 하차효의 얼굴을 빤히 들여다보았다.

"자네는 학교를 졸업하면 뭘 할 작정이지?"

"글쎄요, 아직 확실히 정한 것은 아니지만, 아마 군청에 취직하거나 그게 안 되면 도시로 나갈 거예요."

"군청이라고?"

최 군이 엷은 웃음을 지었다.

"군청에 근무하면서 도시락을 싸 들고 시골을 돌아다니겠다? 그러면서 일생을 마치겠다는 건가?"

"설사 그렇더라도 그게 뭐가 나빠요?"

하차효는 차분하게 대답했다.

최 군이 마을을 떠나는 날, 나는 역까지 배웅을 갔다. 플랫폼에는 이웃 마을에 가는 듯한 네댓 명의 조선인들이 멍하니 쪼그리고 앉아 있을 뿐이었다. 이곳을 시발역으로 하는 경편 철도 열차는 검은 연기를 내뿜으며 작은 차고에서 나왔다.

하늘은 맑게 개었고 포플러 잎사귀들이 반짝였다. 마을은 조용히 잠들어 있는 듯 소음 하나 들려오지 않았다. 강 쪽에서 약간 비릿하고 미지근한 바람이 불어왔다. 최 군을 배웅하는 사람은 우리 가족뿐이었다.

"자네 친척들은 배웅하러 오지 않는가?"

"알리지 않았어요."

그는 마치 덤벼들 듯이 대답했다. 나는 말을 삼켰다. 그는 차창으로 얼굴을 내밀고 먼 산을 바라보았다. 이젠 두 번 다시 돌아오지 않겠구나 하고 나는 생각했다. 자네는 이젠 고향이 필요하지 않아. 그리고 이 고향도 더는 자네를 필요로 하지 않는다고, 나는 막연히 생각했다. 기적이 울었다.

"몸 건강하게나."

내가 말했다.

"사요나라, 최 상."

아이들이 저마다 말했다. 그의 뺨이 움찔하다가 곧 원래대로 돌아가자 웃음이 떠올랐다.

"모두, 건강하세요."

이름 없는 기수들 135

그가 말했다.

기차는 가볍게 흔들리며 움직이기 시작했다. 그것은 점점 작아져서, 이윽고 붉은 민둥산의 그늘 속으로 사라져 갔다.

기시다 시즈오, 즉 최 군이 마을을 떠나가고 나서 1주일쯤 지난 어느 날 밤이었다. 나시모토 교장 집에서 심부름꾼이 편지를 가지고 왔다. 긴급 회의가 있으니 즉시 교장 집으로 오라는 것이었다. 여름 방학을 앞두고 여러 가지 해야 할 일들이 많다고는 하나, 예년같이 순서대로 하나씩 처리해 나가고 있는 중이었다. 밤중에 갑자기 교장 집에서 긴급 회의가 열린다는 것은 뭔가 엄청난 사건이 터진 것인지도 모른다. 나는 즉시 자전거를 타고 달려갔다.

교장 집에 도착해 보니 교사들은 거의 전원이 모여 있었고 아무렇지도 않은 얼굴로 담소를 나누고 있었지만, 무슨 일인지 알 수가 없어서 불안해 하는 분위기가 역력했다. 교장이, 그럼 시작해 볼까요, 라고 말했을 때, 두 명의 조선인 교사가 보이지 않는다는 것을 나는 알아차렸다.

"눈치 챘을 것으로 생각됩니다만, 여기에는 박 선생과 손 선생은 부르지 않았습니다."

나시모토 교장은 평소와 달리 딱딱한 말투로 말하면서 교사들을 둘러보았다. 그 어색하고 딱딱한 말투가 나를 초조하게 만들었다. 조선인 박 교사와 손 교사를 제외시키고 일본인 교사들만 회의를 한다는 것은 사건이 조선인과 관련이 있는 것이거나, 아니면 조선인들이 들어서 곤란한 일이 아니겠는가? 겉으로는 아무 일도 없는 듯이 평화롭고 한가하게 세월이 지나가는 것 같지만, 대홍수라든가 가뭄

때 나를 날카롭게 엄습하는 불안과 어렴풋한 공포는 재해 그 자체보다는 오히려 우리 일본인들이 이 마을에서는 소수자이며, 경찰력도 작다는 점에서 비롯되었다. 나한테 배운 학생들은 모두 나를 잘 따르고, 가르친 대로 열심히 공부하고, 적어도 직접적으로는 아무 일도 일어나지 않더라도 조선인 집단의 경우에는 이야기가 달라진다. 집단 — 그것은 내게는 괴물처럼 생각되었다. 이처럼 불안할 때는, 시골 마을에 정착한 것을 후회했다. 인근 도회지에 사는 일본인들이 부러웠다. 그곳에는 보병 제20사단의 지휘 아래 정예 연대가 주둔하고 있다….

"우리 학교에 뭔가 우려할 만한 사태가 발생한 것은 아닙니다만, 최근 조선인 학생들의 동향에 대해서 이 자리를 빌려서 여러 선생님들에게 알려 드리고, 본교에서는 아무 일도 일어나지 않도록 교사로서의 본분을 다해 주시길 바랍니다. 오늘 오후, 우리 도(道)에서 그 방면의 일을 담당하시는 미나카미(水上) 씨가 오셨기에 사안의 중대성을 감안하여 긴급 회의를 열게 된 것입니다."

교장 옆에 앉아서 교사들의 얼굴을 빤히 쳐다보고 있던 조그마한 체구의 중년 남자가 미나카미였다. 미나카미는 이런 이야기는 너무나 익숙하다는 듯이, 인사고 뭐고 다 생략하고 곧바로 이야기를 시작했다. 그의 말투는 아무런 박력도 없고 차분하고 담담했기 때문에 오히려 이야기의 내용이 설득력 있게 다가왔다.

"채 10년도 안 지났습니다만, 여러분은 전라남도 광주에서 일어난 폭동 사건을 잘 기억하고 계시리라 믿습니다. 원래 기차로 통학하던 일본인과 조선인 학생 간에는 심상치 않은 분위기가 있었지만,

특히 조선인 통학생은 평소부터 강한 반일 감정을 갖고 있었습니다. 10월 30일, 우연하게 일본인 학생이 조선인 여학생을 모욕했느니 어쨌느니 하는 것이 계기가 되어 광주역에 내리자, 양쪽 학생 사이에 충돌이 발생했습니다. 그 당시는 평소 반일적이던 조선인 학생들의 그러한 행동을 내버려 둘 수 없었기 때문에 경찰의 힘으로 진압하고 학생들을 구속시켰습니다. 하지만 사건은 그것으로 종결되지 않았고, 실은 빙산의 일각에 불과했습니다. 이미 광주의 조선인 학생들 사이에는 은밀히 반일 독립을 목표로 하는 단체가 있었고, 그 단체가 광주역 사건에서 비롯한 조선인 학생과 일반인들의 동요를 이용하여, 11월 3일 메이지세쓰(明治節 : 메이지 천황의 생일로 국민축일. 1948년부터 문화의 날로 개칭 — 옮긴이주)를 계기로 동맹 휴교를 한 것입니다. 이 사실들 중에서 몇 가지는 신문에 보도되지 않았기 때문에, 제가 구두로 이렇게 보고드리고 있습니다만, 함부로 발설하지 않도록 유념하시길 부탁드립니다."

숨소리 하나 나지 않았다.

"그들은 동맹 휴교를 지도함과 동시에 광주역전의 충돌 사건을 상세하게 보도한 광주일보사 건물을 포위한 다음, 환성을 지르고 게다가 인쇄기를 파괴했습니다. 또 1주일 후에는 '일본제국주의를 타파하라'라든가 '식민지 노예 교육을 폐지하라'는 식의, 분명히 미리 준비했다고 생각되는 놀랄 만한 슬로건을 외치면서 가두 행진을 했습니다. 물론 경찰이 손을 놓고 있은 것이 아니라 사건 발생과 동시에 활동을 개시하여 열흘 만에 비합법 조직을 비롯한 반일 분자들을 일소했습니다만, 이것은 비단 광주 지역만의 반일 학생 문제가 아니라 전 조선의 조선인 학생들에게 이러한 움직임이 있었던 것이며, 실제로 그 한 해에만 동맹 휴교가 79건에 걸쳐 발생한 점을 생각해 본다면 당시 사태가 상당히 심각했다고 할 수 있습니다. 다행히도 각 분야의 관계자 여러분이 불철주야 수고해 주신 덕택으로 이후 불상사는 발생하지는 않았지만…."

미나카미는 이야기를 멈추고 좌중을 천천히 돌아가며 쳐다보았다. 그의 시선이 내 몸 위를 지나갈 때, 나는 몸이 굳어 버리는 것 같았다.

"최근에 또 우려되는 한두 가지 현상이 우리 도내에서 보고되고 있습니다. 그 하나는 4월에 T중학교 2학년 학생들이 경주 여행을 갔을 때의 일입니다. T중학에서는 매년 정기적으로 2학년들이 경주 여행을 합니다만, 그때 T중학생 몇 명이 밤에 외출했다가 경주중학교, 물론 이 학교는 조선인 중학교입니다만, 경주중학생 그것도 상급생으로 생각되는 십 수 명으로부터 구타를 당한 사건이 있었습니다. 경주중학교에 반일 분자가 있다는 것을 저희도 알았지만 아마도 그 반일 분자들에게 조종을 받은 학생들인 것 같습니다. 다만, 그런 사태를 미연에 방지한다는 의미에서, T중학교 측에서는 야간 외출을 금지했는데, 이를 어기고 여관 밖으로 나가서 사건에 연루된 학생들은 학교 당국으로부터 엄중한 처벌을 받았습니다. 한편 경주중학생으로 추정되는 쪽은 어두웠기 때문에 아직도 누구인지 밝혀내지 못하고 있는 형편입니다. 또 하나는 여기서 그다지 멀지 않은 영주읍에 있는 영주직업학교의 경우입니다."

영주라는 말이 나왔을 때, 우리는 움찔하며 엉겁결에 서로 얼굴을 쳐다보았다. 영주는 이 마을에서 기차로 불과 한 시간 거리에 있는 가까운 곳이기 때문이었다.

"자세한 경과는 말씀드릴 수 없습니다만, 영주직업학교 4학년인 어느 학생이 삐라를 가지고 있다가 발각되었습니다. 그것은 우리에게 과거의 광주 학생 소동을 생생하게 되새기게 했습니다. 그건 조선의 독립과 식민지 노예 교육 반대를 호소한 삐라였던 것입니다."

누군가가 저도 모르게 한숨을 내쉬었다. 미나카미는 영주의 삐라 사건에 대해서 한참 이야기하고 나서 자세와 목소리를 가다듬고 말했다.

"이곳 경찰과 나시모토 교장에게 문의한 결과, 이 학교에서는 다행스럽게도 지금까지 그러한 움직임은 전혀 보이지 않는 듯합니다. 하지만 이런 종류의 운동은 전염병과 마찬가지입니다. 언제 어디에 뿌려져서 잠복하고 있을지 모릅니다. 이 학교에는 영주 방면에서 통학하는 학생도 몇 명 있다는데, 부디 주의해 주시길 바랍니다. 상대는 조선인입니다. 고작 중학생이라고 얕보아서는 위험합니다. 그런 움직임이 없으면 더 바랄 게 없겠지만, 만에 하나 그와 유사한 징후가 보이면 신속하게 발견하고 조치하여 이 같은 일이 얼마나 시대에 뒤떨어지고 무의미한 짓인지 깨닫게 해야 합니다."

미나카미의 말은 여기서 끝났다. 자, 이제 앞으로는 당신들 일본인 교사들이 이야기할 차례라고 그의 눈이 말하고 있는 것 같았다. 하지만 어느 누구도 나서서 발언하는 사람은 없다. 무슨 말을 해야 좋을지 몰랐던 것이다. 밤중에 갑자기 불려 나와서 이런 생각지도 못한 이야기를 듣자, 그저 잠자코 듣고 있을 수밖에 없었다. 제발 아무 일도 일어나지 말아다오, 부디 이 평온무사한 생활을 뒤흔들지 말아다오, 라며 자기 가정을 생각하면서 마음속으로 조용히 빌고 있을 뿐이었다. 아무 일 없이 천하태평으로 잠자고 있는 따뜻한 연못 속으로 시꺼멓고 거칠거칠한 얼음 덩어리를 갑자기 던져 넣은 미나카미라는 이 조그만 남자가 원망스럽다. 때때로 출장을 와서는 단상에서 연설하는 도청 직원들처럼 큰 목소리로 거만하게 내외 정세나 내선일체 정책이나 교육 정책 따위를 이야기하는 것과는 사정이 달랐다. 그런 때였다면 눈은 뜨고 있지만 귀는 잠들고 있었다. 그런 큰 문제는 당신네 높으신 양반들이 알아서 해 줘, 라는 야유하는 기분으로, 연설 내용은 전부 어디로 사려져 버렸다. 그러나 미나카미는 교사 한 사람 한 사람의 눈을 향해 멍청하게 살다가는 당장 내일에라도 무슨 일이 일어날지 모른다는 식으로 말한 것이다. 외지(外地)라는 곳은 무슨 일이 있으면, 비록 아무리 사소한 일이라도 반드시 심각한 지경에 도달하는구나, 라고 씁쓸한 기분이 들었다.

"여러분, 모두 입을 다물어 버리셨네요."

미나카미가 엷게 웃었다.

"저의 쓸데없는 걱정으로 그친다면 더할 나위 없이 다행스런 일입니다. 하지만 여러분 한번 생각해 보세요. 이 마을은 한일합방 당시 이 지방 반일 독립 운동의 중심지였던 곳입니다. 그건 옛날이야기가 아니냐고 생각하시겠지요. 그렇습니다. 이곳에 주둔하며 독립 운동 분자들과 싸워 그들을 진압한 보병 수비대가 이 마을에서 철수한 지 한참이나 됩니다. 하지만 이진에 이 마을이 독립 운동의 중심지였다는 사실을 잊어서는 안 됩니다. 조선인 반일 분자들은 정말

집념이 강합니다. 학생 한 명의 경거망동이 계기가 되어, 그것이 점점 확산되면 나중에 무슨 일이 벌어질지 알 수 없으니까요."

다음 날 나는 돼지우리 옆에서 지난밤의 회의 장면을 악몽처럼 떠올렸다. 돼지들이 서로 먹이를 먹으려고 소란스럽게, 하지만 어딘가 바보스런 소리로 울었다. 하늘에는 구름 한 점 없고 멀리 북쪽으로는 태백산맥이 웅장한 모습으로 솟아 있는 것이 또렷하게 보였다. 학생들은 양동이에다 채소찌꺼기랑 잔반을 담아 와서 가끔씩 돼지들의 애를 태우며 웃고 있었다. 다른 학생들은 짚단 위에 벌러덩 누워 있는, 자기 몸집의 두 배는 되어 보이는 돼지에게 솔질을 해 주고 있었다. 조금 떨어져 있는 학교 농원에서는 학생들이 일렬로 늘어서서 천천히 밭두둑을 다지고 있는 것이 보였다. 나는 그것들을 쭉 한 번 쳐다보고는 들고 있던 노트를 읽었다. 그것은 오후에 학생들에게 가르칠 소시지와 햄 제조의 실습에 관한 자료였다. 나는 아직 한 번도 소시지를 만들어 본 적이 없었다. 하지만 나는 내가 할 수 있는 한 여러 가지 지식이랑 기술을 이 젊은 조선인 학생들에게 전해 주고 싶었다. 자네들과 함께 나도 공부하는 거라고 언제나 학생들에게 말해 왔지만, 그건 영주에서 발견된 삐라에 적힌 식민지 노예 교육은 아니라는 생각이 들었다. 나는 다르다고 생각했다.

그런 말에 구애를 받는 과목이 아니다, 그런 번거로운 말로부터 가만히 뒤로 물러나 있고 싶다고 생각했다.

명랑하게 떠들며 작업을 하고 있던 학생들의 옆얼굴을 나는 한 사람씩 바라보았다. 그 얼굴들은 건강하게 빛났다. 그 어느 얼굴에 무슨 음모가 숨겨져 있다는 말인가 하고 나는 생각했다. 그런 것은 일본인들의 환영에 지나지 않는 것이 아닐까….

"선생님, 왜 그렇게 무서운 얼굴로 모두 쳐다보고 계세요?"

귓가에서 갑자기 큰 소리가 나서 나는 하마터면 노트를 떨어뜨릴 뻔했다.

"농땡이 치는 놈들 이름을 염라대왕 장부에다 적으시는 겁니까?"

하차효가 웃으면서 내 노트를 들여다보았다. 나는 나잇값도 못하고 가슴이 두근거려 아무 말도 하지 못했다.

"올해는 정말로 비가 안 오네요."

하차효는 양동이를 땅바닥에 내려놓고, 먼 산 쪽을 쳐다보았다.

"아직은 몰라."

나는 말했다.

"그렇군요."

하차효는 고개를 끄덕였다.

"정말로 어떻게 할 수 없는 걸까요? 작물이 한창 잘 크는데, 큰비가 오고 눈 깜짝할 사이에 홍수가 나 버리니까 말이에요. 그런가 하면 또 비가 전혀 내리지 않아 작물이 말라 버리고…."

"상대가 하늘이기 때문이지."

무심코 내가 말했다.

"상대는 하늘인가. 하지만 선생님 제가 농림학교에 온 것은, 그런 식으로 넘어갈 수 없었기 때문이에요…."

"흠…."

"농업이나 식림의 경우, 기존의 방법을 개선함으로써 지금의 생활을 좀 더 나은 방향으로 바꿀 수 있다고 저는 생각해요. 지금 이대로는 이 근방의 농민들은 점점 더 가난해질 뿐이에요. 농사를 지어서는 먹고살 수가 없기에 젊은 남자들이 계속 일본으로 돈벌이하러 가는 게 아니겠어요? 이런 상태로는 해결할 방법이 없어요."

어제까지의 나였더라면, 이쯤에서 또 하차효의 수다가 시작됐구나 하고 웃었을 것이다. 그러나 지난밤 회의 이후의 나에게는, 도대체 어찌 된 영문인지 하차효의 이런 말들까지도 무언가 특별한 의미를 지닌 것처럼 들려오는 것이다.

"그런 식으로 생각하고 있는 사람이 많이 있나?"

나는 이렇게 묻고 나서 섬뜩했다. 하지만 하차효는 아무것도 알아차리지 못한 듯했다.

"많지요, 그건 당연하죠. 지금까지의 농업 기술로는 백성은 자살하고 있는 것과 마찬가지라며, 새로운 것을 많이 가르쳐 주시는 분이 선생님이잖아요."

그 말을 들은 나는 낭패를 당한 기분이었다. 그 말대로였다. 그러나 나는 그때, 무언가 정체를 알 수 없는 것의 공범자 취급을 당한 느낌이 들었다. 그 말할 수 없는 불안감에 대해 나는 순간적으로, 내가 가르친 것은 기술이다, 나는 사상으로부터 피하려고 애써 왔다는 알리바이를 그때 내 자신의 가슴속에 새겼다. 학생들의 언동을 잘 감시하고 사소한 것까지 보고하라고 전날 밤 나시모토 교장은 말했지만, 나는 도저히 그런 마음을 먹을 수 없었다.

8월 말경 이틀이나 계속해서 호우가 이 마을을 엄습했다. 이 마을은 가장 낮은 곳을 흐르고 있는 강에서 시작해서 차츰 산 쪽으로 뻗어 나가고 있는 형세인데, 만약 물이 불어난다면 마을의 60퍼센트는

해를 입을 것이라는 예측이었다.

전기가 끊어지고 요란한 빗소리 속에서 몸을 움츠리고 있는 것은 왠지 으스스한 일이었다. 둘째 날의 새벽에 온몸이 흠뻑 젖은 소노베가 격렬하게 대문을 두드리고는 우리 집으로 뛰어들어 왔다.

"어이, 자고 있는 건가?"

그는 소리쳤다.

"태평스런 집이네. 물난리가 날지도 몰라, 물난리가."

"안 자고 있어."

나도 큰 소리로 말했다.

"밤새도록 짐을 꾸리고 주먹밥을 만들고 있었어."

"수방단(水防團)은 뭐 하나 할 줄 아는 게 없어."

못마땅한 듯이 소노베가 말했다.

"평소에는 이래저래 술만 퍼마시던 주제에, 일이 막상 이렇게 되자 두 손을 든 거야. 강이 너무 커서 손을 쓸 수도 없어."

"수량이 늘어났는가?"

"이쪽 강변에서 저쪽 강변까지 물이 엄청나. 마을 아래쪽의 강둑이 무너지면 모를까, 마을 위쪽의 둑이 무너지면 마을은 끝장이야."

날이 밝아 왔다. 비는 거의 그쳤다.

"우리 집은 괜찮을 것 같으니깐 당장 학교에 가 봐야겠어."

나는 말했다. 나는 아내로부터 도시락을 받아 들고 밖으로 나왔다. 비는 그쳤지만, 집 앞 언덕길은 얕은 급류로 변해 있었다. 높은 쪽에서 물이 엄청난 기세로 흘러내려 오고 있었다. 자전거를 타고 가기는커녕 걸어서 가는 것도 조심하지 않으면 위험했다. 길모퉁이

이름 없는 기수들 145

에서 소노베와 헤어졌다. 학교는 불과 3년 전에 지은 철근 콘크리트 3층 건물이었기 때문에 홍수가 나도 별 문제는 없지만 닭이나 돼지, 게다가 1층에 있는 교재와 서류가 위험했다.

학교가 가까워지자 나는 동료 몇 명과 학생들을 만났다. 학생들의 모습은 길에서 꽤 많이 볼 수 있었다. 그들은 전사(戰士)처럼 씩씩한 모습이었다. 제방은 아직 터지지 않았지만, 저지대에 있는 농가 중에는 이미 물에 둥둥 떠다니는 집도 있었다. 살림살이를 가득 실은 소달구지를 끌고 높은 지대로 피난을 가는 조선인이 많아졌다.

학교는 피난 장소로는 안성맞춤이지만, 인가에서 상당히 떨어져 있었기 때문에 피난민은 한 명도 보이지 않았다. 오전 여덟시쯤에 모든 준비가 끝났다. 나는 나시모토 교장에게 아침을 먹고 나면 일단 반수는 집으로 돌아갈 것을 제안했다. 인원이 많다고 해서 특별히 할 일도 없었기 때문이다. 교장도 찬성했다.

농림학교가 이런 때 편리한 것은 채소와 콩과 된장을 저장하고 있기 때문이다. 아무리 물난리가 나더라도 견딜 수 있다.

우리는 교대로, 서서 뜨거운 된장국을 마시고 절인 채소와 주먹밥을 손으로 집어 먹었다. 그리고 반수는 각자의 집으로 돌아갔지만, 나는 학교에 남았다. 식사 후 옥상에 올라갔는데 거기에는 이미 수십 명의 학생들이 서서 마을 쪽을 걱정스럽게 바라보고 있었다. 나는 그들 속에 하차효가 있는 것을 보았다.

너희 집은 괜찮니?, 라고 묻자, 그는 우리 집은 옥동이니까 괜찮아요, 라고 대답했다. 옥동은 산 쪽이다.

홍수는 나의 예상과는 달리 일거에 성난 파도같이 밀려오지는 않았다. 그것은 전혀 의외의 모습으로 찾아왔다.

광활하게 펼쳐진 논밭들은 비에 씻겨 산뜻한 초록색이었다. 그 안에는 올봄부터 부지런히 우물의 물을 길어다 부은 옥희 아버지의 밭도 포함되어 있었다.

구름이 점점 개어 8월 하순의 햇빛이 논밭에 쏟아져 내렸다. 문득 나는 내 눈을 의심했다. 논밭 저 멀리 건너편의 포플러나무가 무리 지어 서 있는 부근에, 짙은 은색의 긴 띠 같은 것이 떠 있는 듯했다. 그리고 그것은 순식간에 퍼져 녹색 논밭을 소리도 없이 덮치기 시작했다. 그것은 말을 하지 않는 거대하고 밋밋한 동물 같았다. 그것이 믿기지 않는 속도로 녹색의 토지를 삼키고 점점 커져 간다.

"물이다."

"위쪽 제방이 터졌다."

"이미 마을로 들어갔다."

"여기로도 올 거야."

학생들은 홍수를 상대로 싸울 것처럼 흥분하여 저마다 외쳤다.

물은 빨랐다. 그것은 순식간에 논밭을 삼켜 버리고 학교 근처에 도달하고, 학교를 남겨둔 채 아랫마을 쪽으로 성난 파도같이 뻗어 나갔다. 나시모토 교장이 옥상으로 올라왔다.

"드디어 농성이군요."

나는 말했다.

완만한 기복이 있던 논밭은 이미 사라져 버렸고 사방이 탁류의 호수였다.

학교 교정의 수심은 약 50센티미터 정도였다. 그 말은 교정을 나서서 바깥으로 나가면 물은 더 깊어진다는 뜻이다. 나는 학생들에게 학교 밖으로 나가는 것을 금지시켰다.

축산장 쪽에서 활기 있는 웃음소리가 들려왔다. 나는 조심스럽게 물속을 걸으면서 축산장으로 향했다. 하차효의 지도 아래 학생들이 뗏목을 만들고 있었다. 머리가 잘 도는 녀석이라고 생각하며 보고 있었다. 교내 건물 사이의 왕래는 이 뗏목으로 가능할 것이다.

"우와, 우와."

학생 중의 한 명이 큰 소리를 질렀다.

"수박이 떠내려온다, 와아 바가지도 떠내려온다, 우와 책상이 떠내려오네."

그것들은 천천히 교정을 통과해 갔다.

"이젠 소도 떠내려오고 돼지도 떠내려올 거야."

학생들은 큰 소리로 웃었다. 그러자 하차효가 말했다. 이때처럼 야무진 음성을 여태껏 들어 본 적이 없었다.

"왜 웃는 거야. 가재도구가 떠내려오면 모두 함께 건져 올려야 해. 우리 친구들 집의 물건일지도 모르잖나. 친척의 것인지도 모르고."

웃음소리는 딱 그쳤다. 마을의 고지대에는 일본인들이 살고 있었고, 대부분의 조선인들은 저지대에서 살고 있었다. 그리고 실제로 떠내려오는 것들은 모두 조선인들의 살림살이였다.

하차효는 교정의 몇 군데에 로프를 치고서는, 그것을 잡고 뗏목을 움직이며 살림살이들을 건져 올렸다. 저 멀리서는 초가 지붕이 천천히 떠내려가고 있었다. 목재가 엄청나게 떠내려갔다.

물에 갇힌 채로 밤이 되자 할 일이 없었다. 나는 학생들이 자고 있는 교실로 가 보았다. 낮에 열심히 일한 탓에 학생들은 잠에 푹 빠졌다. 나는 발소리를 죽이면서 돌아왔다.

물이 빠진 뒤 나는 마을을 한 바퀴 돌아보았다. 곳곳에 실개천이 생기고, 늪이나 연못이 생겨나서 위험천만이었다. 물이 없는 곳은 온통 질퍽하고 시커먼 진흙탕이었다. 다리에 끈적끈적 달라붙었다. 논도 밭도 모두 두터운 진흙을 덮어쓰고 있었다. 시험 삼아 진흙을 긁어내고 원래 밭의 지면을 보려 했지만 허사였다. 조선인들의 집은 상당수가 떠내려가 버리고 없었다. 그들은 푸른 하늘 아래서 묵묵히 뒤치다꺼리를 시작했다.

며칠이 지나자, 구호 물품이 속속 도착하기 시작했다. 그것은 신문 보도를 통해 피해 소식을 알게 된 조선 전역의 일본인들 중에서 개인적인 친분이나 현민회(懸民會)나 기타 단체들이 보내온 구호 물자였다. 그리고 그것들은 거의 해를 입지 않은 고지대에 사는 일본인들의 가정으로 배급되었다.

우리 집에도 화물차 한 대가 구호 물자를 싣고 왔다. 도회지에 살고 있는 예전의 동료가 사람들에게 호소하여 마련해 보내 준 것이었다. 마을의 실상을 보아서 잘 알고 있기에 나는 기분이 묘했다. 옷가지와 식량이 들어 있는 상자들을 거실에 쌓아 놓고 약간은 당혹스런 마음이었다. 흙탕물 속에서 묵묵히 조선인들의 살림살이들을 건져 내고 있던 학생들의 얼굴이 떠올랐다. 왜 웃느냐고 말한 하차효의 음성이 들려오는 듯했다.

겨우 홍수 소동이 진정되었을 무렵, 소노베가 우리 집으로 와서 나에게 의미심장하게 물었다.

"학교는 별다른 일 없어?"

"학교 농원이 전멸이야. 그 뒤처리가 큰일이지."

"그뿐이란 말인가?"

"그뿐이야, 그것만으로도 진절머리 나. 매일 골머리가 아플 지경이야."

소노베는 잠자코 한동안 담배를 피우다가 결심한 듯이 말했다.

"이런 말은 자네에게 들려주고 싶지 않아서 잠자코 있으려고 했네…. 하지만 자네와는 친한 사이이고, 만약 자네에게 불똥이라도 튀면 큰일이다 싶어서 과감하게 말하네…."

"무슨 이야기야?"

영문도 모르고 불안해 하며 내가 물었다.

"자네 학교 학생들 사이에 뭔가 수상한 움직임이 있는 모양이야."

"설마!"

"음, 나도 자세한 건 잘 몰라. 설사 알고 있다 해도 쓸데없이 주둥아리를 놀리고 싶진 않아. 무슨 일이 있든 없든 나와는 상관이 없으니까. 하지만…."

"좀 더 자세하게 말해 주게나. 도대체 무슨 일인 거야?"

"내 부하 직원 중에 홍과 김이라는 자들 있잖아."

"아아, 내 제자들이야."

"그 홍이 내게 살짝 알려 주었는데, 자네 학교 학생들이 최근 은밀하게 무슨 일을 꾸미고 있는 모양이라는 게야."

"홍이 자네에게 분명히 그렇게 말했는가?"

"그렇다네."

"홍은 무엇을 근거로 그런 말을 한 걸까? 만약 사실이 아니라면 어쩌려고."

"학생들 몇 명인가가 모임을 갖는 모양이야, 홍수로 인한 농민 피해의 실태라든가 그에 대한 대책의 실상이라든가, 그런 것들에 대해 내 부하 직원인 김을 불러 이야기를 들은 적도 있다고 해…."

"그런 일들이야 별로 문제가 되지 않는 일이지 않나?"

나는 물었다.

"우리 아이들은 농림학교 학생이니까."

"아니, 홍의 말에 의하면 그게 그렇게 단순하지가 않다고 해. 뭔가 냄새가 난다더군."

"어떤 학생들이 모였었지?"

"글쎄, 거기까지는 말하지 않더군."

소노베의 이 이야기는 나를 매우 우울하게 만들었다. 가만히 앉아 있을 수 없는 기분이었다. 이미 경찰의 눈은 빛나고 있는 것이다. 아무리 사소한 일이라도 경주중학교와 영주직업학교와 관련되어 다루어지지 않으리라는 보장이 없는 것이다. 나는 모든 학생이 귀여웠다. 그 어느 누구도 위험한 지경에 빠트리고 싶지 않다. 나는 홍에게 직접 물어볼까 하고 생각했다. 하지만 후배들의 행동을 우선적으로 걱정하지 않고, 동료인 김의 행동까지 몰래 소노베에게 일러바치는 것은 도대체 어찌 된 셈인가? 홍이라는 남자는 부유한 지주의 아들로, 재학 중에는 농땡이 부류에 속했다. 농림학교에 들어온 것은 군청 같은 관청에 취직하고 싶었기 때문이다. 그가 군청에 들어갔을 때, 그의 부친이 꽤 운동했음을 나는 알고 있다. 나중에 이 지방의 조선

이름 없는 기수들

인 실력자가 되려는 속셈이리라. 이런 종류의 남자는 흔히 있다. 하지만 홍은 왜 경찰에 직접 신고하지 않고 소노베에게 일렀을까? 경찰 쪽이 모든 면에서 손쉽지 않을까? 하지만 아마도 홍은 직접적인 밀고자가 되고 싶지 않았던 것이리라. 일이 일인 만큼, 소노베에게 귀띔해 두면 조만간 교사나 경찰에게 알려질 것이다. 자신은 장래를 위해 한 발자국만 내디디면 된다고 생각한 것은 아닐까? 나는 생각하면 할수록 불쾌해졌다.

그렇다면 김에게 물어볼까 하고 생각했지만, 김은 홍과는 달리 입이 무거운 남자다. 역시 홍에게 까놓고 물어보는 쪽이 알아낼 가능성이 높을 것 같았다.

다음 날 나는 일부러 용건을 만들어 군청으로 갔다. 김이 자리에 있으면 그냥 돌아올 셈이었지만, 김은 자리를 비웠다. 나는 자연스러운 표정으로 다가가 김의 의자에 앉았다. 홍수의 후유증이 아직도 이어져 군청 안은 북적거렸고, 아무도 우리에게 주목하는 사람이 없는 것이 다행이었다. 나는 단도직입적으로 홍에게 말했다.

"자네가 소노베에게 말한 우리 학교에 관한 이야기 말인데, 그건 정말인가?"

홍은 나의 강한 시선을 피하려는 듯이 슬그머니 옆을 바라보며 작은 소리로 말했다.

"자세한 것은 모르지만, 뭔가 있는 건 틀림없습니다."

"그런가, 그런데 어떤 학생들이지?"

홍은 잠자코 있었다.

"자네가 말한 것이 정말이라면, 그건 큰일이야. 알고 있으면서도 잠자코 있었다는 사실이 밝혀지면 자넨 어떻게 되는지 잘 알고 있겠지?"

홍이 겁먹은 얼굴로 내 얼굴을 쳐다보았다.

"경찰에 이야기하실 겁니까?"

"내 제자들의 문제다. 그런 짓을 하고 싶지 않으니까, 이렇게 일부러 자네에게 물어보려고 온 것 아닌가. 나로서는 아무 일도 일어나기 전에 조용히 처리해 버리고 싶어."

그때 나는 정말로 학생들의 신변을 염려하는 마음만으로 행동했을까? 아니면 학생들이 무슨 일을 벌인 탓에 틀림없이 닥쳐올 내 생활의 변동을 은근히 두려워하고 있었던 것일까? 나는 우유부단한 홍의 얼굴을 보자 차츰 화가 나기 시작했다.

결국 홍은 학생 세 명의 이름을 댔는데, 그 속에는 하차효의 이름도 들어 있었다. 나는 가슴속이 얼어붙는 듯한 느낌이 들었다.

학교로 돌아와 의자에 앉아서 나는 꼼짝도 않고 있었다. 홍이 확실하게 이름까지 댄 이상, 분명히 무슨 일이 은밀하게 진행되고 있음이 틀림없다.

하지만 무슨 일이란 도대체 무엇일까? 영주직업학교에서 발견된 삐라에 적혀 있었다는, 독립 운동이나 식민지 노예 교육 반대일까? 거기까지 생각했을 때 나는 하차효가 전에 나시모토 교장의 '이에 제도'를 도입한 교육 방침을 비판한 것을 기억해 냈다. 그는 그때 조선의 가문 제도를 비판했다. 그 같은 생각을 갖고 있는 학생들에게 학교는 일본의 이에사상과 그 도덕을 가르치려 한나는 식의 이야기를 했다. 그것이 하차효의 처지에서 보면, 식민지 노예 교육이 되는 것인가?

하차효 또래는 아직 젊다고 나는 그때 생각했다. 하차효 또래는 어른들과 달라서 현실을 추상적으로 생각하고 있다. 게다가 그들은 태어나서부터 쭉 이 지방에서 자랐기 때문에, 이 산골 마을의 세계 밖에 모르는 것이다.

나는 가능한 한 내 손으로 처리하고 싶었다. 하지만 내가 생각하는 것 이상으로 사태가 심각하면 어쩌지, 라고 생각하자 등골이 오싹했다. 만일 그런 사태가 드러난다면, 내가 소노베에게서 들었다는 사실도, 일부러 군청에 가서 홍에게 확인했다는 사실도 모두 알려져 버릴 것이다. 그건 곤란하다고 나는 생각했다. 앞뒤 생각하지 않고 군청으로 찾아간 일이 후회스러웠다. 하지만 후회해도 이미 늦었다.

나는 내가 들은 것 전부를 교장에게 말할 생각은 없었다. 단지, 두고두고 내 일신의 안태를 기하기 위해서는 넌지시 교장에게 이야기해서 교장이 추상적으로 훈화를 하게 만드는 것이 좋을 듯 생각되었다. 교장의 추상적인 훈화는 아마도 알 만한 사람은 알아들을 것이다. 적어도 무엇인가를 감지하고 자숙할 것임이 틀림없다. 나는 그렇게 생각하고 교장을 만났다. 홍수 뒤처리에 대한 이야기를 잠시 나눈 뒤 나는 대수롭지 않은 듯한 말투로 말했다.

"역시 우리 학생들은 보통 아이들과는 달라요. 홍수 때문에 생긴 논밭의 피해 실태 등에 대해서 여러모로 공부를 하고 있답니다."

"그런가?"

교장은 심드렁한 표정으로 말했다.

"다양한 연구회를 하는 것은 좋은 일이지만, 너무 열성이 지나쳐 경찰의 의심을 받는 일은 없어야 할 텐데요. 영주직업학교와 똑같이 취급받는 것은 불쾌한 일이니까요."

내 이야기 중간부터 교장의 얼굴이 내 얼굴을 향했고 움직이지 않게 되었다. 광선의 탓인지 모르지만, 교장의 얼굴이 새파랗게 질려 있는 것처럼 보이는 게 마음에 좀 걸렸다.

"어떻습니까? 교장 선생님께서 조례 때에 간단하게 주의를 한번 주시면."

나시모토 교장은 지그시 나를 바라보며 잠자코 있었다. 긴 침묵 뒤에 교장의 두꺼운 입술이 겨우 움직였다.

"혼도(本堂) 선생, 좀 더 자세하게 말해 보세요."

"아뇨, 저도 자세한 내용은 모릅니다. 학생들이 농장에서 이야기하는 것을 언뜻 들었을 뿐인 걸요. 전, 그저 일전의 미나카미 씨의 말씀도 있고 해서, 이런 사소한 것도 교장 선생님께 말씀드리는 게 좋을 듯싶어서."

교장은 팔짱을 꼈다. 나는 교장실을 나왔다. 교장은 그사이 한마디도 말을 하지 않았다. 조례 때마다 나는 교장의 훈화를 주의 깊게 들었지만, 교장은 그 일에 관해 한마디도 하지 않았다. 나는 또 하차효와 다른 두 명의 학생들을 조심스럽게 지켜보았는데, 우리 몰래 비밀리에 무슨 일을 꾸미고 있는 낌새는 전혀 보이지 않았다.

이 학교 학생들은 일본인 중학교와 달리 나이가 많은 학생들이 상당수 있었고, 그중에는 조선 시골의 관습 때문에 벌써 아내를 거느리고 심지어 자식까지 있는 자도 있었다. 그런 학생들에게서 무언가 냄새를 맡으려고 해 보았자 거의 허사다. 그러던 어느 날 등교한 나는 하차효를 포함한 학생 열 명과 군청의 김이 경찰에 체포되었다는 소식을 듣고 깜짝 놀랐다.

교장의 특별 훈시가 있었고, 교내의 일상생활을 조금이라도 변경하지 않도록 전 교원에 대해 교장으로부터 강한 요망이 있었다. 하지만 어떻게 하면 마음의 평정을 유지하고 수업을 할 수 있다는 말인가. 내가 교실로 들어가자 그곳은 하차효의 반이었는데, 모두 어두운 얼굴을 하고 그때까지 하고 있던 이야기를 딱 멈추었다. 무거운 침묵만이 교실 안을 감쌌다.

나는 수업을 시작할 기분이 아니었다.

"자습해라."

나는 말했다. 의자를 들고 창가로 가서 앉았다. 작은 소리로 뭔가 속삭이는 학생도 있었고 두 팔에 머리를 묻고 낙심한 학생도 있었지만 나는 내버려 두었다.

창밖에는 버석버석하게 마르고 거무튀튀한 들판이 펼쳐졌다. 군데군데 농민의 모습도 보였다. 하늘만은 청명했다. 경찰은 어떻게 냄새를 맡았을까, 경찰은 무엇을 알아냈을까 따위를 생각하고 있었다.

"경찰에 불려갑니다. 뒷일을 잘 부탁해요."

떨리는 음성으로 말한 나시모토 교장의 말이 떠올랐다.

교장이 돌아온 것은 방과 후였다. 단 한 명도 교사는 귀가하지 않았다. 임시 직원 회의가 열렸다. 생각 탓인지 교장은 경찰에 불려 갈 때보다 더욱 작아 보였다.

"며칠 전에 혼도 선생에게서…"

교장은 말을 꺼냈다.

갑자기 내 이름이 튀어나왔기 때문에 시선이 일제히 나에게 쏠렸고, 나는 몸이 떨리기 시작했다.

"최근 학생들 사이에서 무슨 일이 있는 게 아닐까, 라는 말을 무심코 들었을 때, 실은 사태가 그다지 심각하거나 큰일이라고는 생각하지 않았습니다. 그러나 혼도 선생의 이야기는 내 마음에 걸려 시간이 지나면 지날수록 불안이 커져 갔습니다. 그래서 나는 교장의 직무상 과감히 경찰서장을 찾아가 조사를 의뢰했습니다. 금번 경찰의 조치는 내가 생각했던 것보다 신속했고, 또 생각했던 것보다 깊게 이 사건의 진상을 파악했습니다. 아직 조사 단계이므로, 우리는 사건의 전모를 알 수 없습니다. 하지만 다음의 것들은 분명해졌습니다. 즉 이번 연구회와 그 외의 움직임은 역시 영주직업학교 사건과 관련이 있고 반일 독립 운동의 하나라는 점입니다."

"교장 선생님, 뭔가 증거라도 발견되었습니까?"

교사 한 명이 조심스럽게 물었다.

"예를 들어 영주사건의 삐라 같은 것 말입니다."

"직접적인 관계에 대해서는 현재 조사하고 있답니다. 하지만 틀림없이 관련이 있다, 이곳에서만 달랑 발생한 것이 아니라며 경찰은 확신을 가진 듯합니다."

"학생들은 구체적으로 무얼 하려 했던 겁니까?"

다른 교사가 물었다.

"홍수 피해를 본 이재민들에 대한 대책을 비난하여 메이지세쓰에 동맹 휴교를 하기로 기도한 흔적이 뚜렷하다고 합니다."

"동맹 휴교!"

우리는 서로 놀란 얼굴을 바라보았다. 나는 균형 감각을 잃어버린 듯했다. 다리가 덜덜 떨리는 것 같았다.

"학생들은 도대체 뭐가 불만인 거야!"

교사 한 명이 화가 난 듯이 말했다.

"이런 반일 사상이 하필이면 우리 학교에 있었다니."

"경찰에 체포된 군청 직원 김 모라는 자는 우리 학교를 우등으로 졸업한 그 사람입니까?"

"그렇습니다."

교장의 음성은 침통했다.

"그놈이 배후 조종자란 말씀입니까?"

"아니, 그 점에 대해서는 아직 확실히 모릅니다."

우리는 삼삼오오로 어두운 밤길을 걸어서 귀가했다. 회의에서 해방된 동료 교사들의 이야기는 자연히 사건에 관한 것이었지만, 주로 향후 자신들의 입장에 대해서였다.

교장의 목은 위험하지만, 평교사들은 별일이야 없지 않겠느냐는 것이 대다수의 의견이었다.

"이런 때는 평교사라는 게 좋네요."

교사 한 명이 말했고, 그 말을 들은 몇 명이 안도한 듯한, 하지만 어딘지 모르게 힘없이 지친 웃음소리를 냈다. 거기에 동조하는 내 마음의 동요가 있었고, 그것을 의식하자 마음이 무거워졌다. 식욕이 전혀 일어나지 않았다. 하차효 같은 아이들을 데리고 식물, 곤충채집 도보 여행을 즐긴 것이 7월 하순이었는데도 아주 먼 옛날처럼 느껴졌다.

…강가에서 모닥불이 활활 타고 있었다. 우리는 낮에 들른 민가에서 만들어 준 주먹밥을 그 모닥불에 구워 먹고, 잡은 물고기를 구워 고추장을 듬뿍 발라서 먹었다. 학생들은 매우 즐거워했다. 그날 밤은 근처 소학교의 교실에서 하룻밤 묵기로 이야기가 되었기 때문에 그만 가자고 몇 번씩이나 재촉했지만, 그들은 모닥불 곁에서 좀처럼 떠나려 하지 않았다.

그때 모닥불에 비친 하차효의 얼굴이 내 눈에 떠올랐다. 그는 나를 진심으로 신뢰했던 것은 아닐까? 그렇기 때문에 1주일씩 여행을 함께했고 여행 내내, 선생님, 이건 뭐예요? 선생님, 이건 뭡니까?, 라고 질문을 연발하며 열심히 노트에 받아 적고, 그리고 나도 검정 시험을 쳐서 선생님이 될까나, 그때 잘 부탁드려요, 라는 말을 하지 않았던가. 그만큼 한 사람의 일본인 교사를 신뢰했던 그가, 왜 하필이면 반일 운동의 중심인물로, 교사들의 지위와 생활을 위협하는 동맹 휴교를 지도하려 한 것일까? 하지만 이번 검거의 계기는 물론 홍이 소노베에게 흘린 말이겠지만, 만약 내가 나시모토 교장에게 말하지 않았더라면 어떻게 되었을까, 라고 생각하니 고통스러웠다. 내가 말했건 안했건, 이 사건은 언젠가 어떤 형태로든 발각되었을 테지만, 발각된 지금에 와서 그런 이야기를 해 보았자 무슨 의미가 있겠는가. 사건은 내가 교장에게 제보를 해서 시작된 것이다. 말하자면, 내 말이 하차효를 포함한 열 명의 체포로 이어진 것이다. 하차효가 이 사실을 알면, 뭐라고 말할까? 그날 밤 나는 여러 가지 생각에 좀처럼 잠을 이룰 수가 없었다.

그해 늦가을은 정말로 황량했다. 예년의 가을이라면 모든 농가는 김장 준비에 바쁘다. 부유한 집은 부유한 대로, 가난한 집은 가난한 대로 배추와 무를 쌓아 놓고 개울에서 씻고, 모든 초가의 지붕은 말리려고 널어 놓은 고추 때문에 붉게 타오르는 것 같았다. 김장철이 되면 생선이나 해초, 과일 등을 팔러 행상인들이 이 마을에서 저 마을로 부산하게 돌아다닌다.

그러나 논밭은 건조한 회색 들판이 되었다. 임시 막사가 조금씩 생겨나고 연기가 희미하게 피어오르고 있었다. 마을에도 활기가 없었다. 언젠가는 원래대로 돌아갈 것이지만, 마을 곳곳의 공터에는 아직도 홍수에 떠내려온 나뭇조각이랑 정체를 알 수 없는 물건들이 쌓여 있고, 남루한 행색의 조선인 아이들이 열심히 그것들을 뒤지고 있었다.

체포된 학생들은 찔끔찔끔 석방되었다. 당초 경찰이 보인 기세나 전망과는 달리 확실한 증거라고 할 만한 것은 끝내 나오지 않은 게 아닐까 하고 나는 생각했다. 하지만 사건은 지방 신문에 대대적으로 보도되었고, 그 때문에 이 지방에 사는 일본인들은 농림학교 내의 반일 집단이 동맹 휴교를 획책하고 있었다고 굳게 믿어 버리게 된 것이다. 그리고 그 사실만으로도 경찰은 목적을 달성했다고 할 수 있었다.

체포와 동시에 하차효를 비롯한 열 명의 학생들은 퇴학 처분을 받았다. 학교의 질서는 일단 원래대로 회복된 것 같았다. 교장을 위시한 모든 교사는 그 일에 대해 언급을 회피했다. 둔중한 통증이 계속 내 가슴속에 달라붙어 있었다. 나는 재산도 권력도 없는 일개 평교사에 불과하다. 그러나 이 일본인 평교사가 가장 말단으로서 조선인과 접촉을 하고 있고, 그리고 위험한 일이 일어나지 않도록 모두 상처를 입지 않도록 약간 움직이자, 의도와는 반대로 많은 사람이 상처를 입게 되어 버린 것이다. 그렇게 할 수밖에 없었다. 나시모토 교장은 상처를 입었을까? 우리에게 경고를 준 미나카미 씨는 상처를 입었을까? 경찰은 상처를 입었을까? 그들은 상처라는 말 자체를 조소할 것이다. 소노베는 침울한 얼굴을 하고 있는 나에게, 말썽이 생기기 쉬운 이런 시골의 조선인들만 다니는 학교를 그만두고, 손을 써서라도 도시의 학교로 옮기는 게 어떠냐고 권했다. 도청에는 유력한 동향인도 있으니까 자기도 응원해 주겠다고 했다.

"자네도 잘 알고 있겠지만, 조선에서는 조선인 중학교가 가장 골치 아파. 독립이니 뭐니 하는 것들이 모두 조선인 중학교에서 튀어나오잖아. 이번 일은 별일이 아니라고 해도 안심할 수 없는 거야. 아니, 오히려 이것이 도화선이 될지도 몰라."

하지만 나는 이 가난한 산간 지방을 사랑해 버린 듯했다. 학생들이 조금이라도 연구하는 마음을 가지고 약간의 기술을 익혀 이 지방 각지로 흩어져, 가난한 산촌에서 뿌리를 내리기를 꿈꾸고 있었다. 원래 나는 농군이었다. 내 혈관 속에는 조상 대대로 전해 오는 농군의 피가 흐르고 있었다.

나뭇잎이 거의 다 떨어졌을 무렵, 학교 사건과 홍수 등으로 충격을 받은 이 지방 조선인들에 대한 시위는 아니겠지만, 갑자기 일개 대대 정도의 부대가 이 마을로 훈련을 하러 왔다. 이 마을에서는 처음 있는 일이었다. 도청의 지시에 따라 모든 학교의 학생과 마을 주민과 농민들이 동원되어 제방 위에 빽빽이 늘어서서 훈련을 참관했다. 차가운 안개비가 내리고 있었다. 강변에 뿔뿔이 흩어진 병사들은 기세 좋게 달리고 기관총 소리가 울렸다. 그리고 맞은편의 붉은 흙이 다 드러난 산허리에 대대포(大隊砲)의 포탄이 계속하여 내리꽂혔다. 바위나 소나무가 산산조각으로 흩날리는 것이 보였다. 대포 소리는 내 마음속에서 메아리쳤다.

이런 군대가 항상 우리 마을에 있어 주면 정말로 안심하고 살 수 있을 텐데, 라며 동료 한 사람이 내게 말했다. 으응이라며 나는 건성으로 대답했지만, 옆에 서 있는 학생들의 차가운 안개비로 딱딱하게 굳어진 듯한 얼굴이 우리를 쳐다보고는, 그리고 무표정하게 고개를 돌리는 것을 보았을 때 나는 섬뜩했다. 그날 밤 내가 목욕을 마치고 욕실에서 나오자 손님이 왔다. 나는 현관으로 나갔다. 하차효가 서 있었다.

무슨 말을 해야 좋을지 갑자기 생각이 나지 않았다. 나는 혼란한 머리로, 올라와, 라고 말했다.

"괜찮습니다, 선생님."

하차효는 굳은 얼굴로 말했다.

"작별 인사를 드리러 왔습니다. 이 마을을 떠나기로 했어요."

"올라와라."

나는 급하게 말했다.

"올라와. 여러 가지 이야기도 듣고 싶으니까…."

그때 창백한 하차효의 볼에 조용히 미소가 번졌다. 그의 눈은 반짝반짝 빛났다. 마치 다른 사람이 서 있는 것 같았다. 그는 조용히 말했다.

"해 드릴 말씀이 아무것도 없습니다. 그래요, 저와 선생님 사이에는 이야기할 게 없어요. 아시겠지요? 하지만 여러모로 친절하게 지도해 주셔서 감사했습니다. 아마 앞으로 만날 일은 없겠지요."

그리고 그는 가 버렸다. 나는 망연자실한 채로 서 있었다. 몸이 싸늘하게 식는지도 알아차리지 못했다. 군인들을 맞이하여 흥청거리는 마을의 카페에서 떠드는 소리와 노랫소리가 멀리서 들려왔다.

그 뒤로 두 번 다시는 하차효의 소식을 듣지 못했다. 그러나⋯.

눈 없는 머리

창문으로 머리를 내밀고
나는 본다.
바람이 그 칼날로
내 머리를 자르려고 하는 것을

이 보이지 않는 단두대에
나는 둔다.
모든 나의 바람인
눈 없는 머리를

— 롤카, 「창문의 녹턴」(하세가와 시로長谷川四郎 옮김)

그것이 일어난 날

 그것이 일어난 것은 오늘이다. 하지만 두 번에 걸친 폐 절제 수술과, 폐선 박리(肺腺剝離)와 늑골 절제 성형수술을 마친 직후부터, 그것은 사와키(澤木)를 서서히 침식하여 기회가 있으면 그에게 알려주려고 때를 기다렸는지도 모른다. 사와키는 오늘 3년 만에 멀리 도심에 있는 국립국회도서관으로 외출을 했다.
 그것은 사와키 스스무(澤木晋)가 도서관에서 돌아오는 도중에 일어났다. 그것이라는 애매한 표현을 사와키는 좋아하지 않는다. 결핵으로 쓰러지기까지는, 직업인 출판계 일에서나 또 개인적인 언동에서도 사와키는 그것이라는 애매한 표현은 절대로 하지 않는 사람으로 인정을 받았다. 그런 그가 그것이 일어났다고밖에는 말할 수 없는 것이다. 하지만 그것이 일어난 것은 확실하고, 수술한 날부터 시작하여 퇴원 후 요양을 하고 있는 지금까지 계속되는 육체의 고통과는, 분명히 이질적인 것이라는 사실만을 사와키는 알고 있다.
 오늘은 아침부터 맑게 갠 가을 하늘에 태양이 빛나고 있다. 따라서 가만히 있으면 몸의 통증은 그다지 심하지 않았다. 그것만으로도 마음이 두근거렸다. 그가 그런 단순한 기쁨을 느낀 것도 그만큼 오랫동안 격렬한 고통에 시달려 왔기 때문이다.
 그는 무언가를 하고 싶다고 생각했다. 무엇이든 좋았다. 자기 스스로 원해서 무엇을 행하고 싶다는 욕망이 수술 이후 처음으로 그를 찾아왔기 때문이다. 그는 주저함이 없이 책상 위에서 공책 한 권을 집어 들고, 그리고 국회도서관으로 간 것이다.

눈 없는 머리

국회도서관에 가서 책을 읽고 온다는 것은, 보통 사람이라면 일상생활을 빽빽하게 채우는 행위 가운데서 극히 사소한, 수고라고 말할 가치도 없을 정도의 대수롭지 않은 일 중의 하나에 불과하다. 3년 전까지는 사와키도 그랬다. 하지만 지금의 그에게는 간다고 하는 행위 그 자체가 우선 문제였다. 말하자면 그것은 큰 도박이었다. 도박에 내걸린 것은 그의 몸이다. 사와키는 지금 자신의 행동반경이 어느 정도의 크기인지, 그 반경은 킬로미터 단위인지 미터 단위인지조차도 모른다.

  걸어가서 전차를 타고, 조금 걷다가 다시 전차를 타고, 에스컬레이터로 올라가서 어디에서 무언가를 하고, 계단을 걸어 내려가 전차를 타고, 조금 걸어서 또 전차를 타고, 걸어서 돌아온다. 이런 것은 누구나가 일상적으로 하고 있는 일로서, 특별한 의의나 재미가 있는 것은 아니다. 하지만 사와키에게는 무엇 때문에, 어디에서 갑자기 그 행위의 흐름이 중단될지 알 수 없다. 모든 것이 미지의 위험이었다.

  그래서 사와키는 집을 나설 때 태연한 얼굴을 했지만, 과거에 모험을 결심하고 첫걸음을 내디뎠을 때에 항상 느꼈던 나락의 구렁텅이 속으로 빨려 들 것 같은 불안과 발바닥부터 서서히 타오르는 설렘과 기대로 몸을 떨었다.

  정말로 오랫동안 잊고 있었다고 사와키는 생각했다. 이 느낌이 자신에게는 살아 있다는 것이었다.

  그것은 처음에는 아주 작은 사건의 얼굴을 하고 나타났다. 인간의 일상생활 중에서 끊임없이 생겨났다가는 금방 사라져 가는 방대하고 자질구레한 사건들, 세수할 때 물이 조금 불쾌할 정도로 미지근했다든가 담뱃불을 붙이려다 성냥불에 눈썹 끝을 조금 태워먹었다든가 서둘러 뛰어오른 계단 마지막 단에서 문이 스르르 닫히고 전차가 출발했다든가 하는, 말하자면 심장의 표면에 긁힌 자국은 희미하게 남기지만, 다음 상처가 흰 줄을 그을 때면 이미 흔적도 없이 소실되어 버리는 그 무수한 일상의 범사와 비슷했다.

왕복 세 시간의 전차와 도심의 인파에 견딜 수 있을지 알 수 없었기 때문에, 사와키는 전차 안에서 반드시 빈자리를 찾아서 앉아 줄곧 눈을 감고 있었다. 눈을 감으면, 사와키는 전차의 끊임없는 진동에 미묘하게 반응하는 내감각(內感覺)만을 느낀다. 그렇게 하고 가만히 있으면서 몸의 이상이나 통증이 이를 드러낼지도 모르는 사태가 돌발하더라도 당황하지 않도록 그는 대비하고 있었던 것이다.

그렇게 해서 사와키는 전차를 갈아타고 지하철 국회의사당앞 역에서 내렸을 때는 촉촉하게 땀이 났다. 그는 네 시간 정도 고서(古書)를 빌려서 읽고 노트에 조금씩 적고 나서 갈 때와 똑같은 방법으로 집으로 돌아왔다. 즉 그의 눈은 거의 일곱 시간 동안, 읽은 책을 제외하고는 오로지 자신의 내면만을 응시했던 것이다. 그는 열람실과 역의 번잡함, 또 거리에서 엄청난 인간들의 무리를 보았지만, 아는 사람은 단 한 명도 만나지 않았기 때문에 거리를 왕래하는 사람들은 그의 눈에 단지 몇 개의 풍경으로서 통과해 갔음에 불과했다.

전차가 멈추고 역무원이 큰 소리로 역 이름을 외쳤다. 지금은 사와키의 생활 속에서 확실하게 자리 잡고 있는 이 작은 역의 이름을 들었을 때, 그는 몇 시간이나 지속해 온 긴장을 풀고 오랜 여행에서 돌아왔을 때처럼 그리움과 안도감이 밀려왔다. 부주의하게도 그때 사와키의 마음은 모든 것에 대해 무방비가 되고, 마음속에서 가장 부드럽고 미끈미끈한 복숭앗빛 배를 드러내고 있었던 것이다.

역 앞의 언덕길은 가을 저녁 무렵의 포근하고 붉은빛을 받았다. 양쪽에는 벚나무 가로수가 이어졌다. 거기에는 사와키를 위협하는 그 어떤 징후도 숨어 있지 않은 것처럼 보였다. 이런 어중간한 시간에 전차에서 내린 사람은 사와키와 키만 삐죽하게 큰 고등학생 두 명뿐이었다. 아직 중학생같이 앳된 얼굴을 한 둘은 매우 야비한 어른 목소리로 웃고 말하면서 서로 머리와 등을 힘 있는 대로 난폭하게 때리며, 언덕길을 내려가 오른쪽으로 구부러져 보이지 않게 되었다. 움직이는 것 중에는 사와키 혼자만이 그곳에 남겨졌다. 이렇게 하여 역 앞의 언덕길은 모든 것이 조용하고 평범하지만 팽팽하게 조화를 유지하고, 그다지 볼품없는 교외 풍경의 하나가 된 것처럼 보였다. 그때, 사와키 스스무의 몸속을 갑자기 무언가가 지나쳐 갔다. 그는 멈추어 섰다.

인간 육체의 내부에는 인간이 의식하든 하지 않든 몸속의 기관들의 완곡한 진동, 은밀한 분비, 규칙적인 분출, 압력이 찬 전진, 우울한 분해와 융합, 바쁜 호흡, 불꽃 없는 연소랑 현(弦)의 긴장된 진동 따위의 여러 가지로 구성되는 혼돈된 통일이라고 말할 수 있는 음악이 흐르고 있다. 말하자면 그것은 생명의, 보이지 않는 또 하나의 얼굴이라고 말할 수 있지만, 그가 피로하고 허탈한 상태에서 언덕길을 내려왔을 때, 그 내면의 음파 속에 전혀 이질적인 불협화음이 갑자기 침투하여 그에게 분명히 무언가를 알려 주고 순식간에 모습을 감추었다.

그는 그것이 무엇인지는 물론 그것이 자신의 몸 안에서 생겨난 것인지, 바깥쪽에서 온 것이라면 외부의 누가 그 같은 불협화음을 일으킨 것인지 판단할 수 없어서 멈추어 선 채 천천히 주위를 둘러보았다. 그곳에 있는 것은 울퉁불퉁한 껍질로 둘러싸인 벚나무랑 작은 돌멩이가 굴러다니는 길과 잡초, 역에서 떨어져 외로이 서 있는 창고 등 모두 눈에 익은 것들로서, 그의 주의를 끌 만한 색다른 것은 하나도 보이지 않았다.

아무것도 없다고 사와키는 생각했다. 눈에 익은 풍경 속에 나를 일격할 그 무엇이 숨어 있다는 말인가, 그런 일은 있을 수 없다.

요양소에 있었던 3년 동안 사와키의 눈은 외부 세계를 바라보았지만, 그것은 바깥 세상을 자동적으로 비추고 있음에 불과했고, 외부의 무언가를 보려는 적극적인 마음을 상실하고 있었다. 그의 눈은 깨어 있는 동안 내내, 내면의 황폐하고 어두운 공동이랑 판자같이 딱딱해진 폐의 유착이랑 두부 찌꺼기 같은 결핵종(結核腫)이랑 언제 터질지 모르는 폐 속의 동맥과 정맥 등 그런 것들로 향했던 것이다. 물론 눈이 그런 것들을 실제로 보고 있을 리 없지만, 요양소 창문 바깥에 무성하게 자란 화초들을 보고 있을 때에도 사와키의 눈과 화초 사이에는 어느새 병든 회색 폐가 멍하니 가로막았고, 그는 가끔 실제로 폐의 내부를 응시하는 듯한 기묘한 착각 속으로 빠져 들어갔다.

가슴에서 일부분이 잘려 나간 결과, 그의 눈앞에서 폐 내부의 반투명한 이미지는 사라지고 다시 외부 세계로 직접 시선을 마주하는 지금이 되어, 눈에 익은 풍경 속에 이물질이 숨어 있다면 알아차리지 못할 리가 없다고 그는 생각했다. 그 생각대로였다. 분명히 그는 보고 있었다. 나무와 돌과 창고들을. 그러나 그는 보고 있지 않았다.

수술하고 나서부터 이상하리만큼 두려움에 떨고 있다. 지나치게 떨고 있다. 이젠 병원에 있는 것도 아니고 의사가 붙어 있는 것도 아니다, 민감해진 것은 어쩔 수 없지만 없는 것을 있는 것처럼 느끼는 것은 그만두어야 한다, 가공의 이에 겁을 먹어서는 안 된다. 이런 것들을 모두 극복하지 못하면 좋지 않은 결과를 초래한다고 사와키는 생각하고, 최후의 '좋지 않은 결과'라는 말이 갑자기 그의 통제력을 벗어나 거친 손짓으로 머릿속에 있는 닫혀 있는 검은 문을 열어 젖히고, 조선인 소안난(宗安南)의 하얀 얼굴과 끈적끈적한 목소리를 끌어내려는 것을 느꼈다.

안 돼, 그건 안 돼, 라며 사와키는 저도 모르게 소리 내어 말하고 머리를 흔들며 그 말을 떨쳐 버렸다.

나는 달라, 라며 사와키는 한 번 더 소리 내어 말했다. 나는 그들과는 달라.

말은 떨쳐지고, 검은 문은 다시 닫혀 점차 희미해졌다. 그는 느린 발걸음으로 언덕길을 내려갔다.

왠지 기분이 좋지 않았다. 왜 이 지경이 되었을까, 라고 사와키는 생각해 보았지만, 그에 대한 대답이 무엇 하나 떠오르지 않은 채 담배가 다 떨어진 것을 알아차리자, 언덕길 아래에 있는 가네코(金子) 약국으로 들어갔다.

가네코약국의 담배 유리 진열장에는 여느 때와 마찬가지로 엷게 먼지가 쌓여 있었다. 항상 그랬다. 가게 앞 포장도로를 버스나 트럭이 가끔 지나다닌다고 해도, 그래도 명색이 약국인데 좀 더 신경 써서 청결하게 하려고 마음만 먹으면 얼마든지 가능한 일이라고 사와키는 생각했고, 가네코약국의 아름답고 청결한 딸을 위해서도 안타깝게 여겼다. 딸은 성형수술 덕분이 아니라 타고난 크고 초롱초롱한 눈과 뽀얀 피부를 갖고 있었다. 흰 피부는 통통한 뺨에서 가는 목으로 이어져 촉촉한 느낌의 광택을 발하면서, 블라우스 깃 속으로 조용히 사라졌다. 그리고 다시 소매 쪽에서부터 부끄러워하며 모습을 나타내 팔꿈치 안쪽에 희미하게 푸른 정맥이 드러나고, 모양이 예쁜 손가락에 이르면 점점 더 미묘하게 발그레한 색이 되어 원만하게 완결되었다. 진열장 위에 덮인 먼지의 막과는 전혀 동떨어진 존재였다. 딸이 담배를 살며시 진열장 위에 놓고, 사와키가 그것을 집어 들어 담뱃갑의 뒤쪽에서 약간의 꺼칠꺼칠함을 느끼자, 딸의 하얀 몸 어딘가가 이같이 은밀하게 꺼칠꺼칠하기라도 한 것 같은 위화감과 희미한 통증을 언제나 느꼈다. 그는 먼지 쌓인 진열장 위에 놓은 50엔짜리 동전을 손가락 끝으로 만지작거리면서 가게 안쪽을 향해 크게 소리를 질렀다. 그러자 한참을 있다가 대답도 없이 언짢은 표정을 노골적으로 드러낸 못 보던 여자가 나왔다. 피스 한 갑을 달라고 사와키가 말하자, 여자는 낮고 퉁명스런 목소리로, 큰 것 드릴까요, 작은 것 드릴까요, 라고 말했다. 50엔 동전을 보면 알 것 아닌가, 뭐 이런 귀염성 없는 여자가 다 있나, 라며 그는 불쾌해 했고 거친 목소리로 작은 것이라고 말했다. 그리고 놀라서 여자의 얼굴을 다시 보았다. 약국집 딸이었다. 그가 부주의했던 것이 아니다. 그 정도로 얼굴도 몸매도 변해 버린 것이었다.

딸은 윤기가 없었고, 전체적으로 약간 작아지고 시들은 것같이 보였다. 아름다웠던 하얀 피부는 흐린 피로와 같은 것이 섞여 탁하고 윤기 없는 색깔이 되었고, 얼굴 군데군데에 작은 뽀루지의 흔적이 남아 있었다. 사와키가 이 딸을 위해 항상 유감스럽게 생각했던 윈도 케이스 위의 먼지 같은 것이, 딸의 얼굴과 몸 안쪽을 침식해 버린 것이다. 큰 병을 앓은 뒤 같기도 하고 상당한 정신적인 황폐를 겪은 뒤 같기도 했다. 이런 급격한 변화는 좀처럼 볼 수 없었다. 무슨 일이 있었음이 틀림없다고 그는 생각했다. 여자는 메마른 눈으로 그의 얼굴을 흘긋 쳐다보고는 담배를 진열장 위에 놓고, 지칠 대로 지친 인간의 걸음걸이로 가게 안쪽으로 사라졌다.

 사와키는 길을 걸어갔다. 아침부터 낮까지 계속되던 둥둥 떠 있는 것 같은 가벼운 기분, 오래된 책을 펼쳤을 때 몸속의 모든 기관에서 발신하는 소란함, 기분 좋은 긴장, 오랜만에 스스로 만들어 낸 지적인 흥분, 그것들은 석양의 하늘에 가볍게 인쇄된 엷은 구름같이 아직 사와키의 마음속에 모습을 유지하고 있었지만 그 위력은 거의 상실되었다. 그 대신 무언가 답답하고 차가운 물방울을 채운 듯한 불쾌함이 그의 가슴속을 차지하고, 뇌우(雷雨)가 내리기 전 같은 불안이 깨어나려고 했다. 그런 것이 어디에서 온 것일까? 사와키는 알 수 없었다. 무엇이 원인일까? 역 앞의 작은 길에 무슨 일이 있었다는 말인가? 그렇지 않으면 가네코약국의 딸이 완전히 다른 사람같이 보였기 때문일까? 웃기지 마라. 그 아가씨와 내가 도대체 무슨 관계가 있다는 말인가 하고 그는 생각했다.

 사와키는 계속 걸었다. 느티나무가 솟아 있고 대나무숲이 사각사

각거리고, 신개발지다운 상점이 늘어선 거리가 거기에 있었다. 부동산, 전기 상회, 생선 가게, 잡화점, 또 부동산, 주류점이 늘어서 있었다. 그는 정체를 알 수 없는 불안이 사라지지 않고 더욱더 머리를 쳐들고 옴을 느꼈다. 그 거리는 아침에 역으로 가기 위해 그가 지나친 거리였다. 그곳을 반대 방향에서부터 걷고 있음에 불과한 것이다. 그런데도 낯익다고 생각했던 거리의 형태, 집들, 간판의 모양이나 문자, 화단 등이 낯선 표정을 가진, 전혀 다른 거리처럼 느껴지기 시작했다. 사와키는 점점 숨쉬기가 고통스러워져서 입을 벌리고 호흡했고, 발걸음이 점점 느려져서 마침내 겁먹은 얼굴로 멈추어 섰다. 그리고 무심코 고개를 뒤로 돌려 지금까지 걸어온 길을 바라보다가 다시 고개를 돌려 앞으로 갈 길을 바라보았다. 여기는 언덕길이구나 하고 사와키는 적잖이 놀랐다. 이런 언덕이었던가?

그랬다. 숨쉬기가 고통스러웠던 것은 기분 탓만이 아니었다. 그건 방금 비로소 알아차린 언덕 탓이며, 반 정도를 잘라 낸 사와키의 폐 때문이었다. 이전의 그에게 이 언덕길은 한 번도 언덕이라고 느낀 적이 없는, 평탄한 보통의 길이었다. 어느 방향에서부터 걷든 그것은 낯익은 평범한 길이었다. 하지만 지금은 달랐다. 언덕은 어느 쪽에서 걷든 같은 것이 아니었다. 아래에서부터 긴 언덕길을 걸어갔을 때, 그 평범한 보통 길은 언덕이라는 본래의 경사를 확실하게 사와키에게 보여 주었다. 그것은 지금의 그에게는 결코 호의적이지 않았다. 그렇게 바라보면 거리의 풍경은 차츰 집에서 집, 집에서 잡목림으로 올라간다. 전체적으로 매우 서먹서먹한 조망이었다. 모두 그에게 확실하게 고통을 예감하게 만드는 풍경이었다.

사와키는 갑자기 낯선 토지에 서 있는 듯한 불안 속에서 처음 보는 듯한 거리로 변해 가는 풍경을 왠지 기분 나쁘게 바라보고 있었다.

사건의 발단은 국회도서관인 듯하다. 그가 마지막으로 거기에 간 것은 3년 전 오늘과 마찬가지로 맑게 갠 가을날 오후였다. 오늘 그는 열람실의 반짝이는 책상 앞에 편안한 자세로 앉았다. 그것은 3년 전 그날의 다음 날이라고 생각되었다. 어제와 마찬가지로 모든 것은 청결하고 빛나는 듯했고 조용했다. 어제와 마찬가지로 그는 고서를 읽고, 식당에서 같은 맛인 탕면을 먹었다. 그리고 다음은 그가 아무 생각 없이 곁눈으로 보고 지나친 역의 화물 창고였다. 그것은 지금 돌이켜 생각해 보면, 아주 조금이긴 하지만 분명히 기울어져 있는 것 같았다. 색깔이 군데군데 엷어지고, 도료가 여기저기 벗겨지고, 균열이 나 있는 것 같았다. 그리고 가네코약국 딸의 얼굴이었다. 그리고 이 언덕길이었다.

그때, 사와키는 그가 서 있는 대지가 갑자기 사라져 가는 것 같았다. 왜 그렇게 되어 가는지 그에게는 알 수가 없었다. 그러자 불과 조금 전에 태평스럽게 아무런 불안도 없이 국회도서관에서 고서를 읽고 있었던 사람이 자신이라고는 생각되지 않기 시작했다. 책상 위에 책을 펼치고 이해할 수 없는 한문 부분을 옮겨 쓰고 있는 다른 남자가 눈에 보였다. 그에게 확실한 것은 두 차례의 수술과 지금까지 계속되는 육체의 고통뿐으로 다른 모든 것, 특히 수술 전의 모든 생활이 실체가 없는 투명한 허상으로 보이기 시작하고, 그 모든 것과 그를 연결하고 있던 현실감의 끈이 툭 하고 끊어져 버린 것처럼 느껴졌다.

이건 무엇인가, 라고 그는 망연자실하면서 생각했다. 이 기묘한 단절감은 도대체 무엇일까? 그리고 그는 멈추어 선 채 가늘게 떨기 시작했다. 언덕길이, 나무가, 집이, 간판이, 돌이, 대나무숲이 거칠게 호흡하기 시작하고 당장에라도 그를 향해 돌진해 올 것 같은 느낌이 들었다. 사와키는 공포에 사로잡혔다. 이것은 무엇인가, 도대체 무슨 일이 일어났단 말인가 하고 그는 마음속으로 말했다. 도망쳐야만 한다. 이 기묘한 세계에서 도망쳐 빨리 자신의 집으로 뛰어 들어가야만 한다고 생각했다. 그는 용맹스럽게 도전해 오는 듯한 그 언덕길을 뛰어오르려고 달리기 시작했지만, 금방 숨이 차서 언덕 중간에 멈추어 선 채 개처럼 입을 벌리고 거친 호흡을 반복했다.

검은 문이 열린 날

사와키 씨, 부탁이야, 부탁이니까 들어줘요. 나는 괜찮을까요? 정말로 나는 괜찮을까요? 사와키 씨, 나는 밤이 되어도 잠을 이룰 수가 없어요, 그래도 괜찮을까요, 라며 집요하게 하나의 목소리가 사와키를 붙들려고 했다. 그것은 코로 빠져나가는 듯한 불명료한 낮은 음성으로, 억지로 참으며 잠자코 듣는 사와키의 몸에 끈적끈적한 흰 실처럼 한없이 내뱉어졌다. 싫다. 듣기 싫다. 그 음성을 듣고 싶지 않다. 그래도 소안난의 끈적끈적한 음성은 사와키의 머릿속에서 육중하게 닫힌 검은 문 반대편에서 문을 스르르 통과하여 사와키의 몸에 휘감겨 온다. 사와키 씨, 들어주세요, 당신만이 들어주는 편이에요.

주치의인 이시오카(石岡) 선생, 1병동과 2병동의 많은 환자를 돌보아야 하고, 1주일에 두 번이나 수술을 집도하고, 게다가 기관지경(氣管支鏡)이나 폐 기능 검사도 해야 하기에 엄청 바쁘다는 것은 알고 있어요. 알지만 너무해요. 자네 수술에 관해서는 모든 책임을 지고 했다, 지금 자네의 증상은 나로서도 어쩔 수가 없네, 그렇게 걱정이 되면, 정신과 의사를 불러 줄게, 라는 식이에요. 그것은 잘못된 추측이에요, 라고 엉겁결에 사와키가 말했다. 뭐가 잘못된 추측입니까? 아니 잘못된 추측이라고 생각해요, 소 씨 당신은 아무 일도 아닌 것에 조금 신경이 피로해져 있을 뿐인데도, 똑같은 말을 집요하게 이시오카 선생님에게 반복하지요. 집요하게는 아니에요, 정말이에요, 사와키 씨, 그저 나는 괜찮을까요, 라고 물어보았을 뿐이에요. 그리고 나서 또 사와키 씨 괜찮을까요, 라고 소는 같은 말을 반복하기 시작했다.

그만해, 더 이상 지껄이지 마, 내 머릿속의 검은 문을 열지 마, 나는 당신과는 다르다, 나는 절대로 당신처럼 되지 않겠다고 사와키는 책상 앞에 앉아서 뜨거운 차가 담긴 찻잔을 두 손으로 꽉 잡은 채로 몸을 떨었다.

그러나 소의 목소리는 끈적끈적하게 사와키의 머릿속으로 번져와 그의 사고를 감싸 버려 사와키는 이마에 식은땀을 흘리며, 어느 틈에 열렸는지 활짝 열린 검은 문 안쪽에서, 소의 쉰 살치고는 이상할 정도로 어린아이같이 빨간 입술이 가늘게 떨리면서 말을 밀어내는 것을 보고 있는 것이다. 그 말을 뿌리치려고 사와키는 머릿속에서 두 팔을 내밀었지만, 끈적끈적한 목소리는 오히려 그의 팔을 강한 힘으로 밀어제쳤고, 아야, 라고 저도 모르게 사와키는 말했다. 그는 그것이 머릿속의 광경이라는 사실을 잘 알고 있음에도 늑골을 제거하여 함몰 지대가 된 오른쪽 옆구리가 통증을 견디지 못해 경련을 일으키고, 등에 생긴 반짝반짝 빛나는 길쭉한 흉터가 댕기고, 견갑골 옆이 움푹 들어가 있음을 느끼는 것이다.

사와키 씨, 알기나 하세요? 소의 빨갛고 두툼한 입술이 움직이고 남자치고는 드물게 뽀얀 뺨이 떨린다. 가슴을 절개하고 합성수지로 만든 탁구공처럼 생긴 것을 여덟 개나 집어넣은 것이 8년 전이에요. 그 이야기라면 이미 했잖아요. 아뇨, 나는 말한 적이 없어요. 당신에게는 절대로 말한 적이 없어요. 정신 차리세요, 소 씨. 그 이야기는 세 번이나 들었어요. 그건 다 아는 이야기니깐 그 다음이 어떻게 된 건지 말해 봐요. 저번 수술에 대해 당신에게 이야기하는 것은 이번이 처음이에요, 라며 가느다란 눈에 애원하는 빛을 띠며 소가 말했다. 아아, 도저히 참을 수가 없네, 라며 병실 구석 침대에 누워 있던 학생이 신물이 나는 듯한 목소리로 말했다. 편집장님은 같은 병실이 아니니깐 그래도 나은 편이에요, 세 번 들은 건 약과에요, 소 씨는 밤에 자지를 않아요, 그리고 꼼짝도 않고 벽을 바라보는 거예요, 무서워요. 자네 소 씨 앞에서 그런 말을 태연하게 하면 안 되지, 라고 사와키는 말했다. 편집장님, 괜찮아요, 소 씨는 내가 말하는 것 따위는 전혀 듣지를 않아요, 라고 학생이 말했다. 듣지 않는다 해도 본인 앞에서 그런 식으로 말하지 마, 라고 사와키는 강한 어투로 학생에게 말했다. 그리고 나보고 편집장이라고 부르지 말라고 몇 번이나 말했잖아, 나는 조그만 출판사에서 일했을 뿐이고, 그것도 이미 3년 전의 일이야. 이젠 염려 없을 거라고 의사가 말한 그 합성수지 공이 변형되어 버린 거예요. 그것들이 서로 부딪쳐 끝이 뾰족해져서 안에서 나를 찌른 거예요, 라고 소는 여전히 명료하지 못한 발음으로 말하고, 힘없이 처진 붉은 입술의 가장자리에서 흘러내리는 침을 손등으로 천천히 닦았다. 나는 몇 번이나 열이 나고, 몇 번씩이나 움직이지 못하고, 그리고 드디어 농흉(膿胸)이 된 것입니다. 8년 전의 과학기술의 성과가 농흉이란 말입니다. 이시오카 선생이 이번에 진찰하고는, 좋아 염려 없어, 내가 고쳐 줄게, 라고 약속했을 때, 나는 진짜로 울었습니다. 어언 20여 년간 나는 고통을 받아 왔습니다. 쓰러졌다가는 조금 나으면 일하고, 일하다가 또 쓰러지고, 나의 30대와 40대는 도대체 무엇이란 말입니까? 내게서 결핵과 투병의 고통을 뺀다면 나의 30대와 40대에는 무엇이 남습니까? 아무것도 없어요, 아무것도 없어. 이런 무참하고 무서운 일을 경험한 적이 있습니까? 나는 겨우겨우 살아왔어요. 하지만 지금까지의 내 인생은 무(無)였다, 그리고 앞으로도 뻔할 것이다, 그런 두려운 생각은 어떻게 하면 좋을까요? 학창 시절의 일본인 친구도 나와 마찬가지로 일하다가 쓰러지고, 또 일하다가 쓰러지는 인생이었죠, 그 친구는 마지막에는 수술도 받을 수 없는 지경이 되었어요. 내가 공을 집어넣고 일단은 건강하게 되어 요양소로 문병을 가 보니, 그놈은 아우슈비츠의 유대인처럼 바싹 말라비틀어져 있었어요, 여름이 가까워졌어요. 여름은 적이다, 여름은 적이야, 라며 그놈은 피리 소리 같은 픽픽 바람 새는 목소리로 말했어요. 이미 목까지 전이된 거예요. 여름은 적이다, 여름이 올 때마다 나는 이번에야말로 죽을지도 모른다, 그렇게 생각하며 몇 차례의 여름을 견뎌 냈지, 라고 그 자식은 말했어요. 그리고 내가 그만 일어나려고 하자, 점심 식사가 왔습니다. 그놈은 간호사의 부축을 받고 일어나 앉아 튀김이나 샐러드는 건드리지도 않고, 날계란을 깨어 밥 위에 얹고 소금과 식초를 뿌리고는 섞어서 조금 먹었습니다. 나는 가슴이 미어졌습니다. 나는 공을 집어넣을 수가 있어서 다행이라고 생각했습니다. 좀 앉지요, 라고 사와키는 소에게 말했다. 당신은 안색이 나빠요, 침대에라도 걸터앉으면 어때요. 나는 매일 죽음을 응시하고 있어, 라고 그놈은 말했죠, 라고 소는 선 채로 이야기를 계속했다. 또 입술에서 떨어지는 군침을 손으로 닦았다. 내 인생이란 도대체 무엇일까, 아무것도 없어요, 아무것도. 나는 왜 태어났을까? 내가 죽는다고 해도, 아무것도 아닌 별볼일없는 놈이 죽는 것일 뿐이다. 심하다, 정말로 너무하지 않는가? 그래서 나는 평생 동안 딱 한 가지만 내가 할 수 있는 일을 할 작정이다. 그것은 장렬하게 죽는 일이다. 이해되는가 소 군, 나는 장렬하게 죽어 보일 거야, 몸 안의 모든 피를 입으로 뱉어 내고 장렬하게 죽을 작정이야, 그것이 내 생애에서 할 수 있는 유일한 일이야. 나는 녀석의 이야기를 듣고 있는 게 괴로웠어요. 나 역시 자신의 힘으로 아무것도 쌓아 올리지 못했기 때문이지요. 운 좋게도 공을 가슴속에 집어넣어 건강하게 되었으니까, 녀석의 몫까지 지금부터 노력해야만 한다고 생각했어요. 너무나 단순한 생각이었죠. 몸이 다시 묘하게 이상해지기 시작했고, 결국은 농흉이 되었지요. 하지만 그렇게 해서 이번에는 정말로 나았잖아요, 라고 사와키는, 같은 이야기를 세 번이나 듣는 데 지쳐 초조해 하면서 말했다. 나았죠, 라고 소는 도전적이고 섬뜩한 눈초리로 사와키를 보았다. 몸은 나았어요, 하지만 나는 두려워요. 두 번째 수술을 한 뒤 깨달았습니다만, 아무래도 머리가 좀 이상해요, 이상해져 버렸어요. 어떻게 이상한 거예요? 어떻게라니 그건 설명할 수 없어요. 설명할 수는 없지만, 내 머릿속에서 무언가가 파괴된 것만은 확실해요. 인간이 세상을 살아가는 데 필요한 무언가 매우 소중한 것이 파괴된 것을 나는 확실하게 알 수 있어요. 그 때문에 나는, 말하는 것도 자신이 없어졌어요. 사와키 씨 괜찮아요? 나는 회사로 돌아가야만 하고 가정도 있어요. 그런데도 나는 머리가 이상해졌고, 밤에도 잠을 이루지 못해요. 사와키 씨 괜찮아요? 이시오카 선생은 제 아내에게 정신과 의사를 소개한 모양이에요. 나는 정신병원으로 갈 거예요, 나는 미치광이가 무서워요, 무섭지만 역시 정신병원으로 가야 할 거라고 생각해요. 묘하게 정신병원이 나를 끌어당기는 거예요. 무섭지만 그 속으로 들어가고 싶기도 해요. 거 봐요, 정상이 아니잖아요, 좀 이상하네요. 사와키 씨 정신 차리세요.

사와키는 자기 방 책상 앞에 앉아, 눈앞에 소가 실제로 있으면서 말을 걸어오는 듯이 느껴졌다. 이런 일은 나에게는 절대로 일어나지 않는다, 지금까지의 내 생애와 몸을 걸고 여러 가지 싸움에 뛰어들어 패배를 거듭했지만, 결코 거기서 도망치려고 하지 않고 걸어온 생활. 그것을 디디고 있는 한 나에게 소와 같은 일은 일어나지 않으리라고 생각하면서, 불안으로 가득 차 힐끔힐끔 쳐다보는 소의 눈을, 그때 사와키는 연민의 정으로 바라보았다. 하지만 지금 검은 문이 열려 소의 끈적거리는 음성이 사와키를 칭칭 감는 것을 멈추게 할 수는 없었다. 마찬가지다, 너도 마찬가지야, 라는 소리가 들려오는 것 같은 느낌조차 들었다.

별일 아니야, 3년간 내가 이 사회에 없었을 뿐이야, 라고 사와키는 억지로 생각하려 한다. 약 먹는 것을 깜빡 잊고 있었음을 깨닫고, 병뚜껑을 열고 작은 탄환처럼 생긴 캡슐에 든 사이클로세린과 비타민제와 똑같이 생긴 1314TH라는 두 종류의 항결핵약을 먹었다.

먹고 나서 사와키는 갑자기 불안한 얼굴이 되어, 사이클로세린이 들어 있는 병을 들어 얼굴에 가까이 대고는 가만히 바라보면서 움직이지 않았다.

사와키는 병이 다 나아서 퇴원할 때, 지시가 있을 때까지는 1주일에 두 차례 스트렙토마이신 주사를 맞고 사이클로세린과 1314TH를 매일 복용해야 한다는 말을 들었다.

그는 병원에 있었던 3년간 어떻게든 결핵을 치료하고 싶다는 일념으로 투여되는 약을 성실히 먹었다. 이젠 완전히 습관이 되어서 수술에 의해 병소가 없어진 뒤에도 약을 먹는 데는 아무런 저항감도 없었는데, 지금 처음으로 불안이 그를 흔든 것이었다. 학설에 의하면, 결핵균을 일거에 박멸시키는 항결핵제는 없다고 한다. 물론 균을 즉각 절멸시키는 약은 많이 있다. 균을 죽이는 것만이 목적이라면 유산이나 염산이라도 좋다. 그러나 유산은 결핵균을 확실하게 죽이지만, 그와 동시에 인간도 죽는다. 인간을 괴롭히지 않고 균만을 죽이려면, 대단히 어려워진다. 파스를 먹어도 심한 중독 증상에 빠지는 사람이 있고, 2차 약인 1314TH는 위장이나 간장을 손상시키는 경우가 많다. 사와키의 혀도 하얗고 두껍고 까칠까칠한 또 다른 한 겹의 가죽 같은 것으로 덮여 있다. 게다가 환자 중에서 머리가 조금 이상한 사람은 사이클로퍼라고 불리는데, 저명한 모 의사의 책에 의하면 사이클로세린은 뇌에 장애를 일으키는 경우가 있다고 한다. 사와키의 몸에는 3년 동안 양으로 치자면 방대한 양의 약품이 투입되었다. 파스, 하이드라지드, 스트렙토마이신을 비롯해서 수술을 전후한 6개월 동안에는 마취약, 카나마이신, 사이클로세린, 1314TH 등이 투입되었다. 게다가 그는 한 달 사이에 두 차례나 등을 갈라 폐의 거의 반 정도를 잘라 내고, 늑골을 다섯 대나 절단하고, 6,000cc의 수혈을 받고, 단번에 체중이 9킬로그램이나 줄어 그 때문에 때 아닌 흰머리까지 생긴 마흔에 가까운 몸인 것이다. 엄지손가락 끝을 잘랐다거나 맹장을 잘랐다거나 하는 부분적인 일이 아니다. 사와키 스스무라는 인간 전체에 큰 충격이 가해지고, 게다가 대량의 약물 투여가 있었기에 뇌나 다른 기관들이 별다른 이상이 없을 수가 없는 것이다. 그 증거로 목소리가 전혀 나오지 않는 사람이나 머리가 이상해진 사람이 실제로 있음을 보아 왔다.

그렇다면 국회도서관에 간 날에 생겨나 그후 쭉 계속되고 있는 공포나 아무런 예고도 없이 갑자기 그의 사고를 덮친 착란 등으로 보아 사와키의 뇌도 손상되었을지 모르고, 사이클로세린은 거기에 박차를 가하고 있는지도 모르는 것이다.

그런 식으로 약병을 지그시 바라보면서 생각에 잠겨 있자, 약이 녹아 흡수되기 시작한 것일까 얼굴 전체가 부풀어 오르는 느낌이 들었다. 얼굴 피부와 살점 사이에 좁쌀 같은 작은 벌레들이 빼곡하게 들어차서 꿈틀꿈틀 움직이고, 그것들이 일제히 징징 울어대며 밀치락달치락하기 시작한 듯하다. 그러자 머리가 마비된 듯이 뜨거워져

자기 자신이 아닌 다른 사람이 되어 가는 것처럼 생각되었다.

사와키 씨, 제발 그런 눈으로 나를 보지 마세요, 부탁이니까 내 이야기를 좀 들어주세요, 라고 또다시 소의 음성이 사와키에게 감겨와, 그의 뇌를 한없이 칭칭 감아 그는 꼼짝도 할 수 없게 된다. 저 있잖아요, 사와키 씨, 내 뇌는 정말로 괜찮을까요? 20년 동안 고통을 받고 겨우 빠져나왔는데 이번에는 정신병원에 가야 한다면, 그곳에 처박혀 버리면, 내 인생은 도대체 뭐란 말입니까? 내 손으로 쌓아 올렸다고 말할 수 있는 것 하나 없는 완벽한 무의 생애를, 내 자신의 과거에서 볼 수 있을 뿐이라는 것은, 아아, 나는 두려워요, 왜 내가 이런 꼴을 당하지 않으면 안 되는 것이지요? 나도 아직 아무것도 이루어 놓지 못했어, 라고 학생이 신물 난다는 투로 말했다. 나뿐만이 아니다. 이 방안에 있는 사람 모두 다 그렇다. 학생도 어른도 모두 마찬가지다. 학교를 나와 소처럼 일하고, 과장 정도가 되어 조금 으스대다가 정년이 되고, 그리고 끝이야. 나이 오십이 되어 인생에 무엇인가를 쌓아 올린다고 하는 따위의 당치도 않은 것을 입에 담아서는 안 돼요. 모든 사람이 특별한 것을 만들 수는 없어. 지금은 그런 사회야. 경시총감, 그렇지? 그러자, 경시총감이라고 불린 수술 대기 중인 노순사가 침대에 누운 채로 화난 목소리로 말했다. 그런 말도 안 되는 일이 어디 있어, 학생인 주제에 그런 닳아빠진 말밖에는 할 수 없는 거냐? 그렇다면 총감은 어떤 생각이지? 당신은 2년 뒤에 퇴직이지? 그런데 당신은 의의가 있는 어떤 것을 이룩해 놓았지? 나는 내 직무에 긍지를 가지고 진력해 왔어, 그것만으로도 충분해. 그것만으로 좋을까? 행복한 사람이군. 사와키 씨, 괜찮아요?, 라고 소가 물었다. 괜찮아요, 라고 사와키는 안절부절못하면서 말했다. 그만 자는 게 좋겠어요, 당신 안색이 창백해요, 지칠 대로 지쳐 있으면서 그렇게 서서 말을 계속하고 있으면 애써 나은 몸이 다시 고장 나요. 어떻게 하면 좋을까요?, 라며 소는 가는 눈을 치켜 올리며 이야기를 계속했다. 겨우 결핵이 나았는데 말이죠, 아내가 얼마나 탄식을 할까요, 아내가 불쌍해요, 그 사람은 병자를 간호하기 위해서 태어난 것 같아요, 간병을 하고, 아이들을 위해 일하고, 그래도 이번 수술이 끝나고 내가 마취에서 깨어났을 때 20년 걸렸군, 이라고 내가 말하자, 아내는 드디어 해 냈군요, 라고 말했다. 그리고 서로 손을 잡고 반나절 내내 우리 둘은 울었어요. 그때는 그토록 기뻐했는데 이렇게 머리가 이상해지다니, 나는 진짜 어떻게 하면 좋을까? 아아, 짜증나 죽겠네, 라며 학생이 불만 섞인 목소리로 말하고는 침대로 난폭하게 몸을 던졌다. 빨래를 하던 중이라서 그만 가 봐야겠어요, 라며 사와키는 소의 눈과 음성으로부터 자신의 몸을 뜯어내는 듯이 병실을 빠져나왔다. 그러자, 잠깐만요, 잠깐 있어 봐요, 사와키 씨, 너무하는 것 아녜요? 나는 어떡하면 좋아요?, 라는 흐느껴 우는 듯한 음성이 사와키의 뒤를 쫓아왔다. 의사 선생님도 어떻게 할 수 없는 것을 어떡하면 좋을지 내가 알 턱이 없잖아, 나도 수술한 몸이다. 하염없이 당신의 이야기를 들어줄 수는 없어, 나까지 정신이 이상해져 버릴 것 같아, 라고 사와키는 생각하고 서둘러 세면장으로 갔다.

어떡하면 좋을까요?, 라는 소의 목소리가 책상 앞에 앉아 있는 사와키의 머릿속에서 슬프게 반복되어 그의 몸을 떨게 만들었다.

어떡하면 좋을까요, 어떡하면 좋을까요?

미안해, 라고 사와키는 마음속으로 되뇌었다. 나는 그때의 당신 심정을 전혀 이해할 수가 없었어, 당신에게 무엇인가가 일어났고, 그리고 당신은 어쩔 줄을 몰랐다, 그것이 얼마나 엄청난 공포였는지 나는 조금도 알지 못했다. 알려고조차 하지 않았다. 아무리 내 몸이 고통스럽더라도, 어떻게 하면 좋을지 모르더라도, 똑같은 이야기의 반복이더라도 그래도 당신의 이야기를 들어주었어야만 했다. 아무리 공허하더라도, 괜찮을 거예요, 라고 계속 말해야만 했던 것이다.

미안해, 라고 사와키는 이마에 땀을 흘리며 중얼거렸다. 그는 손수건으로 땀을 닦았다. 기분 나쁠 정도로 미끈거리는 땀은 작은 기름 방울처럼 사와키의 왼쪽 이마에만 빼곡히 맺혀 있다. 그는 오른쪽 등을 두 번이나 절개했기 때문에 땀이 날 경우는 왼쪽 얼굴에만 땀이 맺히고 오른쪽 얼굴은 보송보송한 것이다. 미안해, 라고 그는 마음속으로 중얼거렸다. 그뿐만이 아니야, 라는 누군가의 목소리가 들려왔다. 그것뿐만이 아니야, 네가 소에게 한 짓은 그것으로 끝이 아니야. 사와키는 안색이 변하고 얼굴이 경직되었다. 그러고 나서 그는 심하게 머리를 흔들었다.

어떡하면 좋을까요?, 라고 소가 말했다.

어떡하면 좋을까는, 지금 사와키가 자기 자신을 향해 하는 말이었다. 하지만 그 다음 순간 그는 그것에 맹렬하게 반발하고 이빨을 드러낸 짐승이 되어 그 말을 단숨에 찢어 버렸다. 어떡하면 좋을까, 라는 게 무슨 소리야, 나는 이처럼 아무렇지도 않고 겨우 3년 동안 병으로 누워 있었을 뿐이야, 라고 사와키는 마음속으로 말했다. 하지만 그는 곧 나락의 구렁텅이로 빠져 버렸다. 너는 너의 길을 걸어왔다. 그러나 그 길은 3년 전에 뚝 끊어져 버렸고, 그 앞에 있는 것은 거대한 공허뿐이다. 그리고 그 공백 위에 서서 무력한 다른 무엇이 된 네가 미지의 세계를 앞에 두고 떨면서 서 있는 거야, 라는 목소리가 사와키를 엄습하여 그는 책상 위에 엎드려 몸을 경직시켰다. 아아, 선생님, 이라고 저도 모르게 그는 과거 주치의의 이름을 불렀다. 선생님, 하기모토(萩本) 선생님.

폐들이 벽이 된 날

사와키는 병원에 왔다. 그는 곤혹스런 표정으로 하기모토 의사 앞에 있는 의자에 앉았다. 말을 꺼낼까 말까 망설이고 있다. 언제나 빈틈없는 모습을 하고 있는 하기모토 의사가 오늘은 머리가 꽤 길고 수염도 깎지 않고 눈은 지쳐서 충혈되었다. 꽤 어려운 중증 환자의 수술이 이어지고 있음을 사와키는 알 수 있었다. 그는 의사의 핏발 선 눈에 압도되어 버린다. 의사들이 이따금 그런 상태가 되는 것을 입원 중에 몇 번이나 보았다. 폐를 전부 들어내는 수술을 한다. 800cc밖에 수혈을 하지 않고서도 괜찮은 환자도 있지만, 때로는 출혈이 멈추지 않는 환자도 있다. 폐를 잘라 낸 가슴속에 피가 넘쳐 난다. 그래서 다시 가슴을 열고는 씻어 낸다. 닫는다. 피가 넘쳐 난다. 또 가슴을 연다. 끝내 호흡 곤란 상태가 된다. 목을 절개하고 기관지에 폭탄처럼 생긴 큰 산소통에서 직접 산소를 공급한다. 수혈을 계속한다. 수혈이 1만cc를 넘고 이윽고 2만cc를 넘는다. 엄청난 수의 산소통과 수혈병이 복도에 나뒹군다. 집도 의사는 환자 침대 옆에 있는 좁은 의국에서 머물러야 하고, 와이셔츠와 가운은 쭈글쭈글해지고, 눈이 충혈되고, 수염이 길어지고, 얼굴이 부어서는 반쯤 자면서 비틀거리며 복도를 걸어간다. 그것이 의사들이 싸우고 있는 모습이다. 빈말이라도 전투적이라고는 말할 수 없는 피로에 지친 모습이다. 하지만 그런 참담한 모습이, 양 어깨를 축 늘어뜨리고 마치 해초 덩어리인 양 휘청거리며 복도를 지나가는 모습이, 진정한 전투를 하고 있는 자의 모습이었다. 그리고 7일이나 8일 정도 지나서 침대는 겨우 처치실에서 관찰실로 옮겨진다. 의사가 이긴 것이다. 하지만 쉴 수는 없다. 같은 어려움에 빠질지도 모르는 환자가 줄지어 의사를 기다리고 있다. 오늘 하기모토 의사는 소모되고 윤기 없는 얼굴에 눈은 충혈되었다. 힘든 수술이 계속된 것이다. 그것을 보자, 사와키의 마음이 차츰 위축된다. 마치 장소를 잘못 찾아온 듯한, 사소한 일로 의사를 방해하러 온 것 같은 기분이 든다. 머리가 이상합니다. 언덕길을 걷고 있다가 그곳이 언덕길이라고 알아차리자마자 두려워진 거예요. 역 앞의 창고가 조금 기운 것은 그곳에 3년이란 시간이 짓눌렀기 때문임을 알게 되자, 공포가 엄습해 왔어요. 시간이 사물의 형체로 보인다고 생각했을 때, 무서워서 떨기 시작했어요. 그것이 시작이었어요. 말로 하면 매우 얼토당토않은 일이겠지요. 의사는 의심스런 듯한 묘한 눈초리로 사와키를 바라보고는 고개를 흔들 것이다. 소와 마찬가지다.

이미 그건 아마도 정신과의 영역일 것이다. 하기모토 의사가 피로를 무릅쓰고 전력을 경주하고 있는 흉부외과의 영역은 아니다. 지금 사와키가 할 수 있는 일은 수술 뒤의 환자에게 이따금 일어나는 몇 가지 증상을 하기모토 의사의 임상 사례를 통해 듣고서, 자신을 객관적으로 판단할 수 있는 하나의 지표로 삼는 일뿐이다. 형식적인 진찰을 받으면서 사와키는 상대방이 아무것도 눈치 채지 못하게 조심하면서 자연스러운 말투로 말했다.

"선생님 환자 중에 하마노(浜野)라는 청년이 있었죠?"

그러자 하기모토 의사는 손에 들고 있는 청진기로 시선을 떨군 채 느린 말투로 말했다.

"수술이 성공적으로 끝난 환자에게 합병증이 생기면 정말 힘이 쭉 빠져요."

"힘이 빠진다니, 선생님이 말씀입니까?"

"그래요. 정말로 충격을 받지요. 어쩔 수 없는 경우가 많지만, 좌절하게 되죠. 하마노 군의 수술은 잘됐어요. 수술할 때 금방 피가 굳어 버리는데, 그 크고 작은 굳은 핏덩어리는 폐의 조직으로 흡수되기도 하고, 수술 뒤에 입으로 토해져 나와 없어져 버려요. 그런데 그의 경우는 바늘로 콕콕 찌른 크기의 덩어리가 심장으로 들어가 심장에서 큰 힘으로 확 밀려 나왔어요."

하기모토 의사는 두 손으로 심장 모양을 만들어 보이며 확, 이라며 펌프처럼 강하게 눌러 보였다.

"그것이 뇌혈관으로 들어가 버린 거예요. 그리고 좁은 혈관 속에서 혈전이 되어 버렸어요. 게다가 수술 충격도 있어서 왼쪽 반신이 움직이지 않게 되고, 글자도 읽을 수 없고 온전하게 사물의 판단도 할 수 없게 되어 버렸어요."

"아직 그대로예요?"

"꽤 회복된 모양이긴 하지만."

하기모토 의사는 가라앉은 음성으로 말했다.

"수술하고 나서 몇 달이나 지나서 갑자기 그런 일이 일어날 수도 있습니까?"

"그런 경우는 없어요."

단호한 어조로 그는 말했다.

"3주일이면 승부가 결정돼요."

그런가, 그렇다면 나는 괜찮겠구나, 하고 사와키는 생각했다.

"하지만 몇 개월이 지나 정신에 이상이 생기는 경우도 있지요? 소 씨처럼."

"소 씨? 아아, 그런 일은 종종 있어요."

"종종 있다?"

"결핵 환자는 수술 전의 투병 기간이 길기 때문에 여러모로 긴장을 하기도 하고, 고통을 받기도 하고, 고민을 하는 사람이 많아요. 거기에는 오랜 투병 생활로 인한 경제적인 문제, 가정과 그 밖의 인간관계 등 복잡한 것들이 이것저것 얽혀 있는 경우가 많아요. 약혼자에게 버림을 받았다든가 직장을 잃었다든가 남편에게 이혼을 당했다든가 경제적 기반이 없어졌다든가. 수술에 의해 단번에 병에서 해방이 되면 말이죠, 정신적인 긴장이나 고통이 심했던 사람은 갑자기 허탈 상태에 빠져 버려요. 어찌 됐든 수술 때문에 육체적·정신적으로 매우 쇠약해져 있는 상태니까요."

허탈 상태? 내가? 사와키는 머릿속에서 그 말을 재빨리 음미하고,

아니, 나의 증상은 허탈과는 달라, 허탈이 아니라 뒤죽박죽인 착란과 공포라고 생각했다.

"그런 정신 상태에서 회복될 수 있습니까?"

"언젠가는 낫겠지요."

하기모토 의사는 담담하게 말했다.

"선생님, 저는 언덕을 오르는 게 매우 힘이 드는데, 이젠 뛰는 것은 불가능합니까?"

"언덕을 오르는 게 고통스럽습니까?"

그는 사와키의 뢴트겐 사진을 보았다. 뒤에서 새하얀 불빛이 비친 사와키의 가슴이 그 사진에 떠올랐다. 수술 받은 오른쪽 폐가 아래쪽에 거의 한 주먹 크기로 숨어 있다.

"고통스럽겠군요."

하기모토 의사는 고개를 끄떡이며 조용히 말했다.

"이쪽은 요만큼 남아 있지만 유착되어 있기 때문에 말이죠, 이 정도라면 기껏해야 100cc 정도밖에 공기가 들어가지 못하겠어요."

"달리는 것은 무리일까요?"

"이런 폐로 달리면 폐 기능의 균형이 깨져 심장에 엄청난 부담을 주게 돼요. 하지만 평평한 곳은 괜찮겠네요."

"예."

"운 좋게도 수술이 잘되었으니 평탄한 곳을 정상적으로 걸을 수 있게 된다면, 그것만으로 다행으로 여겨야 되겠지요."

진료실을 나온 사와키는 너무 피곤해서 병동 옆에 있는 숲 속으로 들어가 벤치에 앉았다.

여기까지 와 놓고 끝내 나는 말하지 못했다. 말했더라도 하기모토 의사에게 무슨 수가 있었을까, 라고 사와키는 생각했다. 언젠가는 낫겠지요, 라며 아무것도 눈치 채지 못하고 대수롭지 않게 말하는 하기모토 의사의 말이 사와키의 머릿속에서 반추되었다. 언젠가는 낫겠지. 그렇게 믿을 수밖에 방법이 없다. 만약 믿을 수 없다면, 그는 그와 같은 머리로 온 얼굴에 빼곡히 박혀 있는 작은 벌레들이 꿈틀거리고 있는 듯한 기분으로, 단 한 번뿐인 인생의 절반이 지나 버린 나이에 이르러 더는 살아갈 수 없는 것이다. 언젠가는 이런 나날을 벗어날 것이라는 덧없는 희망만이 사와키를 겨우 지탱하고 있다. 하지만 도대체 무슨 힘으로. 자신 안에 있는 어떤 힘을 바탕으로 그것으로부터 벗어날 수 있을까?

이젠 뛸 수도 없다고 그는 마음속으로 중얼거렸다. 남겨진 짧은 인생에서, 이젠 뛸 수가 없다. 그는 몸 한복판에 얼음을 쑤셔 넣은 듯한 느낌이 들었다.

사와키는 잡초를 바라보다가 소나무를 쳐다보았다. 사와키에게 달린다고 하는 것은 그가 지금까지 살아온 그리고 앞으로도 그렇게 살아가려고 생각했던 삶의 방식을 상징하며, 운동이나 실천이라는 말로 바꾸어도 좋았다. 사와키가 살아간다는 일, 그것은 이 사회 안에서 역사의 주축 위에서 지속적으로 운동을 하는 것이었다. 그가 움직이지 않게 되면, 그때는 이미 그가 아니다. 20여 년간 사와키는 책을 읽고, 생각하고, 토론하고 그리고 그것을 실제로 살아 있는 역사 안에서 자신의 몸으로 실천해 봄으로써 조금씩 자신의 길을 만들어 왔다. 전후의 학생 운동 속에서 사와키는 지도자로서가 아니라 일개 병사로서 움직였다. 병사로서 그는 운동이라는 산과 들판을 달렸다. 때로 운동에서 패하더라도 그게 무슨 의미가 있을까? 전투에서는 이기든가 지든가 밖에 없으며, 전후의 적(敵)은 쉽사리 승리를 양보하려 하지 않았기 때문에 패배가 몇 번 찾아오든 그것은 병사 사와키를 포함한 전 전투 부대의 힘이 적에 비해 모자랐거나 싸움의 방법이 잘못되었기 때문이다. 운동 자체의 좌절은 있더라도 사와키 개인의 좌절은 없다. 패배에 의해 통렬한 타격을 입었다면, 다시 새로 시작하면 되는 일이었다. 사와키가 그들 안에서 아직 그들의 레닌을 만들어 내지 못한 이상, 패배의 횟수가 많더라도 하등 이상할 것이 없다. 게다가 그들의 레닌은, 병사들이 오랫동안 힘든 싸움을 꾹 참고 계속하는 것밖에는 만들어 낼 방법이 없는 것이다.

그런 식으로 사와키는 쭉 병사로서 살아왔다. 하지만 그는 이젠 달릴 수가 없다. 겨우 걸을 수 있을 정도다. 달릴 수 없다 해도 병사로서 할 수 있는 일은 많다고 누군가가 말한다면, 그 사람에게 사와키는 말할 것이다. 많이 있을 거야, 몸을 움직이지 못해도 할 수 있는 일이 있을 거야. 하지만 지금 내게 그런 일반론은 아무런 힘이 되지 못해. 나는 문자 그대로 100미터를 달릴 수 있는가 없는가를 말하는 게 아니다.

나는 이젠 달릴 수 없다고 사와키는 반복했다. 그의 눈앞에는 도쿄구치소의, 나카노(中野)형무소의, 우쓰노미야(宇都宮)형무소의 독방이랑 잡거방이 모습을 드러내고, 그를 그 속으로 집어넣으려고 한다. 달리는 것이 자유로웠던 날, 달리고 있다고 특별히 자각하지 못하고 경쾌하게 달렸던 날, 학생들 속을 헤집고 다니며 교수들의 레드 퍼지(공산당원과 그 동조자들을 공직이나 기업에서 추방하는 일. 일본에서는 1949~1950년 대대적으로 행해졌음 — 옮긴이주)를 막으려 했던 날, 암호나 지령을 쓴 얇은 종이를 가지고 도쿄의 거리를 형사들의 미행이나 잠복을 피해 뛰어다니며 반쯤 비합법적 활동을 하던 날, 방침과 지령에 충실하게 화염병을 만들고 그것을 던지며 뛰어다녔던 중핵자위대(中核自衛隊)의 날, 그리고 육중한 문 안으로 홀로 처넣어져 추위와 싸웠던 날, 그 안에서 지금의 그리고 앞으로의 내 몸은 이제 견디지 못할 것이다. 감기에 걸려 폐렴을 일으킨다면 나는 틀림없이 죽을 것이라고 사와키는 이를 악물고 생각했다. 그 안에서 나는 푸른 옷을 입고 머리를 박박 깎고 있었지만, 나의 튼튼한 몸은 별로 고통스럽다고는 느끼지 않았다. 이런 일은 그뿐만이 아니다. 내 생애에서 몇 번인가 있는 그 시작에 불과한 것이다. 이런 일이 몇 번인가 반복되는 그 최초의 하찮은 한 시기에 불과한 것이라고 그는 느끼고 있었다. 그것은 각별히 흥분을 수반하는 감정이 아니라 그처럼 그 길을 걷기 시작하면 누구나 다 그렇게 생각하게 되는 흔해 빠진 것이었다. 그것은 당 안에 있었을 때도 반당 수정주의자로 몰려 당 밖으로 쫓겨난 뒤에도 변함없이 계속된 하나의 감각이었다. 역사에 가속도가 붙었다. 그리고 앞으로 찾아오려고 하는 그 역사는 상상을 초월할 정도로 가혹한 것일지도 모른다는 예감 비슷한 것이 그를 사로잡았지만, 역시 일개 병사로서 걷기도 하고 달리기도 할 것이다. 아무리 가혹하더라도 일본 지식인의 한 사람으로서 그것을 할 거라고 그는 항상 자신을 그런 식으로 느껴 왔다. 하지만 그는 이젠 필수가 없는 것이다. 아마 그 싸늘한 독방은 그의 육체의 저항을 간단하게 파괴해 버릴 것이다. 실제로 그런 경우를 당하느냐 당하지 않느냐가 아니라, 당한다면 육체는 파괴되어 버릴 거라고 예감하는 두려움이 사와키를 뒤흔든다. 게다가 폐활량 2,000cc 이하 머리가 가끔씩 혼란하고 몸이 통증으로 무력하게 되어 버린 지금, 지금부터 닥쳐오려고 하는 엄청난 역사를 앞두고 과연 어떠한 삶이 가능한가, 그는 자신을 무력한 인간으로 느끼고, 에이 젠장, 이라고 마음속으로 반복했다.

역사를 앞에 두고, 멈추어 서고 싶지 않다고 사와키는 생각했다. 내가 멈추어 섰을 때, 그것은 내 죽음이다. 내 영혼의 죽음이다. 하지만 지금까지 그 같은 육체로 지탱해 온 발자취는 두 번 다시 돌아오지 않는다. 역사가 속도를 더하고, 그것에 놀라 엉거주춤해지기 시작한 인간들이 실제로 있을 정도로 그것은 가혹한 모습을 멀리서 똑똑하게 보여 주기 시작하는데, 나는 달릴 수가 없게 되었다. 사와키는 무엇에 받힌 듯이 일어나서 숲 속을 걷기 시작했다.

사와키는 걸었다. 그는 사람의 목소리나 라디오 소리 같은 일체로부터 도망치려 한 것이다. 그는 숲 속을 똑바로 가로질러 갔고, 우거진 잡초가 손이랑 발에 감기는 것을 뽑으면서 나아갔다. 그렇게 하여 그는 숲을 빠져나갔고 그곳에서 전혀 인적이 없는 낡고 큰 목조 건물들이 조용히 서 있는 것을 발견했다.

가을 햇살을 받아 그 일대는 밝았지만, 건물이 낡은 회백색인 탓인지, 아니면 건물이 몇 채씩이나 긴 통로로 연결됐지만 어디에도 사람 모습이 보이지 않고 소리도 들리지 않는 탓인지, 숲 속에 갑자기 나타난 고스트타운 같은 느낌으로, 기분 탓인지 건물 안에서 흘러나오는 공기도 축축하고 싸늘하게 얼어붙는 것처럼 느꼈다.

사와키는 수술 받기 위해 입원했을 동안 한 번도 이런 곳에 온 적이 없었다. 어쩐지 으스스한 느낌은 있었지만, 지금 요란스럽게 웃고 지껄이고 싸돌아다니고 뛰어다니는 인간들을 만나는 것보다는 나았다. 그는 건물 하나로 다가가 파손된 유리창을 통해 안을 들여다보았다. 나무 선반만이 눈에 띄었고, 숨이 막힐 것 같은 곰팡이 냄새와 시큼한 약품 냄새가 코를 찔렀다. 뭔가가 그 선반에 진열되어 있었고, 지금은 어딘가 다른 곳으로 옮겨 간 것이 명백했다. 그는 삐걱삐걱 소리가 나는 복도로 들어가 차가운 공기 속을 걷다 왼쪽으로 꺾어 다음 건물의 방 앞에 서서 안을 들여다보았다. 그리고 그 광경에 매료되어 얼떨결에 방안으로 들어갔다.

흰 라벨이 붙어 있는, 셀 수도 없을 정도의 엄청난 수의 병이었다.

몇 리터나 됨직한 큰 것도 있는가 하면, 주먹만 한 크기의 귀엽고 투명한 병도 있었다. 병은 표본 선반 위에 늘어서 있고, 마룻바닥에서 천장 가까이까지 달했다. 병의 줄은 넓은 방 전체를, 인간이 걸을 수 있는 공간만 남기고 빼곡하게 채웠다. 그 병은 다음 방도 또 그 다음 방도 방이 계속되는 한 천장까지 공간을 메우고, 그것이 이 건물에서 다음 건물로 이어져 어디까지 계속되는지 짐작조차 되지 않았다.

병 안에는 포르말린 용액이 들어 있고 그 안에 희고 군데군데 보라색을 띤, 온통 구멍이 뻐끔뻐끔 난, 마치 벽의 파편같이 생긴 것이 담겨져 사와키 쪽을 바라보았다. 뻐끔뻐끔한 연보라색 구멍은 그 작은 벽 전체에 나 있었고, 마치 눈알이 빠져 버린 눈처럼 공허하고 큰

눈 없는 머리 195

구멍이 섞여 있었다.

　그 벽들은 지금 포르말린이랑 유리 용기로 에워싸여 조용하게 이어졌다. 그 벽은 원래는 좀 더 크고 아름다운 무엇에서 분명히 잘라내어 온 것임이 틀림없었다. 사와키는 유리병에 달린 라벨의, 시간에 의해 변색되고 읽기가 어려워진 문자를 천천히 읽는다. 그는 국립국회도서관에 간 날 이후 활자를 읽는 게 두려워졌다. 때로는 활자가 기분 나쁜 선의 집합체처럼 생각되는 경우도 있었고, 무엇보다도 활자의 저편에 있는, 살아서 생활하고 싸우며 가장 소중한 것을 선택된 유일한 말로써 제출했다는 인간의 확신과 에너지에 순식간에 져 버리기 때문이었다. 때때로 혼란스러워지는 머리를 두려워하면서 사와키는 자신의 말 자체가 의심스럽고 불안해서 견딜 수 없어, 자유로이 선택할 상황이 아닌데 그 누군가는 한번 인쇄되어 버리면 두 번 다시 도로 주워 담을 수 없는, 그같이 용기와 확신을 필요로 하는 말들을 너무나 편하게 내뱉고 있는 것이다. 그것이 그를 작살내고, 그는 놀라서 허둥대고, 자신 안에 그 같은 말들이 과거에 있었다는 사실조차 의심스러워지고, 전혀 믿을 수 없게 되고, 완전히 자신감을 상실하여 책을 뿌리쳐 버린다. 하지만 지금 여기에 있는 라벨의 문자는 변색되어 얌전하고 조용히 무언가를 중얼거리고 있을 따름으로 생각된다. 그는 고스트타운 속에 떨어져 있는 헌 신문 조각이라도 읽는 듯한 편안함을 느끼며 문자를 읽고, 그러고 나서 천천히 병 속에 담겨 있는 작은 벽같이 생긴 것을 보자, 그것은 포르말린 용액 안에서 갑자기 경직된 것처럼 보이고, 그리고 서서히 물러져서 울퉁불퉁하고 징그러운 모양의 구멍이 난 벽에서 인간의 폐로 변신한다.

쇼와 13년(1938) 야마나시 도요(山梨登代) 21세. 쇼와 13년 기타가와 구니하루(北川邦春) 36세. 쇼와 13년 오쓰 시마코(大津志麻子) 28세. 쇼와 13년 데라사와 조이치(寺澤暢一) 25세. 그 다음 병은 크다. 그 안에는 벽만이 아니라 둥글고 물컹물컹하며 비틀어진 것이랑 껍질을 벗긴 왕귤 열매처럼 가련하고 희고 밋밋한 작은 구체가 들어 있는데, 그것은 쇼와 13년 기노시타 야스시(木下泰) 25세의 뇌와 장이다.

그때 사와키는 깨달았다. 미끌미끌하고 물컹물컹한 도기 같은 것, 연보라색의 구멍투성이인 벽 같은 것, 이것은 유리 용기나 포르말린 용액 같은 것이 아니다. 이것들은, 쇼와 13년의 결핵이라는 움직일 수 없는 시간의 칼날로 베어진 사자(死者)들이다. 보통의 사자들이 아니라 쇼와 13년의 사자들이고 쇼와 13년의 결핵의 역사이며, 바꾸어 말하면 쇼와 13년이라는 영구히 소실되었다고 생각되는 시간이 여기에 이 같은 형태로 존재하는 것이다. 앞방에는 쇼와 12년이 있고, 11년이 있고, 다음 방에는 쇼와 14년이 있고 15년이 있고, 계속 이어져서 쇼와 20년이 있고, 쇼와 30년이 있고, 쇼와 40년이 있다. 그리고 지금은 없더라도 조만간 확실하게 쇼와 43년이 나타나기 시작하고, 쇼와 45년이 그 다음에 있는 것이다. 그것은 여기에 있는 쇼와 13년과 마찬가지로 확실하게 나타나는 것이다.

이 건물이 처음 숲 속에 탄생했을 그때, 어느 한 방의 어느 선반의 한 구석을 출발점으로 해서 '시간'과 함께 '시간' 그 자체로서 조금씩 그 수를 늘여 한 방을 천장까지 다 채우자, 다음 방으로 전진해 온 것이다. 그리고 보면 여기에 있는 쇼와 13년은 사람들의 기억 속에서 희미해지고 사라지고 매몰되어 버린 것이 아니라 사람이 그곳에서 눈을 떼더라도, 제아무리 멋대로 생각했더라도, 이렇게 여기에 엄연하게 존재하는 쇼와 13년의 실재며, 결핵균과 싸워 무참하게 패배하고 괴멸된 폐장이, 대장이, 직장이, 뇌가, 신장이, 인후가, 방광이 쇼와 42년의 현재처럼 발달된 수술도 할 수 없고 강력한 약도 없는 쇼와 13년의 모습 그대로 지금 살아 있는 인간들에게 말을 걸어 온다. 네가 지금 마주보고 있는 작은 구멍이 무수히 뚫린 당장에라도 무너질 것 같은 벽면이야말로, 인간 역사의 메스가 예리하게 절단한 쇼와 13년이라고 하는 '시간의 절단면' 바로 그 자체라고, 소리 없는 목소리로 해 주는 폐의 말은 사와키에게 강한 충격을 주었다. 이 무자비한 3년이라는 시간에 의해 과거의 나는 잘려 나갔다. 지금 여기에 있는 것은 완전히 변해 버린 몸과 착란된 머리의 무게에 겨우 견디고 있는 무언가 별도의 것이라는 생각에 지속적으로 위협을 받고 있는 사와키에게, 매몰되어 버린 과거 따위는 있을 수 없다고, 눈앞에 있는 폐의 벽들은 말을 걸어 오는 것이다.

요원하게 멀어지고, 형태도 없고 소리도 없고 냄새도 색채도 그리고 그것들이 만들어 내고 있던 복잡하고 정묘한 하나하나의 세세한 사건이나 일도 없고, 사라지고 매몰되었다고 생각하고 있던 쇼와 13년이 이런 곳에 있었다! 이런 형태로, 이런 색깔로, 지금 여기에 실제로 있다고 사와키는 반쯤 망연자실하면서 생각했다. 방이 추운데도 그의 머릿속에서는 뜨겁고 칙칙한 소리가 나기 시작한 것을 느꼈다. 그 소리는 3년간 계속 맞아 온 스트렙토마이신 때문에 생긴 이명(耳鳴)일지도 몰랐고, 그의 착각에 불과한지도 몰랐다. 혹은 갑자기 출현한 쇼와 13년의 실재에 머리가 더욱더 충격을 받은 탓인지도 몰랐다.

현실감과 야릇한 비현실감이 교대로 사와키를 엄습했다. 공기가 갑자기 차가워지거나 더워지는 듯했다. 사와키는 쇼와 42년에서 쇼와 13년의 한가운데로 갑자기 내던져진 듯한 기분에 빠져 들었다. 그는 현기증을 느끼면서 여러 층으로 겹쳐 있는 폐의 벽 위에 가을 햇살이 어른거리는 것을 초현실적인 세계처럼 바라보았다.

"이 상"
사와키가 작은 소리로 불렀다.
"이경인(李景仁) 상, 없어요?"

사와키의 목소리는 작고 약간 떨렸다. 몇 번이나 반복해서 부르는 소리는 차츰 목구멍 깊숙한 곳에 달라붙었고, 목이 쉬어 왔다. 토담으로 둘러싸인 좁은 마당 위에 8월의 태양이 작열하고, 눈앞에 있는 초가의 종이를 바른 문은 반쯤 열려 있었고, 온돌방 안은 컴컴했다. 아무것도 보이지 않고 아무 소리도 나지 않는다. 그는 어찌할 줄을 몰랐고, 당장에라도 어디선가 이경인의 동생인 도석의 얼굴이 불쑥 나타나지는 않을까 겁을 먹었다. 그 얼굴이 나타나면, 그는 걸음아 날 살려라 하고 도망쳐야 한다. 어머니가 전해 주고 오라며, 그에게 맡긴 계란이 담긴 광주리를 든 채로 잘 도망칠 수가 있을까, 그는 걱정이 되었다. 광주리 따위에 신경 쓸 때가 아니다. 이 따위 계란은 내버리고 도망치면 그만이라고 생각이 들었다.

"이경인 상, 없어요?"
사와키의 목소리는 점점 더 작아지고, 점점 더 쉬어 갔다. 정말 불안하다. 도석의 얼굴을 떠올리는 것만으로도 그는 전율했다.

머리가 뾰족한 도석은 5학년 중에서 작은 축에 속하는 사와키보다 더 작다. 게다가 매우 말랐다. 따라서 키는 작은데 팔다리는 유난히 길어 보인다. 이경인의 동생들이 모두 여위고 눈망울이 튀어나온 것은 영양실조 때문이라고 사와키의 엄마가 말했다. 모두 여덟 식구에 아버지는 반쯤 바보여서 겨우 사방 공사에서 삼태기를 멜 수 있는 정도인데, 그런 하루벌이 일마저 없는 날은 온종일 집에서 빈둥거리며 식구들이 안 보는 틈을 노려 음식을 닥치는 대로 다 먹어 버린다. 그러므로 집에 있는 누군가는 아버지가 음식을 몰래 먹지 못하도록 항상 감시해야만 한다. 엄마는 병이 들어 쭉 누워 지내고, 그나마 벌어서 나머지 일곱 식구를 먹여 살리고 있는 것은 농림학교 급사로 있는 이경인뿐이다. 급사의 월급은 쥐꼬리만 한데 식구는 많고, 아버지는 노상 다른 식구들의 몫까지 먹어 치우니까 아이들이 모두 영양실조가 되는 것은 당연한 일이라는 게 사와키 엄마의 설명이었다.

사와키는 영양실조가 뭔지 잘 이해되지 않았다. 단어 자체는 알지만, 느낌으로서는 전혀 감이 오지 않았다. 작년에 이 산골 마을과 육지로 이어진 대륙에서 노구교(蘆溝橋)사건이 일어난 이래 부인회가 바빠졌기 때문에 엄마의 귀가가 가끔 늦어져, 사와키는 공복을 참다 못해 신경질이 나서 형제들과 싸우곤 했는데 그런 공복을 떠올리는 게 고작이었다.

일하고 있는 것이 이경인 한 사람이고, 부양가족이 많기 때문이라는 것 또한 이해되지 않았다. 사와키의 집은 여섯 식구지만, 일하고 있는 것은 농림학교 교사인 아버지 한 사람이다. 같은 반 친구 중 가족이 아홉 명인 아이가 있는데, 일하고 있는 것은 식산은행에 근무하는 아버지 혼자지만 그 누구도 영양실조는 아니다. 도시락만 해도 흰 쌀밥에 계란 프라이라든가 명란젓이라든가 김이라든가 채소볶음, 생선구이 등 항상 두 가지 이상의 반찬이 들어 있다. 아무리 도석의 아버지가 반 바보이고 대식가라고 해도 왜 도석의 형제들이 영양실조에 걸리는지, 그는 도무지 이해할 수가 없었다.

도석은 쭉 째진 눈매에다 야만적이다. 미친개다. 일본인 아이를 보면, 아무리 큰 아이라도 이를 악물고 달려든다. 무릎이나 코에서 피가 나는 것은 예사다. 키가 크고 스모가 강한 고등과 1학년인 야스카와 유키오(安川行夫)에게만은 꼼짝 못하고 밑에 깔려 흠씬 두들겨 맞아 끝내 당할 수 없었지만, 그래도 조선말로 욕을 퍼부으면서 돌아갔다. 그 다음 날에는 숨어서 야스카와를 기다렸다가 갑자기 큰 돌을 던졌다. 야스카와는 돌에 머리를 맞고 너무나 아픈 나머지 조그만 아이들이 보는 앞에서 울어 버렸다.

이 마을의 옥동(玉洞)이라는 곳은 일본인들이 들어올 때까지는 마을의 중심이었고, 지금도 조선인만 살고 있다. 도석의 작은 초가도 그곳에 있다. 집들이 빼곡하게 난립해 있고, 한방약이랑 잡화점이랑 음식점이랑 식기·가구·장판지·부채·조선 신발 등 모든 종류의 조선 물품으로 일대 혼잡을 이루는 시장이 있고, 사람들이 소란을 피우고 값을 깎기도 하고, 웃기도 하고 울기도 하고 고함을 지르기도 하고 술에 취하기도 해서, 재미로 말하자면 이보다 너 재미있는 곳은 없다. 음식점에서는 개 한 마리를 통째로 큰 솥에 집어넣고 된장과 마늘과 파와 고추를 넣은 다음 푹 삶았고, 사람들은 땀방울을 흘리면서 사발이라고 하는 속이 깊은 그릇에 담아서 먹고 있는데 견딜 수 없을 정도로 맛있게 보인다. 사와키 같은 일본인 아이들이 먹고 싶다고 한다면, 물론 엄마들은 기겁을 하며 화를 낼 것이 뻔했다. 그것은 아이들도 잘 알고 있다. 일본인 아이들은 '공산주의'와 '독립운동'이라는 말을 비롯해서 입 밖에 내서는 안 되는 금기가 몇 가지 있었고, 아이들은 그것을 숙지하고 있었다. 시장에서 음식을 사 먹고 싶지만 그것은 절대로 안 된다. 옥동은 언제나 활기차게 사람과 물건이 바글대고 기름과 마늘, 생선과 육고기, 파와 미나리 등이 뒤범벅이 된 진한 냄새로 물들어 있었다.

사와키가 부모 몰래 놀러 가는 그 시장이 재수 없게도 도석의 근거지다. 도석은 옥동의 좁은 길에서 일본인 아이를 발견하면, 항상 아무리 도망쳐도 순식간에 쫓아와 붙잡고는 제일 먼저 달콤한 과자를 내놓으라고 한다. 과자를 갖고 있지 않으면, 엔삐스(연필의 일본어. 원래는 엠피쓰인데 도석이는 일본어 발음이 서툴러서 엔삐스라고 말한다) 내놔, 라고 한다. 말하는 순서는 매번 누구에게나 마찬가지로 단 한 번도 바뀌지 않는다. 달콤한 과자 내놔, 엔삐스 내놔, 게시코무(지우개. 역시 케시고무가 정확한 발음이지만, 도석이는 게시코무라고 말한다) 내놔, 한카치(손수건) 내놔. 그렇게까지 해도 아무것도 없는 경우는 히죽히죽 웃으면서 자기 몸을 바싹 갖다 댄다. 때가 얼룩덜룩 이끼처럼 눌어붙어 있는 더러운 손을 잠자코 내밀어, 교복의 금단추를 위에서부터 차례로 만지작거리며 그중에서 가장 반짝거리는 것을, 포탄(버튼의 일본식 발음인 보탄을 잘못 발음) 내놔, 라며 갑자기 뜯어 버린다. 상의를 입지 않아 뜯어낼 단추가 없는 경우에는 그때의 기분에 따라 머리를 쥐어박는다든가 얼굴을 할퀸다든가 발로 차든가 한다.

이처럼 도석에게 돌로 맞는다든가 손을 물린다든가 과자나 연필을 빼앗겨 보지 않은 일본인 아이는 한 명도 없다. 일본인 아이들은 도석을 저주하고, 증오하고, 미친개를 순사가 곤봉으로 때려 등뼈를 부러뜨려서 죽인 것처럼 얄미운 도석의 모가지를 순사가 허리에 차고 있는 사벨로 찔러 주지는 않을까, 라는 허망한 꿈을 꾼다. 그런데 그 어느 누구도 부모에게 도석에 대해 말하지 않았다. 아직 아이들이 어려서 어떤 식으로 말해야 좋을지 모르기도 했지만, 아이들이지만 나는 일본인이라는 자존심 때문에 부모에게 일러바치고자 하는 충동을 억눌렀다. 일본인인 주제에 조선인에게 괴롭힘을 당하면서도 손도 쓰지 못했다는 사실을 부끄럽게 여겼던 것이다.

아이들은 생활을 통해서 알고 있었다. 자신의 아버지는 이 조선 땅에서는 어디에 살고 어떤 직업에 종사하건, 무엇보다 우선하여 일본인이고 '단나상(旦那さん : 어르신)'인 것이다. 실제로 재판소에서도 식산은행에서도 군청에서도 상점에서도, 야스카와(安川)쌀집에서도 야마모토(山本)솜 공장에서도 사카이(酒井)얼음 창고에서도 후지노(藤野)농원에서도 철도에서도, 그 외의 모든 주요한 곳에서 일본인 아버지들은 조선인들을 부하로 점원으로 공원으로 머슴으로 날품팔이 일꾼으로 부리고 있었다. 집 안에도 조선인 소녀들이 있었다. 그녀들은 '야아' 라고 불리며 하녀로 일하고 있다. 장차 그런 일본인 어른이 될 아이들이, 빼쩍 마르고 콧물 자국이 번들번들 빛나는 더러운 조선옷을 입은, 부스럼 딱지를 덕지덕지 달고 있는, 1년 내내 배가

눈없는 머리 203

고픈 조선인 이도석 같은 아이에게 괴롭힘을 당해 꼼짝달싹도 못할 정도로 두려움에 떨고 있다고 어떻게 말할 수 있겠는가? 부모에게 일러바쳐 뭔가 도움을 받는다는 것은 일본인 아이들에게는 참을 수 없는 굴욕이며, 그게 아이들 세계의 자존심이었다.

게다가 사와키는 다른 친구들보다도 더 심한 굴욕감을 맛보았다. 아버지에게 말하면, 이 바보 같은 놈이라며 머리를 쥐어박힐 것이 틀림없었다. 토담 쪽으로 사와키를 몰고 간 도석을 향해 그는 째지는 듯한 소리를 질렀다. 우리 아버지에게 일러바칠 거야, 그러면 네 형은 농림학교에서 모가지야. 그러자 도석의 얼굴에서 짓궂은 웃음이 사라졌다. 사와키 아버지가 누군지 생각하는 듯했다. 사와키의 불안한 마음속에 한줄기 밝은 빛이 비쳐 왔다. 흥, 그것 봐, 나만은 특별하단 말이야. 도석이도 내게는 손을 대지 못해! 그러자 도석은 천천히 말했다. 네 아버지는 쭌사(순사의 일본식 발음인 준사를 잘못 발음)인가? 순사가 아니야, 농림학교 선생님이야. 놀랍게도 도석은 갑자기 웃으면서 사와키를 향해 돌진해 왔다. 선생이면 어쨌단 거야, 선생이 뭘 할 수 있나, 바보 새끼! 그리고 그는 사와키를 땅바닥에 쓰러뜨렸다. 교장 아들이라도 겁나지 않아, 이 바보 새끼야!

"이경인 상"

반쯤 체념하면서 사와키가 불렀을 때, 그는 왼쪽 토방 구석에서 작은 소리가 난 것을 들었다. 그것은 희미하게 금속이 스친 듯한 주위를 경계하는 소리였다.

사와키는 덜컥 겁이 났다. 누군가가 있다. 숨어 있다. 도석이가 아닐까 하고 그는 엉거주춤했지만, 소리는 더 나지 않았고 아무도 나타날 기색은 없었다. 도석은 아니다. 도석은 절대로 이런 식으로 변죽을 울리지는 않는다. 이쪽이 겁을 먹고 움직이지 않게 될 것을 잘 알고서, 멀리서 폼을 잡으며 히죽히죽거리고 뜸을 들이면서 다가온다. 그러므로 도석은 아니다.

그는 용기를 내어 마당을 가로질러 어두운 토방 안을 쭈뼛쭈뼛 들여다보았다. 눈이 익어지자 흙 아궁이와 가마솥이 보였고 그 곁의 마루 한구석에 뒤룩뒤룩 살이 찐 남자가 밥을 먹고 있는 게 보였다.

상반신은 벌거벗었고 지저분하게 수염이 덥수룩했다. 남자는 고봉으로 담은 조밥을 큰 숟가락으로 떠서 한입 가득 넣고는 대접에 수북이 담긴, 둥글게 썬 무만 있는 김치 국물을 흘려 넣고 턱과 목을 격렬하게 움직이며 눈 깜짝할 사이에 삼켰다. 왼손으로 뚝뚝 떨어지는 이마의 땀을 닦고, 그 손으로 심까지 빨갛게 절은 두툼한 무를 집어서 입속으로 집어넣었다. 소리를 내며 그것을 씹어 삼키고 입술을 쪽쪽 빨았다. 숟가락으로 조밥을 떠서 입에 넣었다. 거기에 무를 쑤셔 넣었다. 때때로 후우 하고 한숨을 쉬고 김치 국물을 마셨다. 밥을 입에 넣었다. 고추장을 먹었다. 땀을 뚝뚝 흘렸다. 사와키는 멍하니 입을 벌린 채 큰 놋그릇에 담긴 조밥과 무김치가 점점 줄어들어 가는 것을 멍하니 바라보았다. 넋을 잃고 바라보고 있었다고 해도 과언이 아니다. 사와키는 무심코 자기 집의 풍족한 식탁과 비교해 보았다. 자기 식구들도 모두 식성이 좋다. 하지만 그의 집은 작은 공기에 담아 먹는다. 눈앞에 있는 남자가 밥을 먹어 치우는 모습은 밥을 먹는 게 아니다. 뭔가 엄청 다른 것이다. 무서운 느낌조차 들 정도다.

이 사람은 이경인과 도석의 아버지다, 말을 걸어 봤자 허사일 것이라고 사와키 스스무는 생각하고 다시 밖으로 나갔다.

실망하고 지친 그는 토담이 무너진 곳에 서서 아래쪽으로 펼쳐진 풍경을 멍하니 바라보았다.

지금은 한여름으로, 포플러나무들이 눈이 부실 정도의 진한 녹색으로 반짝거렸다. 저 멀리로 깎아지른 듯한 붉은 절벽이 보이고, 그 아래로 낙동강이 흐르고, 아이들이 헤엄을 치거나 잠수를 하기도 하고, 흰 모래 위에서 뒹굴거나 달리고 있다. 아무 일도 없는 평화롭고 한가한 작년과 같은 여름의 오늘, 재작년과 똑같은 여름의 오늘처럼 보인다. 하지만 아무 일도 없는 게 아니다. 지난 겨울에 무슨 일이 생겼고, 그래서 사와키가 싫다고 투덜거리면서 계란 소쿠리를 들고 미워 죽겠는 도석의 집 마당에 서 있는 것이다.

겨울에 일어난 일은 정말 영문을 알 수가 없었다. 사와키의 아버지에게 평소 낯이 익은 경부보가 몇 번씩이나 찾아와서 소곤소곤 이야기하거나 조선옷을 입은 노인이 현관에서 눈물을 흘리며 울기도 했다. 언제나 정해진 시간에 학교에서 돌아오는 아버지가 종종 밤이 늦어서야 돌아오기도 하고, 어머니와 작은 소리로 말하기도 했다. 부모도 아이들이 모르게 해야겠다고 결심을 했는지, 들으려고 하면 심하게 꾸짖는 것이었다. 같은 반 아이들 전부가 비슷한 상황이었다. 그래도 아이들은 민감하다. 소문의 조각들을 종합하여, 아버지가 근무하는 농림학교의 학생들에게 무슨 사건이 생긴 모양이라는 것을 사와키는 알게 되었다. 그것은 '독립 운동'과 관계가 있는 모양이었다. 급사인 이경인이 제일 먼저 체포되었고, 며칠이 지나 학생 몇 명과 군청에 근무하고 있는 졸업생이 체포된 모양이었다. 급우 한 명이 이경인은 배신자라고 사와키에게 말했다. 무슨 배신자냐고 사와키는 물었다. 독립 운동의 배신자다. 독립 운동은 공산주의잖아? 그런 건 잘 모르겠지만, 그럴 거야. 그렇다면 독립의 배신자는 좋은 놈이잖아? 아니, 나쁜 놈이다. 독립 운동의 배신자는 좋은 조선인이잖아? 친구는 아니라고 했다. 독립 운동에서도 배신자는 나쁘다, 배신자는 어디까지나 배신자다. 뭐가 뭔지 잘 모르겠다. 독립 운동과 공산주의는 나쁜 놈이라고 친구는 말했다. 그 배신자는 이쪽이 아니라 저쪽으로 가 버려. 저쪽이란 어느 쪽이야? 독립 운동은 저쪽이다. 독립 운동 건너편 저쪽이냐? 그렇다. 결국 둘 다 무슨 소린지 종잡을 수가 없었다. 독립 운동도 공산주의도 어린이들에게는 금기된 말이기 때문에 오히려 그 때문에 확실하게 기억하지만, 어떤 내용인지는 전혀 모르고 있었던 것이다. 그러므로 둘이서 생각해 보아도 모르는 것이 당연했다.

하지만 사와키에게 이경인은 좋은 사람이었다. 매미를 잡아 주었다. 장수잠자리를 잡아 주었다. 썰매를 만들어 주었다. 짚으로 부엉이의 큰 둥지를 엮어 주었다. 포플러로 풀피리를 만들어 주었다. 중국 만두를 시장에서 몰래 사다 주었다. 덫으로 종달새를 잡아 주었다. 낚시하는 법을 가르쳐 주었다. 시장에서 건포도를 넣은 조선 떡을 먹여 주었다. 부모도 가르쳐 주지 않은 것, 모르는 것, 금지한 것, 그것들을 가르쳐 준 것이 바로 급사인 이경인이었다.

사건의 내용이 뭔지 도무지 알 수가 없었다. 학생들은 퇴학이나 정학을 당했다. 군청 직원은 미결수 감방으로 갔다. 이경인은 아무 일도 없었다. 하지만 사와키는 이경인이 가장 나쁜 제비를 뽑은 듯한 생각이 들었다. 이경인은 경찰서에서 엄청나게 많은 양의 피를 토했다고 한다. 예전부터 폐병이었기 때문이라고 아버지가 무서운 표정으로 말하기에 더는 물어볼 수가 없었지만 뭔가 의심스러웠다. 이경인은 급사 자리에서 해고되고 날품팔이에 나선 지 며칠도 안 돼 쓰러져 지금까지 누워 있는 모양이었다. 그래서 사와키의 어머니가 갑자기 생각이 난 듯 이경인의 집에 계란을 가져다 주라고 시킨 것이다.

사와키는 방문이 반쯤 열려 있는 온돌방의 어두운 곳을 바라보고 초조해지기 시작했다. 발소리가 나지 않게 조심하면서 살며시 툇마루 가까이로 가서 멈추어 섰다. 방 안쪽에서 엄청나게 강한, 코를 찌르는 듯한 냄새가 흘러나왔다. 살아 있는 인간을 감싸고 있다고는 생각할 수 없을 정도의 소름끼칠 정도로 사악한 냄새. 그는 얼굴을 찡그리고 뒤로 물러났다. 그는 신문지로 싼 계란을 툇마루 위에 놓고 도망치고 싶었다. 그래서 입으로 숨을 내쉬었다가 들이쉬고 하면서 툇마루 쪽으로 다가가 계란 꾸러미를 그 위에 놓고 또다시 뒷걸음질쳤다. 그에게는 언제나 상냥한 미소를 지었던 이경인이 이렇게 불쾌하고 사악한 냄새 속에 살고 있다고는 믿기지 않았다. 아니야, 그럴 리가 없어, 만약 이 방 안에 이렇게 더러운 공기를 마시면서 누군가가 있다면, 그것은 그토록 상냥한 이경인일 리가 없다. 그것은 전혀 다른 무서운 사람일 것이다. 그 사람이 이 더러운 공기를 마셨다가 뱉어 내었다가 하는 것이라고 사와키는 생각했다. 그만 돌아가자, 한 번만 더 불러 보고 아무도 나타나지 않으면 정말로 돌아가는 거야.

"이 상."

사와키가 불렀다. 그리고 걷기 시작했다.

그러자 놀랍게도, 스스무 짱이냐, 라는 목이 쉬긴 했지만 틀림없는 이경인의 목소리가 온돌방에서 들려왔다. 사와키는 움찔하고 멈추어 섰다.

"스스무 짱이 온 거냐?"

"응, 나야."

사와키는 반신반의하면서 대답했다.

"이 상, 자고 있었던 거야? 몇 번이나 불러도 대답이 없기에 아무도 없는 줄 알았지."

"꾸벅꾸벅 졸고 있었지."

그리고 양손으로 방바닥을 짚으며 무릎걸음으로 툇마루까지 다가온 이경인의 얼굴이 방문 앞에 쑥 떠올랐다.

사와키는 멍하니 서 있었다. 그가 지금까지 본 적이 없는 미지의 얼굴이 거기에 있었다.

사와키는 믿기지가 않았다. 그래서 이 상이라고 불러 보자, 그 미지의 얼굴이 응, 하고 이경인의 목소리로 대답했다. 사와키는 무서웠다.

이경인의 얼굴은 희고 통통하고 둥글었다. 눈꺼풀이 졸리는 듯 두툼했고 약간 불그스레했었다. 그러나 사와키의 눈앞에 있는 얼굴은 살점이라고는 없고 뺨과 눈은 움푹 패고 흙빛이며, 코가 무서울 정도로 뾰족하게 튀어나와 있다. 머리카락은 더부룩하게 자랐고 움푹 들어간 눈언저리는 물감을 바른 것처럼 거무스름했나. 사와키는 겁이 났다. 도망치고 싶었다.

"스스무 짱, 찾아와 주었구나."

그 무서운 얼굴이 띄엄띄엄 말했다.

"사와키 선생님이 가 보라고 하시든?"

"아니야, 엄마야. 엄마가 문병을 가라고 했어."

"그랬니?"

그 남자는 생각에 잠기는 듯한 눈매를 하며 말했다.

"이 상."

사와키는 그 얼굴에서 시선을 돌리고 말했다. 사와키의 작은 가슴 속에 반년 동안 개운치 않게 응어리져 있던 의문을 풀 길은 이 기회 밖에 없다고 그는 생각했다.

"저 있잖아, 경찰서에 끌려갔을 때 말이야, 심하게 맞았어? 피를 토했어?"

이경인은 대답하지 않았다. 잠자코 사와키의 얼굴을 보고 있다. 남자의 눈 속에 사와키의 작은 몸이 얼떨결에 빨려 들어가는 듯한 느낌이 든다. 남자는 시선을 돌렸다.

"그딴 것 상관없어."

남자는 천천히 뿌리치듯이 말했다. 그 말투는 지금까지 한 번도 이경인에게서 들은 적이 없는 냉혹한 것이었다. 그 말은 어른들의 세계에서만 사용되는 것임을 그는 알았고, 사와키는 마음에 큰 상처를 입고 가슴이 뜨거워졌다.

"나 그만 갈게."

"잠깐, 기다려."

남자가 말했다. 사와키는 벌벌 떨었다.

"이건 뭐야? 스스무 짱이 갖고 온 거냐?"

남자는 약하게 기침을 했고, 목에서는 그렁그렁하는 기묘한 소리가 났다.

"엄마가 전해 주랬어. 농림학교에서 산 싱싱한 계란이야."

"계란 따위 필요 없어."

남자가 말했다.

"병에는 먹어 두는 편이 좋아."

"필요 없어. 얻어먹고 싶지는 않아."

남자는 기침을 하면서 말했다.

"하지만 엄마가 일부러 돈 주고 산 거야."

"사모님이 주신 거라도 필요 없어."

"하지만."

남자는 완강히 고개를 가로젓고, 오랫동안 기침을 하고 나서 가래를 마당을 향해서 뱉었지만, 그것은 힘없이 툇마루 끝에 걸려 땅바닥으로 떨어지지도 않고 끈적끈적하게 매달려 있다. 걸쭉하고 짙은 녹색의 큰 덩어리다. 사와키는 토할 것만 같았다.

"난 이제 더는 사모님이 주시는 것이라도 받고 싶지 않아. 가지고 돌아가."

남자는 낮고 쉰 목소리로 말하고, 이를 드러내며 히죽 웃었다.

"싫어."

"도로 가져가."

"엄마는 이 상을 걱정하고 있어."

그러자 남자는 눈의 흰자를 드러내고 사와키를 노려보며 차가운 웃음을 띠었다.

"너희가 이제 와서 무슨 소리를 하는 거야!"

그때, 사와키의 마음속에 증오가 솟아올랐다. 이도석이가, 그리고 이경인이 견딜 수 없을 정도로 밉다. 어린아이인 사와키가 무슨 잘못이 있단 말인가. 사와키는 도석에게 아무 짓도 하지 않았다. 하지만 도석은 사와키에게서 과자를 빼앗었고, 연필을 빼앗었고, 셔츠를 찢었고, 땅바닥에 쓰러뜨렸다. 사와키는 이경인과 사이좋게 낚시를 하고, 버섯을 따러 가고, 시장에서 조선 엿을 몰래 사 먹고 같은 비밀을 공유했다. 하지만 이 남자는 엄마가 일부러 사서 보낸 진심이 담긴 계란을 코웃음을 치며 거절한다. 사와키는 그 까닭을 알 수 없었다. 사와키나 엄마가 이 두 형제에게 조금이라도 잘못했다면 참아 보겠다. 사와키는 몸을 부들부들 떨었다.

"가지고 갈 수 없어."

사와키는 덜덜 떨리는 목소리로 말했다.

"가지고 갈 수 없다고? 그렇다면 이렇게 해 주지."

그 남자는 막대기 같은 추악한 손을 뻗어 신문지를 펼치고 계란을 대륙의 8월의 햇빛에 내놓았다. 그것은 확실히 썩을 것이다. 사와키는 엄마의 통통한 얼굴에 이 남자가 오물을 처바른 듯한 불쾌감을 느꼈다. 숨이 막혀 왔다. 그리고 뭔가 폭발할 것만 같았다. 끝내 그는 마음속으로 말을 뱉어 냈다. 부모로부터 조선인들을 향해 절대로 해서는 안 된다고 교육받은 금기를 깨 버렸다. 마음속으로 그는 마음껏 외쳤다. 조선인! 조선! 빌어먹을 놈들! 폐병쟁이! 공산주의! 독립 운동! 독립 운동의 배신자! 배은망덕한 놈! 죽어 버려라!

조선인!

사와키는 마음속으로 말했다. 그러나 이 말을 남자는 확실히 들었을 것이다.

그 남자는 이를 드러냈다. 돌아가!, 라고 있는 힘을 다해 말했다. 화를 내며 고함을 지르면서 가는 손을 뻗쳤다. 계란을 하나 집어 들었다. 그 손을 위로 치켜들었다. 사와키가 본 것은 거기까지다.

사와키는 몸을 돌려 달리기 시작했다. 그는 태어나 처음으로 아이들은 결코 이해할 수 없는, 무언가 정체를 알 수 없는 무시무시한 것에 부딪힌 느낌이었다. 그것이 그를 미친 것처럼 달리게 했다. 그는 달렸다. 달리면서 그 상냥하던 급사 이경인은 역시 폐병으로 이미 죽은 것이라고 이해했다. 그 자식은, 공산주의와 독립 운동의 배신을 위해서, 이쪽이 아니라 독립 운동의 저 건너 쪽으로 가 버렸다고 한 친구의 말은 정말이었던 것이다. 저 남자는 이쪽이 아니라 저쪽으로 가 버린 놈이다. 저쪽이 어딘지 이제 알 것 같다. 이 눈으로 똑똑히 보았다. 이경인의 목소리를 가진 저 남자는 온돌방에 누워 있는 시늉은 했지만, 그렇지 않았다. 온돌방은 사실은 출구였던 것이다. 그것은 컴컴하고 사악한 냄새로 가득 찬 저쪽 세계로 연결되는 터널의 출구였던 것이다. 그놈은 처음부터 사와키의 목소리를 들으면서도, 긴 터널을 무릎으로 기어왔기 때문에 시간이 걸린 것이다.

그는 달렸다. 저 무서운 곳에서 도망쳐 부모가 있는 마음 편한 집으로 뛰어들기 위해서. 그는 달렸다. 토담 옆길을 달리고 개고기를 팔고 있는 정육점 모퉁이를 돌아서, 그의 앞을 가로막듯이 시 있는 조선인 아이를 얼굴도 보지 않은 채로 들이받아 쓰러트리고, 귀에

익은 듯한 느낌이 드는 외침을 등 뒤로 하면서 정신없이 달렸다. 현기증이 날 정도로 달구어져 있는 큰길로 겨우 빠져나와 울면서 그는 달렸다. 울어도 달렸다. 계속해서 달렸다.

사와키는 폐의 벽으로 둘러싸인 채 서 있었다. 울퉁불퉁하고 작은 보라색의 구멍이 무수히 나 있는, 무너지면서 최후의 형태를 겨우 유지하고 있는 폐의 세계, 쇼와 13년의 사자들의 내장의 세계에 혼자 잠자코 서 있었다. 쭉 그랬던 것이다. 손목시계 바늘은 사와키가 이 방에 들어오고 나서 아직 그다지 앞으로 나아가고 있지 않았다. 그런데도 그는 옥동의 구불구불한 골목길을 지나 이경인의 집 마당에 들어간 때부터 상당한 시간을 살았다. 지금 현재도 살고 있다. 사실 그런 일은 있을 수 없는 일이겠지. 그러나 방금 사와키가 계속 달리고 있었던 것처럼, 그의 호흡은 빨라졌고 온몸이 지쳤음을 느낀다. 지금까지 그는 때때로 자신이 걸어온 과거의 나날들, 채색된 정경의 하나하나를 되돌아볼 때가 있었다. 그것은 지금이라는 시점에 정지해서 되돌아볼 뿐으로 그 시간을 사는 것은 아니다. 하지만 지금 이 시간에 사와키를 엄습한 것은 무엇이었을까? 그는 분명히 이 방 안으로 들어와 서 있다. 그러나 그것은 눈앞에 있는 병과 그 내용물을 이해하고 싶었기 때문이었고, 멈추어 서서 뒤를 돌아보기 위한 것은 아니었다. 옥동과 이경인과 도석은 그의 의지로 출현한 것이 아니었다. 그는 그저 그의 쇼와 13년이라는 시간으로 갑자기 내동댕이쳐진 것이었다.

그렇게 만든 것이 쇼와 13년, 쇼와 14년, 쇼와 15년, 계속해서 쇼와 42년의 현재로 확실하게 도달하고 그리고 쇼와 43년으로 틀림없이 이어져 갈 이들 폐의 벽의 연결이라고 하는 점은 짐작이 갔다. 폐의 벽 그 자체가 아니라 그것이 나타내고 있는 매몰되어 버리는 과거 따위는 결코 있을 수 없다는 점, 아무리 인간들이 제멋대로 망각하고 제 맘대로 부정하고 무시하더라도 '과거'는 묵묵히 자신을 유지하고 있다는 점, 하나의 '과거'는 반드시 하나의 '현재'의 형태를 가지고 아직 형태가 없는 '미래'까지도 확실하게 가지고 있다고 느낀 점, 그러한 것들이 사와키의 전신에 눈에 보이지 않는 격동을 불러일으킨 것은 아닐까? 그리고 지금 이 같은 사와키 스스무라는 형태의 원형인 과거의—우연히 그것은 쇼와 13년이었지만—사와키의 형태를 생생한 모습으로 체험시킨 것은 아닐까?

사와키는 피곤했고 서 있는 게 힘들었다. 선반 밑에 낡은 의자가 있는 것을 발견하고 거기에 앉았다. 머리가 마비되어 술에 취한 것 같은 기분이었다. 사와키가 '과거'에 대해 생각한 것은 누구나 다 알고 있는 일로서 시시하고 평범한 것이었다. 그러나 그에게 중요한 것은 그가 사고방식 그 자체를 지금 체험하고 있다는 사실이었다.

어떤 차가운 것이 서서히 사와키의 몸을 적시기 시작했다. 또다시 그것은 공포였다. 그는 지금까지의 인생에서 큰 사건부터 아주 사소한 것에 이르기까지 전력을 다해 살아오려고 했기 때문에 그 속에 엄청난 회한을 남겨 왔다. 잊어버리고 싶은 수많은 사건을 남겼다. 그를 저주하고 원망하고 증오하는 많은 인간을 남겼다. 모든 것이 끝나 버렸다는 것은 그의 일방적인 생각에 불과했다. 과거는 종말을 고하고 사라진 게 아니었다. 그것은 지금 조용히 침묵하고 있지만 엄연히 존재하고 있고, 자신의 의미를 이 한순간 한순간에 발효시키고 있는 것이다. 원래 미래에도, 이빨을 드러내는 일 없이 계속 침묵을 지켜 갈 '과거'도 있겠지. 하지만 뜻하지 않은 때에 뜻밖의 모습으로 그의 앞에 떡하니 버티고 설 과거도 반드시 있을 것임이 틀림없다.

강력한 나라면! 이라고 사와키는 두 주먹을 불끈 쥐고 생각했다. 강력한 나였더라면, 그 어떠한 것이 이를 드러내고 공격해 오더라도 무서울 것이 없었을 것이다. 그러나 지금의 이런 나라면. 그는 자신의 발밑이 흔들리는 것을 느끼고, 그의 약한 오른쪽 폐의 함몰 부분에 누군가가 강한 일격을 가하러 올 것만 같은 예감에 떨었다.

사와키는 무언가에 매달리듯이 주위를 두리번거렸다. 쇼와 13년 기타조노 노부오(北園伸郎) 20세. 쇼와 13년 아키야마 모토코(秋山もと子) 31세. 쇼와 13년 오노 야스코(大野安子) 18세.

문자가 그의 머리에서 번뜩였다.

쇼와 13년 이경인(李景仁) 18세.

그랬다. 그 주위 폐의 벽이 된 사자들 중에 이경인은 없다. 그러나 분명히 이경인도 보이지 않는 모습으로 이 안에 늘어서 있는 것이다. 쇼와 13년 가을에 이경인은 죽었다. 쓸쓸한 장례식이었다.

여기에 있는 것은 쇼와 13년의 일본인들이다. 그리고 같은 쇼와 13년에 죽은 이경인은 조선인이다. 조선인임이 틀림없다. 그러나 이경인의 죽음에서 쇼와 13년이라는 '시간'을 제거할 수는 없다. 이경인은 조선도 아니고, 조선민주주의 인민공화국도 아니고, 대한민국도 아닌 대일본제국 경상북도에서 죽은 것이다. 일본 국적을 가진 조선인으로서 죽은 것이다. 이경인의 죽음, 그것은 이미 사람들에게 잊혀져 버렸더라도 그의 죽음에서 미래영겁에 걸쳐 쇼와 13년의 일본을 제거할 수는 없다. 이경인은 그 같은 사자다. 이경인의 죽음에서 제거할 수 없는 일본이란 단순히 식민지 법제상의 문제가 아니다. 이경인에게 쇼와 13년의 일본이란 그의 짧은 생명이 살았던 그 시골마을이고, 마을의 경찰서고, 마을의 재판소고, 식산은행이고, 형무소고, 일본인 상점이고, 공장이고, 그리고 군청이고, 농림학교고, 사와키의 부친이고, 사와키의 모친이고, 사와키 스스무인 것이다.

그렇기 때문에 이경인은 사와키가 쇼와 13년의 일본인 사자들 속에 섰을 때, 나를 망각해도 되는 것이냐고 틀림없이 사와키에게 물었을 것이다.

하지만, 이라며 그는 이마에 몽글몽글 맺힌 기쁜 나쁜 땀을 닦고 나서 생각했다. 그 '과거'가, 이경인이, 지금의 나에게 무엇을 요구하는 것인가? 지금의 나에게 무엇을 물으려고 하는 것인가?

사와키 스스무는 생각해 내려고 한다. 또 얼굴 피부 속에 빼곡히 들어찬 벌레들이 꿈틀거리기 시작하고, 그에 따라 그의 얼굴 피부가 부풀어 올랐다 수축되었다 하는 것처럼 느껴졌다. 몇 개의 말이 머릿속에서 어지럽게 교차하기 시작하고, 그것은 각자의 몸속에 있는 작은 갈고리로 순간적으로 다른 사람을 걸기도 하고 떨어지게도 하고, 길게 이어지기도 하고 분해하기도 하고, 어지럽게 뒤섞어 회전시키기도 한다. 그는 말을 잃어버린다.

그는 생각할 수 없게 되어 버린다. 안 돼, 여기에 있어서는 안 돼. 돌아가야만 해. 돌아가지 않으면 안 돼, 라고 그는 띄엄띄엄 생각하고 겨우 의자에서 일어섰지만, 오른쪽 폐의 통증 때문에 한참 동안 발을 내디딜 수가 없었다.

심야의 대화

 무슨 일이 일어났는지 사와키는 알 수 없었다. 왼쪽 옆구리에 통증이 있고, 통증은 그의 옆구리를 깊게 관통하고, 그 장소에서 어지러울 정도의 빛을 발하고 있는 듯이 생각되었다. 사와키는 자신이 어떤 자세를 취하고 있는지조차 알 수 없었다. 다다미 위에 누워 있다는 것만은 알 수 있었다. 어두워서 아무것도 보이지 않고 아무 소리도 들리지 않았다.
 침착해, 라고 사와키는 자신을 향해 말했다. 그러고 나서 그는 누운 채로 조금씩 기억을 더듬었다.
 사와키는 깨어나서 소변을 보려 했던 거라고 자신의 왼손이 옆구리를 꽉 누르고 있음을 느끼며 생각했다. 그렇다, 그러고 나서 나는 깜깜한 방 안에서 일어났다. 병에 걸리기 전에 일일이 생각하지 않고도 간단하게 해낸 것처럼 어둠 속에서 일어난 것이다. 그러자 나는 걷기 시작하는 대신에 갑자기 몸이 뼈가 없는 가슴 쪽으로 뒤틀려, 순간적으로 균형을 잃고 자빠졌다. 빙그르르 돌면서 마치 작대기처럼 쓰러졌고, 책상 모서리에 옆구리를 세게 부딪쳤다.
 그는 왼손을 살며시 움직여 아픈 부분을 조용히 만져 보았다. 뼈에는 이상이 없는 듯했다. 그는 가까스로 일어나 불을 켰다. 어둠 속에 서 있을 수 있는 균형 감각마저 잃어버린 것인가 하고 그는 선 채로 얼굴을 찡그리고 생각했다. 아아, 나라는 놈은.

분노인지 슬픔인지 알 수 없는 뜨거운 것이 목구멍을 맴돌았다.

머리도 갔고 몸도 다 갔어, 라고 누구에게 들려주기 위해서가 아닌 목소리로 천천히 말했다.

변소에서 돌아오자 그는 책상 앞에 앉았다. 한참 동안 꼼짝하지 않은 채로 있었다. 그러고 나서 대학 노트를 펼치고 살며시 만년필을 쥐었다.

이경인과 도석에 대해 기록하려고 하지만 만년필은 전혀 움직이지 않는다. 그가 초조해져 말을 찾아내려고 하자, 머릿속에 선명하게 떠오르는 이경인의 무서운 얼굴과 도석의 더러운 얼굴이 그를 비웃을 따름이었다. 갑자기 만년필이 움직여 사와키는 붉은 마당이라고 적는다. 그는 깜짝 놀라 그 삐뚤삐뚤한 글자를 보며 마음속으로 말한다. 붉은 마당이란 무엇인가, 붉다는 게 무엇일까? 붉은 것은 흙이 붉은 것이다. 어딜 가나 온통 붉은 흙이다. 바싹 마르고 눈이 아플 정도로 붉은 흙이다. 일본의 풍경 속에서는 절대로 볼 수 없는, 잔혹하고 오만하고 물기가 전혀 없어서 바삭바삭하고, 인간의 약한 마음 따위는 단번에 물리치는 그런 적토(赤土)다. 딸기산의 절벽이 적토다, 그 뒷산도 적토다. 그 뒷산도 또 그 뒷산도 적토다. 도석이네 마당도 적토다, 도석이 집 담장도 적토다, 도석이 집 벽도 적토다, 도석이도 적토다. 그 적토에 물을 섞고 발로 밟아 반죽을 하고, 그 덩어리를 떼어 내어 둥글고 길게 만들어 형태를 갖추고, 대나무 숟가락으로 척척 깎아 내고 손가락을 꽂았다가 빼낸 그 구멍을 눈이라 하고, 코를 조금 삐뚤게 만들어 그 볼품없는 것을 8월의 태양 아래 바싹 말려 완성된 것을 나무로 두드리면 딱딱 하고 소리가 나는 그것이 도석이다. 그 자식이 갑자기 움직이며 새하얀 이를 드러내고 이 에노무자시기(왜놈의 자식), 에노무자시기, 라고 외치면서 사와키에게 돌진해 온다.

그러자 겁을 먹고 울기 시작하면서 갈팡질팡하는 조그만 사와키의 모습이 눈앞에 어른거린다. 30년 가까운 세월을 보내면서 그는 그때의 공포를 생생하게 기억해 낸다. 나는 아무 짓도 하지 않았어, 아무 짓도 하지 않았단 말이야, 라고 띄엄띄엄 변명하면서 계속 뺨을 맞으며 느낀 도석이의 손바닥의 단단함과 볼때기 살점이 소리를 내며 뜨거워지는 느낌을 기억해 낸다. 절대로 누구에게도 말하고 싶지 않은, 부모에게는 더욱 비밀로 하고 싶은 비참함과 굴욕은 30년을 일거에 뛰어넘어 사와키를 초조하게 만든다.

이경인은 죽었다. 농림학교의 소사로 일하면서 병든 어머니와 바보에 대식가인 아버지, 끊임없이 먹을 것을 요구하는 다섯 동생들의 생활을 지탱하다가 애매한 사건으로 경찰에 체포되어 피를 토하고, 아마도 고통스런 나머지 그것이 어떤 결과를 초래할지도 모르고 학생 몇 사람의 이름을 대고서는 쇠약해진 모습으로 석방되어 소사 자리에서 잘리고 공사판 노동일에 견디지 못한 이경인은 그런 식으로 단 한 번뿐인 인생을 마감했다. 하지만 그뿐이었다면 일본인 소학생인 사와키에게 희미한 기억과 형식적인 동정만을 남겼을 것이다. 마흔을 눈앞에 둔 사와키를 격렬하게 뒤흔드는 존재가 되지는 못했을 것이다.

이경인은 죽기 전에 어린 사와키의 마음속에 있는 계란을 부셔 버렸다. 어린아이가 인간에 대해서 품고 있던 신뢰와 동경, 그것은 이경인이 사와키의 마음속에 만들어 낸 소박하고 아름다운 인간 신뢰의 계란이었다. 그것을 산산조각으로 부수어 어린 사와키에게 일반적인 어른은 결코 존재하지 않는다는 사실, 일본인 아이인 그에게는 일본인 어른이 있고 조선인 어른이 따로 존재한다는 사실, 비록 아무리 친절하고 상냥하여 영원히 그럴 것처럼 보일지라도 절대로 마음을 열면 안 된다는 사실, 언제 어떤 경우에 그 상냥한 어른이 갑자기 조선인으로 돌변할지 알 수 없다는 점, 이런 식으로 어린이에게는 너무 강렬하고 잔혹한 사고를 확실하게 심어 준 것이 이경인이었던 것이다. 이런 사고가 어린이인 그에게 하나하나 논리적으로 분명해진 것은 물론 아니다. 하지만 그때 이후로 종합적으로 무시무시한 무엇인가가 사와키의 마음속에 묵직하게 자리 잡은 것이었다.

  이경인이 살아 있다면 각각 일본 도쿄와 대한민국 경상북도라는 식으로 멀리 떨어진 곳에 살며 실제로는 있을 수 없는 일일지도 모르지만, 살아 있기만 한다면 큰 역사의 변천을 경험한 같은 어른으로서 언젠가 만나서 쇼와 13년 시절의 조선, 식민지 조선에서 살고 있던 조선인 청년과 일본인 어린이에 대해서 서로 이야기할 수 있으리라는 희망을 가질 수 있다. 그것은 결코 현실화되지 않을지도 모르지만, 희망은 희망이다. 그러나 이경인은 쇼와 13년에 죽음으로써 어린 사와키에게 내던진 냉소와 거부와 증오를 고정시키고, 움직일 수 없는 것으로 만들어 버린 것이다. 그리고 사와키가 이경인에게 퍼부은 모욕과 비웃음과 증오 또한 그때 고정되어 버린 것이다. 이경인이 살아 있었더라면 사와키는 자신이 퍼부은 것들을 회수하고, 어른들끼리의 새로운 신뢰를 가질 수 있는 가능성이 있었을 것이다. 하지만 그는 대상을 잃어버렸고 돌비석이 되어 버린 모욕과 증오를, 주문을 상실한 괴로운 심정으로 바라보지 않으면 안 된다. 사와키는 전등불 밑에서 한 자도 쓰지 못한 채로 하얀 공책만 쳐다보며 가만히 앉아 있었다.

그렇다면 도석은 살아 있을까? 도석이가 살아 있다고 단언할 수는 없다. 병이나 불의의 재난을 당했다는 말은 아니다. 도석은 강인한 놈이다. 병으로 죽으리라고는 상상이 가지 않는다. 하지만 도석은 죽었을 거라고 사와키가 생각할 수밖에 없는 게, 쇼와 20년 이후 일본에서 살아온 사와키와 달리, 도석이 산 곳은 쇼와 20년 이후의 조선이기 때문이다. 얼마나 격렬한 역사가 조선을 엄습했던가? 이승만 정부에 대해 계속된 민중의 집요한 반항, 그 민중에 대해 죽음으로 처벌한 정부, 그리고 한국전쟁. 경상북도는 낙동강을 따라 도처가 격전지가 되었다. 도석이의 마을도 일본 신문 지상에 수개월에 걸쳐 등장했다. 그때 도석은 스물두세 살 정도였을 것이다.

만약 그 소용돌이를 극복하고 도석이가 살아남았다면, 마흔에 가까운 도석이는 지금 어떤 생활을 하며 어떤 생각을 갖고 살고 있을까? 사와키는 그런 일들을 어렴풋이 상상할 수 있다.

일본인의 한국 여행이 늘어난 지금, 변덕스러운 일본인이 붉은 흙의 산들과 그 배후에 솟아 있는 태백산맥과 맑은 낙동강에 반해서, 붉은 흙이 드러나 보이는 산기슭에 들러붙어 있는 것 같은 작은 마을, 접시꽃과 양까치밥나무와 포플러가 무성하고 소 냄새만 날 뿐 아무런 특징도 없는 그 마을을 방문할지도 모른다. 중년의, 나이보다 훨씬 늙어 보이고 햇볕에 탄 도석은, 카메라를 멘 일본인들을 보면, 에노무(왜놈)!, 라는 과거에 잘 쓰던 격한 말을 마음속으로 내뱉을 것임이 틀림없다. 만약 도석이가 생활에 찌들어 왕년의 전투적인 기질을 완전히 상실하여, 본의 아니게 온화한 표정을 지으며, 거의 잊어버린 일본어를 겨우 기억해 내면서, 나는 일본말을 할 수 있어요, 일본 노래가 정말로 그립군요, 라고 말하고, 일본인 여행자가 우쭐하여 오래된 유행가나 군가 따위를 막걸리 한잔과 함께 부르면 도석이도 그리운 듯이 가는 눈을 더 가늘게 뜨고 같이 불렀더라도, 옛날의 한은 오랜 세월 속에서 풀어져 버렸다는 식으로 일본인에게 유리한 쪽으로 생각해서는 안 되는 것이다. 도석이가 일본의 옛 유행가를 그리워하여 부른다는 일은 수상쩍은 일이다. 도석은 그 정도로 호인이 아니다. 그가 그리워하면 할수록, 그는 쇼와 13년을, 쇼와 15년을, 쇼와 20년을, 그 식민지 조선에서의 자신을 확실하게 기억해 낼 것이며, 그의 증오와 불같던 전투성을 떠올릴 것임이 틀림없다.

"웬일이세요? 아직 주무시지 않고 그렇게 멍하니 계시다니. 몸에 해로워요. 이렇게 혼자서 꼼짝 않고 생각만 하고 있으니까 점점 더 머리가 이상해지는 거예요."

사와키가 뒤돌아보자, 잠옷 차림의 유키(雪)가 미닫이문을 잡고 서 있었다.

"지금의 나에게는 생각하는 일밖에 할 수 있는 게 없어. 쓰는 일도 할 수 없어. 이걸 봐."

사와키는 노트를 유키에게 내밀고 그것을 쭉 넘겨 보였다.

"앞쪽에는 무언가 적혀 있잖아요?"

"무언가가 아니야, 그런 애매모호한 것이 아니라 글자가 적혀 있지."

"그렇다면 됐잖아요."

"뭐가 된 거야."

"글자가 적혀 있다면서요. 그러면 된 거잖아요."

"그러니까 뭐가 된 거냐고 묻고 있잖아."

"정말 이상한 사람이네."

유키는 졸린 듯한 눈을 깜박거리면서 말한다.

"애매모호한 것이 아니라고 당신이 말했잖아요. 글자가 적혀 있다고 말이에요. 글자가 적혀 있으면 된 거잖아요. 당신 자신이 생각하고 있는 것만큼 이상하지는 않아요."

"글자를 쓸 수 있으면 이상하지 않은 건가?"

"그럼요."

"글자를 쓸 수 있으면 왜 머리가 이상하지 않은 건가? 응, 왜 그렇지?"

"이상한 사람이네."

유키는 기분이 나쁜 듯이 사와키를 바라본다.

"그렇잖아요, 아무것도 쓸 수 없다고 하면 이상할지도 몰라요. 하지만 쓸 수가 있잖아요. 그렇다면 그렇게 무서운 눈초리를 할 필요는 없잖아요."

"당신은 정말로 단순하군."

사와키는 혀를 차며 우울한 표정을 지었다.

"그래요 단순해요. 단순해도 이렇게 멀쩡하게 지내고 있어요. 글자를 쓸 수 있으면서도 이상하다고 말하는 머리보다는 나은 편이에요."

"오늘 사이클로세린을 먹기 전부터 머리가 지끈지끈거렸어. 아 싫어, 또 시작된 거야. 약을 끊어 볼까 하고 생각했어."

"안 먹으면 되잖아요."

"그렇다면 3년이나 고생한 끝에 왜 폐를 잘라 낸 거지? 병소를 들어내고 재발이라도 해 봐, 절제 수술한 것이 아무 소용이 없게 되잖아."

"그러면 먹으면 되잖아요."

"먹었어. 먹고 나서 조금 있다가 노트에 뭔가를 써 보려고 마음먹고, 근황을 누구에겐가 전해 보려는 요량으로 써 내려가기 시작했어. 하지만 말이 잘 나오지 않는 거야. 엄청 고생해서 조금 적었지. 쓰고 나서 그 문장을 읽어 보니 내가 그것을 썼다고는 도저히 믿기지가 않는 거야. 이렇게 만년필을 쥐고 한 자 한 자 적었다고 자신에게 말해도, 나와 눈앞에 있는 글자가 단절되어 아무리 애써도 내가 썼다고 납득이 가질 않아. 그런 말도 안 되는 일이 있을 리가 있나, 라고 생각하고, 또 애를 먹으며 한 줄 썼어. 그리고 다시 글자를 읽어 보면 마찬가지야. 방금 내가 그것을 썼다는 실감이 전혀 들지 않아. 3년 전까지 나는 장문의 보고서를 쓰기도 하고, 잡지 편집을 할 때에는 자투리 기사를 휘갈겨 쓰기도 하고, 익명으로 에세이를 쓰기도 했어. 거의 매일 뭔가를 쓰고 있었어. 쓰는 속도가 빨랐어. 원고지 20매 정도는 단숨에 썼고, 인쇄된 것을 읽어 보면 일단은 그럴듯해 보였지."

눈 없는 머리 225

이국에서 하차효의 나날들

  날씨가 흐렸기 때문에 몸의 통증이 심했다. 산보를 해야 한다고 유키가 말했지만 사와키는 가슴이 답답하고 조여 오는 것 같아서 꼼짝 않고 누워 있었다. 하지만 이렇게 누워만 있으면 또 부질없는 생각만 하게 된다. 그 결과 자신을 무력한 사람이라고 느끼고, 눈앞에 쌓여 있는 책을 모조리 치워 버리고 싶어지는 것이다. 사와키는 입원해 있던 3년 동안 틈만 나면 책을 읽어 꽤 많은 양을 읽었다. 자신의 책만으로는 부족하여 병원 도서관에 있는 책은 모조리 다 읽었다. 하지만 수술 전의 일들은 아주 먼 옛날처럼 생각되고 그 무렵 읽은 책들 중 몇 권은 기억이 나지만, 뭔가 남의 일처럼 어렴풋이 느껴질 뿐이었다. 수술을 계기로 사와키의 몸에 심한 변화가 일어났다. 꼼짝 않고 누워만 있기 때문에 고통을 잊기 위해서라도 그는 주 2회인 대출 날이면 복도를 천천히 걸어가서, 책을 한 아름 안고 돌아와 열심히 읽었다. 하지만 문학이나 경제학 따위의 책은 이젠 읽을 수가 없게 되어 버렸다. 머리와 시력이 극도로 쇠약해져 그는 단 한 줄의 중압에도 견딜 수가 없었다. 읽어도 이해하기가 곤란했고, 활자는 사와키의 눈앞에서 지우기라도 한 것처럼 희미해져 버렸다. 그가 읽은 것은 추리소설이나 공상과학소설 같은 종류였다. 그 대부분은 정말 재미없고 따분했다. 사와키의 머리가 추리소설의 재미마저 받아들일 수 없게 된 것인지, 아니면 그 소설들이 진짜로 재미가 없는 것인지 그 어느 쪽인지 알 수 없었다. 그는 집에 돌아와서부터 조금씩 새로운 책을 읽으려고 했다. 하지만 곧 엄밀하게 구성된 문자의 벽에 부딪혀 튕겨 나왔다. 사와키는 그 벽을 뚫고 책 속으로 들어갈 수도 없고, 책을 상대로 하는 자신의 직업에 대해서도, 지금은 완전히 무력한 존재로 변해 버린 자신에게도 두려움을 느꼈다. 책을 치워 버리고 싶은 충동에 몇 번이나 사로잡혔지만, 그때마다 필사적으로 견뎌 냈다. 라이터로 불을 켜는 지극히 간단한 동작조차 할 수 없는 몸인 것이다. 곧 낫는다고 하지만, 네 손가락으로 라이터를 쥐고 엄지로 불을 켜는, 그 힘이 가슴으로 전달되어 통증을 느끼는 그런 비참한 육체인 것이다. 머리가 쇠약해진 것도 당연한 일이다. 책을 치워 버려서는 안 된다. 그것을 읽고 고통 없이 이해할 수 있는 날이 반드시 오기를 믿는다는 증거로 책을 쌓아 두어야만 한다고 사와키는 자신에게 말하면서 살아온 것이다. 그 책들 중에는 전후문학을 대표하는 한 사람이라고 꼽히는 작가가, 20년이라는 세월에 걸쳐 완성하려고 하는 장편이 있다. 패전 직후에 그 최초의 일부가 『긴다이분가쿠(近代文學)』와 그 외의 잡지에 게재되어 전쟁의 시대에 태어나서 자라고 스스로 제국 육군의 일원이 된 사와키가 전혀 몰랐던, 일본의 지성과 자아와 육체와 사상의 세계가 그에게 충격을 준 것이었다. 그리고 지금 그것이 20년이라는 세월이 지나 거의 완성 단계다. 사와키는 한번 그것을 펼쳐 읽어 보려고 했다. 하지만 맨 첫줄부터 순식간에 그를 압도했다. 그는 자신의 머리를 저주하고, 나는 노래를 잊어버린 카나리아다, 주문을 잃어버린 카심이라고 생각했다. 그는 알리바바의 형 카심이, '열려라, 참깨'라고 하는 주문을 잃어버려 갇힌 채 바위 문을 멈칫멈칫 쓰다듬은 것처럼, 묵직한 책을 손에 들고 내가 이 책을 읽을 수 있을 날이 언제 올까 하고 생각했다. 산보라도 하고 사람도 만나야 한다는 유키의 말이 그를 움직여, 그는 읽을 수 없는 그 책을 쓰다듬고는 샌들을 신고 바깥으로 나갔다.

담장을 따라난 좁은 길에서 구부러지면 도영(都營) 연립주택 두 채가 나란히 서 있다. 그게 전혀 딴판으로 보이는 것은 그가 입원하고 있는 사이에 집들이 많이 증축되었기 때문이다. 목욕탕이나 거실, 빨래 너는 곳 등을 증축한 집들 틈에 끼어 그의 집과 마찬가지로 나무 벽의 색이 낡아서 더욱 빈티나 보이는 집이 하차효의 집이다. 가라후토(樺太 : 사할린 — 옮긴이주)의 탄광촌으로부터 1957년이 되어서야 귀환해 온 것이다. 무일푼으로 일본인 아내와 정신박약인 딸과 함께 귀환해 왔다. 이후 쭉 일용직 공사장 인부로 일해 오고 있다. 과묵하고 사람을 싫어해서 이웃과는 일체 교제를 하지 않는다. 하차효가 조선의 경상남도 진주 부근의 농촌 출신이라는 이야기를 자치회장에게서 듣고, 사와키는 반갑고 그리운 마음에서 수년 전에 그를 찾아간 적이 있었다. 하차효는 안으로 들어오라는 말도 하지 않고 잠자코 서 있었기 때문에 사와키는 그냥 돌아올 수밖에 없었다.

하차효의 옆집에는 전에 최(崔)라는 남자가 살았고, 그 역시 일본인 아내와 그 사이에서 태어난 네 아이를 거느리고 공사장 인부로 일하고 있었다. 최는 상냥하게 사와키를 맞이했지만, 최 또한 과묵해서 거의 지껄이지 않고 계속 술만 마시면서 싱글벙글했다. 최의 아내는 하차효의 장모로, 따라서 하차효의 아이들은 할머니라고 불러야 했지만 엄마라고 부르고 있었다. 최는 소련에 대해서는, 댄스를 하고 일하고 먹고 잔다, 공산주의는 시시해, 라고만 말했다. 그는 공산주의를 이처럼 이해하고 있었지만, 그건 그 나름의 생활을 통한 것이었기 때문에 어조는 단호했고, 어정쩡한 마르크스주의는 상대도 안 되게 보였다. 최는 아내와 아이들 앞에서, 나는 고향에 처자식이 있다고 태연하게 말했다. 나는 오고 싶어서 일본에 온 게 아니다, 탄광에 끌려온 거다. 그건 옆집 하차효도 마찬가지다. 내가 돌아가고 싶은 곳은 조선의 고향이다. 사할린에서 북조선으로는 돌아갈 수 있었지만, 내 고향은 경상북도 선산이다. 그래서 이 여자와 결혼해서 일본으로 돌아왔고, 돈을 모아 한국으로 돌아가고 싶은 거다. 부인과 자제들도 함께 말입니까 하고 사와키는 물었다. 데리고 가는 사람도 있어, 하지만 내 경우는 한국에 처자식이 기다리고 있어서 말이야. 이 여자도 그때 사할린에서 나와 함께 되지 않았더라면 어떻게 되었는지 몰라.

그건 나도 마찬가지야, 라고 최는 말하고 싶었겠지만 끝내 그 말은 하지 않았다.

3년 정도 지나 사와키는 길에서 최를 만났다. 최는 약간 취기를 띠고 있었고, 싸구려기는 했지만 번듯한 양복에 넥타이까지 매고 레인코트를 걸치고 있었기 때문에 딴사람으로 보였다. 두고 가는 아이들을 잘 부탁해요, 라고 최는 전혀 예기치 못한 말을 했다. 뭐, 금방 돌아올 거예요. 하지만 그때 최의 눈이 충혈되고 눈물이 어린 것을 사와키는 보았다. 술 탓만은 아니다. 최가 다시는 돌아오지 않을 작정을 하고 있다는 생각이 들었다. 역시 그랬다. 홀로 조선으로 돌아간 최에게서 아무런 소식도 없다고 한다. 하차효도 조선으로 돌아간다고 했다. 그의 경우는 일본인 아내와 정신박약인 딸과 일본으로 귀환하고 나서 태어난 아들을 다 데리고 돌아간다는 것이다. 하지만

눈없는 머리 229

전혀 돌아갈 낌새가 없는 것은, 그날그날의 생활에 쫓겨 돌아가서 고생하지 않을 만큼 목돈을 그렇게 갑자기 모을 수 없기 때문이라고 이웃 사람들은 말했다. 하차효는 그가 살았던 소련 영토 사할린과 공산주의에 대해서 최처럼 짤막한 감상조차 입에 담지 않는 대신, 선거가 있을 때 사와키와 또 한 사람의 공산당원이 포스터를 붙이러 가면 방 안에서 포스터를 구겨 말아서는 사와키들에게 되던진다는 비평 방식을 택했다. 그렇게 되면 더욱 끈질기게 전투적이 되는 사와키의 동료는 며칠씩 밤이 되면 공산당 신문을 들고 하차효의 집을 방문했고, 그때마다 그 신문은 똘똘 말려 던져졌고 하차효는 단 한 마디도 하지 않았다. 그 당원은 끝내 지쳐서 다음 기회에 다시 공작을 하겠다고 말하며 하차효의 집을 찾아가는 것을 그만두었다.

사와키는 걸어갔다. 그는 하차효의 집 현관을 옆으로 보며 지나치려고 했다. 그때 그의 발은 지면을 밟았지만, 지면이 소리도 없이 무너져 내렸다. 사와키는 저도 모르게 비명을 질렀다. 그의 한쪽 발은 흙탕물이 고여 있는 구덩이 속에 빠져 있었다. 그것은 매우 정교하게 만들어진 조그만 함정이었다. 하지만 사와키의 마음에 충격을 주기에는 충분했다. 불안과 공포에서 벗어나려고 몸부림치면서 별것 아닌 산보를 하려 해도 몸이 아픈 사와키는 다소간의 결심이 필요하다. 그런 그를 기다리고 있었던 것이 비유가 아닌 현실의 함정이었다. 그는 강한 충격을 받았고, 그것은 분노로 바뀌었다. 그때 사와키는 하차효 집 근처에서 무엇인가 움직이는 모습을 보았다. 그것은 거기에 피어 있던 수국과 남천목 덤불의 일부인 것처럼 가만히 움직이지 않고 분명히 그를 관찰하고 있었던 것이다. 그가 그쪽을 쳐다보자 당황하여 집 뒤로 도망을 쳤다. 사와키는 흙탕물 구덩이에서 다리를 빼내고 남천목 덤불 쪽으로 갔다. 하차효의 아들인 주남(住男)의 조그만 엉덩이가 울타리 밑을 민첩하게 빠져나가 사라지는 것이 보였다. 사와키는 자신의 얼굴이 새파래지는 것을 느꼈다. 이 구덩이는 나를 빠트리려고 일부러 판 것은 아니겠지. 하지만 재수가 없어 빠진 게야, 라고 웃어넘길 수는 없다. 그가 불안으로 점철된 심연에서 빠져나오려고 하는 참에, 그를 갑자기 함정에 빠트려 발목을 잡은 것이다. 사와키는 창백한 얼굴을 한 채 하차효 집의 현관문을 열어 보았지만 잠겨 있었다. 뒤로 돌아가 보니 비를 막는 덧창문은 열려 있었지만 커튼이 쳐져 있었고, 하차효와 아내는 집에 없었다. 사와키는 그곳에 한참 서서 하주남이 오기를 기다렸지만 허탕이었다. 너무 화를 내었기 때문에 가슴이 아파 오기 시작했고 머릿속이 화끈거렸다. 그는 산보를 중지하고 집으로 돌아왔다.

생각해 보면 그 함정은 일곱 살 먹은 아이가 만든 것치고는 제법 잘 만들었다. 땅을 파내고 물을 부어 넣고 그 위에 나뭇가지를 몇 개 걸치고 풀로 덮고 모래를 뿌려, 웬만큼 주의하지 않으면 알아차리지 못하게끔 만들었다. 일곱 살인 하주남은, 함정을 만들고 나서 남천목 덤불 속에 숨어 사냥꾼처럼 누군가 멍청한 놈이 걸려들기를 가슴을 두근거리며 기다렸던 것이다. 그 작은 길은 소학생들이 통학로로 사용하고 있었다. 주남은 그것을 노렸을지 모른다. 하지만 그런 건 어쨌든 상관없다. 함정은 일곱 살짜리가 만든 것치고는 너무 잘 만들었다. 그게 정말로 주남 혼자만의 발상이며 주남 혼자서 만들었다면, 그건 어린이답다고 하기에는 너무나 악질적이라고 사와키는 생각했다.

  그는 온종일 불쾌했다. 유키가 직장에서 돌아오자 사와키는 유키에게 화풀이를 해댔다. 유키는 처음에 무슨 영문인지도 모르고, 날씨 때문에 또다시 그의 몸에 통증이 시작된 거라고 생각한 듯했지만, 그에게서 함정 이야기를 듣고는 웃음을 터트리고 한동안 그칠 줄을 몰랐다.

  "웃을 일이 아니야. 모처럼 산보를 하려 했더니 이런 꼴이야."

  "그 아이는 우리 동네에서 제일 악동이에요 장난이 악질이에요. 사키노(崎野) 씨가 애지중지하던 튤립을 전부 따 버렸어요. 주남 자신이 하는 게 아녜요. 아주 어린 꼬마들을 꼬드겨서 시키는 거예요. 꼬마들이 말을 듣지 않으면 엄청 괴롭히는 모양이에요. 오타(太田) 씨 집 정원 연못에다 시청에서 배급한 살충제를 뿌려 소중하게 키우던 금붕어를 모두 죽여 버리기도 했잖아요. 그것도 자기가 직접 한 게 아니에요. 서너 살짜리 꼬마들을 시킨 거예요. 오타 씨가 하 씨 집으로 쳐들어갔지만, 주남이는 자신은 모르는 일이라고 딱 잡아뗐고, 직접 한 것은 세 살짜리 꼬마 녀석들이죠. 어쩔 도리가 없잖아요. 참새 새끼를 어디서 잡아 와서는 어린 꼬마들이 보는 앞에서 보란 듯이 발로 밟아 죽인다나 봐요."

  사와키의 머릿속을 스쳐가는 얼굴이 있었다. 도석이다! 그는 그렇게 생각했다. 사와키가 잘못을 한 적이 없는데도 한 번만 봐 줘, 용서해 줘, 라고 사과하는데도, 이를 드러내고 웃으면서 **뺨**을 때린 도석.

  "3년 전에는 조그맣고 귀여운 어린아이였는데."

  그는 말했다.

"올해 4월부터예요. 갑자기 위험하고 교활해졌어요. 삐뚤어진 거예요."

"왜 갑자기 그렇게 된 거지?"

"잘 모르겠어요. 지금까지 같이 놀던 친구들이 모두 책가방을 메고 학교에 다니게 되었잖아요. 주남은 외톨이가 된 거예요. 친구들이 학교에서 돌아와도 어쩐지 말도 잘 안 통하고 소외되는 거예요. 그래서 모두 학교에 간 뒤 꼬마들을 불러 모으는 거예요."

"학교에는 왜 안 가는 거야?"

"하 씨가 보내지 않아요."

"하차효는 왜 학교에 안 보내는 거지?"

"그건 모르죠. 학교 선생님이 몇 번씩이나 하 씨네 집을 방문했지만 번번이 되돌려 보냈나 봐요."

"친구들 모두 학교에 다니는데 주남이는 아무렇지도 않은가? 부러워하지도 않는가?"

"언젠가 우리 집 앞에서 놀고 있은 적이 있어요. 큰아이가 주남이는 왜 학교에 안 가냐고 물었지요."

"뭐라고 대답했지?"

"가난해서 학교에 못 가는 거라고." 조그만 소리로 대답했어요.

"그게 정말이야? 일곱 살짜리 아이가 그런 대답을 했단 말인가?"

"부엌에서 들었어요."

"하차효가 주남에게 그런 식의 설명을 한 모양이군."

사와키는 말했다. 자신이 함정에 빠지는 것을 확인하고서 엉덩이를 보이며 담장을 빠져 도망쳐 간 하주남이 불쌍하게 여겨졌다. 하지만 주남은 사와키의 안타까운 노력을 함정으로 끌고 들어가 진흙 투성이로 만들었다. 그런 악질적인 장난을 불과 일곱 살짜리 아이에게 시킨 것은, 바로 과거 공산당 포스터를 꾸겨서 똘똘 말아 내던진 하차효인 것이다.

"주남이 누나는 학교에 다니고 있잖아. 앞뒤가 안 맞잖아?"
"순자 말이죠. 순자는 덩치만 컸지 머리는 영 아니에요."
"그렇게 공부를 못하는가?"
"잠자코 앉아 있을 뿐이래요. 글자도 쓸 줄 모르고 덧셈도 못해요. 옆 동네 소학교에는 특수 학급이 있으니까 거기로 가는 게 순자를 위하는 길이라고 선생님이 권유하러 하 씨 집에 갔지만 쫓겨났대요. 그런 머리로는 일본인 학교든 뭐든 전혀 상관없을지도 몰라요."

하주남은 아이들의 세계에서 고독하고, 그의 작은 몸 안에 불만이 화약처럼 가득 차 이따금씩 감당할 수 없는 음험한 장난을 쳐서 동네 사람들에게 풍파를 일으킨다. 하차효는 자식을 학교에 보내지 않고 내버려 두는 어떤 정당한 이유를 갖고 있단 말인가? 하차효란 도대체 어떤 인간인가? 전후 일본에서 살게 되고 나서 사와키는 조금은 공부를 해서 자신이 살아온 길을 되돌아보았을 때, 거기에 식민지 조선이 가로막고 서 있음을 보았다. 식민지가 도대체 무언가를 그가 이해했을 때, 그는 말할 수 없이 무거운 것이 자신을 억누름을 느끼고, 일본인인 사와키는 조선인에 대해서 죄책감을 갖고 있음을 확실히 깨달았다. 따라서 사와키는 이경인이나 도석에 대한 원한이나 증오가 사라지지 않고 강하게 남아 있는 것이 부끄러워 결코 입 밖에 내지 않았으며 아내인 유키에게조차 말하지 않았다. 죄책감을 느끼면서 또한 이경인과 도석을 엄청 증오하는 마음이 생겨 그는 그 모순에 괴로워하고, 가급적 이경인과 도석을 떠올리지 않으려고 노력해 왔다. 무모한 짓이라는 것을 알면서도 사와키가 당의 군사 방침에 따라 한국전쟁 반대 불법 데모를 하고, 경찰이 조선인 소학생과 중학생들에게 공격하는 것을 저지하려고 화염병을 던지다 체포된 것도, 조금이나마 조선에 대한 부채를 갚고 싶다고 바란 것이 큰 동기가 되었다. 구치소 안에서 또 재판 과정에서, 그는 당에서조차 나중에 전면 부정되는 처지의 화염병 투쟁을 부끄러워했지만, 일본인으로서 조금이라도 부채를 갚으려는 마음만이 그를 강하게 지탱했고, 그는 당당해질 수 있었다. 사와키는 특히 조선과 관련해서는 지금도 마음속에 무거운 부채가 자리 잡아 정론이라고 생각하는 일조차 자유로이 입에서 나오지 않는 듯한 기분이 든다. 하차효와 하주남의 행위만 해도 평소 같으면 분하지만 어쩔 수 없다고 생각하고, 하차효가 왜 일본에서 살지 않으면 안 되었는가, 그 역사적 원인을 생각한 끝에 잠자코 지나쳤을 것임이 틀림없다. 하지만 사와키는 평소의, 즉 3년 전의 사와키가 아니었다. 그는 화가 났고, 해야 할 것은 반드시 해야 한다는 심정이었고, 조선인이라고 해서 악질적인 장난을 쳐도 된다는 법은 없다, 이젠 양보할 수 없다는 거친 마음이 들었다.

사와키는 일어섰다. 지금 이 시간에 어딜 가시는 거예요, 라며 유키가 놀란 듯이 물었지만 그는 대답도 하지 않고 밖으로 나와 하차효의 집을 향해 곧장 걸어갔다.

하차효 집 현관 앞에 서자, 집 안에서 식구들의 즐거운 웃음소리와 고기를 더 달라는 주남의 난폭하고 째지는 듯한 음성이 들려왔다. 그 소리들은 정말로 소박한 행복에서 우러나오는 소리였기 때문에 사와키의 분노는 급속히 삭아 버려 그냥 되돌아가고 싶어졌다. 하지만 그는 자신을 독려하여, 이런 일 하나 제대로 할 수 없다면 내 머리의 쇠약도 드디어 본격적이다, 이런 사소한 사건이라도 잘 처리해 넘어갈 수 있다면 자신감이 생길 것임이 틀림없다고 생각했다. 그는 계십니까?, 라고 말한 뒤 대답을 기다리지 않고 과감하게 현관문을 열었다.

방문을 열고 나온 조그만 그림자가 줄을 당겨 현관 전등을 켰다. 주위가 밝아졌고 주남이 사와키의 얼굴을 보고 앗! 하는 조그만 소리를 내고는 그길로 집안으로 뛰어들어 갔다.

미쓰코(光子)네 아저씨다, 라는 겁먹은 듯한 주남의 소리가 들리고, 미쓰코네 아저씨가 누구냐? 사와키 씨냐, 사와키 씨가 무슨 일이지? 당신이 나가 봐, 라며 하차효가 아내에게 말하는 불쾌한 듯한 소리도 들려왔다. 나는 싫어요, 남자 손님이 왔으니까 당신이 나가세요, 라고 하차효의 아내가 말하고, 한참 있다가 하차효가 느릿느릿 현관에 나타나 잠자코 사와키를 내려다보았다. 사와키는 얼굴이 딱딱하게 굳어지고 말을 하려 해도 입이 갑자기 마비되어 버린 듯하여 말이 나오지 않았다. 그러고 보니 병에 관한 일 이외에는 그다지 면식이 많지 않은 타인과 이야기를 나누는 게 처음인 듯했다. 사와키는 마음속으로 당황했고, 과연 생각하고 있는 것들을 잘 말할 수 있을까 염려되었다. 낭패다!, 라는 말이 끊임없이 사와키의 마음속에 떠올랐다. 큰일 났다, 아직은 너무 이르다, 유키와는 자유로이 대화를 나눌 수 있기 때문에 의당 그러려니 하고 쳐들어와 가장 중요한

순간에 이런 꼴이다, 말 하나하나가 엄청나게 둔해지고 입에 걸려 입 밖으로 나오지를 않는다, 잡담이라면 또 모를까. 나는 잡담은커녕 정당한 항의를 하러 온 것이다.

하차효는 잠자코 서 있는 사와키의 얼굴을 보고 노골적으로 미간을 찌푸렸다. 그러면서도 자신이 먼저 입을 떼려 하지 않았다. 볼일이 있는 건 그 쪽이잖아. 나는 너 같은 자와 말하고 싶은 생각은 조금도 없어. 따라서 네가 먼저 무언가 말을 해야 돼. 저녁 식사 시간에 남의 집을 찾아와서 이게 뭐야. 할 말이 있으면 빨리 하고 돌아가. 그런 속내가 너무나 노골적으로 사와키에게 전해져 왔다. 사와키는 할 말을 찾지 못해 더욱 당황하고 초조해졌다.

"댁의 주남이가 함정을 만들었어."

사와키는 더듬거리는 말투로 겨우 말했다.

"함정?"

하차효가 물었다. 가는 눈을 재빨리 움직여 사와키의 몸을 훑어보고 나서 금방 무슨 일인지 알아차린 것 같았다. 그러자 그는 상냥하게 미소를 짓기는커녕 더욱 오만한 표정을 짓고는, 거꾸로 사와키를 공격하듯이 말했다.

"함정이 어쨌단 말입니까? 아이들이라면 모두 만드는 거죠. 그게 뭐 어쨌다는 거죠?"

"내가 빠졌어."

사와키는 그렇게 말했고, 말하고 보니 그 말이 매우 우스꽝스럽고 바보스럽게 여겨졌다.

"함정이란 원래 사람을 빠트리며 노는 거예요. 빠지는 건 이상한 일이 아니에요. 어린이가 만든 함정에 어른이 빠지는 건 그 어른이 방심했기 때문이죠."

하차효가 말했다. 사와키는 얼굴이 달아오르고 화가 치밀어 올라왔다.

"댁의 마당에 함정을 파서 거기에 내가 빠진 것이라면 아무 말도 않겠어. 하지만 주남이는 도로를 팠어. 길이란 걷기 위한 것이지 함정을 파기 위한 게 아니야."

사와키의 말은 점점 더 우스꽝스러워졌다.

"도로입니까?"

하차효는 약간 고개를 갸우뚱했다.

"그 점은 주남이를 주의시키겠습니다."

사와키는 그때 그냥 돌아와야 했다. 하지만 그의 가슴은 하차효에게 한 방 먹은 분함으로 부글부글 끓었고, 그의 억울한 심정은 전혀 해결되지 않았다.

"주남이는 장난이 너무 지나쳐."

사와키는 아무 생각 없이 말했다.

"학교에 보내지 않으니까 이런 지경이 되지."

학교라고 사와키가 말했을 때, 하차효의 눈이 번쩍하고 빛난 듯했다. 사와키는 좀 더 정확하게 말해야 했다. 내뱉어진 말은 그 말에 의해 지울 수 없는 하나의 의미를 형성해 버린다.

"주남이를 소학교에 보내라는 이야기를 하러 온 겁니까? 누가 부탁한 거죠?"

"아무도 부탁하지 않았어."

이야기는 사와키가 원치 않는 방향으로 흘러간다. 이게 아냐, 내가 말하고 싶은 건 전혀 다른 거야, 라고 생각은 하지만 유키와 대화를 하는 것처럼 되지 않는다.

"그렇다면 쓸데없는 참견은 말아 줘요. 주남이는 내 자식이야. 내 자식은 내가 보살펴."

"보살피고 있는 게 아니잖아. 학교에 보내지 않고 내팽개치고 있잖아. 그렇기 때문에 심한 장난을 치는 게야."

그러자 하차효는 사와키를 노려보았다. 그 평평한 얼굴이 팽창한 듯이 보였다.

"내 아들을 일본인 학교에 보내고 싶지 않아, 어림도 없어."

하차효는 표효하듯이 말했다. 그 말을 듣자 사와키는 할 말이 없었다. 하차효의 말이 맞다고 생각했고, 하차효에게 해 줄 그 어떤 말도 없었다.

"내 말 듣고 있어요? 내 아들은 조선 사람이야. 일본인 학교에는 보내지 않아."

"그렇다면 왜 조총련의 조선인 학교에 보내지 않는 건가?"

그러자 하차효는 즉각 내뱉듯이 말했다.

"조총련 학교 따위에 누가 자식을 보내!"

"그러면 민단인데, 민단의 소학교에라도 보내 줄 건가요?"

하차효는 사와키를 증오하듯이 째려보며 입을 다물어 버렸다.

"부친인 당신이 일본인 학교에 보내지 않겠다는 것은 좋아. 하지만 주남이는 내팽개쳐져 장난만 치고 다니잖아."

"일본인 학교에는 절대로 보내지 않아. 참견하지 마!"

눈 없는 머리 239

그렇게 말한 뒤 하차효는 사와키를 째려보며 침묵했고 이젠 돌아가라는 투였다. 하차효의 모습이 부풀어 올라 사와키를 덮쳐올 것 같았다. 그때 사와키는 문득 30년 전에 이경인이 사와키를 향해 던진 말과 목소리를 소름끼칠 정도로 생생하게 기억해 냈다.

"너희들이 무얼 안단 말이야!"

그러자 그 쉰 목소리에 하차효의 음성이 겹쳐졌다.

"참견하지 마!"

그것은 단 한 가지 사실을 사와키에게 말해 준다. 내 아들이 반일본인이 되느니 차라리 까막눈 조선인이 되는 편이 낫다! 사와키는 완전히 말을 상실하여 침묵한 채로 서 있었다. 나는 지금 아무것도 해결할 수 없는 존재다. 현실적으로 이처럼 무력하다. 한심하다. 치밀어 오는 불쾌함을 참으면서 사와키는 잠자코 고개를 숙이고 밖으로 나갔다. 길이 움직이고 있는 것 같았다. 거봐, 바보같이, 그러니까 방 안에 가만히 있었으면 좋았잖아.

천천히 걷고 있는 사와키의 발걸음은 매우 무거웠다. 그는 침침한 눈을 힘없이 뜨고 마음속으로 중얼거렸다. 하기모토 선생님, 선생님은 내가 퇴원할 때, 이젠 다 나았어요, 사와키 씨, 자신감을 가지세요, 라고 분명하게 말했다. 하지만 지금 나는 이토록 비참하다, 나는 정말 비참하고 고통스럽다.

다음날 유키가 출근하고 미쓰코가 등교하자, 사와키는 조용한 집안에 홀로 남겨졌다. 아침 식사 후 약을 먹으면, 항상 자신이 자기 몸에서 빠져나가 다른 세계로 헤엄쳐 가는 듯한 기묘한 감각에 사로잡혀 글을 쓰면 채 두 줄조차 올바르게 써 본 적이 없다. 그 상태는 대략 두 시간쯤 지나면 끝나고, 그는 졸음이 쓰윽 사라지는 듯한 느낌이 들며 정상으로 돌아온다. 그건 매일 일어나는 현상이니까 그는 반쯤은 체념하고 반쯤은 익숙해져, 그럴 때는 가급적 움직이지 않고 조용히 지나가도록 노력하고 있다.

하지만 사와키는 어찌 된 영문인지 공연히 하차효와 하주남의 얼굴이 보고 싶어 견딜 수가 없었다. 냉소를 받고 외면을 당해도 좋다. 좌우지간 한 번 더 얼굴을 맞대고 싶다. 이처럼 부스럼 딱지를 떼고 싶어하는 것 같은 욕망은, 사와키가 정상적일 때는 절대로 일어나지 않는다는 것을 그는 알고 있다. 이것은 그의 머리가 지금 몽롱해서 무엇을 하더라도 괜찮을 것처럼 생각되기 때문이다. 무슨 짓을 할지 알 수 없다. 이건 위험하다. 사와키는 그걸 알고 있다. 하지만 사와키는 자신을 제지할 수가 없었다.

그는 나막신을 신고 밖으로 나왔다. 술에 취한 느낌이다. 한 걸음 한 걸음 걸을 때마다 무언가 짙은 안개를 헤치고 나가는 듯한 기분이 들었다. 역시 이상해, 돌아가지 않으면 안 돼, 라고 사와키는 생각하지만 그의 발은 앞을 향해 나아갔다. 하차효의 집 앞까지 왔다. 그제서야 하늘은 맑게 개었고, 하차효는 이같이 날씨가 좋은 날에는 공사장 인부로 일하러 나간다는 사실을 떠올렸다. 그런 사실은 애당초 알고 있었지만, 사람들은 매일 일한다는 간단한 사실조차 생각이 나지 않았던 것이다. 집 안은 조용했고 마당에도 인적이 없었다. 사와키는 점점 더 실망하여 발길을 돌리려고 했다. 그때, 담상 밑 근처에서 무언가가 움직이는 것을 보았다. 고양이였다.

사와키는 기분 탓이 아니라 분명히 머리 상태가 정상이 아니었다. 그 고양이는 2, 3일 전에 그가 책상 앞에 앉아 있어도 유유히 툇마루를 건너 방으로 들어와 방을 가로질러 부엌의 찬장 위로 뛰어올라갔다. 그가 큰 소리를 지르며 부엌으로 뛰어가자, 마른 멸치가 든 봉투를 입에 문 고양이는 간발의 차이로 빠져나가 마당으로 내려서더니 그가 아무리 애석해 하며 난리를 쳐 보았자 이젠 위험 범위를 벗어났음을 알아차리고는, 천천히 마당을 걸어서 담장 밑을 빠져나가 버렸다. 그 느린 걸음걸이에 사와키는 화가 치밀었다. 바로 그 고양이가 길에 서 있는 사와키를 알아본 것인지 아닌지는 모르겠지만 유유히 걸어온다. 사와키의 머릿속에서 고양이 외의 모든 것이 사라졌다. 하차효도 주남도 하차효의 집도 도로도 담장도 모든 게 사라져 버렸다. 위험해, 라고 사와키의 머릿속 어딘가에서 소리가 들려왔다. 위험하다, 이런 머리일 때는. 다른 모든 것은 사라지고 단 하나밖에 생각할 수 없는 것이다. 그게 이 착란의 특징이야, 이건 위험해, 고양이 따위 어찌 되든 상관 있나, 그곳에서 돌아가. 하지만 고양이는 사와키의 눈 안에 확대되어 있었다. 고양이만 있었다. 고양이만이 사와키를 완전히 무시하고 유유히 걸어온다. 갈비뼈를 제거하여 힘이 없어져 달릴 수가 없는 그를 바보 취급이라도 하듯이 걸어온다. 사와키의 얼굴이 분노로 일그러지고, 머릿속이 징징 울리기 시작하고, 그는 고양이에게서 눈을 떼지 않고 천천히 허리를 굽혀 오른손으로 작은 돌을 찾아 쥐었다. 고양이는 그의 바로 앞에까지 왔다. 옆을 향한 가늘고 긴 몸체는 절호의 표적이었다. 그는 그 고양이를 향해 작은 돌을 있는 힘껏 던졌다.

격렬한 통증이 그의 가슴을 관통하여 그만 자신도 모르게 주저앉을 뻔했다. 고양이는 휙 하고 움직여 눈 깜짝할 사이에 사라져 버렸다. 그리고 고양이가 움직였을 때 그의 귀는 쨍하는 예리한 소리와 함께 유리가 떨어져 깨지는 소리를 들었다.

무슨 일이 일어났는지 사와키는 알 수 없었다. 그가 알게 된 것은, 자신의 몸이 어떻게 되었는지를 잊어버리고 무모하게도 있는 힘을 다해 고양이에게 돌을 던진 사실, 하지만 고양이는 도망쳤다는 사실뿐이었다. 무언가가 금속성의 날카로운 소리를 낸 것과 그리고 유리가 깨어지는 소리가 난 것은 동시였지만 자신과는 관계없는 일이었다.

"돌이야, 누가 돌을 던졌어!"

여자의 외치는 소리가 나고 하차효 집의 현관이 열렸다. 그리고 그와 동시에 또다시 유리가 떨어져 깨지는 소리가 났다. 여자는 사와키를 보고 당황한 듯 눈을 깜박였다. 그리고 누구야? 돌을 던진 건 누구네 집 아이야?, 라고 말하며 담장 밖을 두리번거렸다.

"나는 봤지롱."

갑자기 정원 덤불 속에서 주남의 얼굴이 나타났고, 주남은 얼굴에 홍조를 띠고 의기양양하게 말했다.

"엄마, 나는 봤어, 나는 봤지롱."

주남은 일곱 살이라고는 생각되지 않을 만큼 밉살스러운 말투로, 시와키를 바라보면서 계속 말했다.

"미쓰코네 아저씨가 돌을 던졌어. 아저씨가 우리 현관에 돌을 던졌어. 내가 봤어."

사와키는 놀랐다. 믿기지가 않았다. 자신은 고양이를 향해 돌을 던졌고, 설사 빗나갔더라도 그 돌은 하차효 집의 뒷문 쪽 돌바닥으로 날아갔을 터였다. 사와키는 주남이가 거짓말을 하고 있다고 생각하고 화가 나서 얼굴이 빨개졌다.

주남은 현관으로 달려가서 작은 돌을 집어 들었다.

"찾았다, 찾았어. 이 돌이야. 미쓰코네 아저씨가 이 돌을 던졌어."

그 돌을 보고 사와키는 망연자실했다. 납작하고 조그만 돌로, 그 감촉은 아직도 손바닥에 남아 있었다. 사와키는 도저히 믿기지 않았지만 인정하지 않을 수 없게 되었다. 예상치도 못하게 현관 쪽으로 돌이 날아간 것이었다. 갈비뼈를 제거한 몸으로는 옛날같이 목표한 방향으로 던질 수 없었던 것이다. 돌이 하필이면 하차효 집의 현관 유리를 깨어 버린 것이다. 그는 사과를 해야만 했다.

"죄송합니다."

그는 여자에게 머리를 숙였다.

"왜죠? 무엇 때문이죠?"

여자는 굳은 표정으로 묘하게 말했다.

"고양이에게 돌을 던진 거예요. 저희 집의 마른 멸치를 훔친 고양이죠. 돌이 그만 빗나가서 현관으로 날아간 거예요."

"고양이 같은 건 없었어."

주남이 끼어들었다.

사와키는 저도 모르게 주먹을 꽉 쥐었다.

"고양이에게 던진 거예요. 정말 죄송합니다."

"내가 쭉 보고 있었어, 엄마. 고양이는 없었어. 아저씨는 아까부터 저기에 서서 줄곧 우리 집을 노려보고 있었어. 그리고 돌을 집어 우리 집 현관으로 던진 거야."

이놈의 자식! 아버지를 닮아서 큰 주남의 입에다 손가락을 집어넣어 찢어 버리고 싶었다. 내가 너에게 무슨 짓을 했단 말인가! 함정을 파서 나를 빠트린 건 네 놈이잖아. 어린 놈이. 삐뚤어진 거짓말쟁이 놈이… 아아, 그 말은 하면 안 돼.

"와아, 깨졌어. 유리가 깨졌어. 엄마, 어떻게 할 거야?"

"고양이를 겨냥한 게 그만, 죄송합니다."

사와키는 하차효 가족에게 머리를 숙이고 싶지 않았지만, 숙이지 않을 수 없었다.

"당장 후지타(藤田)유리점에 전화를 하겠습니다. 금방 갈아 끼워 드릴 테니까."

"비라도 오면 큰일이야, 엄마."

주남이 외쳤다.

여자는 사와키에게 대꾸도 하지 않고, 빗자루와 쓰레받기를 가져와서 잠자코 깨진 유리조각을 치우기 시작했다. 사와키는 억울한 기분을 억누르고 다시 한 번 머리를 숙였다. 그는 완전히 의기소침해서 집으로 돌아갔다. 그는 후지타유리점에 전화를 걸고, 과자점에 가서 과자를 한 봉지 사서 하차효 집에 갖다 주었다. 여자는 미소 한 번 띠지 않고 당연하다는 표정으로 과자를 받았다. 저녁 무렵에 유리점 사람이 와서 사와키는 유리 값을 치렀다. 그는 지쳐서 녹초가 되었고, 엄청 화가 나 무엇을 할 기분도 아니기에 침대에 누워서 천장을 바라보았다.

사와키는 그대로 잠이 들어 버렸고, 잠에서 깨어나자 옆방에서 유키와 미쓰코가 이야기하는 소리가 들렸다.

"아버지에게 무슨 일이 있었니?"

"몰라요, 내가 돌아왔을 때, 아빠는 쿨쿨 자고 있었어. 아직도 자고 있잖아요."

"이상하네."

그렇게 말하면서 유키는 사와키가 자고 있는 방으로 들어왔다.

"왜 그래요? 무슨 일이라도 있었어요?"

유키가 물었다.

"너무 우울해."

사와키는 대답한 다음 자신이 일으킨 사건에 대해서 이야기했다. 유키는 미간을 찌푸리고 듣고 있다가 이야기가 끝나자 웃음을 터트렸다.

"바보, 웃을 일이 아니야."

사와키가 말했다.

"웃을 일이 아니죠."

유키는 말하고 다시 큭큭 하고 웃었다.

"하지만 당신은 정말 묘한 사고만 일으키는군요. 정말 돌을 던지면 똑바로 날아가지 않아요?"

"얼토당토 않은 곳으로 날아가 버려. 게다가 던질 때, 어딘가 뼈가 삐걱거렸어. 아파서 주저앉을 뻔했단 말이야."

"제발 좀 조심하세요."

"그런 건 아무래도 상관없어. 내가 무엇을 하려고 하기만 하면 왜 이런 지경이 되는 걸까? 모두 당신 탓이야. 당신이 산보를 하라느니, 사람들을 만나라느니 했기 때문이야. 실행했더니 즉시 이 꼴이야."

"그건 당연하죠."

대수롭지 않게 유키가 말했다.

"여기는 병원이 아니잖아요. 당연한 거예요. 병원이라면 온종일 하는 일과 시간 등이 정해져 있기 때문에, 그것을 지키기만 하면 아무 일도 일어나지 않아요. 병을 치료하기 위해서 아무 일도 일어나지 않도록 되어 있죠. 여기는 병원이 아니잖아요. 무엇을 하면 무슨 일이 일어나는 건 당연한 일이에요. 유리를 깬 건 그다지 큰일이 아니에요. 사과하면 끝나는 일이에요. 사과했잖아요. 유리도 새로 끼워 주었고 과자까지 갖다 주었으니까 그걸로 끝난 일이에요. 별일 아니에요."

"하차효 집이야."

"하 씨든 누구든 똑같아요. 그런 일은 이 단지 안 여기저기에서 자주 일어나요. 깨끗이 해결되었는데도 일일이 신경을 쓴다면 이 단지에서는 살 수 없어요. 그런 식으로 말한다면 하 씨네는 매일 이사를 다녀야 할 거예요."

"주남이 그놈, 거짓말을 하다니, 정말 얄미운 놈이야. 그런 놈은 잘 될 리가 없어. 저런 식으로 키우면 틀림없이 비행소년이 될 거야."

"당신도 묘한 사람이군요."

"뭐가 묘하다는 말이야?"

"그렇잖아요. 한국전쟁 반대니 일조(日朝) 연대니 외치다가 형무소까지 가서도 그 운동을 계속했잖아요. 그러면서도 가까이 있는 하

씨나 주남을 진정으로 비난하잖아요. 모순이에요."

"그래, 모순이야. 그건 잘 알고 있어. 나는 힘이 들어. 하지만 일조 관계라는 것은 한 꺼풀 벗기면 이런 관계가 아닐까? 아름다운 말로 장식되어 있더라도 한 꺼풀 벗긴 아래에는 개인으로서는 어쩔 수 없는 게 있어서, 그것 때문에 고통받고 있는 내가 그것을 못 본 척하고 있는 사람들보다 정직한 건 아닐까? 그놈은 반공주의다, 그놈은 체질적으로 일본인을 미워한다, 그리고 소학교를 원천적으로 부정한다, 라고 말해 본들, 하차효는 무엇보다 내게 있어서는 조선인이기 때문이야, 저런 놈은 특별하다, 저런 놈은 정상적인 조선 사람과는 다르다고 말한다면 일조 연대는 이루어지지 않는다. 남쪽의 한국과 한국인은 어쩔 수 없는 놈들이라고 말해 버리는 셈이 되어 버린다. 그건 도망치는 일이란 건 알고 있어. 하지만 나는 하차효와 주남, 그 놈들이 미워 죽겠어."

"미워죽겠다니, 이상한 연대군요."

"시끄러워! 아무것도 모르면 잠자코 있어."

사와키는 창백한 얼굴로 큰 소리를 질렀다.

이국에서의 남현남의 나날들

신주쿠(新宿) 히가시오쿠보(東大久保)의 고물상 앞에서 사와키 스스무는 땀을 닦았다. 세이부(西武) 신주쿠역에서 히가시오쿠보에 있는 이 고물상까지 평일인데도 사람들이 북적거리고 차들은 서로 부딮칠 정도로 이어지고, 파친코 가게에서 음악을 크게 틀어 놓은 그 번잡한 길을 사와키는 힘없는 발걸음으로 천천히 걸어왔다. 그는 군중과 차에 완전히 취해 버린 것처럼 되어 피로해진 데다 배기가스를 마셨기 때문에 격렬하게 기침을 했다. 그러나 그냥 돌아갈 수는 없었다. 고물상에서 기거하며 일하는 남현남을 만나 보지 않고서는 돌아갈 수가 없는 것이다. 남현남은 일전에 사와키에게 위문 엽서를 보내왔다. 남현남이라는 자가 도대체 누구인지 사와키는 알 수가 없었다. 몇 년 전 사와키가 어떤 강연회의 강사로 불려 가 일본인의 조선관에 대해서 강연을 했을 때, 강연회가 끝난 뒤 자그만 체구의 남자가 미소를 띠면서 다가와서는, 자신을 미나미(南)라고 소개한 뒤 사와키의 강연은 매우 유익했지만 한군데 틀린 곳이 있었다고 말했다. 미나미의 일본어는 매우 유창해서 보통 일본인이라면 알아차릴 수 없겠지만, 사와키는 미나미가 조선인이라는 점, 그 말투로 보아 상당한 고등교육을 받은 자임이 틀림없을 것이라고 직감했다. 사와키는 딱히 어디라고 지적할 수는 없지만, 상대방의 안에서 일본인과는 다른 조선인 특유의 것을 감지할 수 있었고, 지금까지 단 한 번도 빗나간 적이 없었다. 틀린 점이 있었다면 지적해 달라고 사와키가 말하자, 미나미의 얼굴에 복잡한 웃음 같은 것이 일순간 그림자를 드리웠다. 그것은 자신의 생각을 사와키가 받아들여 주지 않을 것이 틀림없다고 예견하는 듯한 느낌이었다.

"한국전쟁 밀입니다만."

미나미는 말했다.

"한국전쟁이 어떻다는 말입니까?"

"사와키 씨는 이승만의 군대가 먼저 국경을 넘어 공격을 개시했다고 말씀하셨지만, 그건 사실과 다릅니다."

"그럴 리가 있나, 공산주의자가 먼저 전쟁을 일으키기라도 했다는 말입니까?"

"그렇습니다."

미나미는 당당하게 말했다.

"그런 말도 안 되는…."

"정말 어리석은 짓입니다만, 사실입니다."

"확실한 증거라도 있습니까?"

사와키는 얼굴이 벌개져서 말했다.

"있습니다."

"있다면 말해 주세요."

"너무 그렇게 화 내지 마세요."

미나미는 난처한 표정을 지으며 말했다.

그때 사와키는 다음 모임의 시간이 촉박했기 때문에 미나미가 뭔가 말하기 어렵다는 듯이 입을 다문 것을 기회로 그 자리를 떠났는데, 미나미는 헤어지기 전에 명함을 건네면서 다시 만나기를 바란다고 덧붙였다. 그후 사와키는 민족문화 연구 모임에 이따금씩 초대되었는데, 마침 미나미가 그 모임에 소속되어 있었기에 가끔 짧은 대화를 주고받게 되었다. 미나미는 연하장과 서중(暑中) 문안 편지를 빠짐없이 챙겨서 보내 주었고, 사와키가 입원하자 정중한 위문품까지 병원으로 보내 주었다. 하지만 사와키는 미나미가 어떤 인물인지 정확히 알지 못한다. 몇 차례 대화를 나눈 경험에서 어렴풋이 알 수 있는 것은, 미나미라는 인물은 아마도 현재는 궤멸된 것처럼 보이는 남조선 노동당의 당원이며, 북에서 스파이 혐의로 처형된 남로당 당수 박헌영을 지금도 지지하고 있는 자며, 한국전쟁 때는 빨치산으로서 북측의 인민군과 함께 싸운 투사며, 한국전쟁 후 일본으로 망명해 온 수많은 지식인 중의 한 사람이지 않을까, 라는 사실이다. 그와 같은 인물에게는 일본의 수도인 도쿄는 결코 평화스런 도시가 아닐 것이다. 자신의 본명, 신분, 경력, 현재 그리고 미래의 계획 등 어느 것 하나도 자유롭게 밝히면서 살아간다는 따위는 상상조차 할 수 없는 것이다. 박헌영은 일본 헌병과 경찰의 끈질긴 추적을 따돌리고, 제2차 세계대전이 끝날 때까지 오랫동안 대구에서 벽돌 공장을 운영하면서 살고 있었던 모양이라는 이야기를 전후에 들은 사와키는 간이 콩알만 해지도록 놀란 적이 있었다. 보병 제80연대의 소재지인 대구에서 사와키는 벽돌 공장 옆길을 걸어서 4년간 중학교를 다녔기 때문이다. 사와키의 눈에 남아 있는 높고 한가해 보이던 굴뚝이 그때 갑자기 섬뜩한 모습으로 변했다. 사와키의 대구는 널찍한 스무 칸(한 칸은 1.8미터 — 옮긴이주) 도로와 군복으로 넘쳐 나는 변화한 도시였지만, 그 안에 또 하나의 대구가 눈을 반짝이며 숨을 죽이고 숨어 있었다는 실감이 무서우리만큼 확실하게 사와키를 감싸 왔다. 그리고 지금 사와키의 도쿄 안에서 또 하나의 도쿄를 살고 있는 미나미라는 남자가 있고, 무언가를 생각하고 기다리면서 눈에 부드러운 빛을 담고 살고 있는 것이다. 하지만 사와키는 미나미의 온화한 눈 속에는, 그것과 대극을 이루는 심뜩한 빛이 숨어 있음을 알고 있다. 과거 이경인의 부드럽고 촉촉이 젖은 듯이 보이던 눈이 갑자기 흉포

한 증오의 빛을 발하며 사와키의 가슴을 관통했던 것처럼, 조선인이라면 반드시 지니고 있는 그런 눈인 것이다.

퇴원하셨다는 것은 모임의 친구로부터 들었습니다. 축하합니다, 라고 미나미는 적고 있었다. 기분이 좋으실 때 언제 꼭 한번 만나 뵙고 싶다, 만나서 축하하고 싶다, 그리고 경주 불국사나 석굴암, 첨성대 등의 이야기를 다시 듣고 싶다고 적혀 있었다. 그것을 읽었을 때, 하차효와 하주남에 의해 내동댕이쳐져 있던 사와키는 무슨 일이 있더라도 미나미를 만나야겠다고 결심했다. 비록 몸이 아프더라도 마음의 지옥에서부터 어떻게든 빠져나오지 않으면 안 되겠다고 사와키는 생각하고, 미나미의 초대가 사와키를 향해 내려진 한 가닥의 거미줄처럼 생각되었다. 쇼와 13년 이경인의 부활이 그 시초이며, 하차효와 하주남이 그 뒤를 잇고 그리고 남현남이 무언가를 사와키에게 가져다 주기 위해 세 번째로 나타난 것처럼 느꼈다.

고물상 안은 잡다한 물건들로 넘쳐 났고, 다케모토(竹本)라는 살찐 조선인은 선선히 남현남을 불러 주었다. 남현남은 일단 나와서 밖에서 좀 기다려 달라고 사와키에게 말하고는 가게 안으로 들어갔는데, 다시 나타났을 때는 작업복이 아니라 깔끔한 양복으로 갈아입고 있었다.

"자, 갑시다."

남현남은 말했다.

"어디로 가죠?"

"가부키초(歌舞伎町)의 다방으로 갈까요?"

"하지만 요즘 세상에 가부키초에 조용한 다방이 있을까요? 3년 사이에 신주쿠도 완전히 변해 버렸어요."

사와키는 말했다.

"오늘은 사와키 씨를 축하하는 날이니까, 제가 가끔 들리는 조선 요리를 맛있게 하는 집으로 모시겠습니다. 사와키 씨는 조선 요리가 입에 맞지 않으십니까?"

"아뇨, 매우 좋아합니다."

"그것 참 잘됐군요. 오늘은 많이 잡수세요. 조선 요리를 먹으면 원기가 생기죠."

남현남이 말했다.

나는 어릴 때, 라고 사와키는 문득 이야기를 꺼내다가 서둘러 말머리를 돌려 버렸다.

"아 위험해, 저 차는 이런 비포장도로에서 왜 저렇게 난폭 운전을 할까? 나는 자동차가 아슬아슬하게 지나쳐 가면, 수술로 갈비뼈가 없어진 쪽이 쑥 빨려 들어가는 듯한 느낌이 들어 식은땀이 나요."

사와키는 처음 그런 이야기를 하려고 말을 꺼낸 것이 아니었다. 원래는 이런 이야기를 하려고 했다.

'나는 어릴 때, 시장에서 조선인들이 개를 삶아 먹는 것을 자주 보았어요. 그것을 개장이라고 하는데요. 큰 솥에다가 개 한 마리를 통째로 넣고 된장과 고춧가루와 마늘과 파를 듬뿍 넣어 푹 삶으면, 나중에는 개의 뼈다귀는 살점에서 다 떨어져 나오고, 살점은 상어 지느러미 수프처럼 실같이 되어 버리고, 뜨거운 김이 펄펄 나고, 뭐라 형언할 수 없는 맛있는 냄새가 좁은 가게 전체에 풍기는 기에요. 그러면 멀리 시골에서 채소나 대추나 민물생선 등을 시장에 팔러 온

건장한 남자들이, 큰 놋쇠 사발에 한가득 담긴 개장을 땀을 흘리며 게걸스럽게 먹는 겁니다. 나는 그것을 선 채로 보고 있었습니다만, 그 남자들이 부럽기 짝이 없었습니다.'

사와키는 이 이야기를 하지 않았다. 이 이야기를 하면 사와키가 볼 수 없는 곳에서 남현남의 마음이 어떻게 변해 갈지 알 수 없다는 점을 그는 잘 알고 있기 때문이었다. 식민지 조선에서 살고 있었던 일본인이라고 알았을 때, 일본에 살고 있는 조선인이 사상의 여하를 막론하고 동일한 몇 가지 반응을 보인다는 것을 그는 알고 있다. 사와키와는 반대로 일본에서 태어나고 자란 젊은 조선인이라면, 일본인이 이야기하는 조선의 풍물에 대해서 마치 먼 외국의 이야기라도 듣는 것처럼 무관심한 표정을 짓거나, 아니면 아직 가 본 적이 없는 조국을 조금이라도 더 많이 자신의 마음속에 그리려고 열정적인 시선이 되든가 둘 중의 하나다. 하지만 식민지 시대의 조선에서 생활한 경험이 조금이라도 있는 조선인이라면, 관심이 전혀 없는 게 아닐까, 라고 생각될 정도로 애매한 표정을 짓거나 기쁨과 그리움과 분노와 같은 표정을 절대로 나타내지 않는다. 표면적으로는 일본인의 이야기에 맞장구마저 치기도 한다. 그리고 이 무표정이야말로 실은 가장 무서운 표정이다. 마음 깊은 곳에는 이야기에 의해 환기된 식민지 조선에서 살았던 자신의 고통과 그 고통의 원인이었던 일본인 중 한 사람을 바로 눈앞에 둔, 어떻게 할 수 없는 증오가 북받쳐 올라오는 것이다. 이야기를 듣는 조선인의 사상이 진보적인가 아닌가 하는 문제 이전의, 피가 끓어오르는 것이다. 어쩔 수 없는 고통과 증오의 비등(沸騰)인 것이다.

하물며 남현남은 정체불명의 사나이다. 남조선 노동당원으로 있다가 망명한 사람일지도 모르고, 아니면 전혀 다른 종류의 사람일지도 모른다. 어쨌든 국제 정치망 안에 있는 사람이라는 점은 확실하기에 사와키는 함부로 말을 할 수 없었다.

조선 요리집의 방에서 탁자를 사이에 두고 두 사람은 마주 앉았다.

"이젠 술 좀 드셔도 괜찮죠?"

남현남은 물었고, 맥주 정도는 무방하다고 사와키는 대답했다. 사와키는 식탁으로 날라져 온 김치와 채소를 먹었고, 남현남은 고기와 내장을 구웠다.

"우리 가게 주인은 말이죠. 내가 일을 잘한다며, 마치 식구처럼 잘 돌봐 줘요."

남현남은 말했다.

"근무 중에 찾아와 미안해요."

자신의 정신 상태가 지금까지는 말짱한 것 같다고 생각하며 사와키는 말했다.

"어릴 적이라고, 조금 전에 사와키 씨가 이야기를 꺼내다 마셨지요?"

불고기를 집으려던 사와키의 젓가락이 일순간 멈추었다.

"어릴 때 조선에서 자주 조선 요리를 드셨나요?"

남현남은 자연스런 말투로 말했다.

"내가 조선에서 태어난 것을 어떻게 알고 있죠?"

"전에 어느 잡지의 수필에, 한두 줄 쓰신 것을 우연히 읽은 적이 있어서."

"그런가요?"

눈없는 머리 255

사와키도 보통의 어조로 말했지만, 그는 그런 것들을 언제 어느 잡지에 썼는지 기억이 나지 않았다. 그렇다면 매우 안이하게 갈겨썼던 것이리라고 그는 생각했다. 그것 봐라, 쓴 것은 살아남아서, 그리고 내가 살아 있는 한 여러 가지 형태로 나에게로 되돌아오지 않는가? 사와키는 씹고 있던 향기로운 내장의 맛이 갑자기 사라진 것을 느꼈다. 아아, 이것은 나쁜 징후다, 머릿속이 뜨거워졌다고 그는 생각했다.

"뭐가 잘못됐습니까?"

콩나물을 한입 가득 먹으면서 남현남이 말했다.

"맛이 없으세요?"

"아니, 맛있어요."

또다시 한 가지 일밖에 생각할 수 없게 되는 것 같다고 사와키는 느꼈다. 내 머리가 뜨거워졌다. 제기랄, 그게 또 시작된 거야, 하필 이럴 때에 말이다. 그는 무의식적으로 손수건을 꺼내 이마 왼쪽에서 반짝이고 있는 땀을 거칠게 닦았다. 생각해 보면 말이 우물우물 짧게 끊기기 시작했다. 단 한 가지 일밖에 생각을 할 수 없게 되어 간다. 말과 마찬가지로, 머릿속에 떠오르는 광경이 하나하나 단편이 되어 어지럽게 나타났다가 사라지기 시작했다. 흐르는 땀을 계속 닦으며 왕성한 식욕으로 고기를 먹고 있는 상대방을 쳐다보며 사와키는 남현남, 남현남이라며 머릿속에서 그 이름을 반복해서 상기시켰다. 남현남, 하차효, 이경인, 이도석, 식민지, 식민지 조선, 조선, 한국전쟁, 아아, 한국전쟁, 내 화염병. 500cc짜리 약병. 병을 잡은 내 손. 경찰의 파란 철모. 곤봉. 내려온다. 머리가 소리를 낸다. 메마른 소리. 퍽,

퍽, 또 곤봉. 내려온다. 퍽, 퍽. 조선인 중학생. 조선인 여자 중학생. 곤봉이 내려쳐진다. 어깨가 소리를 낸다. 둔탁한 소리. 비명. 내 화염병아 날아라, 내 화염병. 권총조차 감당해 내지 못하는 화염병. 하지만 그래도 날아라 내 화염병. 스무세 살의 어깨와 근육과 팔에 의해, 정확히 경찰의 철모를 향해, 날아라 내 화염병. 날아간다. 부서진다. 불. 불. 불바다. 신주쿠 가드레일 옆 길이 불바다다.

사와키는 많이 먹었다. 고기를 먹고, 내장을 먹고, 돼지 족발을 먹고, 콩나물을 먹고, 고사리를 먹고, 김치를 먹었다. 남현남은 흡족한 듯이 웃으며 입을 움직이고 있는 게 마치 무언가를 말하고 있는 것 같았다. 지껄이게 놔 두자고 사와키는 생각했다. 머리가 이상하다. 또다시 한 가지 일밖에 보이지 않기 시작했다. 이상하다. 역시 탈이 난 건가?

불 속에서 경찰이 도망친다. 성공이야, 라고 외치는 헌팅캡을 쓴 남자. 기술 좋군, 잘했어, 라고 말하는 헌팅캡의 남자. 처음부터 데모대 안에 있었던 헌팅캡. 나를 칭찬하는 헌팅캡의 음성. 그 자식의 수갑. 나를 다섯 명이 에워싸고 오른팔에 매달리는 놈, 왼팔에 매달리는 놈, 뒤에서 달라붙는 놈, 넥타이를 조르는 놈, 얼굴을 때리는 놈, 경시청 공안 3과. 아아, 나를 체포한 경시청 공안 3과. 외국인 전문. 조선인 전문. 밀고하러 오는 조선인 스파이. 스파이의 밀고로 체포된 조선인 학생. 젊은 밀입국자 학생. 전쟁을 피해 온 밀입국자. 그들을 찾아내는 조선인. 스파이.

"나는 한국전쟁 때 화염병을 던졌습니다만."

갑자기 사와키는 말했다.

"남현남 씨는 조선에서 어떤 일을 하고 있었습니까?"

던져진 돌. 작고 평평한 돌. 고양이. 하차효의 유리. 깨진다. 소리를 내며 깨진다. 나는 또다시 엉뚱한 곳으로 돌을 던지고 말았다. 남현남은 자신을 조선인이라고 딱히 소개도 하지 않았고, 하물며 조선에 있었다고는 한마디도 하지 않았음에도, 내 멋대로 남로당에서 온 망명자일 것이라고 추측한 게 아닌가, 라고 사와키는 자신의 머리를 저주했다. 하지만 남현남은 동요하지 않고 태연한 모습으로 고기를 먹고 있다. 남현남이 어떤 길을 걸어왔는지 사와키는 모르지만, 그는 분명히 사와키보다 연장자로, 게다가 1967년의 조선민주주의 인민공화국도 아니고, 1967년의 대한민국도 아닌, 1967년의 일본 수도에서 고물상 점원을 하고 있다. 고독한 남현남이 짊어지고 있는 것에 비하면, 병에서 회복된 일본인이 던진 돌의 크기 따위는 전혀 문제되지 않는다는 식의, 강하고 태연자약한 표정으로 콩나물을 먹고 있다. 단단한 턱으로 천천히 씹어서 삼킨다.

"저는 조선에서 미군과 싸우고 있었습니다."

한참 있다가 남현남은 조금도 표정을 바꾸지 않고 말했다.

"북의 인민군?"

남현남은 고개를 가로저었다.

"그러면 남쪽의 빨치산?"

사와키가 묻자, 어렴풋이 고개를 끄덕였다. 그리고 그와 같은 구체적인 경력은 말하고 싶지 않으니까 더 묻지 말아 달라는 듯이, 남현남은 손뼉을 쳐서 여점원을 불러 고기 한 접시를 더 시켰다.

"미군은 강했습니까?"

사와키는 집요하게 물었다. 그러자 남현남은 어쩔 수 없다는 식으로 비로소 웃었다.

"약해요."

불쑥 한마디 했다.

"약해요? 정말입니까?"

"비행기가 위에서 엄호한다든지 포병이 멀리서 지원 사격을 해주면 아주 강해요. 하지만 비행기도 없고 포병도 없을 때는 약하기 짝이 없죠. 제일 약해요."

"자, 그러면 어느 군대가 가장 강한가요? 중국 의용군입니까?"

"가장 강한 것은 조선 사람입니다. 내가 조선 사람이라서가 아닙니다. 나는 이 두 눈으로 똑똑히 보았으니까요. 북쪽의 인민군이나 한국군 모두가 진짜 강해요."

"하지만 한국군은 개전 초기부터 박살이 났잖아요?"

"그건 별개의 문제죠. 한국군의 무장이 열악한 데다, 미국은 처음에 한국군에게 전차나 비행기들을 거의 건네주지 않았죠. 게다가 기습 공격을 받았기 때문이에요."

"믿을 수 없어요. 당신은 처음 만났을 때에도 그렇게 말했는데, 기습 공격이란 게 이해가 안 가요. 왜냐하면 한국군이 먼저 북침을 한 거예요. 그것이 어째서 기습 공격이란 거죠?"

사와키는 말을 더듬었다. 거세게 말하려 해도 더는 입이 움직이지 않았다. 남현남은 사와키를 물끄러미 쳐다보며 조용히 미소를 지었다.

"피곤하시죠?"

그는 천천히 말했다.

눈 없는 머리

"사와키 씨가 좀 더 건강을 회복하면, 제가 체험한 생생한 역사의 진실을 기꺼이 말씀드리지요."

사와키의 몸이 뜨거워졌다. 이 새끼가, 하고 사와키는 마음속으로 추잡한 말을 뱉었다. 이 새끼는 내 머리가 어떤 상태인지 모두 간파하고 있는 게야. 도대체 어떤 놈이지? 이런 반공주의자 같은 말을 너무나 확신에 차서 지껄이는 이 자식의 정체는 무엇인가?

"이야기가 벗어나 버렸군요.

남현남은 말하고 고기를 석쇠 위에 올려놓았다.

"어두운 밤에 우리는 인민군과 중국 의용군과 함께 언덕 위에서 잠복했습니다. 달도 별도 없는 어두운 밤이었죠. 미군 일개 중대가 언덕과 언덕 사이로 난 도로를 통과하고 있었습니다. 언제 어디에서 공격을 받을지 모르기 때문에 놈들은 이야기도 하지 않고 웃지도 않으며 걷고 있었습니다. 틀림없이 잔뜩 겁을 먹고 있었을 겁니다. 그때 훨씬 전방의 어둠 속에서 피리 소리 같은 나팔 소리가 들려왔습니다. 뒤쪽에서도 나팔 소리가 들려왔습니다. 그러자 길에서는 순식간에 비명과 웅성거리는 소리가 나기 시작했습니다. 우리는 공격을 개시했습니다. 한 명도 남기지 않고 몰살시킬 작정으로 공격을 했지요. 그러자 놈들은 울기 시작했어요."

사와키는 불현듯 남현남의 눈을 쳐다보았다. 남현남의 얼굴은 조용한 미소를 띠었지만 그의 눈은 경직되고 조금도 웃지 않았다.

"울기 시작한 거예요. 격렬한 총성 속에서도 그 울음소리는 똑똑하게 들렸어요. 중국 의용병들은 언덕을 내려가 도로에 접근은 했지만 그 속으로 파고들어 가려고는 하지 않았지요. 파고들어 가 놈들과 백병전을 벌인 것은 인민군과 우리였어요. 그게 만약 한국군이었다면, 우리는 한국군을 포위해 본 적도 있었지만, 한국군은 포위되더라도 울지는 않아요. 전멸할지도 모른다고 생각되더라도 용감하게 백병전을 해 왔어요. 그리고 전멸했어요. 울면서 포로가 되지는 않죠. 최후까지 싸웁니다. 가장 강한 것은 조선인, 그 다음은 중국인, 마지막이 미국인입니다."

아무래도 남현남의 페이스에 말려든 것 같다. 여기서 빠져나가야 될 것 같은데. 그래서 그는 과감히 또 다른 돌을 던졌다.

"이런 이야기를 해도 괜찮을까요? 도쿄는 사람들로 꽉 차 있어요. 정체를 알 수 없는 인간들이 엄청 많아요. 남현남 씨, 당신 괜찮아요? 나는 경시청에 붙잡혀 있었을 때, 조선인 스파이를 몇 명이나 보았어요. 형사 앞에서 흠칫흠칫 하고 눈을 반짝이며 어딘지 모르게 음침하고 속삭이는 듯한 목소리로, 형사들에게서마저 경멸을 받으면서 그래도 밀고를 하러 오니까 말이죠. 가까스로 배를 타고 전쟁터인 조선을 도망쳐 온 젊은 청년이 체포된 적이 있었는데, 그 스파이 때문이었죠."

남현남은 희미한 미소를 지었다.

"스파이는 많이 있어요. 일본인은 아무것도 모르는 채 안심하고 일하고 놀기에 바쁘지만, 세계 주요국의 정보 기관이나 스파이들이 태연한 얼굴로 도쿄에서 활동하고 있음을 저는 잘 알고 있지요."

남현남은 말했다.

"저는 진심으로 말하고 있어요."

"저도 진심입니다."

남현남의 눈초리가 빛났다.
"한국전쟁 초기에 일본 각지에서 조선인들이 증발한 일이 있었는데 말이죠."
　사와키는 되받아치듯이 말했다.
"나중에 알게 된 사실이지만, CIA가 은밀히 납치하여 북한의 스파이로 날조하려고 한 게죠."
"지금 유행하는 증발도, 그 모두가 개인적인 이유에서가 아니라고 생각해야만 하는 근거가 있는 셈이군요."
"그래요. 일본적인 시야를 벗어난 것이 그중에 몇 개인가 섞여 있을지도 몰라요. 이 평범한 일상 속에서 말이죠."
"도쿄는 국제 정치의 합류 지점의 하나니까요."
　남현남이 말했다.
"저도 집요하게 추적을 받은 적이 있어요."
　이런 말을 태연하게 뱉어 내는 이 남자는 도대체 어떤 자일까, 라고 사와키는 생각했다. 민족문화 연구 모임에서 얼굴을 알게 된 이 남자는 도대체 무슨 생각으로 도쿄에서 살고 있는 것일까?
"스파이에게 추적을 당했나요?"
　반신반의하며 사와키가 물었다.
"저를 따라다니는 놈은 이중 스파이였어요. 마치 지어낸 이야기 같지 않습니까?"
"이중 스파이? 북과 남의 이중 스파이인가요? 그런 게 진짜로 있나요?"
"있습니다. 너무나 태연자약한 얼굴을 하고 있죠. 저에게까지 모습을 나타낼 정도니까. 어디에 어떤 놈들이 우글거리고 있는지 알 수 없는 일이죠."

"그놈은 어떻게 됐죠?"

"글쎄, 어떻게 되었을까요, 최근 몇 년간 얼굴을 보이지 않네요."

남현남은 대수롭지 않은 듯이 말했다.

"꽤 먹었으니까, 그만 밥을 시킬까요?"

"또 먹나요?"

"배부르십니까? 인간은 먹어야 됩니다. 특히 선생님의 경우는. 이제부터 일을 하셔야 할 몸이 아니십니까? 빈약한 식사를 찔끔찔끔 드셔 가지고 선생님은 회복되지 못합니다. 밥이 싫으시다면, 옳지 냉면이 좋겠군요."

냉면이라는 소리는 사와키의 머릿속에서 '冷麵'이라는 문자가 된다.

"그것 좋지요, 냉면을 좋아해요."

사와키는 말했다. 그리고 자신도 모르게 아무런 사전 설명도 없이 갑자기 하차효와 하주남의 경위를 말하기 시작했다. 이야기를 시작하자 사와키는 마치 신들린 듯, 아픈 가슴을 무의식적으로 문지르며 단숨에 이야기를 끝마쳤다.

"가슴에 통증이 오네요. 틀림없이 내일쯤 비가 올 거예요. 그래서 주남은 내팽개쳐지고, 나는 어쩔 도리가 없습니다만, 하차효를 어떻게 생각하십니까? 그 사람은 자기의 증오 때문에 자식을 내팽개치고도 태연해요. 어차피 조선으로 돌아갈 거라면, 일본의 교육을 받아 반일본인이 되는 것보다 무학문맹의 조선인이 되는 편이 훨씬 낫다고 생각하고 있어요. 그건 옳은 생각일 거예요. 하지만 몇 년 뒤

눈없는 머리 263

가 될지 모르니. 언제까지 내팽개쳐 둘 수는 없어요. 하차효는 냉혹해요."

사와키는 말했다.

남현남은 냉면 국물을 한입 머금고 잠시 맛을 보고 나서 싱겁군, 이라고 말하고, 소금을 쳤다. 그는 그렇게 하면서 사와키가 한 이야기에 대해서 생각하고 있는 듯했다.

"사와키 씨, 잘 알고 계시겠지만, 조선인만큼 교육을 중시하는 민족은 없습니다. 한국은 지금 가난합니다. 하지만 부모는 자신들이 굶는 한이 있더라도 자식만큼은 학교에 보냅니다. 그것은 일본처럼 학력이 없으면 사회에 나가 출세할 수 없기 때문이라는 현실적인 이유에서가 아닙니다. 한국에서는 대학을 나와도 변변한 직장을 구하기가 어려운 형편으로, 그건 모두 잘 알고 있습니다. 그런 것은 충분히 알고 있지만, 인간에게 교육이라는 것은 물같이 소중한 것이라고, 조선에서는 옛날부터 모두 생각해 왔습니다. 그렇기 때문에 사와키 씨, 하차효 씨는 결코 태연하지 않으며 냉혹하지도 않다고 나는 생각합니다. 가장 슬퍼하고 있는 사람은, 가장 괴로운 사람은 아버지인 하차효 씨일 거라고 나는 생각합니다. 힘들어도 어쩔 수가 없어요. 나도 묘안이 없어요. 하지만 만약 내가 하차효 씨였다면, 나 역시 주남 군을 일본인 소학교에 넣지 않았을 겁니다. 주남은 반일본인이 되어서는 안 됩니다. 무학일지라도 조선인이 되어야 합니다."

"일본인들 속에서 생활하면서 텔레비전을 보면서 그게 가능할까요? 가능하다고 생각하세요?"

"제가 할 수 있는 말은 일본의 교육을 받아서는 안 된다는 것뿐입니다. 단 제가 우려하는 것은, 하차효 씨는 반공주의자로 자식을 조총련의 조선학교에는 절대로 넣지 않는다면, 자식을 문맹인 채로 방치해 두어야만 하는 괴로운 심정에 얼마만큼 버틸 수 있을까라는 점입니다. 아이는 점점 자라고 삐뚤어져, 사와키 씨 말씀대로 비행을 저지를지도 모릅니다. 그 가능성은 충분히 있습니다. 그것도 보통 비행청소년이 아니겠지요. 일본이라는 나라 안에서 일본인이라고 생각하고 자라다가 갑자기 하(荷)라는 성이 무엇을 의미하는지를 알게 되는 날이 찾아온다, 그래서 조선인이 비행을 저지르는 것입니다. 무서운 일입니다. 일본 범죄의 일부를 확실하게 짊어지고 있는 층으로 떨어지는 것입니다. 하차효 씨가 반공이더라도 성실하게 일하는 사람이라면, 자식의 유치한 장난이나 비행에도 장래를 생각하여 마음이 찢어질 정도로 고통받을 것입니다. 하지만 하차효 씨를 도와줄 사람은 없습니다. 하차효 씨의 고집은 꺾일 것입니다. 아마도 꺾일 겁니다. 자식의 모습이 하차효 씨의 굳은 결심을 반드시 꺾을 겁니다. 그리고 언젠가 틀림없이 아들을 근처의 일본인 소학교에 집어넣을 겁니다. 아들이 더 삐뚤어지지 않도록, 아들이 더 고독해지지 않도록 말입니다. 괴로운 일이죠."

큰 그릇에 담긴 냉면을 눈 깜짝할 사이에 먹어 치우자, 남현남은 사와키의 몸 상태를 배려하여 오늘은 오랜만에 뵙게 되어서 매우 즐거웠다, 사와키가 좀 더 건강을 회복하면 다시 민족문화 연구 모임에 나와서 일본 문화와 조선 문화에 대한 생각을 들려주면 좋겠다고 말했다. 사와키는 나는 이야기할 자격이 없다, 나야말로 나은 사람의 연구를 듣고 공부를 하고 싶다고 말했다. 두 사람은 식당 앞에서 헤어졌다. 사와키는 끝내 세 번째 돌을 던지지 못했다. 그는 맥주를 조금밖에 마시지 않았는데도 마치 취한 것 같은 기분이 들었다. 그는 오른쪽 가슴을 감싸면서 혼잡 속을 걸어갔고, 숨을 헐떡이며 천천히 세이부 신주쿠역의 긴 계단을 올라가, 전차를 타자 눈을 감고 깊은 한숨을 쉬었다. 피곤하다, 진짜 피곤하다고 사와키는 생각했다. 나는 심신이 모두 지쳤다. 내 머리가 오락가락하고 있음을 남현남이 눈치 채지 않았을 리 없다. 남현남, 너는 도대체 누구냐? 무엇을 생각하고 무엇을 하려고 이 도쿄에 있는 거냐? 너는 진짜 남로당원인가? 너의 이야기는 중요한 부분에서 납득이 가질 않아, 너의 말은 가시처럼 내 마음을 찌른다. 남현남이 한 말은 계속해서 되살아나 파도처럼 사와키를 감싸고, 그의 머릿속으로 침입하여 끓어오른다. 수술 전의 자신의 사고와 행동이, 아무리 생각해 봐도 마치 생판 남의 사고와 행동인 것같이 생각되어 견딜 수가 없었는데, 남현남은 간단하고 무자비하게, 그 사와키를 지금의 사와키 위에다 겹쳐 융합시켜 버린 것 같은 느낌이다. 남현남이 한 말의 파도는, 사와키의 의식의 바닥에 고정된 바위가 되어 가라앉아 있는 몇 개인가의 역사에 대한 생각을 거칠게 움직여 위아래로 흔들려고 한다. 남현남, 너는 정말로 망명한 남조선 노동당원인가? 너의 북쪽 노동당에 대한 거친 분노는, 이승만 정권을 곧 무너뜨리려고 하는 상황에서 한국전쟁 때문에 뒤집혀 버린 남로당원의 분노인 듯한 냄새를 풍겼지만, 그건 과연 진실인가? 아니, 그 같은 역사가 있었다고 말하는 자체가 과연 진실인지 아닌지 나는 알 수가 없다. 판단이 서지 않는다고 사와키는 눈을 감은 채로 고뇌에 찬 표정을 지었다. 누구보다도 조선을 잘 알고 있다고 생각하는 나, 공산당 관련 정보를 기초로 하여 조선의 현대사를 나름대로 이해하고 있다고 자부했던 나, 전후 조선노동당이 남과 북에 각각 있고, 그것이 어떠한 경과를 거치며 한국전쟁에 이르렀는지, 그 역사에 대한 무지, 북의 노동당과 남의 노동당, 나는 아무것도 몰랐던 것이다. 그걸 모르고서는 현재 조선의 남과 북에 대해서 남에게 이야기할 수 없는 것이다. 남현남의 말이 진실인지 아닌지 판단할 수 없는 나, 판단할 주문(呪文)을 잃어버린 나, 공허한 나, 빈껍데기인 나, 이 문제 하나만 보더라도 무력하기 짝이 없는 나, 사와키는 마비되어 오는 머리를 천천히 흔들었다. 그는 과거 조선과 일본에 대해서, 조선에서의 혁명 운동에 대해서, 그가 읽은 문헌을 하나하나 기억해 내려고 했다. 그것들은 짙은 안개에 싸여 모습을 드러내지 않는다. 사와키는 필사적으로 안개 속으로 손을 집어넣어 찾으려고 했다. 1928년 12월의 테제. 조선 혁명 농민 및 노동자의 임무에 관한 테제. 1930년 프로핀테른 집행국이 채택한 9월의 테제. 조선 혁명적 노동조합운동의 임무에 관한 테제. 1931년의 서신. 조선의 범태평양노동조합 비서부 지지자들에 대한 비서부의 격문. 사와키는 안개를 헤치며 어렴풋이 모습을 드러내는 그것들을 바라본다. 10월 편지. 그것은 1932년의 쿠시넨 의견서와 중복된다. 이것들은 식민지 조선의 전위당과 공산주의자들이 일본 제국주의자들과 싸우기에 앞서, 격렬하고 복잡하게 분열된 분파 투쟁으로 세월을 보내며 해체되어 가는 모습에 대해 세계의 공산주의자들이 보낸, 실로 비통한 느낌을 가진 언어로 쓰인 경고다. 아직 어린이에 불과한 도석, 소년기에서 청년기로 넘어가는 이경인, 하차효, 남현남들이 그들의 조

눈 없는 머리 267

국에서 인생을 시작하려고 한 그때에 내부 투쟁과 복잡한 파벌에 의해 조선 공산주의들의 통일된 조직체는 해체되고 소멸된다. 1932년에 쿠시넨이 통렬하게 말했다.

"잘 아는 바와 같이 다년간 다수 당파 간에 조직 투쟁이 벌어졌다. 이 방면에서 일반적으로 알려진 것은, 폴란드와 미국의 당파이지만, 기록을 깬 것은 조선의 조직 투쟁이다."

이 말은 이미 때늦은 것이었다. 10월 편지와 쿠시넨의 의견서를 구치소 독방에서 담요를 허리에 감고, 수세식 변기 겸 의자에 걸터앉아 학생인 사와키가 읽었을 때 그것은 그의 애간장을 태웠다.

기록을 깬 것은 조선의 조직 투쟁이다, 라고 쿠시넨은 말했다. 그 냉정한 표현을, 분파·분당 때문에 피로 점철된 조선 역사를 물려받고 신음하던 조선 공산주의자들이 어떤 심정으로 들었을까, 라고 독방 안에서 사와키는 생각하지 않을 수 없었다. 기록을 깬 것은… 이라고, 코민테른의 권위자들이 극동의 비참한 식민지에서 분파의 수렁에서 허우적거리고 있던 미숙한 공산주의자들을 향해 말했다. 마르크스나 레닌이 유치하고 미숙한 사회주의자와 혁명가들을 향해 단 한 번이라도 이런 표현을 한 적이 있었던가? 미숙하건 참상이 제아무리 눈뜨고 볼 수 없는 지경이건, 그것을 비판하는 말 속에 이런 냉혹함이 있는 것은 공산주의자로서 부끄러워해야 한다고 사와키는 느꼈다.

자신을 해체로 몰고 가는 분열에 고민한 것은 다름 아닌 조선의 공산주의자들이다. 그들이 제멋대로 분열 항쟁의 길을 택한 것은 아니다. 역사와는 관계없이 갑자기 내부 항쟁이 그들 안에서 솟아오른 것이 아니었다. 조선 공산주의자들 또한 역사의 자식들이고, 그들 조국의 역사라는 틀 밖에서 혁명을 이룩할 수는 없었다.

사와키는 독방에 스며드는 추위에 떨면서 차입품 속에서 낡은 책을 끄집어냈다. 그것은 동지 한 사람이 간다(神田)의 헌책방에서 찾아 준 것이다. 이런 낡은 책은 도움이 되지 않을 거라고 생각되지만, 자네가 워낙 조선에 대해서 열심이기 때문에, 라며 자신의 노력이 부족함을 부끄러워하며 넣어 준 것이다. 그 동지는 어릴 때 소아마비에 걸려 다리를 절기에 달릴 수가 없는 몸이었다. 그 사건이 있던 날 밤, 신주쿠역의 혼잡 속에 서서 그 동지는 헌팅캡을 쓴 남자들이 사와키의 뒤에 바싹 붙어서 움직이는 것을 보았다. 형사라 생각하고 사와키에게 알려 주려고 했지만, 달려가는 사와키를 끝내 따라잡을 수 없었다. 그는 사와키가 체포된 것을 자신의 죄인 것처럼 부끄러워했다.

그것은 낡은 책이었다. 메이지 40년(1907) 6월 14일 산세이도(三省堂)서점이 간행한 가격 1엔의 책이다. 메이지 40년이라면 청일전쟁과 러일전쟁으로 조선에 발판을 굳힌 일본이 명실 공히 조선을 식민지로 삼은 '합병조약'을 체결하기 바로 직전이다. 당시 조선인들의 교육 분야에 큰 영향을 주고 있던 시데하라 다이라(幣原 坦) 박사가 쓴 『한국정쟁사(韓國政爭史)』였다. 한국인의 현재 상황을 이해하려면 그 원인을 과거의 역사에서 찾지 않을 수 없다. 그리고 그 역사적 사실의 근저에 있는 가장 고질적인 것이 바로 당쟁이라고 단언할 수 있다. 이 나라의 당쟁은 음험하며 비밀을 중시하고, 겉으로는 봄바람이 얼굴을 스치다가 갑자기 뼈를 부러뜨리고 시체에 채찍질을 가

하는 참화를 연출한다는 것은, 박사의 국수주의적 이데올로기임에도 조선의 정쟁사에 대한 가혹한 관찰은 아니라고 사와키는 생각한다. 현대를 포함한 조선 정치사의 특색은 격렬하기 짝이 없는 분파 투쟁이다. 조선의 선조 8년(1574)에 지배층이 분열되었다는 설도 있고 연산군까지 거슬러 올라간다는 설도 있지만, 어쨌든 그 분열의 복잡함과 투쟁의 격렬함은 사와키를 놀라게 만들었다. 지배층은 동인과 서인으로 갈라지고, 동인은 남인과 북인으로, 북인은 대북과 소북으로 분열되고, 대북은 골북과 육북으로, 소북은 청소북과 탁소북으로 분열된다. 서인은 호서와 한서로, 윤서와 신서로, 청서와 공서로 갈라지고, 공서는 노서와 소서로, 노서는 노론과 소론으로 나누어진다. 분열에 분열을 거듭하여, 정치는 백성을 떠나 분열 항쟁에 피를 흘리다가 조선 왕조의 말기를 맞이한다. 사와키는 거기에 일본의 정치가 어떻게 겹치는가를 본다. 지배층 분열 항쟁의 초기, 즉 선조 때인 1592년 분열이 한창일 때 일본군, 즉 도요토미 히데요시의 군대가 상륙한다. 조선인들이 오늘날까지 생생하게 이야기로 전해 오고 도처에 기념비를 남기고 있는 임진왜란과 분열 항쟁의 시작이 거의 겹친다. 조선 말기의 분열 항쟁 도중에 또다시 일본군이 상륙한다. 그것이 청일전쟁이고, 이번에는 히데요시처럼 단기간이 아니라 오랜 식민지 시대가 예고되었다. 물론 조선 시대의 분열과 투쟁이 조선 공산주의자들의 맹렬한 분파 투쟁과 같은 것은 아니다. 하지만 거기에 일본인과 일본인의 역사가 겹쳐지면, 고통의 눈물을 흘리는 것은 옛날이나 지금이나 똑같은 민중이라고 사와키는 생각한다. 1932년 조선 공산주의자들에 대해 쿠시넨은 다음과 같이 말했다.

"조선 공산주의 운동에는 각 분파 간에 이론상의 불일치가 있다고 앞서 말했지만, 그것은 본질적인 불일치는 아니다. 하지만 본질적인 불일치가 아니라고 해서 최근의 문제에 대해 어떤 입장을 취해도 무방하다는 의미로 해석해서는 곤란하다. 어느 분파를 막론하고 어느 것이 과연 옳고 그른가에 대해 증명할 수 없다는 의미로 해석해야만 된다. 어느 분파에도 올바른 견해가 존재하지 않았을 뿐더러, 실로 많은 문제에 대해서 각파는 허위의 견해를 갖고 있을 뿐, 어떤 일정한 견해를 갖지 못했다."

쇼와 초기에 이렇게까지 통렬한 말을 들은 공산주의자 집단이, 조선 이외에 또 어디 있었던가 하고 사와키는 생각했다. 1950년에 코민포름의 평론원들이 일본 공산주의자들에게 던진 말은 "마르크스·레닌과는 아무런 연관도 없다"라는 공산주의자로서는 견디기 어려운 것이었지만, 적어도 거기에는 아직 이론이, 미국 점령 아래에서 혁명으로의 평화적 이행이라는 노사카(野坂) '이론'이 문제되고 있었던 것이다. 그러나 1932년에 조선 공산주의자가 들은 것은, 어느 분파에도 올바른 이론 같은 것은 없고 많은 문제에 대해서 제각각 엉터리 견해를 갖고 있을 따름이라는 말이었던 것이다. 이것이 쇼와 초기의 조선 공산주의자들이었다. 하지만 그게 조선 공산주의자들만의 책임이었을까 하고 사와키는 손을 비벼 따뜻하게 만들며, 저물어 가는 아라카와(荒川) 제방과 도쿄의 서민 동네를 철창을 통해 바라보고, 거기에다 얼어붙은 낙동강과 태백산맥의 흰 산봉우리들을 겹쳐서 생각했다. 이같이 결정한 쿠시넨 자신이, 프로핀테른 자체가, 코민테른 자체가 조선이라는 식민지의 해방과 독립을 바라는 공산주의자들에게 그 전략을 분명하게 제시하지 못했던 것이 아닐까? 마르크스·레닌주의가 아닌 엉터리 견해라고 비난하면서, 10월 서신이든 쿠시넨 의견서든 그것을 대신할 마르크스·레닌적 강령을 창출하지 못했던 것은 아닐까? 하지만 조선 공산주의자들은 해체되고 많은 이경인이 너무나 덧없이 죽어 갔지만, 그 안에서 그들은 자신의 손으로 해방의 이론과 행동을 만들려고 부단히 노력했던 것이다. 하지만 어떻게, 무엇을? 1927년에 조선공산당은 통일된 전위 조직을 그만둔다. 조선 역사 속에서 당이 사실상 소멸된 것이다. 하지만 조선 공산주의자들은 버둥거리며 고통을 받았다. 1934년 조선 공산주의자들의 일부가 국제 공산주의 운동 속에서 최후의 공적 목소리를 기록으로 남겼다. 『공산주의 인터내셔널』지 제17호에 그들은 조선공산당 발기자 그룹이라는 이름으로 「조선공산당 행동강령」을 발표했다. 죽음을 목전에 둔 그들은, 조선공산당은 조선의 각 도시, 중경공업 공장 및 광산에 자신들의 당 조직 및 그룹을 만든다고 끝내 이루지 못한 꿈을 집요하게 중얼거린다. 그들은 조선 독립 만세! 독립·토지·자유 및 빵을 위한 혁명적 봉기 만세! 조선공산당 만세! 세계 혁명의 참모본부 — 코민테른 만세! 세계 프롤레타리아 혁명 만세!, 라고 외치고 그들의 모습은 역사 속으로 사라진 것처럼 보인다. 1945년 일본의 패전에 의해 남과 북에 노동당이 결성될 때까지 세계 역사의 표면에 그들의 모습은 없고 그들의 목소리도 들을 수 없었다. 그리고 노동당 결성 뒤에 대해서는, 일본은 패전의 대혼란 속에 있었고, 사와키는 태어나서 처음으로 조국의 황폐 속으로 고독하게 내던져져 그 이후는 타국 혁명가들의 움직임에 눈길을 줄 경황이 없었다. 하물며 그후의 조선 역사가 사와키들에게 뗄 수 없는 힘을 가지고 나타나리라고는 상상조차 할 수 없었다. 사와키의 조국은 점령하에 놓여 있었고, 조선은 이미 독립했다. 그것은 타국에 불과하다. 무슨 역사의 교차가 있을 수 있을까 하고 사와키는 느꼈다. 이렇게 해서 사와키는 1934년 행동강령 이후의 조선의 모습을 상실해 버린다. 거기에 무지해졌다. 무슨 일이 생기든 그곳은 이미 나에게는 타국이라고 생각하게끔 된다. 어느새 그는 바쁜 생활 속으로 빨려 들어가 여기저기 뛰어다녔다. 그리고 20여 년이 지난 어느 날 그는 깜짝 놀라며 말했다. 나는 허무하다, 나는 무(無)라고.

사와키는 전차에 흔들려 얼굴을 찡그렸다. 나는 무엇 하나 해명하지 못하고, 무엇 하나 만들어 내지 못하고, 만들어 내려는 생각만 품은 채 결핵으로 쓰러져 버렸다. 그리고 3년이 지난 나를 바라보자, 나는 무지하고 무력하고 달릴 수도 없고 쓸 수도 없고, 하차효에 치이고 남현남에게 찔리고 매사에 있어 공포에 떠는 존재로 전락했다. 너무 고통스러운 나머지 사와키는 눈앞을 가로막고 있는 남현남을 노려보면서 마음속으로, 해서는 안 되는 말, 이경인을 향해 던졌기 때문에 후회의 석상이 되어 그의 마음속에 얼어붙어 있는 듯한 종류의 말을 뱉어 냈다. 남현남, 네 놈의 정체는 무엇이냐? 나를 이렇게 괴롭히는 네 놈은 누구인가? 일본 도쿄의 조선인 고물상의 한 방에서 조용히 숨을 죽이고 있는 네 놈은 누구인가? 스파이는 어디라도 있습니다, 저를 따라다니는 놈은 이중 스파이였어요. 무슨 소리를 하는 거야? 네 놈이 정보 공작원이야. 네 놈이 대일 정보 공작원이잖아.

네 놈이 바로 이중 스파이다! 네 놈이 나를 혼란스럽게 만드는 거야!

사와키는 눈을 감은 채 얼굴을 붉혔다. 너는 정말 그렇게 말해도 되는가? 그렇게 말할 수 있는 확신이 있는가? 그런 생각이 사와키를 흔들었다. 너는 조선에서 태어나 거기서 자랐기 때문에 조선 사람에 대해 잘 알고 있다고, 조금 과신하고 있는 것은 아닌가? 그들은 우리 편이 아니다. 그들은 외국인이다. 그것도 외국인 중에서 가장 정체를 파악하기 힘든 외국인이다. 그것을 너는 이경인의 일로 뼈저리게 느끼지 않았느냐? 그렇게 멀리 갈 것 없다. 그 남자를 생각해 봐라!

그 사람은 그가 젊은 당원으로서, 한국전쟁 시절에 전쟁에 반대하는 불법데모에 참가했다가 체포되었을 때에 같은 날 체포된, 그보다 네댓 살 많은 조국방위대의 조선인 김 씨였다. 그와는 투옥도 1심 재판도 언제나 함께였다. 김 씨는 1심에서 집행유예가 되어, 그 뒤의 재판에서 사와키와 만나는 일은 없었지만, 수년이 지난 어느 날 길거리에서 우연히 만나 다방에서 커피를 마셨다. 그때 김 씨는 사와키가 공판 때 항상 보았던 것처럼 부드러운 미소를 띠며, 사와키에게 한 가지 진실을 고했다. 자네가 조선에서 태어나고 그곳에서 자랐다고 나에게 말했을 때, 나는 마음속으로 자네를 미워했어, 라고 불쑥 김 씨는 말했다. 우리 둘은 국적은 달라도 같은 사상으로 살아가고 있는 동지가 아닌가? 그 동지를 미워하다니 이 무슨 소리인가? 특히 그 일본인은 아직 어린애가 아니던가. 그 남자가 내 조국에서 태어나고 거기서 자랐더라도, 그것은 그 남자가 자기 스스로 선택한 것이 아니지 않은가? 그 남자를 미워하는 것은 자신의 사상,

전 세계 공산주의자의 연대 정신에 비추어 보더라도 부끄러운 일이 아닌가라고 나는 내 자신을 설득하려 했지만, 공판에서 자네의 얼굴을 보자 이젠 글렀다, 자네 안에 자네의 조선이 있고, 자네가 먹고 자란 쌀과 채소와 된장과 생선과 고기는 조국의 동포가 비지땀을 흘리며 생산한 것이라면, 자네의 생명은 우리의 조선에서 먹고 살았기에 만들어진 것이다. 그런 식으로 생각하고 나는 심사가 뒤틀려 있었다. 새삼스럽게 당신은 그런 말을 끄집어내는데, 그렇다면 당신은 공판에서 나와 함께 싸워온 몇 년 간, 마음속으로는 항상 그렇게 생각해 온 것이냐고 사와키는 창백한 얼굴로 물었다. 그렇다. 그렇다면 지금도 그런가? 그렇다네, 나는 부끄럽고 자네에게 미안하지만, 이런 기분을 감춘 채로 자네와 이야기를 하는 것이 더 견딜 수 없었네. 그런 생각을 하면서도 당신은 몇 년씩이나 나에게 상냥하게 미소를 지었군. 미안해, 그런 얼굴 이외에 어떤 얼굴도 할 수 없었어. 힘드는군, 이라며 사와키는 창백한 얼굴로 말했다, 진짜 힘들어. 응, 나도 힘들어, 라며 김 씨는 그때 처음으로 얼굴에서 부드러운 미소가 사라졌다. 힘드는군, 이라며 사와키는 반복했다. 서로 이런 기분으로 공동 투쟁을 해 나갈 수 있을까? 투쟁은 말로 하는 것이 아니니까, 목숨을 걸고 하는 것이니까. 나도 힘들어, 힘들어도 공산주의자는 힘을 합치지 않으면 안 된다고 생각해, 라며 김 씨도 창백한 얼굴로 말했다. 나와 자네가 서로 힘들다고 말하는 것은 일본인과 조선인이란 게 모두 그런 관계라는 셈이지, 공산주의자도 예외는 아니야. 하지만 공산주의자들은 그 힘 드는 것을 외면하지 않고, 그것을 마음속에 묻어 두고서 서로 힘들게 만들고 서로 미워하게 만든 적에

눈없는 머리

대해서는 연대하는 것이라고 생각하고 싶어. 그렇겠지, 라며 사와키는 쉰 목소리로 말했다. 그건 그래, 하지만 내게는 충격이 너무 커요, 너무 힘들어요.

온화한 눈매 속에 갑자기 오싹해질 정도의 얼음이 나타난다든지 증오의 광채가 빛난다든지 해서, 용모마저 완전히 변해 버리는 외국인들, 수많은 이경인과 피고 동지인 김 씨들을 사와키는 보아 왔다. 그리고 불과 조금 전에 그는 남현남과 대화를 하고, 남현남의 미소 속에서 빛나는 눈매를 본 것이다. 사와키가 괴로워한 나머지 마음속으로 네 놈이 스파이다, 네 놈이 이중 스파이다, 라고 외친 것은 옳았던 일일까?

사와키는 마음속으로 외치고 나서 그것이 부끄러워서 얼굴을 붉혔다. 남현남의 눈초리는 적대자의 눈초리도 스파이의 눈초리도 아니고, 그 강렬한 눈빛은 그의 사상에 사와키가 공감을 하든 말든 관계없이 남현남 자신이 행동하고 스스로 만들어 낸 자기 사상에 대한 확신의 광채는 아닐까? 그 눈빛은 진짜 조선인 중의 조선인의 눈빛이다. 사와키는 그것을 알고 있었다. 그런데도 그는 혼란스런 머리를 유지할 수 없어서 해서는 안 될 말을 내뱉어 버렸다. 난 안 돼, 라고 사와키는 생각했다.

나는 정말 형편없는 놈이야, 남현남 용서해 줘. 다행스럽게도 남현남은 죽은 이경인이 아니었다. 남현남은 살아서 도쿄에서 살고 있다. 언젠가 사와키는 정상적인 머리로 남현남과 성실하게 대화를 나눌 수 있겠지, 그것이 언제가 될지 예측할 수도 없지만 말이다. 그렇게 믿으며 의지할 수밖에 없다.

또 하나의 그날

 이상한 남자가 복도에서 울고 있다. 갈색 바지에 갈색 알로하 셔츠를 입은 예순 살쯤으로 보이는 그 남자는 삐쩍 말랐지만, 어깨가 딱 벌어지고 손마디가 굵은 것이 물건을 한 주먹에 꽉 쥐고 찌부러뜨려 버릴 것같이 보인다. 그 외모가 오랜 세월 동안 몸을 쓰고 손을 쓰며 살아왔음을 확실하게 말해 주고 있다. 남자는 복도 중앙에서 마치 스모 선수처럼 두 다리를 벌린 채 무릎을 굽히고, 팔로 무릎을 짚고 있는 기묘한 자세로 울고 있다. 예순 살 정도의 남자가 울고 있다 해도 시간과 장소에 따라서는 그게 꼭 이상하다는 법은 없다. 이상한 것은 그곳이 사람들이 왕래하는 요양소의 복도고, 특히 외과 병동의 복도며, 시간이 오전 열시를 조금 지났고, 남자가 초췌하고 안색이 좋지 않은 것은 폐 수술을 한 지 한 달 정도밖에 안 되었기 때문이라고 생각되고, 또 분명히 술에 취해서 울고 있기 때문이다. 울고 있는 남자 앞에 외과 병동의 수완가라고 모든 환자가 인정하는 주임 간호사와, 환자들이 그 사람을 보면 왠지 입안이 뜨거워진다는 피부가 희고 입술이 두툼한 부주임 간호사가, 분노와 곤혹스러움과 약간의 두려움으로 창백해지고 얼굴 근육이 경직된 채 서 있다. 조금 떨어진 곳에 놀라서 얼이 빠진 사와키가 멈추어 서서, 보고 있는 것을 그녀들은 알아차리지 못한다.
 "자, 병실로 돌아갑시다. 조용히 주무셔야 착하죠."
 부주임 간호사가 말한다.
 "주임님, 부탁해요. 나를 이대로 보내 주세요."

남자는 운다. 깊은 주름 같은 눈에서 눈물이 한없이 흘러내린다.
오전 열시. 모든 환자가 절대안정을 취하는 시간이다. 아홉시부터 열한시까지. 특별한 검사를 제외하고는 어느 환자도 침대에서 빠져나올 수 없는 시간이다. 그 시간에 수술한 지 얼마 되지 않는 환자가 외출 준비를 하고 술에 취해 복도에서 울고 있는 것이다.
"자, 그만 병실로 돌아가시죠."
주임 간호사가 말한다.
요양소 안에서의 음주는 엄격하게 금지되어 있다. 그것을 어기는 자는 강제 퇴소시킨다는 내규가 각 병실의 벽에 붙어 있다. 그러나 실제로는 간호사 몰래 환자들은 담배를 피우기도 하고, 밤에 은밀히 빠져나가 술을 마시기도 한다. 하지만 그러기 위해서는 세심한 주의가 필요하다. 들키더라도 담배의 경우는 주치의로부터 된통 꾸지람을 듣는 것으로 끝나고, 소등 전에 술 마시고 돌아와 들키더라도 한 번으로 강제 퇴소를 당하는 일은 없지만, 횟수가 거듭되면 퇴소를 당한다.
하지만 지금은 오전 열시의 안정 시간이고 조용해진 외과 병동의 복도다.
사와키는 정기 검진을 받으려고 이곳에 왔다. 다행히도 이번에는 지난번에 왔을 때처럼 몸 전체가 붕 떠 있는 듯한, 얼굴의 부드러운 살점 속에 작은 벌레가 온통 빼곡하게 들어차서 움직이고 있는 듯한 섬뜩한 감각은 없지만, 술에 취해 무릎을 구부리고 눈물을 흘리면서 부탁해요, 보내 주세요, 라며 울고 있는 남자를 보자, 어느 거리에서라면 몰라도 요양소의 외과 병동 복도인 만큼 까닭을 알 수 없는 불안한 기분이 든다. 자기와는 관계가 없다고 그는 생각하지만, 관계 없지는 않지, 라는 느낌이 그의 몸속에 있다. 하기모토 선생이 기다리고 있다, 나는 이 남자를 지금까지 한 번도 본 적이 없다, 남자가 술에 취해 있건 울고 있건, 부탁해요. 보내 주세요, 라고 말하거나 말거나 나하고는 아무런 관계가 없다, 나는 지나가는 방관자인 것이다, 라며 그는 마음속으로 열심히 중얼거린다. 정말로 그럴까? 거짓말하지 마라, 그렇다면 네가 곤혹스런 얼굴을 하고, 불안을 느끼기 시작하는 것은 어째서일까? 너도 잘 알고 있는 무언가가 그 광경 속에 있을 듯한 느낌이 들지 않니? 울고 있는 저 남자는 너무 이상하지 않니? 모든 것이 있을 수 없는 일이 아닌가? 저 남자의 모습 속에 너의 그림자가 나타나지는 않을까? 그것을 느끼기 때문에 너는 불안해지기 시작한 게 아닌가, 라고 또 하나의 목소리가 말한다.

사와키는 진료 기록 카드와 뢴트겐 사진이 든 봉투를 들고 남자의 모습에서 눈을 돌려 진찰실로 들어간다. 하기모토 의사가 뢴트겐 사진을 보고는 사와키의 가슴에 청진기를 대어 본다. 창백한 얼굴을 한 주임 간호사가 황급하게 들어왔다.

"하기모토 선생님, 그 사람 드디어 복도로 나왔어요."

빠른 말투로 말했다.

"저와 부주임이 만류했지만 듣지 않아요. 그 사람 술 마셨어요. 이쪽에서 하는 말을 전혀 들으려고 하지 않고, 어떻게든 보내 달라는 말만 되풀이하고 있어요."

"어디로 보내 달라는 거야?"

하기모토 의사가 우울한 듯이 말했다.

"술 마시러 간대요. 막무가내로 가겠다고 하네요."

"아무튼, 병실로 돌려보내세요. 곧 가 볼 테니까."

하시모토 의사가 말하자, 주임 간호사는 아무 말 없이 그 방에서 뛰어나갔다.

"역시 정신과 선생에게 한번 연락을 취해 봐야 될 것 같네요."

하기모토는 옆에서 수술 뒤의 처치를 하고 있던 이시오카(石岡) 의사를 향해 갑자기 생각난 듯 말했다. 이시오카 의사는 난처한 표정을 지으며 한동안 하기모토의 얼굴을 바라보고 난 뒤, 사와키의 얼굴로 시선을 옮기고는 눈을 감고 아무 말도 하지 않았다. 사와키는 모든 것을 알 수 있었다.

아아, 수술을 끝낸 다른 환자에게 또 그것이 일어난 것이다. 사와키 씨 부탁이야, 부탁이니까 들어줘, 라고 하는 소안난의 불안하게 흔들리는 불명료한 음성이 사와키의 귓속에서 되살아나 사와키의 몸의 중심이 오그라들고, 그리고 그가 언제나 내습을 두려워하는 차갑고 뜨거운 착란의 그림자가 찾아옴을 느꼈다. 사와키 씨, 부탁이야, 제발 들어줘. 하얀 얼굴. 흐리멍덩한 눈. 힐끔힐끔 움직이는 갈색 눈동자. 코로 빠져나갈 듯이 불안정하고 윤곽이 뚜렷하지 않은 소안난의 음성. 부탁해요. 부탁하니까 보내 주세요, 라고 그 말라빠진 노인은 가느다란 눈에서 눈물을 흘리며 복도에서 울고 있다. 나는 무다, 텅 빈 껍데기다, 모든 것이 미지인데 나는 이젠 달릴 수 없게 되어 버렸다고, 사와키는 책상 앞에 멍하니 앉은 채로 움직이지 않는 자신의 모습을 그 노인과 겹쳐 본다. 차츰 괴로워졌다. 사와키 씨, 들어주세요, 주치의인 이시오카 선생은 1병동과 2병동의 많은 환자를 거느리고, 1주일에 두 번씩이나 수술을 집도하고, 게다가 기관지경이나 기관지와 폐 기능 검사도 하니 바쁘시다는 것은 알고 있습니다. 야위고 창백한 소(宗)가 계속 흘러나오는 침을 닦으면서 떨리는 목소리로 말했다. 저의 고민을 천천히 들어줄 시간이 별로 없다는 것은 잘 알고 있습니다, 알지만 너무 하시는 게 아닙니까? 자네의 수술에 관해서는 모든 책임을 지고 최선을 다했어, 지금의 증상은 내 능력을 떠난 것이야, 그렇게 걱정이 된다면 정신과 의사를 불러 줄 게, 라는 식이에요. 역시 정신과 선생에게 한 번 연락을 취해야 되지 않을까요, 라고 하기모토 의사가 묵직한 음성으로 이시오카 의사에게 물었다. 이시오카는 말없이 하기모토 의사를 쳐다보고, 사와키의 얼굴을 흘끔 보고 나서는 시선을 내리깔아 버리고 아무 말도 하지 않았다. 사와키는 소독약 냄새 속에서 긴장하고 있었다. 아아, 소안 난, 나는 돌이킬 수 없는 짓을 해 버렸다고 그는 생각했다. 나는 상담 상대가 되지 못했을 뿐만 아니라 엄청난 일을 저질러 버렸다.

침대 위에 꿇어앉아 온종일 무슨 모습이 보이는지, 그에게만 보이는 모습을 향해 호소하듯이 소가 계속 지껄였다. 눈동자는 안정되어 있지만, 말은 더욱더 불명료해지고 이젠 누가 들더라도 중얼중얼거리는 낮은 음성이 계속될 뿐으로, 높아지지도 낮아지지도 않고 계속 이어졌다. 한밤중에도 학생이 깨어나 보면, 소는 어두운 공간을 향해 중얼중얼 소리를 내뱉고 있다. 같은 병실의 모든 환자가 지칠 때까지 몇 번씩이나 들어주어도 매번 똑같은 이야기가 끝도 한도 없이 반복되는 것이었다. 나는 괜찮을까요, 라는 물음에 진절머리가 나고 섬뜩해져 마침 한 달씩 교대로 병동위원을 하고 있는 사와키에게 가

눈없는 머리 281

서, 병동위원이라면 좀 어떻게 해 줘, 우리가 노이로제에 걸리겠다며 호소해 온다. 어떻게 해 달라는 게 무슨 말인가, 하고 사와키가 물었다. 정신 병동에 보내라고 주치의인 이시오카 선생에게 말해 달라는 것인가? 그런 말이 아니에요, 라고 학생이 눈을 부라리며 말했다. 독방이 있잖아요, 이 상태로 가면 소 씨나 우리 모두 견딜 수가 없어요. 그래서 사와키는 소의 주치의인 이시오카 선생에게 면담 신청을 하고 선처해 줄 것을 부탁했다. 병동위원 사와키의 신청은 다음 날 소의 퇴소라는 생각지도 못한 형태로 실현되었다. 놀란 사와키가 소의 병실로 가 보자, 20년이나 걸렸지만 드디어, 라고 말하고 소의 손을 잡고 온종일 운 그의 아내가 굳은 표정으로 짐을 싸고, 소는 야위어 빠진 얼굴로 사와키를 쳐다보며, 가슴은 이제 괜찮다고 이시오카 선생이 말했어요, 집에서 천천히 요양하며 정신과에 통원 치료를 하면 곧 정신도 안정될 거랍니다, 라며 기쁜 듯이 말했지만 그것은 밑바닥에 불안이 감돌고 있는 음성이었다. 사와키가 아무 말도 못하고 있는 사이에 밖에 자동차가 와서 소의 아내는 얼어붙는 듯한 시선을 말도 못하고 멍하니 서 있는 사와키들 쪽으로 던진 후, 두 번 다시는 눈길도 주지 않고 짐을 들고 나갔다. 그렇게 해서 소의 모습은 사와키 앞에서 사라진 것이다.

그때 나는 선처해 달라고 부탁하지 말아야 했다. 그를 독방으로 옮겨 달라고 분명하게 말해야 했다고 사와키는 하기모토 의사의 단정한 얼굴을 바라보면서 생각했다. 이시오카 선생은 나를 사와키 개인으로서가 아니라 병동을 대표하는 위원으로서 본 것이다. 당연하다. 나는 한 명이 아니라 125명의 존재였던 것이다. 125명이라는 존재의 압력이 지금 내 옆에서 묵묵히 환자의 상처를 치료하고 있는, 충혈되어 퉁퉁 부은 눈을 한 이시오카 의사에게 그때 가해진 것이었다. 때로는 아침 아홉시부터 시작하여 오후 여섯시까지 메스를 들고 계속 서 있어야 하고, 밤에는 환자의 가슴을 열고 피를 씻어 내고 사흘이고 나흘이고 잠도 자지 못한 채 큰 산소통에서 산소를 목에다 뚫은 구멍으로 계속 주입하고, 1만cc씩이나 수혈을 하지 않으면 안 되는 흉부외과 의사. 1만cc라면 2리터들이 간장병으로 다섯 병이나 되는 혈액이다. 거의 두 사람분의 혈액량이다. 그런 수술이 없는 날은 검사를 하거나 치료를 해야 한다. 수술 전 환자의 귓불을 째고 혈액 응고 시간을 측정하고 혈액형을 확인하기도 하고 폐 기능, 기관지경(氣管支鏡), 기관지 조영(氣管支造影) 수술 후 환자의 가슴에서 혈액을 배출시키고 있던 드레인관을 빼기도 하고, 그곳을 꿰매거나 실을 뽑기도 하고, 그 사이사이에 시간을 내어 병실을 돌며 자기 환자들에게 이상이 없는지 살펴보아야 하는 흉부외과 의사. 그게 하기모토 의사며 이시오카 의사다. 그런 이시오카에게 사와키가 125명의 얼굴을 갖고 선처해 달라고 압력을 가한 것이다. 어떻게 좀 해 줘, 병원에서 나가게 해 줘, 라고 받아들였더라도 그건 이시오카의 죄가 아니다. 문제는 사와키다. 사와키의 행동과 말이 문제인 것이다. 그런 사와키의 말과 행동이 20년의 고통 끝에 허탈과 이상(異常)이 찾아온 조선인 소안난을 병원에서 밖으로 쫓아낸 결과가 되었다. 이시오카 의사는 나중에 사와키 위원을 일부러 불러 환자들에게는 보여 주지 못하게 되어 있는 진료 기록, 소안난의 두툼한 진료 기록을 보여 주며, 소의 폐에 관해서는 자기도 자신이 있다, 자택 요양으로 충분히 체력이 회복된다.

하지만 정신이상은 나로서도 어쩔 수가 없다. 전문가에게 보일 수밖에 없다고 설명을 했지만, 사와키의 마음은 개운해지지 않았다. 그는 소안난과 끝까지 함께해 주지 못했기 때문이다. 두 번째 수술을 한 지 두 달밖에 안 되는 몸과 체력으로는 어쩔 수가 없었던 것이다. 다른 인간이라면 무리가 없다고 할 수 있을지도 모른다. 하지만 아무리 몸이 아프고 기력이 소진되었더라도 사와키는 공산주의자였다. 일본의 공산주의자가, 필사적으로 도움을 청하는 조선인 소안난에게서 도망친 것이었다. 선처해 달라는 애매한 말 속에는 당연히 병원 밖으로 내보내라고 하는 의미가 부분적으로는 포함되어 있음을 부주의하게도 깨닫지 못했던 것이다.

"선생님, 저 사람 움직이지 않아요."

부주임 간호사가 금방이라도 울음을 터트릴 듯한 목소리로 말한다.

"술 취했어요."

"알고 있어."

하기모토 의사는 딱딱한 음성으로 말한다.

"제발 나가게 해달라면서 막무가내예요. 복도에서 꼼짝도 하지 않아요. 어떻게 해야 좋을지 모르겠어요."

"이봐, 나는 지금 진료 중이야."

하기모토 의사는 갑자기 얼굴을 붉히며 강한 음성으로 말한다.

"자네는 외과 부주임이잖아. 환자를 병실로 데려가게."

부주임 간호사는 하기모토 의사의 격한 말투에 겁을 먹고는 대답하는 것도 잊고 밖으로 뛰어나간다. 이시오카 의사가 잠자코 밖으로 나간다. 그도 아마 소와 사와키를 떠올렸을 것이다.

"예삿일이 아니군요, 선생님."

사와키가 가라앉은 목소리로 말한다.

"나는 괜찮아요."

하기모토 의사가 아까와는 딴판으로 약한 소리로 말한다.

"저 환자는 폭발해 버렸어요. 번뇌에 빠져 고통에 견디지 못한 나머지, 수술이 끝나자 폭발해 버린 거예요."

"결핵은 시간이 오래 걸리니까요."

사와키는 하기모토 의사의 힘없는 음성에 동정하며 말한다.

"환자들에게는 여러 가지 일이 일어나니까요."

"저 노인의 집은 가계가 엉망진창이 된 모양이에요. 이런 일이 생길 때마다 나는 정말 무력감을 느끼지요."

"무슨 말씀을 하세요. 의사 선생님이 무력감을 느낀다고 말씀하셔도 되는 겁니까?"

"아니, 정말이에요, 사와키 씨. 나는 정말 그렇게 생각하지 않고서는 못 견디겠어요. 저 노인은 내가 폐를 들어냈는데, 평소는 얌전한 사람이에요. 좀처럼 말을 하지 않아요. 그런 사람이 갑자기 저런 식이 되어 버려요. 복도에서 봤죠? 폐를 전부 들어내는 수술을 한다고 하는데도, 가족이라는 게 잠깐 얼굴을 비치고는 아무도 더 오지 않아요. 가정이 산산조각이 나 버린 게죠. 내 아버지와 비슷한 나이예요. 니는 견딜 수 없는 기분이에요. 그리고 저런 식으로 갑자기 폭발해 버리는 거예요. 술에 취해 울고 있다면서요?"

"예. 울고 있었어요."

"나는 정말로 무력해요. 우리는 어찌할 방법이 더 없어요."

아주 잠깐 동안 하기모토 의사는 입을 다물었다가 낮고 억제된 음성으로 말한다.

"결핵은 지긋지긋해요."

부탁이에요, 제발 들어주세요, 사와키 씨, 저는 정말로 아무 일 없을까요?, 라고 하는 소의 떨리는 음성이 사와키에게 들려온다. 소 씨, 용서해 줘, 나는 아무리 몸이 아프더라도 당신의 부탁을 들어주었어야 했어요. 괜찮을까요, 정말로 괜찮을까요? 나는 회사로 돌아가야만 하고, 가족들도 있어요. 소 씨, 나를 용서해 주게. 문장을 쓸 수 없게 되어 버렸다고 사와키가 창백한 얼굴을 하고 아내 유키에게 호소한다, 한 줄을 적고 또 다음 한 줄을 적고는 읽어 보면 앞줄과 뒷줄의 문장은 전혀 별개의 것이다. 책을 읽을 수도 달릴 수도 없다. 이젠 정말 끝장이다. 앞으로 격동의 역사가 다가오려 하는데, 체제가 중간파가 우익이 만반의 준비를 끝내고 기다리고 있다는데, 나는 이런 꼬락서니라니 정말 절망이다.

"선생님이 무력하다고 하시면 안 되죠."

사와키는 마음속에서 멋대로 전후 관계도 없이 쏟아져 나오려는 소리들에 휩쓸리지 않으려고 참으면서 겨우 말했다.

"저 노인의 나이를 생각해 보세요."

하기모토 의사는 자조의 기분을 억누르며 말한다.

"내 아버지 나이예요. 나 같은 건 애송이죠. 그 나이까지 살아온 사람의 고통을, 내가 어떤 표정을 지으며 들어줄 수 있다는 거죠?"

제발 부탁이니까 들어주세요, 라고 쉰 살인 소가 흐느껴 우는 듯한 목소리로 사와키에게 말한다, 부탁이니까 제발 제 이야기를 들어주세요, 부탁이에요.

"선생님은 젊은 나이에 힘든 수술은 잘하시면서, 환자가 어떤 것인지에 대해서는 전혀 모르시네요."

"모르다마다요. 몸에 대해서라면 알지만, 환자의 마음이나 생활의 고통 따위는 알 수가 없죠. 그래서 나 같은 건 아직 애송이예요. 결핵 전공 의사는 무력해요."

하기모토 의사는 무언가 큰 존재로부터 타격을 입고, 치욕을 당한 듯한 처참한 표정으로 말했다.

소가 발음이 잘 들리지 않는 목소리로 도움을 청하고 있다. 노인이 외과 병동 복도에서 흐느껴 울면서 도움을 청하고 있다. 그리고 사와키가 그 일이 일어난 날부터 불안에 사로잡히고, 그가 이 나이가 될 때까지 단 한 번도 입에 담지 않았던 절망이라는 말을 내뱉고, 누구에게 손을 내밀어 도움을 청한다. 20대의 사와키는 도쿄구치소의 독방 벽에다가 의기양양하게 제2차 세계대전의 악전고투의 나날들을 기록한 소련 작가 그로스만의 "절망의 순간이라는 것은 없다. 숨이 붙어 있는 한 싸워라"라는 말을 적었다. 그리고 30대가 끝나려고 하는 지금, 아아 나는 이젠 진짜 절망이다, 라고 말하면서 도움을 청하려고 한다. 그리고 이시오카 의사와 사와키가 소의 슬픔을 저버렸듯이, 지금 하기모토 의사가 큰 힘에 타격을 받고서, 그의 아버지와 동년배인 노인의 슬픔을 저버리려 하고 있다. 그의 아버지를 저버리려 하고 있다. 만약 사와키가, 나는 무력하다, 나는 절망이다, 라고 한탄만 하고 가만히 있다면, 사와키는 다시 한 번 하기모토 의사와 함께 한 명의 인간을 저버리는 셈이 된다. 그 자신을 저버리는 일이 된다. 소는 사와키 자신이고, 노인도 사와키 그 자신인 것이다. 사와키는 그날 이후, 그가 혼자서 견뎌 온 고통이 지금 가슴으로 치밀고 올라온 것을 느꼈다. 의사에게 화풀이할 수도 없었던 고통이다. 그것이 가슴에 넘쳐 났다. 수술하고 사흘간 그의 가슴속에는 피가 넘쳐흘러, 가슴에 꽂혀 있는 두 개의 긴 드레인관은 시커먼 핏덩어리로 막혀 버렸고, 그동안 사와키는 이게 바로 생사의 경계구나, 여기서 조금이라도 앞으로 나아가면 내가 갑자기 없어지고 그게 곧 죽음이라는 것이구나, 라는 의식만 있었다. 그런 그를 온갖 노력을 다해 생의 세계로 되돌린 것은 하기모토 의사였다. 그때 사와키의 가슴속에서 출구가 막혀 넘쳐흐른 것은 피였지만, 지금 흘러넘치고 있는 것은 고통이다. 그리고 하기모토 의사는 자기는 무력하다고 말한다. 아무리 절망적이라도 포기해서는 안 된다고 사와키는 열병에라도 걸린 듯이 생각했다. 소의 고통, 노인의 슬픔, 자신의 슬픔이 사와키 안에서 넘쳐흐르고 그리고 폭발했다.

"나는 저 노인이 이해가 가요."

사와키는 빠른 말투로 더듬으면서 말했다.

"나는 이해가 가요. 환자라는 것은 아무리 같은 병실에서 오랫동안 함께 지냈다고 해도, 가정의 애로 사항이나 자신의 고민을 절대로 말하지 않는 법이죠. 혼자서 묵묵히 견디고 있는 것이죠. 이야기해 봤자, 집안일이나 가정 형편이 해결되지 않는다는 것을 너무나 잘 알고 있기 때문이죠. 혼자 잠자코 참고 견디면서 병이 치유되는 날만 조용히 기다리고 있습니다. 그 환자에게 의사는 절대적인 존재이죠. 의사만이 환자의 고통을 이해해 준다, 그렇게 믿고 참고 견디고 있는 거죠. 따라서 의사라는 것은 자신보다 나이가 많든 적든 그런 것은 문제가 되지 않아요. 여기 부소장님같이 일본 흉부외과의 권위자든 하기모토 선생님이든 환자에게는 모두 똑같은 한 사람의 의사예요. 생명을 떠맡은 의사인 게죠. 선생님, 이해가 가십니까? 선생님에게 가정이 엉망진창이 되어 버렸다고 말해 봤자 선생님이 어떻게 해 줄 수 없다는 것을 환자가 제일 잘 알고 있지요. 하지만 환자에게 안심하고 자신의 괴로움을 털어놓을 수 있는 것은 의사밖에 없어요. 이야기를 들어주는 것만으로도 환자는 혼자서 고통을 참고 견딜 수 있는 힘을 회복해요. 환자는 자신의 병의 배후에 있는 크고 무거운 짐의 모습을 의사에게 보이고, 의사가 그런 일이 있을 수도 있겠다고 이해를 해 주면 살아갈 힘을 회복하게 되지요. 해결책이라든가 의사의 나이 따위는 전혀 문제가 되지 않아요. 들어주는 게 중요하죠. 참을성 있게 들어줘야 해요. 그걸 할 수 있는 사람은 의사밖에 없어요. 그런 점에서 의사는 환자에게 절대적인 존재입니다."

나는 멀쩡한가? 이치에 맞는 이야기를 지껄이고 있는 것일까, 라며 사와키는 하기모토 의사의 얼굴을 빤히 쳐다보고 말하면서 생각했다. 병상에 누워 있던 3년 동안 나는 타인에 대해서 타인 속에 있는 부동(不動)의 것으로 생각되는 뭔가를 움직이려고, 자신의 몸속에 움직이고 있는 것을 끄집어내어 전력을 다해 상대와 부딪쳐 보려는 화법(話法)을 한 번도 해 본 적이 없었다고 사와키는 생각했다. 그런 화법을 쓰고 싶지 않은 것이 아니다. 어쩔 수가 없었기 때문이다. 내 가슴속에 숨어 있는 타자, 미워하려고 해도 미워할 수 없는 녀석, 나의 폐를 갉아먹어, 마치 과자나 두부 찌꺼기 같은 모습으로 썩게 만든 그놈을 향해 나의 말은 밤이고 낮이고 내뱉어지고 있었다. 가슴속 어딘가가 무언가로 꽉 막혀 있는 느낌. 밀려 올라오는 기침. 그러자 가슴속의 그 녀석은 과감히 녀석에게 저항하여 싸우다가 죽은 엄청난 양의 내 사자(死者)들, 짙은 녹색의 홑옷을 걸친 죽은 백혈구를, 그 녀석이 녹여서 썩힌 폐의 잔해들과 함께 끈적끈적한 관(棺)에 매장해서 내 입으로 보낸 것이다. 녀석은 때로는 내 폐의 혈관마저 뚫고는 관을 빨갛게 물들이는 얄미운 짓조차 한다. 내 말은 밤이고 낮이고 간에 내 몸속에 숨어 있는 그 녀석에게 퍼부어지고 있었다. 3년간이나 말이다. 그리고 하기모토 의사들의 다섯 시간에 걸친 메스의 움직임이, 녀석을 속 시원하게 내 가슴속에서 잘라 내어 버린 뒤에 나는 고열과 내 인생에 아직 이런 게 있으리라고는 믿기지 않을 정도의 고통에 며칠이나 시달리며, 이젠 두 번 다시 그 녀석과는 이야기를 나눌 필요가 없어졌음을 깨달은 것이었다. 동시에 나는 타인에게, 나의 무엇을 가지고 어떻게 말을 걸면 좋을지 그 방법을 완전히 잊어버리고 말았다. 나는 지금 내 안에서 피처럼 넘쳐흐르는 내 목소리에 압도되면서 하기모토 의사에게 말하고 있지만, 이런 화법으로 괜찮았던 것일까? 아니면 전혀 다른 방법이 과거의 나에게 있었던 것일까? 20년간 내가 개인이나 조직된 집단이나 조직되지 않은 군중을 흔들어서 움직이려고, 전진시키려고, 후퇴를 막으려고, 목을 쥐어짜기도 하고, 화를 내어 외치기도 하고, 또 조용히 웃음을 짓기도 하고, 조용히 설득을 하려고 계속 말해 온 그것은, 내 안의 어떤 힘을 어떤 형태로 밀어낸 것일까? 내 안의 적과 문자 그대로 생명을 건 싸움 속에서, 내 눈이 떠져 있는 동안은 한순간의 휴식도 없이 3년 동안 그 녀석을 향해 던져 온 말들, 그 녀석이 나에게 퍼부은 말들, 그건 그대로 기묘한 대화의 하나였음이 틀림없다. 그걸 해낸 나는 몸뚱이를 두 번이나 칼로 잘랐고 몸이 암벽이 되어 버려 움직일 수가 없고, 말을 할 수도 없는 피로에 싸여 버렸고, 이윽고 그 피로의 퇴적이 조금씩 제거되어 갔을 때, 나는 다른 타자를 향해 말을 걸 수 있는 언어나 방법도 상실해 버렸다. 그래도 나는 말해야만 한다. 그건 소를 위해서다, 노인을 위해서다, 그리고 무엇보다도, 나 자신을 위해서다.

"선생님은 의사라는 직업을 하나의 기술로 보고 계세요. 그리고 그 기술을 자신의 연령이나 교양이나 인격, 즉 선생님이라는 한 인간과 분리하고 계시는 것 같아요. 하지만 환자에게는 그건 분리할 수 없는 거예요. 의사는 젊은 의사나 늙은 의사나 모두 똑같은 의사며 절대적인 존재입니다. 선생님은 힘이 없다고 말씀을 하십니다. 환자들의 실생활의 고충을 해결해 주려고 생각하면 힘이 없다는 말은 진짜겠지요. 하지만 선생님은, 이 환자 저 환자가 모두 같은 결핵이라는 병명을 갖고 있으면서도 똑같은 병을 갖고 있는 자는 단 한 명도 없음을 잘 알고 계시는 것처럼, 다른 증상을 보이는 환자 각각의 특수한 고통을 듣고 그것을 흡수해 줄 수가 있는 것입니다. 허탈해 하거나 의기소침해 하거나 소 씨처럼 머리가 이상해지거나 술 취해서 울고 있는 저 노인처럼 갑자기 폭발하는 환자는 그만큼 괴로운 겁니다. 그 괴로움을 그런 형태로 표시하는 거죠. 그때 의사가 할 수 있는 일은 단 한 가지, 들어주는 일입니다. 술 마시지 말라고 꾸중하는 일이 아닙니다. 하물며 이곳의 규칙에 따라 강제 퇴소를 시키는 것은 저 사람을 죽이는 일이에요. 병실에서 술을 마시는 게 어떤 일인지 제일 잘 알고 있는 것은 환자들입니다. 의사만이 잠자코 들어준다, 자신의 병 깊은 곳에 숨어 있는 이 고통을 쳐다봐 주고 있다, 환자가 그렇게 깨달을 때 그 환자는 기술자가 아니라 의사라는 하나의 인간 전체를 느끼고, 고통을 혼자서 극복할 수 있는 힘을 얻게 되는 것입니다."

사와키는 입을 다물었다. 너무 많이 지껄였다고 생각했다. 횡설수설 같은 말을 반복하며 장황하게 지껄였다. 무력하다고 자조하고 있는 하기모토 의사에게, 꼭 말해 주고 싶었던 무언가를 이런 식으로 말했다. 요령부득에 애매모호한 표현이었을 것이다. 하지만 나는 오랜 침묵 끝에 처음으로 전력을 다해 말한 것이다. 그게 아무리 유치하고 평범한 내용이었다고 할지라도 나는 좌우지간 말할 수 있었다. 그때 하기모토 의사가 사와키 씨, 라며 무언가 말하려다가 주저하고, 잠시 잠자코 있다가 다시 사와키 씨, 라고 말했다.

사와키 씨, 라고 말을 꺼낸 뒤 하기모토 의사는 또 잠자코 있었다. 하기모토 의사의 몸속에서 무언가가 움직이고 있는 것만은 틀림없다고 사와키는 생각했다. 하지만 하기모토 의사는 자신의 내부에서 움직이고 있는 그것을 붙들어서 말로 표현할 수가 없는 것처럼 보였다. 하기모토 의사는 창문 쪽으로 고개를 돌리고 먼 곳을 바라보는 듯했지만, 그가 바라보고 있는 것은 밖이 아니라 자신의 내부 세계일 거라고 사와키는 확실히 느낄 수가 있었다. 사와키는 무언가에 쫓기기라도 하듯, 신중하게 언어를 선택할 여유도 없이 부산하게 계속하여 하기모토 의사에게 말을 건넸다. 그는 그 말과 표현에 전혀 자신이 없었다. 자신을 갖고 말을 한다는 게 어떤 일인지조차 그는 깡그리 잊어버린 것이다. 과거 그는 학생 운동이나 학교를 쫓겨나 정치 운동에 가담했을 당시, 말을 한다는 게 어떤 것인지에 대해 진지하게 생각해 본 적이 없었다. 그런 여유도 없었다. 생각을 하든 하지 않든 지껄이지 않으면 안 되었다. 의장인 그가 입을 다물고 있으면, 레드 퍼지 반대 운동 학생대회의 의사(議事)는 진행되지 않았다. 그와 동료들이 지껄이지 않으면, 스트라이크 반대파의 주장에 학생들이 동조해 버릴지도 몰랐다. 그때는 또 그가 지껄이지 않으면, 반비합법(半非合法)적인 당 활동 자금을 아무도 대 주지 않았을 것이다. 증인석에 선 형사들은, 경찰에게 화염병을 던진 그를 신주쿠역 방화범으로 날조해 낼지도 몰랐다. 그가 지껄이지 않았다면 형무소의 간수는 수형자들에게 섬뜩할 정도의, 불길하고 더러운 모욕의 말들을 계속 내뱉었을 것임이 틀림없었다. 그리고 또 그가 조선에 대해서 남들보다는 조금 더 많이 알고 있다는 이유만으로 크고 작은 집회에 초청되었을 때, 그가 지껄이지 않으면, 사람들 중의 몇 명은 지쿠호(筑豊 : 후쿠오카현 북부 — 옮긴이주) 폐광의 흙 속에 지금도 많은 조선인의 뼈가 묻혀 있다는 사실이나 지쿠호의 어느 소도시의 절 한구석에 돌아가야 할 고향과 이름조차 모르는 조선인 노동자들의 뼈 항아리가 쌓여 있음을 평생 모른 채 지나갔을지도 몰랐다.

하지만 그것은 이미 멀어져 간 과거의 나날이다. 침대에 누워 있던 3년이 사와키를 과거로부터 단절시켜 버렸다. 시외기는 자신의 몸속에 있는 병과 홀로 싸워야만 했다. 그가 병에서 겨우 빠져나왔

눈 없는 머리 293

을 때, 몸은 이미 예전 같지 않았다. 그는 지금 과거 자신이 어떻게 타인에게 말을 걸었는지를 몸속에서 확실한 반응을 느끼는 감각으로 되살리지 못하고 있는 것이었다.

하기모토 의사는 창 쪽을 바라보던 얼굴을 천천히 사와키 쪽으로 돌렸다. 하기모토 의사의 눈에 번져 나오는 듯한 빛이 있었다. 그 빛은 결코 강하지는 않았지만, 사와키의 몸속으로 일직선으로 깊이 박혀 들어왔다. 아아, 라고 사와키는 생각했다. 알았다, 이제 확실히 알았다, 내가 지껄인 것이 하기모토 선생님의 마음에 분명히 전달된 것이다. 그리고 사와키는 하기모토 의사의 배어 나올 것 같은 눈빛을 받고, 그의 몸속이 갑자기 밝아져 오는 것을 느꼈다. 그것은 조용한 빛이며 물론 눈에 보이는 것은 아니었지만, 그 밝음이 틀림없는 감동임을 그는 알고 있었다. 그리고 기억해 내기 시작했다. 20년 동안 사와키가 한 병사로서 정치 운동이라는 들판을 뛰어다니고, 사람들을 움직이려고 설득하고 설득한 끝에 그 사람이 입을 다물어 버리고, 하기모토 의사같이 빛으로 엷게 젖은 눈을 했을 때, 그 눈빛이 거꾸로 그의 가슴속으로 조용히 번져 와 그가 형언할 수 없는 용기와 감동에 동요해 버린 그날들의 기억이, 남이 한 것이 아니라 진정 그 자신이 경험해 왔다는 확실함으로 조금씩 자신에게 돌아온 듯한 기분이 들었다.

"선생님, 그럼 저는 이만."

사와키는 일어섰다.

"그럼, 나도. 그 환자에게 가 볼까요?"

하기모토 의사는 희미하게 미소를 지었다.

사와키는 밖으로 나왔다. 그는 똑바로 앞을 바라보며 긴 복도를 걸었다. 오전 열한시가 지난 요양소의 복도. 사람들이 스쳐 지나간다. 간호사. 짐을 들고 불안한 표정을 짓는 새로운 입원 환자. 그들보다 더 불안한 부모. 태평스런 얼굴로 과일 상자를 들고 있는 면회인들. 종종걸음으로 분주한 청소부. 성큼성큼 걸어가는 의사들. 웃으면서 걷고 있는 간호사들. 사와키는 접수 창구에 진료 기록 카드와 뢴트겐 사진을 반납했다. 약국에서 한 달치 약을 타려고 기다렸다. 그때 문득 그의 어딘지 모르게 만족스런, 모처럼의 활기찬 표정에 불안한 그림자가 떠올랐다. 그는 곤혹스런 표정이 되어 불안하게 머리를 흔들었다. 그가 하기모토 의사에게 이야기를 했을 때의 뜨거운, 일종의 힘에 넘친 세계가 순식간에 불투명한 막으로 뒤덮이기 시작했다. 아무런 예고도 없이 그의 몸속에 있던 밝음을 조소하는 듯이 안개가 그의 몸속에 깔리기 시작하여, 그는 자신의 몸속이 다시금 기분 나쁘게 저려 오는 것을 느꼈다.

아아, 또 시작되었구나 하고 그는 마음속으로 힘없이 중얼거렸다. 안 돼, 역시 그게 또 시작되었어, 제기랄, 남들과 이야기해 봐도 결국 별수 없는 것인가? 하기모토 의사에게 이야기를 한 것도 나를 변화시키는 데 아무런 힘이 되지 않는 걸까? 그는 쌀쌀하고 냉정한 눈초리로 자신 속에 있는 또 하나의 자신을 바라보았다. 그 녀석은 그와 똑같은 얼굴이지만 다른 사람이 제멋대로 들어와 있는 듯한 느낌이었다. 무엇을 하든 그 녀석이 해 버리고 사와키는 멍청하니 안개 같은 눈으로 바라보고 있을 따름이라는 느낌이었다.

그렇다면 그건 거짓말이었다는 말인가? 하고 그는 마음속으로 열심히 자신에게 물었다. 나는 조금 전에 먼 파도 소리를 들었다. 그건 아주 희미한 소리였지만, 분명히 아주 먼 곳에서부터 밀려오는 조수의 웅성거림이었다. 정치 운동을 할 때 언제나 들었던 그 웅성거림이었다. 나는 그 소리를 분명히 들었던 거야. 내가 사람들에게 말을 걸고, 그리고 처음에는 조소를 하던 사람들까지도 이윽고 냉소를 지우고 내가 하는 말에 귀를 기울이고, 그리고 그 사람들의 눈에 형언할 수 없는 조용한 빛이 흔들리기 시작하고, 그 빛이 나에게 되돌아와 거꾸로 나를 비추는 그 감동이야말로 고통스럽게 활동하던 시절, 나를 앞으로 나가게 만든 힘의 원천이었다. 말을 걸게 됨으로써 일어난 인간의 눈빛과 눈빛의 충돌, 그것들은 내 몸속에서 파도 같은 소리를 내고 있었다. 잊고 있었던 그것을 나는 아까 분명히 들었다. 희미했지만 분명히 들었다. 그런데도 아아 그게 기분 탓이란 말인가?

그것도 기분 탓이다. 그런 일이 갑자기 생길 리가 없지 않은가?, 하고 사와키는 씁쓸한 기분을 맛보며 생각하고, 일시적이긴 하나 그 웅성거림을 진짜로 들었다고 끝까지 믿고 싶어하는 자신이 슬퍼졌다. 그는 약을 타고는 슬리퍼를 벗고 구두를 신었다. 그는 완전히 우울한 얼굴이 되어 느릿느릿 걸었다. 산책로를 지나 어느새 숲 속으로 들어갔다. 그는 숲을 지나 저도 모르는 사이에 죽은 자들의 집 앞에 와 있었다. 그는 여전히 힘없이 다리를 끄는 듯이 돌계단을 올라 어두침침한 복도로 들어갔다. 그는 고개를 숙이고 걸으며 쇼와 16년 앞을 지나 쇼와 15년, 쇼와 14년 앞을 지나, 쇼와 13년에 죽은 자들의 방 안으로 들어가 그가 나갔을 때와 같은 모습으로 남아 있는 낡아 빠진 의자에 깊숙이 앉았다.

그는 자신을 에워싸고 있는 병들에게 어두운 시선을 던졌다. 그의 눈은 아무런 감동도 띠지 않고 변색된 라벨을 기계적으로 약간은 될 대로 되라는 식으로 읽고 있었다.

  너희는 그렇게 죽어 버려서 지금은 폐와 내장의 한 조각이 되어 병 속에 들어 있다. 하지만 쇼와 13년에 어린아이였던 나는, 너희를 엄습한 것과 동일한 죽음에서 벗어나 지금 이렇게 살아 있다. 살아서 너희 쇼와 13년의 사자들을 바라보고 있는 것이라고 그는 생각했다.

  그 순간 하나의 소리가 전광석화처럼 사와키를 뚫고 지나갔다. 이게 정말로 살아 있다고 할 수 있는가? 그는 안색이 변해 엉거주춤 몸을 일으켰다. 그건 그를 둘러싼 사자들이 던진 소리처럼 생각되었다. 어찌 된 거야 사와키 스스무! 그렇게 안절부절못하면서 의자에 앉아 있는 너는 우리 죽은 자들과 어디가 어떻게 다르다는 말인가? 자네가 앞으로 평생 뛸 수가 없게 되어 다른 사람이 된 이상, 자네가 투쟁의 들판을 뛰어다니며 만들어 온 과거의 자네를 지탱하고 있던 생활과 사상은, 이젠 자네에게 아무런 도움이 되지 않고 의지할 수도 없게 되어 버렸어. 자네는 지금 같은 비참한 육체로, 그 육체가 만들어 낸 어떤 투쟁의 사상도 아직 갖고 있지 못하지 않은가? 그래도 지금까지와 마찬가지로 계속할 거라고 말하고 싶은 건가? 자네가 맞서려고 하는 역사 속의 상대가 어떤 존재인지 자네는 골수에 사무칠 정도로 잘 알고 있을 터다.

  사와키는 의자에 앉은 채로 진땀을 흘렸고 창백한 얼굴이 굳어져 갔다. 그는 하기모토 의사에게 열심히 이야기를 하던 자신으로 되돌

눈 없는 머리 297

아가려 했다. 하기모토 의사와 그를 비추던 빛, 사람들의 마음이 깊은 곳에서 파도칠 때 생겨나는, 싸우고 있는 자만이 들을 수 있는 저 먼 파도 소리를 되돌리려 했다.

사와키는 마음속으로 그에게 부딪혀 오는 또 하나의 목소리에 저항하면서 열심히 말했다. 나는 이제 다시는 뛸 수 없다, 다시는 이전의 몸으로 돌아갈 수는 없는 것이다, 하지만 말이다, 내게는 아직 말하는 것만은 남아 있다.

내면의 목소리가 말했다. 너는 달릴 수는 없어도 말하는 것만은 남아 있다고 하지만 너를 쓰러트리려는 상대는 말만 할 수 있다는 이유로 너를 특별 대우 하지는 않아, 공격해 올 때는 같은 힘으로 전력으로 부딪쳐 올 거야. 사와키는 보이지 않는 적에게 실제로 공격을 받아 움푹 팬 오른쪽 가슴에 통증을 느꼈다. 그의 몸은 순식간에 수술 후 고통스러웠던 나날들을 떠올리고 뻣뻣하게 경직되었다. 사람들은 메스로 등을 가르는 일에 대해 아무렇지도 않다고 말하기도 한다.

그곳이 어떤 곳인지 알기 전까지는 건강한 몸을 지닌 사람들은 독방에 수감되는 게 별일 아니라고 생각한다. 그건 건강한 자들에게만 맞는 소리다. 사와키는 의자에 앉은 채로 자신에게 물었다.

만약 격렬한 투쟁을 하다가 다시 한 번 그곳에 가야 한다면 다음 번에는 견뎌 낼 수 있을까?

사와키의 얼굴이 고통으로 일그러졌다. 우쓰노미야형무소에서는 11월이면 벌써 두 손은 동상에 걸려 퉁퉁 부어올랐다. 추위만이라도 견뎌 내리라. 하지만 만약에 감기라도 걸린다면. 2,000cc도 안 되는 폐활량인 그가 폐렴에 걸려 난방 시설이 없는 감옥 안에서 담요를 뒤집어쓰고 누워 있을 수밖에 없다면.

사와키는 죽은 자들의 차가운 방 안에서 왼쪽 이마에 계속 땀을 흘리고 있었다. 스물여섯 바늘이나 꿰매어서 생긴 등의 큰 흉터에서도 끊임없이 땀이 났다. 그는 낮게 신음하고 있는 자신을 깨닫지 못하고 있었다. 머리도 얼굴도 두 배로 부풀어 오르고 그 윤곽이 흐려져 버린 것처럼 느껴졌다. 그것이 지금까지와는 달리 무서울 정도로 강하게 그를 압박했다. 그리고 그는 단 하나의 말만이 자신에게 엄습해 오고 있음을 알아차렸다.

여기서 멈추어 버리면, 투쟁 의지를 잃어버린다면, 나는 살아 있지만 이 사자들과 마찬가지다.

살아 있으면서 죽은 자와 마찬가지의 상태가 되어 버리면, 사와키의 내면에 있는 조선은 확실하게 죽고, 그가 20년 동안 고통을 받으면서도 일본과 조선의 진정한 연대를 추구해 온 그의 모든 생활 또한 죽어 사라질 수밖에 없는 것이다. 그리고 쉰 살인 소안난이 반복해서 말한 것처럼, 나는 이 반평생 동안 도대체 무엇을 이루어 놓은 것일까? 아무것도 없다, 아무것도 없어. 그게 얼마나 무서운 것인지 알기나 하느냐고 말하지 않을 수 없게 된다.

그는 폐의 벽 속에 서서 무력하고 어두운 머리를 갖고 있는 허무한 자기 모습을 바라보았다. 살아 있는 사자가 되려고 하는 살풍경한 그의 모습이 서 있는 곳과 멀리 떨어진 데서 모든 사람에게 각오를 묻는 역사가 희미하게 삐걱거리는 소리를 내면서, 한 사람 한 사람의 인간을 향해 머리를 쳐들기 시작하는 모습이 보이는 것 같은

눈없는 머리 299

기분이 들었다.

사와키는 아까 하기모토 의사 앞에서 멀리서 들려오는 그리운 웅성거림을 들은 듯한 느낌이 들었던 것을 어렴풋이 기억해 냈다. 그것은 기분 탓이었는지 모른다. 아아, 그것을 다시 한 번 들을 수 있다면. 몇 번씩이나 들을 수 있다면. 그리고 과거의 나날들처럼 언제나 싸움터의 웅성거림 속에 내 몸을 둘 수 있다면. 지금 확실하게 남아 있는 것은 겨우 혀와 목소리와 미덥지 않은 말뿐이더라도 그것이나마 겨우 남아 있다면. 너는 죽음의 모습이 어떤 것인지 잘 알고 있을 터다. 그래도 너는 정말로 운동의 길로 나갈 셈인가? 그 몸이 진짜로 이름값 하는 사상을 만들어 내기 위한 충분한 시간을 갖기 전에, 비록 빛을 받는 역사를 끝내 만나지 못하고 들여다본 저 차가운 죽음같이 길바닥에 쓰러져 죽더라도 운동의 길을 걸어갈 셈인가, 라는 낮게 중얼거리는 듯한 자신의 목소리를 사와키는 들었다.

■ 지은이의 글

나의 조선

『신일본문학(新日本文學)』 1970년 2월호에 재일조선인 시인 오임준(吳林俊) 씨와 나의 왕복 서간이 게재되었습니다. '당신의 일본, 나의 조선'이라는 제목으로 내가 쓴 문장에서 지금부터 꽤 길게 발췌할 작정인데, 그 이유는 10여 년간 내 안의 '조선'에 대해서 지속적으로 추적하면서 글을 써 온 나에게, '내일을 향한 오늘의 총괄' 중의 하나가 그 문장 속에 들어 있기 때문입니다.

(다음 인용 부분은 『신일본문학』 게재 후에 필자가 보충한 내용이다.)

오임준 씨, 당신은 조국인 조선에서 태어나 갓난아기 때 일본으로 오셨지요. 따라서 당신의 유년 시절 기억은 일본에서 시작됩니다. 나는 조선에서 태어나고 자랐기 때문에 나의 기억은 조선에서 시작됩니다. 이는 정말로 역설적인 조합입니다. 우리 두 사람의 조합 자체가, 일본과 조선 역사의 한 단면을 그대로 보여 주고 있다고 말할 수 있습니다.

나의 저 멀리 앞에는 미래의 한 이미지가 있습니다. 그것은 자신을 완전히 해방시킨 일본인과 조선인이, 과장되지 않은 진정으로 평등하고 대등한 국가를 조국으로 가진 일본인, 조선인으로서 서로 두 나라를 자유롭게 왕래하는 모습입니다. 그 모습을 상상 속에서 떠올릴 때, 내 피는 진정으로 뜨거워지고 공상의 나래를 끝없이 펼쳐 가 나는 마치 술에 취한 듯합니다.

그 이미지가 단순한 이미지가 아니라 현실이 되기 위해서는, 두 나라의 인간이 스스로 해방시키는 혁명(조선에게는 통일)이 필요합니다 다만, 이 두 혁명은 서로 불가분의 긴밀한 관계를 갖고 있다고 생각합니다. 한쪽의 혁명적 상황의 진행은, 다른 한쪽의 혁명에 거의 결정적으로 중요한 의미를 가진다고 나는 생각합니다. 만약 일본에서 반체제 세력의 분열이나 민족주의나 경제주의, 기회주의 때문에 일본의 군국주의를 저지하지 못하고 가령 반혁명이 승리했다고 칩시다. 그것은 일본 인민에게 최대의 불행일 뿐만 아니라 무엇보다 우선 조선인이 전 조선적 규모로 자신을 해방시키려는 혁명에 대한 중대한 타격 또는 국제적 배신이 될 것입니다.

그러나 이 같은 상황 — 일본의 지배 계급에 의해 안보조약의 외연이 아시아 안보조약으로까지 확대되는 — 아래 있는 한, 내가 미래의 이미지로서 그리는 일본인과 조선인의 진정한 평등, 대등한 관계는 결코 실현될 수 없고, 일본인은 조선과 조선인에 대해 그 무거운 고뇌로 찬 과거와 현재로부터 해방되지 못할 것입니다. 그리고 정말로 분한 것은, 재일조선인에 대한 현실적인 사회적 차별과 차별관은 부단히 재생산되고, 한편 조선인들의 괴롭고 굴절된 의식의 증오나 최악의 경우 삐뚤어진 범죄 등도 끊임없이 재생산된다는 점입니다. 이러한 현실이 얼마만큼의 중량과 힘을 갖는가는, 일본에서 성장하고 자진해서 일본 육군의 병사가 되는 길을 걸은 당신이 뼈저리게 알고 있으리라 생각합니다. 나는 그 같은 현실에 대해 너무나 미력하지만 쐐기를 박기 위해 10여 년에 걸쳐 소설을 계속 써 왔는데 솔직하게 말씀드리면, 이 작업은 나에게는 뼈를 깎는 것같이 힘든 일이었고 앞으로도 그럴 것이라고 각오를 다집니다. 일본과 조선, 일본인과 조선인 — 이것을 현실의 다양한 전개와 밀착시키면서 자신을 해방시켜 진정으로 대등한 관계가 될 수 있는 미래를 향해 투시해 나간다는 작업은, 바로 나 자신의 사상 그 자체로서 지탱해야 합니다. 스스로 창출하고 단련시켜야만 하는 나 자신의 사상은, 조금이라도 방심하거나 게으름을 피우거나 건강을 상하거나 의기소침하거나 하면 순식간에 돌처럼 단단하게 굳어져 버리고, 그렇게 되면 필연적으로 나는 일본인과 조선인이 만들어 낸 과거의 역사와 현실의 격렬함 속으로 빠져 들어 나의 소설 그 자체가 출구가 없는 상황을 드러내고, 현실의 뒤에서 비틀거리며 걸어가 버릴 것입니다. 자신이 창조하는 소설의 세계가 그 같은 나쁜 상태에 자주 빠져 버리는 점에 대해서는 남으로부터 비판을 받기 전에 누구보다도 나 자신이 고통과 함께 가장 잘 알고 있지만, 그렇다 해도(표현 기술상의 여러 가지 궁리, 방법상의 여러 가지 시도를 포함하여) 일거의 비약이란 나에게 있을 수 없는 일이기에, 역시 조금씩 꾸준히 나아가 끝내는 그것을 돌파한다는 식의 길을 걸어가지 않을 수 없습니다.

나는 『조선연구(朝鮮硏究)』 1969년 8월호에 실린 시인 무라마쓰 다케시(村松武司) 씨와 당신의 대담 「8·15와 문학의 입장」과, 다큐멘터리 『기록이 없는 수인(囚人)』 등을 이번에 읽었습니다. 당신이 존재 전부를 걸고 고통으로 가득 찬 길을 걸어왔음을 알 수 있었습니다. 나는 일본인의 한 사람으로서, 몇 번이나 책 읽기를 멈추고 몸 속 깊은 곳에서 소리가 되지 않는 소리를 발하였고(일본인으로서), 그것은 실로 괴로운 일이었습니다. 그리고 고통의 심연이 깊을수록 당신이 당신 안의 일본을 끄집어내는 작업 속에서, 독자적인 구조와 미래에 대한 전망을 가진 사상을 부단히 심화시켜야만 심연 그 자체가 지닌 과거와 현실 속으로 깊숙이 당신을 빠트릴 위험에서 벗어날 수 있다고 생각했습니다.

나는 특히 재일조선인들이 지닌 고통의 심연은 그 정도로 엄청난 힘을 가지고 있다고 생각합니다. 미래의 이미지와 전망을 파악하고 그것에 의해 현실의 길을 하나씩 하나씩 열어 가는 방법을 내포한 사상이란, 실제로 말처럼 간단히 창출될 수 있는 것은 아닐 것입니다. 하지만 그것 없이는, 그것을 획득하려는 노력 없이는, 현실이 엄청난 만큼 더욱 현실에 빠져 들 위험이 있음을 미미하나마 나의 창작 활동을 통해 통감했습니다. 나는 그 같은 사상으로 관철할 때 비로소 현실이라는 큰 바위에 쐐기를 박아 넣는 일이 가능하다고 생각하며, 나 자신의 직접적인 생생한 체험으로부터 자유로워지고 해방되고, 내 영혼의 깊은 곳에 강한 집념으로 도사리고 있을 차별 의식을 끄집어내어 문학 안에서 그 추악한 실체를 형상화하고, 그것을 무너뜨릴 현실의 길에 빛을 비출 수 있을 것이라고 생각합니다.

　나는 방금 내 영혼의 깊은 곳에 강한 집념으로 도사리고 있을 차별 의식이라고 굳이 적었습니다. 나 자신의 생애를 걸어야만 할 중요한 테마의 하나로서, 일본에게 조선이란 어떤 존재였는가, 지금 어떤 존재인가, 장래 어떤 존재여야만 하는가를 추구하는 것을 내 문학의 출발 시기에 자신에게 명하고 그 길을 10여 년 걸어왔습니다. 그 과정에서 조금씩 조선인 친구도 생겼고, 오랜 정신적 투쟁을 통해서 지금의 나에게 차별관은 있을 리가 없다고 생각합니다. 하지만 어쩌면 내 멋대로 천박하게 차별 의식에서 해방되었다고 착각하고 있을 따름으로, 심층 의식의 바닥에는 차별 의식이 찰싹 달라붙어 있을지도 모릅니다. 내가 일본인의 한 사람으로 태어나고 자라온 이상(또 그 차별관의 근원인 여러 가지 차별이 사회적·정치적으로 엄연히 존재하고 강화되고 있는 이상), 나 혼자만 일본 역사의 울타리 밖에 있을 리는 없고, 오랜 역사와 함께 일본인 안에서 만들어진 민족적 멸시, 차별관으로부터 나 혼자만이 결코 완벽하게 자유로울 수는 없기 때문입니다(하물며 내가 1948년 이래 오늘에 이르기까지 줄곧 공산주의자로 있으려고 해 왔다고 하여, 그것만으로 내가 차별 의식으로부터 해방되었을 것이라는 논리는 성립되지 않기 때문입니다).

　당연한 일이지만, 문제는 현실의 무참함에 오로지 수직으로 빠져들어가는 것도, 일본인과 조선인 사이에 절망적으로 가로놓여 있는 현실의 질척질척한 (단절과 증오의) 늪에 장탄식을 하는 것도 아니라, 또한 아무런 근거도 없는 낙천적이고 공허한 희망에 몸을 맡기는 일도 아니라는 점에 당신과 나는 충분히 일치할 것으로 생각합니다.

나에게 조선과 조선인이란 무엇인가, 라는 의문을 지속적으로 제기하는 것은(우리 일본인의 미래를 전망하려고 하는 시점을 그 기초에 두지 않으면 안 되고, 그것은), 당신에게 일본과 일본인이란 무엇인가를 끊임없이 묻는 일과 겹치는 것이겠지요. 우리는 견딜 수 없을 정도의 무거운 짐을 지고, 서로 대극(對極)에서 천천히 손을 내밀고 있는 것은 아닐까요?

나 자신에 대해 말하자면, 조선(과 중국)을 빼고서는 소위 메이지 100년은 난센스 이외 아무것도 아니고, 조선과 조선인의 실존 그 자체가 현대 일본 사회 및 일본인의 실태를 가장 확실하게 조명해 주고 있는 것의 하나인 이상, 그리고 일본의 미래 이미지는 그것과의 관계를 빼고서 생각할 수 없는 이상, 이미 걷기 시작한 길을 계속 걸어갈 수밖에 없다고 각오하고 있습니다.

'내게 조선이란 무엇인가?' 라는 문제를 생각할 때, 나는 내가 과거의 식민지 조선에서 태어나고, 사관학교에 입학할 때까지의 16년간을 거기에서 보냈다는 직접 체험을 포함한 '과거'의 문제로서 그것을 파악하려는 것은 아닙니다. 물론 일본과 일본인의 역사에서 조선과 중국에 대한 그 과거는 현재의 일본과 일본인의 형성에 대해 생각할 경우에 결코 빼놓을 수 없는 중요한 것입니다만, 나는 그것을 이미 끝난 것, 완료된 것, 단절된 것으로 생각할 수가 없습니다. 아니 오히려 나는 일본에서의 조선과 중국이란, 그 과거로부터 현재로, 현재로부터 미래로 연속해 가는 하나의 살아 있는 총체라고 생각합니다. 그 과거는 정말로 견디기 어렵고 또한 현재도 견디기 어렵고 불길합니다. 그리고 일본의 근대자본주의가 조선과 중국의 피를 자신의 양분으로 빨아 마시면서 성장해 온 그 과거를 쏙 빼 버린 채 소위 '메이지 100년' 사상을 지닌 일본의 지배 계층이 지금부터 슬슬 미국을 대신하여 아시아로 진출하겠다고 호언장담하는 것을 허용한다면, 앞에서 언급한 하나의 살아 있는 총체로서의 그 미래 또한 틀림없이 더욱 견디기 힘들고 불길하게 될 것은 쉽게 이해됩니다. 내게 조선이란 무엇인가, 라는 것은 현실 문제로서는 분명히 미래와 관계될 것이고, 그 미래를 전망하려는 나의 문학적 시점이 어디에 자리 잡고 있으며, 어디서부터 빛을 발하는가 하면, 그것은 그 총체로서의 과거라는 최초의 출발점입니다. 나는 과거를 되돌아보는 것이 아니라 그 원점에 서서 거기서부터 미래를 전망하려고 생각합니다.

여기에 수록되어 있는 작품은 발표순으로 보면, 「가교(架橋)」(『문학계文學界』 1960년 7월호), 「이름 없는 기수들(無名の旗手たち)」(『문학계』 1962년 7월호), 「눈 없는 머리(目なし頭)」(『문예文藝』 1967년 11월호), 「쪽발이(蹄の割れたもの)」(『문예』 1969년 2월호)의 순입니다. 작품의 내용 그 자체에 대해서는 독자가 제각기 읽고 받아들여야 할 뿐, 작자인 내가 그것을 분석·해설한다는 것은 아닙니다. 이 작품들은, 앞서 말한 내 생각을 기초로 삼고 있는 것은 분명하지만 그것이 얼마만큼 성공을 거두었는가 하면, 유감스럽게도 아직은 충분하지 못하다고 말할 수밖에 없습니다.

그러나 이참에 앞으로의 나 자신을 위해서도 말하고 싶은 것이 몇 가지 있습니다.

첫째, 초라한 무대 뒤를 드러내는 것 같아 부끄럽지만 10여 년에 걸쳐 나를 부추겨 소설을 쓰게 해 온 내면의 힘은 도대체 무엇이었던가, 라는 점입니다.

지금 내 눈앞에, 지저분하고 누렇게 변색된 수첩이 한 권 있습니다. 아니, 그것은 수첩이라고 도저히 말할 수 없는 것입니다. 갱지를 넷으로 잘라 종이 노끈으로 철한 그 수첩의 표지에는 '각서'라고 적혀 있다. 뒷면에는 내가 쓴 것은 아니지만 '지검(地檢) 8985, 요도바시(淀橋) 42호, 40매, 쇼와 27년 9월 4일'이라고 적혀 있고 '시모야마(下山)'라는 도장이 찍혀 있습니다. 요도바시 42호는, 만 24세 10개월이었던 나입니다. 나는 한국전쟁 반대·파괴활동방지법안 반대 데모를 하다 체포되어 당시 고스게(小菅)에 있었던 도쿄구치소의 독방에 있었습니다. 그 요도바시 42호가 체포되고 석달 만에 구할 수 있었던 수첩이 이 '각서'였습니다. 여기에는 문학이나 정치, 독방의 이야기, 고스게의 된장국과 정어리와 간 무, 오등미의 밥 등 여러 가지 일들이 빽빽하게 적혀 있습니다. 거기에는 도처에 조선과 조선인이 등장합니다. 너무나 치졸하여 부끄럽습니다만, 나를 움직여 소설을 계속 쓰도록 만든 힘을 현실로 증명하기 위해 인용해 보겠습니다.

그대는 어디로 갔나?

그대는 어디로 갔나? 경시청 유치장에서, 풍부한 바리톤 음성으로 인터내셔널(1871년 프랑스에서 작곡된 혁명가. 1944년까지 소련의 국가였음)을 노래하고, 사자의 갈기를 닮은 장발을 휘날리며 미소를 던지던 그대는. 조선의 동지여, 나는 그대의 이름을 알지 못한다.

그대들은 어디로 갔는가? 5년 만에 출옥해서도 여전히 단지 조선인이라는 이유로 수갑을 풀지 못하고, 매사에 간수와 충돌하던 그대는. 작은 강철 공 같던 리 쇼 게이(한자를 일본식으로 발음한 것으로, 원문에 가나로만 표기되어 있기에 어쩔 수 없이 그대로 번역했다 — 옮긴이주)는.

그대들은 어디로 갔는가? 3년의 형을 마치고 눈동자에는 아직 소년의 티가 흘러넘치건만, 단지 조선인이라는 이유로 죽음이 확실하게 기다리고 있는 조국으로 송환되어 간 소우 자이 인은.

그대들은 어디로 갔는가? 오늘 고스게의 좁은 창을 통해 보는 초가을 하늘은 흐려서 어두침침하다. 담장, 플라타너스, 확성기, 운동장의 음울한 음영 속에 그대들의 얼굴이 나타난다. 그대들, 용감하고 아름다운 눈매를 가진 조선의 동지들. 담장 밖에서도 안에서도 그대들에게 아무것도 해 줄 수 없던 우리 일본 공산주의자들. 지금 그런 나에게 자네들이 한결같이 했던 말이 들려온다. 마지막까지 싸우자 동무, 라고.

이 글을 쓰고 있는 나를 독려한 것은 몸이 부들부들 떨릴 정도의 분노였습니다. 형을 마친 조선인 가운데 특히 정치범은 일본 재류 자격이 말소되어, 형무소에서 경찰청으로 연행되어 형식적인 심사를 거친 후 오무라수용소로 이송되어 갔습니다. 나는 몇 사람이나 보았고 운동 시간에 이야기도 나누었습니다. 내 방에는 조선인들을 오무라에 수용시키는 일을 하던 입국 관리청의 말단 직원이 조선인으로부터 뇌물을 받은 혐의로 들어와 있었습니다만, 그 남자의 이야기를 나는 '각서' 안에서 다음과 같이 적고 있습니다.

"모두 한국으로 송환되는 건가요?"
내가 물었다.
"아니, 그렇지는 않습니다. 하지만 공산당원들은 어쩔 수 없이 송환이에요. 게다가…."
그는 말했다.
"게다가, 뭡니까?"
"믿지 않겠지만, 공산주의자인 경우 저쪽에서는 즉시 총살시켜 버리는 모양이에요."
"설마. 그건 공산당의 선전이 아닐까?"
매춘 알선 용의로 들어온 남자가 믿기지 않는다는 투로 말했다.
"이봐, 선전 같은 소리 하지 마."
필로폰 밀매 용의자인 조선인이 말했다. 배가 뒤룩뒤룩한 중년 남자로, 맥주와 여자 이야기밖에 하지 않는 조선인이었기에, 날카로운 말투는 그 뜻밖의 설득력을 갖고 있었다. 그 남자가 말했다.
"그건 선전이 아니야. 왜냐하면 내 고향은 제주도인데, 거기서 내 동생들은 아무 짓 하지 않았는데도 이승만의 하수인들에게 모두 죽임을 당했어. 제주도에서 태어난 청년들 중 섬에 있었던 자들은 한 명도 남기지 않고 죽었어. 이승만은 그런 짓을 태연히 하지. 총살, 그건 아무것도 아니야."

나는 전후가 되어서야 비로소 우리나라가 과거 조선에게 무슨 짓을 저질러 왔는지 알게 되었습니다. 내 탓이 아니지만 내가 일본인으로서 조선에서 나고 자랐다는 의미를 생각하며 괴로웠습니다.

그리고 패전 후 불과 5년 만에 한국전쟁이 일어났고, 그 덕택에 일본 자본주의가 되살아나 재편 · 강화되기 시작하는 모습을 떨리는 심정으로 바라보았습니다. 과거는 과거가 아니었던 것입니다. 일본 자본주의 경제는 또다시 조선의 피에 의해 소생된 것입니다. 나는 패전에 의해 추악한 일본 자본주의가 괴멸된 모습을 보고 있었을 따름이었기 때문에, 내 머릿속에는 바싹 말라 죽어 버린 거머리의 얄팍한 몸이, 조선의 피를 계속 빨아먹고 통통하게 부풀어 올라, 힘차게 몸을 신축시키며 온몸을 흑자색으로 번질번질 반짝이며 성장해 가는 추악한 모습이 떠올랐습니다. 그리고 나는 경시청 유치장에서 냉혹하고 무참하게도 한국으로 송환되어 가는 조선인들을 만난 것입니다. 나는 분노로 치를 떨었습니다.

내 나라의 추악함에 대해서, 착실히 강대해져 가는 권력과 군사력에 대해서, 그리고 조선인에 대한 감도(感度)가 조금도 바뀌지 않았다는 점과 앞으로도 바뀌지 않을 것이라는 점에 대해서, 그러한 사실들에 대해 무지했던 나 자신의 나태함에 대해서, 죽음으로 끌려가는 조선인들에게 어떠한 구원의 손길도 내밀지 못하는 나 자신의 무력함에 대해서, 연대를 외치면서도 진정한 연대의 내용을 끝까지 추구하려는 노력을 하지 않은 퇴폐에 대해서, 나는 분노를 금할 수 없었습니다.

그때부터 내 문학이 출발한 것이라고 말할 수 있습니다. 그때 내 안에 있고, 또 내 나라가 짊어지고 있는 과거는, 흘러가 버리고 완료된 과거이기를 멈추고, 현재 그 자체 안에 살아서 미래로 이어지는 살아 있는 총체의 한 부분이 되어 나를 괴롭히기 시작한 것입니다.

  깊은 골이 가로놓인 두 민족 사이에 다리를 놓아 서로 피가 통할 수 있는 방법을 모색하고 표현의 칼날을 갈아, 그것들을 모두 포함할 수 있는 독자적인 사상을 현실 그 자체와 연결하는 작업은 나에게는 대단히 곤란한 작업이지만, 나는 앞서 말한 대로 분노의 촉발을 받으며 그 작업을 계속해 나가겠다고 마음먹었습니다.

고바야시 마사루

■ 옮긴이의 글

　1999년 3월부터 반년 간, 역자는 일본 센다이(仙臺)에 있는 미야기학원여자대학(宮城學院女子大學)에서 객원연구원으로 있었다. 미야기 현립도서관에서 우연히 「일본인 중학교(日本人中學校)」라는 단편소설을 읽은 것이 작가 고바야시 마사루와의 만남이었다. 그 소설은 일제 강점기에 일본인 학교였던 대구중학교에서 학생들의 인기를 한 몸에 받던 신임 영어 교사가 사실은 조선인이라는 소문이 나도는 바람에 결국에는 사표를 내고 만주로 떠난다는 줄거리인데, 그 교사가 지난 2006년 10월에 작고한 최규하 전 대통령이라고 작가가 밝혔다.
　대구가 고향이고 일본 유학 기간을 제외하고는 줄곧 대구에서만 살아온 역자로서는, 고바야시 마사루가 대구에서 오랫동안 살았다는 점에서 관심이 생겼고, 이후 그의 전집을 어렵사리 구하여 읽었고, 나아가 일제 강점기에 우리나라에서 산 적이 있는 일본인 작가들에게 흥미를 갖고 자료를 모았다. 근대일본문학에 나타난 '한국과 한국인상'이라는 테마로 연구를 시작한 계기가 되었다. 이후 유아사 가쓰에(湯淺克衛), 다나카 히데미쓰(田中英光), 나카지마 아쓰시(中島敦), 후루야먀 고마오(古山高麗雄), 가지야마 도시유키(梶山季之) 등 한국에서 생활한 적이 있는 많은 작가를 알게 되어 그들의 작품을 읽고 몇 편의 논문을 써냈다.

고바야시는 만 16년간 우리나라에서 생활했는데, 그 체험이 44년이라는 그의 짧은 인생에서 대단히 큰 비중을 차지함은 말할 필요가 없다. 앞에서 소개한 다른 작가들과 달리 고바야시는 대부분의 작품에서 식민지 조선을 다루고 있을 뿐만 아니라, 일본인에게 '조선이란 무엇인가'를 평생의 주제로 삼아 치열하게 고뇌한 매우 이색적인 작가였다. 그러한 점을 한국의 독자들에게 소개하기 위해서 이 책을 번역했다. 일본의 작가 중에는 고바야시 같은 사람도 있다는 것을 소개한다는 점에서 나름대로 의의를 찾고 싶다.

텍스트는 『고바야시 마사루 작품집(小林勝作品集)』 전 5권(시라카와쇼인白川書院, 1975)이다.

끝으로 고바야시 마사루 관련 자료들을 어렵게 찾아내어 보내 주신 일본 마야기여자학원대학의 야마키 진이치(八卷仁一) 씨에게 진심으로 감사의 뜻을 전하는 바다.

이원희

■ 지은이 연보 — 고바야시 마사루

1927년 11월 7일, 경남상도 진주에서 진주농림학교 생물 교사인 아버지 고바야시 도키히로(小林時弘)와 다마에(玉枝)의 3남으로 출생.
1940년 대구 시노노메(東雲)심상소학교를 졸업하고 대구중학교에 입학.
1944년 대구중학교 4학년을 수료하고 육군예과사관학교에 입학.
1945년 3월, 육군항공사관학교에 입학.
8월, 일본의 패전으로 귀향.
1946년 구제(舊制)도립고등학교 문과 갑류에 입학.
1948년 일본공산당에 입당하고 신일본문학회 활동에 협력.
1949년 와세다대학교 러시아문학과 야간부에 편입학.
1950년 레드 퍼지 반대 투쟁을 지도하여 정학 처분을 받음.

1951년 와세다대학교 중퇴.
1952년 6월 25일, 한국전쟁과 파괴활동방지법안 반대 데모에 참가해 화염병 투척 현행범으로 체포되어 도쿄구치소에 수감.
1953년 1월 중순, 보석으로 구치소를 나오지만 급성 폐렴 발병. 도쿄 스기나미의 진료소에 근무하며 공산당원으로 지역 활동을 하는 한편 소설 공부 시작.
9월 25일, 나가오 히사코(長尾久子)와 결혼.
1954년 잡지 『문학의 벗(文學の友)』의 편집위원이 됨. 제1심 공판에서 1년형을 판결받고 항소.
1955년 신일본문학회에 입회하고 잡지 『생활과 문학(生活と文學)』의 편집위원이 됨.
1956년 아쿠타가와문학상 후보에 오른 단편소설 「포드, 1927년(フォード、一九二七年)」을 『신일본문학』 5월호에, 역시 아쿠타가와상 후보에 오른 「군용노어교정(軍用露語敎程)」을 『신일본문학』 12월호에 발표.
1957년 유망한 젊은 작가로 주목받으며 「일본인 중학교(日本人中學校)」, 「태백산맥(太白山脈)」, 「붉은 민둥산(赤いはげ山)」 등을 발표. 첫 번째 창작집인 『포드, 1927년』을 간행.
1959년 2월, 보석 수속 불비로 수감되었다가 며칠 후 보석으로 석방.
7월, 최고재판소 상소심에서 징역 1년형을 선고받음. 7월 17일, 도쿄구치소에 수감.
8월 4일, 나카노형무소로 이송.
10월 17일, 우쓰노미야형무소로 이감.

1960년 1월 8일, 가석방. 잡지 『문학계(文學界)』 7월호에 「가교(架橋)」
를 발표하여 아쿠타가와상 후보작이 됨.
1964년 10월, 폐결핵 공동이 발견되어 입원.
1965년 1월, 병원에서 퇴원하여 자택에서 요양. 이 무렵 일본공산당
과 결별.
1966년 2월, 결핵연구소 부속요양소에 입원.
3월 10일, 폐 절제 수술.
4월 12일, 두 번째 수술을 받고 9월에 퇴원.
1970년 『쪽발이(チョッパリ)』(산세이도 三省堂) 간행.
1971년 3월 25일, 장 폐색으로 사망.

지은이 **고바야시 마사루**(小林勝, 1927~1971)

경상남도 진주농림학교의 생물 교사로 재직 중이던 아버지 고바야시 도키히로(小林時弘)의 셋째 아들로 진주에서 태어났다. 1944년 대구중학교 4학년을 수료하고 1945년 3월 육군항공사관학교에 입학하지만 8월 일본의 패전으로 귀향했다. 1950년 레드 퍼지 반대 투쟁을 지도하여 정학 처분을 받고 다음 해에 와세다대학교를 중퇴했다. 1953년 도쿄 스기나미 진료소에 근무하며 공산당원으로 지역 활동을 하는 한편 소설 공부를 시작했다. 이듬해에는 잡지 『문학의 벗』의 편집위원이, 1955년에는 잡지 『생활과 문학』의 편집위원이 되었다. 1957년 유망한 작가로 주목받으면서 「일본인 중학교」, 「태백산맥」, 「붉은 민둥산」을 발표하고 첫 번째 창작집 『포드 1927년』을 간행했다. 1960년 잡지 『문학계』 7월호에 발표한 「가교」는 아쿠타가와상 후보작에 올랐다. 이후 오랫동안 괴롭혀 온 폐결핵 때문에 입원과 퇴원을 반복하는 가운데 1970년 『쪽발이』를 간행했다.

옮긴이 **이원희**

대구에서 태어났고 영남대학교 일어교육학과를 졸업했다. 도호쿠대학교 일본문학연구과 석사학위를 취득했으며 동 대학원 박사과정을 수료했다. 현재 영남대학교 문과대학 일어일문학과 교수로 재직 중이다. 저서로는 『일본인과 죽음』, 『현대 일본의 이해』, 『일본문학의 길라잡이』(공저)가 있다. 역서로는 『일본문명의 이해』, 『일본인의 성』(공역), 『소설의 비밀』(공역), 『겨울집』이 있으며 이 밖에 일본 고전문학과 근대문학에 관련한 다수의 논문을 써냈다.

1960년　1월 8일, 가석방. 잡지 『문학계(文學界)』 7월호에 「가교(架橋)」를 발표하여 아쿠타가와상 후보작이 됨.

1964년　10월, 폐결핵 공동이 발견되어 입원.

1965년　1월, 병원에서 퇴원하여 자택에서 요양. 이 무렵 일본공산당과 결별.

1966년　2월, 결핵연구소 부속요양소에 입원.

　　　　3월 10일, 폐 절제 수술.

　　　　4월 12일, 두 번째 수술을 받고 9월에 퇴원.

1970년　『쪽발이(チョッパリ)』(산세이도三省堂) 간행.

1971년　3월 25일, 장 폐색으로 사망.

지은이 고바야시 마사루(小林勝, 1927~1971)

경상남도 진주농림학교의 생물 교사로 재직 중이던 아버지 고바야시 도키히로(小林時弘)의 셋째 아들로 진주에서 태어났다. 1944년 대구중학교 4학년을 수료하고 1945년 3월 육군항공사관학교에 입학하지만 8월 일본의 패전으로 귀향했다. 1950년 레드 퍼지 반대 투쟁을 지도하여 정학 처분을 받고 다음 해에 와세다대학교를 중퇴했다. 1953년 도쿄 스기나미 진료소에 근무하며 공산당원으로 지역 활동을 하는 한편 소설 공부를 시작했다. 이듬해에는 잡지 『문학의 벗』의 편집위원이, 1955년에는 잡지 『생활과 문학』의 편집위원이 되었다. 1957년 유망한 작가로 주목받으면서 「일본인 중학교」, 「태백산맥」, 「붉은 민둥산」을 발표하고 첫 번째 창작집 『포드 1927년』을 간행했다. 1960년 잡지 『문학계』 7월호에 발표한 「가교」는 아쿠타가와상 후보작에 올랐다. 이후 오랫동안 괴롭혀 온 폐결핵 때문에 입원과 퇴원을 반복하는 가운데 1970년 『쪽발이』를 간행했다.

옮긴이 이원희

대구에서 태어났고 영남대학교 일어교육학과를 졸업했다. 도호쿠대학교 일본문학연구과 석사학위를 취득했으며 동 대학원 박사과정을 수료했다. 현재 영남대학교 문과대학 일어일문학과 교수로 재직 중이다. 저서로는 『일본인과 죽음』, 『현대 일본의 이해』, 『일본문학의 길라잡이』(공저)가 있다. 역서로는 『일본문명의 이해』, 『일본인의 성』(공역), 『소설의 비밀』(공역), 『겨울집』이 있으며 이 밖에 일본 고전문학과 근대문학에 관련한 다수의 논문을 써냈다.

한림신서 일본현대문학대표작선을 발간하면서

한림대학교 일본학연구소에서는 1995년에 광복 50년, 한일국교 정상화 30년을 기념하면서 일본학총서를 출간하기 시작했다. 그 성과에 대해서 한일 양국의 뜻있는 분들이 높이 평가해 주신 데 깊은 사의를 표한다.

본 연구소는 한국이 일본을 더욱 잘 알게 되고, 한일간의 문화교류가 활발해진다는 것이 한일 양국을 위하는 것일 뿐 아니라 21세기를 향한 동북아시아의 평화와 새로운 질서를 수립하는 데 크게 이바지한다고 생각한다. 그런 뜻에서 일본학총서도 발간해 왔던 것이다. 앞으로도 그 사업을 계속할 것이며 연륜을 더해감에 따라 큰 발자취를 남기게 될 것을 의심하지 않는다.

그런 확신을 가지고 지금까지 일본학총서 발간에 보내 주신 한일 양국 여러분의 성원에 보답하는 의미에서 여기에 새로이 한림신서 일본현대문학대표작선을 발간하기로 했다. 일본 문학은 이미 세계 문학사에서 확고한 자리를 차지하고 있다.

일본은 전통적으로 문학 속에 사상을 담아 왔기 때문에 일본 사회를 알기 위해서는 일본 문학을 알아야 한다고들 흔히 말한다. 그럼에도 불구하고 지금까지 상업성을 위주로 하는 일반적인 출판사업에서는 일본 문학의 전모를 알리기에는 어려운 사정이 많았던 것이 사실이다. 그러므로 본 연구소는 일본을 바로 이해하기 위하여, 한일간의 문화교류를 더욱 촉진하기 위하여 여기에 일본현대문학대표작선을 간행하기로 했다.

이러한 노력이 우리 문화발전에도 크게 이바지할 수 있기를 바라면서 일본에서도 한국 문화를 일본에 알리기 위한 노력이 일어나서 한일간에 새로운 세기를 좀 더 밝게 전망할 수 있게 되기를 바란다.

여러분들의 계속적인 성원을 기대해 마지 않는다.

1997년 11월
한림대학교 일본학연구소

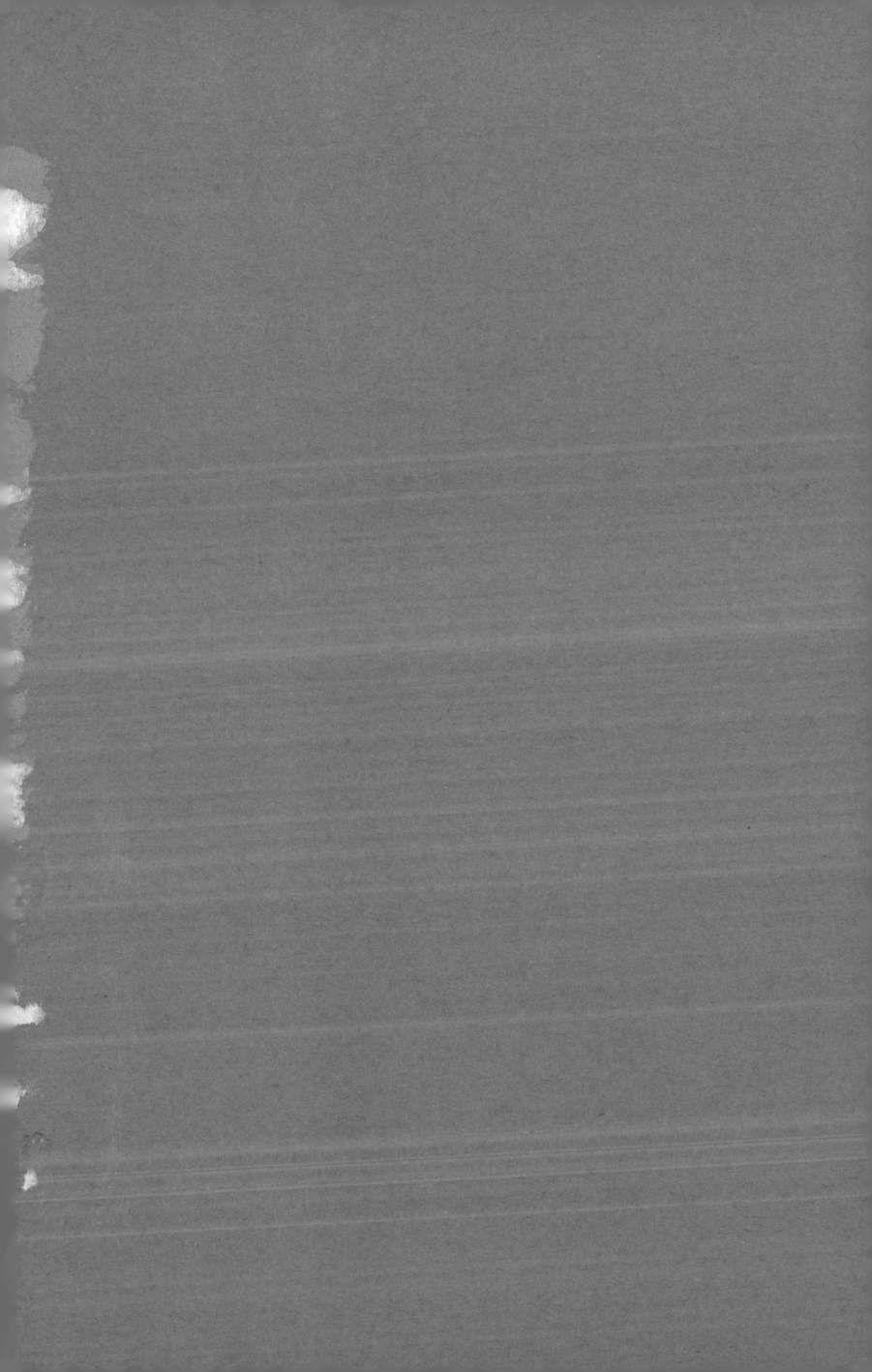